낙화유수 落花流水

낙화유수 落花流水 3

김다함 장편소설

초판 1쇄 찍은 날 | 2021년 07월 02일
초판 1쇄 펴낸 날 | 2021년 07월 09일

지은이 | 김다함
발행인 | 이진수
펴낸이 | 황현수

펴낸곳 | 주식회사 카카오페이지
등록번호 | 제2015-000037호
등록일자 | 2010년 8월 16일
주소 | 경기도 성남시 분당구 판교역로 221 6(일부)층

제작·감수 | KW북스
E-mail | cl_production@kwbooks.co.kr

ⓒ 김다함, 2021

ISBN 979-11-385-0003-6 04810
      979-11-385-0000-5 (set)

낙 落
화 花
유 流
수 水

3

김다함 장편소설

目次

第十八章　　소문　　　　　　　　　　　　　　7

第十九章　　간자(間者)　　　　　　　　　　53

第二十章　　이불리간(利不利間)　　　　　　93

第二十一章　별리(別離)　　　　　　　　　　133

第二十二章　연(璉)　　　　　　　　　　　　171

第二十三章　구원 요청　　　　　　　　　　209

第二十四章　다시 찾은 인연　　　　　　　　255

第二十五章　연의 소원　　　　　　　　　　293

第二十六章　진정한 귀환　　　　　　　　　335

第二十七章　돌아오는 사람과 돌아가는 사람　377

第二十八章　부훈영(苻訓英)　　　　　　　　413

第十八章

소문

우리는 늦은 시각 최대한 조용하게 국내성을 빠져나왔다. 요란하게 움직여 이목을 집중시키고 싶지 않았던 터라 누구의 배웅도 받지 않았다.

모든 인사는 떠나기 하루 전에 마쳤다. 아침에는 절노부 가족들과, 점심 무렵부터는 담덕과 함께 시간을 보냈다. 우리는 늦은 밤까지 이야기를 나누며 다가올 짧은 이별을 아쉬워했다.

오월의 끝자락에 국내성을 떠난 일행은 유월이 되어서야 도압성 인근에 다다랐다. 모두 말을 타는 데는 일가견이 있었으므로 상당히 여유를 부리며 달려온 것치고는 빠르게 도착한 편이었다.

오랜만에 찾았는데도 도압성 인근의 풍경은 달라진 것이 없었다. 앞으로는 강과 평야가, 뒤로는 치악산의 산세가 펼쳐졌다. 산과 강이 어우러진 풍경을 가만히 보고 있노라면 이 땅에서 몇 번이나 참혹한 전투가 벌어졌다는 사실이 믿기지 않을 정도였다.

"괜찮으십니까?"

미묘한 기분에 빠져 산 아래로 작게 보이는 도압성의 풍경을 살피는 내게 태림이 조심스럽게 물었다. 나는 희미하게 웃으며 깊은 숨을 들이마셨다.

"기분이 썩 좋진 않아요. 이 땅에서 좋지 않은 일을 많이 겪었으니까요."

모두 오래전의 일이었다. 백제군의 손에 넘어갔던 도압성은 다시 고구려의 차지가 되었고, 인질로 잡혀가 고생했던 석현성도 이제는 우리의 땅이 되었다.

하지만 기억 속에는 여전히 그날의 일들이 살아 있었다. 이 땅에서 겪었던 모든 일들이 내 안에 생생했다.

"우희, 이쪽으로."

잠시 지난 일들을 떠올리는 사이, 길을 찾으러 갔던 운이 돌아왔다. 앞장서서 걷기 시작하는 그의 얼굴에는 씁쓸함이 가득했다.

"다시 오면 단번에 길을 찾을 수 있을 줄 알았다. 그날의 풍경이 아직도 눈에 선하니 그럴 수밖에 없겠다 생각했지. 그런데 이곳이 너무 많이 달라졌구나. 그 시절에 멈춰 선 내 기억은 아직도 이리 선명한데, 나만 두고서 이곳의 풍경만 낯설게 변해 버렸어."

운의 감상도 나와 크게 다르지 않았다.

과거에 멈춰 선 기억과 변해 버린 현재.

우리는 복잡한 마음을 속으로 삭이고 묵묵히 걸음을 옮겼다.

"여기다. 이 안으로 들어가면 연 장군의 유해를 묻은 곳이 나와."

묵묵히 걸은 지 얼마 지나지 않아 운이 빼곡하게 들어찬 나무들 사이를 가리켰다. 하늘을 가릴 듯 위로 자란 나무들을 바라보고 있으니 운이 기가 찬다는 듯 어깨를 으쓱거렸다.

"그때만 하더라도 나무들 키가 아주 작았다. 내 허리에나 닿았나……. 그랬던 것이 이리 자랐으니 하마터면 모르고 지나칠 뻔했어."

운이 억울하다는 듯 투덜거리며 나무 사이를 비집고 들어갔다. 그가 내준 길을 따라 나무 사이로 들어가니 곧 작은 공터가 나타났다.

"저건⋯⋯."

다양한 식물들이 뒤섞여 자란 작은 공터의 중앙에 익숙한 검이 하나 꽂혀 있었다. 아버지의 검이었다. 그런 생각을 운이 다시 한번 확인해 주었다.

"장군의 검이다. 검이 꽂힌 곳 아래에 유해를 묻어 두었어."

나는 천천히 걸어가 아버지의 검 앞에 섰다. 아버지의 손을 잡았을 때의 온기를 기대하며 검의 손잡이를 붙잡아 보았지만 느껴지는 것은 아무것도 없었다.

나는 검을 손에서 놓고 그 앞에 쪼그려 앉아 미리 준비해 둔 수통을 꺼냈다. 평소 아버지가 좋아하시던 술이 담긴 수통이었다. 마개를 열어 검 주변에 술을 뿌리니 아버지의 웃음소리가 들리는 것만 같았다.

"너무 늦게 와서 죄송해요, 아버지. 더 일찍 오고 싶었는데⋯⋯ 그간 이쪽 땅이 많이 혼란스러웠거든요. 그래도 이제는 완전히 고구려 땅이 되었으니 걱정하지 마세요. 담덕이 얼마나 훌륭한 왕이 되었는지는 보고 계시죠? 지금 우리 고구려는 더 남쪽 전선에서 싸우고 있어요. 아버지가 지키려고 했던 이 땅은 이제 안전해요."

나는 오래전 아버지의 앞에서 이런저런 이야기를 늘어놓았던 것처럼 수다를 떨기 시작했다.

"제신 오라버니도 오고 싶어 했는데, 지금은 중요한 할 일이 있어서 안 된대요. 백제와의 전쟁이 코앞이라 여러모로 바쁜 모양이에요. 제신 오라버니는 지금 아버지가 생전에 하시던 일을 하고 있거든요. 그러니 오늘 함께 찾지 않은 것을 너무 괘씸하다 여기지 말아 주세요."

술을 뿌리며 이야기를 이어 가다 보니 금세 수통이 가벼워졌다.

나는 술이 모두 떨어지기 전 수통을 바로 세워 검 앞에서 가볍게 흔들었다.

"마지막 술은 제가 마십니다. 이제 저도 술에 익숙한 어른이거든요. 이리하면 아버지와 함께 술 한잔한 것이지요?"

어른이 되면 같이 술이나 한잔하자던 아버지였다. 나는 그분의 유해 앞에서 수통에 남은 술을 모두 들이켰다. 담덕이 함부로 술을 마시지 말라고 신신당부했지만…… 오늘 이 순간 정도는 이해해 주겠지.

멋대로 결론을 내리고 빈 수통을 든 채 자리에서 일어서니 가만히 나를 지켜보던 태림이 입을 열었다.

"유해를 수습해 가지 않으십니까?"

아버지의 유해를 가까이 두고 자주 찾아뵐 수 있다면 좋겠다는 생각을 하지 않은 것은 아니다.

하지만 나와 제신은 그렇게 하지 않기로 결정했다. 백부도 우리의 생각에 동의했다.

"자신이 싸우다 죽은 땅에 묻히는 것이 고구려 용사의 가장 큰 명예 아닌가요? 내 욕심으로 아버지 명예를 깎아내릴 수는 없어요."

나는 허리를 펴 주변을 둘러보았다. 나무로 둘러싸인 작은 공간이 썩 안락해 보였다.

"무엇보다 아버지께서 이곳에 남는 것을 바라실 거예요. 죽어서도 자신이 지키고자 했던 땅을 수호하는 일, 그것이 아버지께서 바라는 안식일 겁니다."

내 말에 운과 태림의 얼굴에 그리운 미소가 걸렸다.

"내가 기억하는 연 장군이라면 분명 그러시겠지."

"전생이 일어났다고 하면 자다가도 벌떡 일어나는 분이셨지요.

자신의 고향으로 돌아가야 한다고요."

고향. 아버지는 전쟁터를 그렇게 표현했다. 안식은 고향에서 맞는 것이 옳으니, 아버지의 유해는 이곳에 두는 것이 옳았다.

"한데 누가 이상한 소문을 퍼트려 장군의 안식을 어지럽게 하는 것일까요?"

태림의 말에 모두의 입가에 희미하게 걸려 있던 미소가 사라졌다.

"그러니 미추홀로 가야죠. 동음홀로 가서 배를 탄다 했던가요?"

내 말에 운이 고개를 끄덕였다.

"미추홀은 바다를 끼고 있어 말을 타고 산을 넘는 것보다 배로 가는 편이 낫다."

"배를 타고 바닷길로…… 소문을 파악하고자 온 것인데 뜻하지 않은 유람을 하게 생겼네요."

우희로 태어나서는 처음 접하게 될 바다였다. 어쩔 수 없이 기대에 찬 표정이 흘러나왔는지 운이 피식 웃었다.

"유람이라. 그런 마음으로 나서는 것도 나쁘지 않지. 두 사람 다 배를 타고 바다로 나가는 건 처음이지?"

운의 질문에 태림이 조금 긴장된 얼굴로 고개를 끄덕였다.

"바다란 변화무쌍하여 위험하다 들었습니다. 바다 위에서는 인간의 모든 능력이 의미가 없어진다고."

그 말을 누가 했을지는 분명했다.

"그거 지설이 한 말이죠?"

"……그렇습니다."

"물을 무서워하는 지설이니 그렇게 말했겠죠."

태림의 대답에 나와 운의 입에서 웃음이 터졌다. 나는 고개를 휘휘 저으며 태림의 오해를 바로잡아 주었다.

"바다는 위험하지만 그 이상으로 아름다운 곳이에요. 태림도 분명
바다를 좋아하게 될걸요."

"아름다운 곳이라고요……."

태림이 상상이 되지 않는다는 듯 미간을 찌푸렸다.

❖ ❖ ❖

"우웨엑!"

사방에서 구역질 소리가 들려왔다. 종일 그 소리를 듣고 있자니
내가 배 위에 있는 것인지, 동네 주점에 있는 것인지 알 수가 없을
정도였다.

"……바다는 아름다운 곳이라고 하지 않으셨습니까?"

태림이 핼쑥한 얼굴로 힘없이 나를 바라보았다. 원망이 가득한 눈
빛에 민망해진 나는 슬쩍 그의 눈을 피했다.

"태림이 이렇게 멀미를 심하게 할 줄 몰랐죠."

나는 태림의 손에 멀미를 완화하는 침을 놓아 주며 어색하게 웃었다.

새끼손가락 끝과 손바닥이 만나는 지점의 소부혈(少府穴)과 엄지손
톱 뿌리의 가로선과 세로선이 만나는 곳의 소상혈(少商穴), 새끼손가락
과 넷째 손가락 사이 움푹한 부위의 중부혈(中府穴)까지.

필요한 자리에 모두 침을 놓고 나니 하얗게 질렸던 태림의 혈색이
조금이나마 돌아왔다.

"이제 좀 괜찮아요?"

"조금 전보다는 나아졌습니다. 감사합니다."

"멀미가 더 심해져서 견디기 힘들면 차라리 잠을 자는 게 나아요. 잠들 수 있게 침을 놓아 줄 테니, 못 견디겠으면 참지 말고 바로 말해요."

"침술로 사람을 재울 수도 있습니까?"

"사람을 재우는 것이 아니라 잠이 잘 오게 돕는 정도예요. 보조적인 수단이지요."

"그래도 대단합니다. 침술로 생각보다 많은 일을 할 수 있군요."

태림이 감탄하는 것과 동시에 옆에서 찢어질 듯한 아이의 울음소리가 들려왔다. 요란한 소리에 사람들의 시선이 진원지로 향했다. 고개를 돌려 보니 젊은 여인이 어린아이를 안고 난처하게 발을 동동 구르고 있었다. 그 옆에 선 사내도 연신 아이의 등을 쓸어내리며 어쩔 줄을 몰랐다.

"어찌 이리 울어, 응?"

자신들을 바라보는 사람들의 시선이 하나둘 늘어날 때마다 여인의 얼굴은 울상이 되었다. 하지만 초조한 엄마의 마음을 모르는 어린 아기는 금방이라도 숨이 넘어갈 듯 울음을 터트릴 뿐이었다.

아이 키우는 일이 보통 힘든 것이 아니구나.

그런 생각을 하니 어느새 여인의 얼굴이 나로 변했다. 놀라서 곁에 선 사내를 보니 그는 언제부터인지 담덕이 되어 있었다.

아이를 돌보는 나와 담덕이라니. 나도 모르게 떠올린 생각에 화들짝 놀라 고개를 휘휘 내저었다.

무슨 생각을 하는 거야, 연우희!

"도와주지 그러느냐?"

"예? 뭐라고요?"

운의 말에 나는 내 생각을 들킨 것처럼 화들짝 놀라 그에게 되물었다. 과한 내 반응에 오히려 운이 놀라 고개를 갸웃거렸다.

"왜? 저들을 도와주고 싶어서 빤히 본 것이 아니었어? 너무 나서는 것은 곤란하지만 이 정도 도움은 괜찮지 않나 싶은데."

"아."

운의 말을 듣고 다시 여인과 사내를 보니 어느새 그들의 얼굴은 원래대로 돌아와 있었다.

"그렇지요, 도와줘야지요. 이 정도야 괜찮을 거예요."

나는 횡설수설하며 태림의 손에 놓았던 침을 수습해 난처하게 아이를 달래고 있는 부부에게로 다가섰다.

"죄송합니다. 곧 아이를 달랠 것이니……."

다가온 나를 보며 사내가 대뜸 고개를 숙였다. 아마도 나를 아이가 시끄러워 항의하러 온 사람이라 생각한 모양이었다.

"항의를 하러 온 것이 아닙니다. 많이 곤란하신 듯 보여 작은 도움이나 드릴까 해서요."

나는 두 사람이 안심할 수 있도록 최대한 부드러운 미소를 지으며 이야기를 꺼냈다. 내 말에 긴장해 있던 부부의 얼굴이 조금 풀어졌다.

"그리 말씀해 주시니 감사합니다만, 어찌 도와주시겠다는 것인지……?"

사내가 의아한 눈으로 나를 살폈다. 아이 달래는 일에 전혀 익숙해 보이지 않는 젊은 여자가 자신들을 돕겠다 하니 상당히 의아한 눈치였다.

"아이가 배에 타는 것이 익숙지 않아 우는 듯합니다. 차라리 잠을 재우면 아이도 두 분도 모두 편하실 겁니다."

"그것이야 그렇습니다만······."

여인이 난처한 얼굴로 아이를 보았다. 그 눈빛이 말하는 것은 분명했다. 이리 요란하게 울고 있는 아이를 어찌 재우란 말인가?

나는 웃으며 두 사람 앞에 침을 내밀었다.

"침술을 사용해 아이를 진정시킬 수 있습니다. 편하게 잠드는 것도 도울 수 있고요."

두 사람이 놀라서 눈을 크게 떴다. 하지만 두 사람이 놀란 이유는 내 말 때문이 아니었다.

"침술이라면······ 아이의 몸에 이 바늘을 찌르겠다는 겁니까?"

여인이 아이를 꼭 안으며 펄쩍 뛰었다.

"아이의 몸에······ 바늘을······ 아파서 더 크게 울지나 않을까 걱정입니다."

여인이 아이를 보호하려는 듯 안은 팔에 힘을 주었다. 날카로운 침을 아이의 몸에 찔러 넣는 것이 아무래도 내키지 않는 모양이었다.

시술에 대한 의심과 경계심을 없애는 것도 의원의 일이었다. 나는 내 손에 침을 놓은 뒤 그 모습을 두 사람에게 보여 주었다.

"아프지 않아요. 피도 나지 않고요. 위험한 방법이 아닙니다."

"하지만······."

"계속 울면 아이에게도 좋지 않아요. 어떻게든 진정을 시켜야 하니 잠시만 제게 맡겨 보세요."

계속 울고 있는 아이를 보며 말하니 여인이 머뭇거리며 사내를 바라보았다. 잠시 망설이던 그가 이내 고개를 끄덕이자 아이를 안고 있던 여인이 내게로 한 걸음 가까이 다가섰다.

"신경이 예민해져 있을 때는 이를 진정시켜 주는 혈 자리에 침을 놓으면 좋습니다. 가장 많이 알려진 곳이 신문혈(神門穴)과 삼음교혈(三陰交穴)인데, 이 두 곳에 침을 놓으면 양의 기운을 누르고 음의 기운을 높여 마음을 차분하게 해 주지요. 양기는 낮이고 음기는 밤이니 음의 기운을 높이면 잠이 잘 옵니다."

나는 두 사람이 불안하지 않도록 차분하게 설명을 이어 가며 아이 손목의 신문혈과 정강이 복사뼈 위의 삼음교혈에 침을 놓았다.

다음은 지압이었다. 구미혈(鳩尾穴:갈비뼈 사이의 명치 부위) 또한 몸과 마음을 안정시키기 좋은 혈 자리니 아이를 달래는 데 안성맞춤이었다.

"평소에도 아이가 울고 보채면 이곳을 엄지손가락으로 가볍게 눌러 주세요. 아이의 호흡에 맞춰 둥글게 만져 주면 금세 안정을 찾을 겁니다."

구미혈을 가볍게 어루만지기 시작하니 배가 부서져라 울던 아이의 울음소리가 조금씩 잦아들기 시작했다. 아이의 울음이 작아질수록 부모의 눈에 옅게 서려 있던 의심이 점점 걷혀 나갔다.

"이, 이제 안 웁니다!"

마침내 아이의 울음이 완전히 멈추자 여인이 눈을 크게 떴다. 나는 웃으며 지압을 멈추고 아이의 손목과 다리에 놓았던 침을 거두었다.

"제가 알려 드린 혈 자리를 손으로 계속 눌러 주세요. 그럼 곧 잠에 빠질 겁니다. 깨어 있으면 계속 보챌 것이니 재우는 편이 아이와 두 분 모두에게 편하겠지요."

"예, 그리하겠습니다."

한결 깍듯해진 태도로 고개를 숙인 여인이 손을 뻗어 아이의 구미혈을 어루만졌다. 어머니의 손길에 아이가 점차 편안하게 몸을 늘어뜨리더니, 곧 눈을 깜빡이는 속도가 느려졌다. 졸음이 쏟아지는 것이다.

그 모습을 지켜보던 사내가 크게 감탄하며 내게 고개를 숙였다.

"참으로 신통하십니다. 평소에도 예민하여 우는 일이 잦은 아이였는데, 한번 울면 무슨 수를 써도 그치지 않았습니다. 한데 이렇게 쉽게 울음을 멈추다니요."

말이 제대로 통하지 않는 어린아이 환자를 돌볼 때가 얼마나 곤혹스러운지는 나도 알고 있었다. 자신의 의사를 울음으로밖에 표현하지 못하는 나이라면 더욱 힘들었다. 잠깐 환자로서 만나는 것도 힘든데 종일 아이를 돌보는 부모의 어려움이야 말하지 않아도 뻔했다. 나는 안쓰러움과 존경을 담아 아이의 아버지를 바라보았다.

"한참 많이 울고 보챌 나이지요. 고생이 많으시겠습니다."

"어쩌겠습니까. 그러려니 해야지요. 우리가 낳은 우리 자식 놈 아닙니까."

사내가 멋쩍게 웃으며 여인과 아이를 바라보았다. 가족을 향하는 눈빛에 애정이 가득하여 지켜보는 마음이 따뜻해졌다.

나를 낳으신 아버지와 어머니도 저런 모습이었을까?

소진으로서는 단 한 번도 받아 보지 못한 시선이었다. 우희로서도 일찍 돌아가신 어머니의 애정은 받아 보지 못했다. 유일하게 남은 아버지마저 전쟁터에서 목숨을 잃으셨으니 나는 부모의 애정을 기대할 수 없는 몸인가.

아버지가 묻힌 곳까지 보고 돌아온 터라 기분이 더욱 가라앉았다. 우울해지려는 기분을 건져 올린 사람은 막 잠에 빠진 아이의 등을 쓸어내리던 여인이었다.

"한데 어찌 이리 아이를 잘 아십니까?"

"예?"

"젊은 아가씨가 이처럼 아이를 잘 아는 것이 신기해서요. 혹 아이가 있으십니까?"

"특별히 아이를 잘 안다기보다는……."

나는 사람의 몸을 공부하는 사람이었다. 아이 역시 사람이니 그에 대해 잘 아는 것도 이상하지 않았다. 하지만 여인은 이미 홀로 결론을 내린 모양이었다. 그녀가 내 뒤쪽을 바라보며 은근한 목소리로 물었다.

"아이의 아버지는 누구입니까? 역시 저기 계시는 고운 도령이지요?"

여인을 따라 시선을 돌리니 바닥에 앉아 울렁거리는 속을 진정시키고 있는 태림과 난간에 기대어 바닷바람을 맞고 있는 운이 있었다. 그녀가 말하는 고운 도령이란 운이 분명했다.

운이 아이의 아버지라니? 말도 안 되는 소리였다. 아니, 그 전에 나는 아이가 없다고!

"아니, 저는……."

하지만 내 변명이 나오기도 전에 사내가 여인의 옆구리를 쿡 찔렀다.

"무슨 소리야! 저기 바닥에 앉아 있는 믿음직한 도령이지. 얼굴만 고운 사내를 어디에다 쓰겠어?"

"여인의 마음을 참으로 모르시오. 얼굴 잘난 것이 제일이지! 그렇지 않습니까?"

여인이 동의를 구하려는 듯 나를 바라보았다. 하지만 사내는 내 대답을 기다려 주지 않았다.

"얼굴은 소용이 없다니까 그러네. 딱 봐도 저쪽은 뺀질거리게 생겨서 실속이 없어 보여. 묵묵하게 제 일 하는 믿음직한 청년을 잡아야 평생 편하지."

"아이고, 묵묵하게 제 일만 하는 사내랑 살면 속 터져 죽어요! 그나마 얼굴이라도 잘났으면 속이 터지다가도 그 잘난 얼굴 보면서 속이 풀려. 그러니 얼굴 잘난 사내가 낫지요."

"아니, 아닙니다. 묵묵하게 제 일을 하는 믿음직한 사내가 낫다니까요."

두 사람이 나를 사이에 둔 채 열정적으로 목소리를 높였다. 난처한 얼굴로 운과 태림을 보니 내 시선을 받은 두 사람이 무슨 일이냐는 듯 눈을 깜빡였다.

나는 어색하게 웃으며 사내와 여인을 바라보았다.

"둘 다 아닙니다."

내 말에 열정적으로 소리를 높이던 두 사람이 넋이 나간 얼굴로 나를 보았다.

"예?"

"두 사람 다 제 정인이 아닙니다. 전 아직 혼인도 하지 않았어요."

여인이 머쓱하게 웃으며 아이의 등을 쓸어내렸다.

"어머나. 우리가 큰 실례를 했네요. 아직 혼인도 하지 않은 아가씨에게 아이 아버지 이야기를 물었으니……."

"괜찮습니다. 나쁜 마음으로 여쭌신 것도 아닌데요."

나의 말에 안도한 듯 여인이 미소 지었다.

"하면 정인은 어떤 사람이에요? 저리 괜찮은 사람들을 곁에 두고서도 다른 사람에게 눈이 갔다면 분명 좋은 사내겠죠?"

여인의 질문과 함께 담덕의 얼굴이 떠올랐다. 생긴 것도 잘났고 제 할 일도 묵묵하게 잘하는 사내. 두 사람의 말에 따르면 최고의 남편감이었다.

하지만 담덕이 좋은 정인인 이유는 그것뿐만이 아니었다.

"좋은 사람이에요. 어떤 상황에서든 날 믿고 내 길을 응원해 주거든요."

내 말에 여인이 남편의 눈치를 살피며 내 귓가에 작게 속삭였다.

"그래서, 잘생겼어요?"

"예?"

"다른 거 다 필요 없어요. 결국엔 잘생긴 게 최고예요. 혼인해 본 내가 하는 말이니 틀림없어요."

일관적인 여인의 주장에 웃음이 터졌다. 나는 고개를 끄덕이며 그녀의 질문에 대답했다. 담덕이야 고민할 것 없는 미남이었다.

"예, 잘생겼어요."

"그럼 됐어요. 그 사내 절대 놓치지 말아요. 이 세상에 고민 없이 잘생겼다고 할 수 있는 사내는 많지 않아요."

여인이 다시 한번 강조하며 제 남편을 힐끗 바라보았다. 위아래로 그를 훑은 여인이 한숨을 내쉬며 고개를 저었다.

"가끔은 저리 가만히만 있어도 얄미워질 때가 있다니까요."

목소리와 눈빛은 진심이 가득 담겨 농담이 아니어 보였다. 저를 향하는 시선에 어리둥절한 얼굴로 고개를 갸웃거리는 사내를 보며 나는 다시 한번 큰 웃음을 터트렸다.

"저기……."

여인과 마주 보며 웃고 있는 그때, 중년의 사내가 머뭇거리며 내게 다가왔다. 무슨 일인가 싶어 사내를 보니 그가 고개를 숙였다.

"옆에서 지켜보니 의원님이신 듯한데 제 동료도 좀 봐 주시겠습니까? 배에 타기 전부터 힘이 없다고 하더니 조금 전부터 열이 심하게 올라 정신을 못 차리고 있습니다."

그를 시작으로 여기저기서 사람들이 몰려왔다.

"제 아이도 좀 봐 주십시오. 뭘 잘못 먹었는지 계속 배가 아프다고 합니다."

"저희 형님도 부탁드리겠습니다. 배에 오르다 발목을 접질렸는데 퉁퉁 부어서 상태가 말이 아닙니다."

여기저기서 쏟아지는 목소리에 난처하게 운을 보니 그가 어깨를 으쓱거렸다. 알아서 잘 해결해 보라는 뜻이었다.

나는 한숨을 내쉬며 주변을 바라보았다.

"한번에 모두를 살피지 못합니다. 차례로 말씀하시면 모두 도와드릴게요."

여러 사람을 진료할 때는 병증이 심각한 사람부터 돌보는 것이 법칙이었다. 나는 쏟아지는 목소리 중 가장 시급한 것으로 생각되는 환자에게로 눈을 돌렸다.

"우선 열이 심하다는 분부터 볼까요?"

❖ ❖ ❖

시간은 정신없이 흘러갔다. 가진 것이 침구뿐이었기 때문에 한계는 있었지만, 크게 아픈 사람이 없어 임시방편 정도는 제공할 수 있었다.

"지금 제가 한 것은 임시 처방입니다. 배에서 내리면 곧장 의원을 찾으세요. 당장은 병증이 나아진 것 같아도 그대로 두면 다시 증상이 나타날 겁니다."

"그리하겠습니다. 감사합니다, 의원님!"

마지막 남은 환자를 살피고 조언을 건네고 있으니 가까이서 나를 지켜보고 있던 운이 나를 불렀다.

"우희."

허리를 펴고 운을 쳐다보자 그의 뒤편으로 자그마하게 뭍이 보였다. 배가 도착지인 미추홀에 가까워진 것이다.

"도착이군요."

"그래. 이제부터 조금 긴장해야겠다."

운이 작게 속삭였다. 아신의 옥패를 가지고 있다고는 하나 백제 땅이었다. 고구려와 백제는 철천지원수니 조심하지 않으면 문제에 휩쓸릴 수도 있었다.

"그래야지요."

나는 고개를 끄덕이며 점차 가까워지는 땅을 바라보았다.

❖ ❖ ❖

미추홀은 현대로 치면 인천 일대였다. 소진으로 몇 번 가 본 적이 있는 곳이었지만 눈앞에 펼쳐진 풍경은 그때의 기억과 완전히 달랐다. 높고 낮은 건물들로 빼곡히 채워졌던 땅에는 흙과 풀이 자라고 있었고 자동차가 지나가던 길은 느리게 걷는 사람들이 차지했다.

부둣가는 부지런히 배가 드나들어 활기가 넘쳤다. 근처에는 배를 기다리며 사람들이 쉬어 갈 수 있도록 주점이 작게 만들어져 있었는데, 그곳에서 떠들썩한 소리와 맛 좋은 음식 냄새가 흘러나오고 있었다.

"잠시 주점에서 쉬고 계시면 말을 구해 오겠습니다."

배에서 내려 평소의 모습을 되찾은 태림이 주점을 가리키며 말했다. 국내성에서 타고 왔던 말은 배에 태울 수 없어 도압성에 맡겨 두고 왔기 때문에 미추홀에서 사용할 말이 필요했다.

"태림의 임무는 우희를 지키는 것 아니었습니까? 곁을 비우면 곤란할 테니 말은 제가 구해 오겠습니다."

"하지만……."

태림이 난처한 얼굴로 나와 운을 살폈다. 나를 지키는 것이 그의 임무기는 하나 귀족 도련님인 운에게 잡다한 일을 시키는 것이 마음에 걸리는 듯했다.

그렇다면 해결책은 간단했다.

"그럼 다 같이 다녀오죠."

나는 대수롭지 않게 어깨를 으쓱거리며 저 멀리 말이 보이는 곳으로 걷기 시작했다. 그러자 태림과 운이 다급하게 내 옆으로 따라붙었다.

"오랫동안 배를 타고 왔으니 피곤하실 겁니다. 앞으로 쉬지 않고 움직여야 하니 잠시라도 체력을 비축하시는 편이……."

"배를 타느라 제일 피곤했던 사람은 태림 아닌가요? 멀미 때문에 고생했잖아요."

내 말에 태림이 입을 꾹 다물었다. 말문이 막힌 태림을 두고 이번에는 운이 나섰다.

"배 위에서 쉬지 못하고 계속 환자를 돌봤잖아. 지금이야 괜찮다고 느껴질지 몰라도, 조금 더 무리하면 쌓였던 피로가 한 번에 몰려와 힘들어질걸."

"제 상태는 제가 잘 압니다. 아직 괜찮아요."

"그렇게 말하는 사람들이 꼭 중간에 나가떨어지던데."

운이 미심쩍은 눈으로 나를 살폈다.

하지만 나는 정말 상태가 좋았다. 배 위에서 바쁘게 환자들을 살폈더니 오히려 정신이 맑고 몸이 개운했다. 무료하게 국내성에서 시간을 보내던 때보다 몸도 마음도 훨씬 가벼웠다.

분주하게 움직였는데 몸이 오히려 더 가볍다니. 평생 이 일을 하고 살아야 할 팔자인 거지.

"걱정 마십시오. 그럴 일은 없을 테니까."

단호하게 손을 내젓는 사이 우리의 걸음이 마시장에 닿았다. 상인 한 명과 말 예닐곱 마리가 전부였으니 마시장이라는 명칭은 거창했지만, 딱히 말을 사고파는 장소를 대체할 이름이 없었다.

"어서 오십시오!"

다가오는 사람을 발견한 상인이 특유의 밝은 목소리로 인사했다.

"말이 필요하십니까?"

"세 마리. 오래 달려도 지치지 않을 놈으로."

태림이 짧게 말하자 상인이 웃으며 우리를 말 앞으로 안내했다. 그러면서도 그의 눈이 바쁘게 움직여 우리의 행색을 살폈다. 이런 곳에서야 정해진 가격이라는 것이 없었으니 말값으로 얼마를 불러야 할지 열심히 머리를 굴리는 중인 것 같았다.

"여기 있는 놈들 모두 튼튼합니다. 어떤 말을 고르셔도 만족하실 겁니다."

제 상품을 두고 좋은 말만 하는 상인의 이야기는 신뢰할 수 없었다. 우리는 옆에서 떠드는 상인의 목소리를 무시한 채 말을 상태를 살폈다.

사람들이 자주 드나드는 곳에 세워진 마시장은 대체로 말의 상태가 좋지 않았다. 길을 오가는 여행자들이 짧게 타기 위해 사고파는 말이니 군마처럼 좋은 녀석들은 기대할 수 없었다. 상태가 좋은 말을 사려면 말이 나고 자라는 사육장으로 가야 한다. 하지만 여정 중간에 일부러 먼 길을 돌아갈 수 없으니 지금은 이런 마시장에 만족해야 했다.

늘 질 좋은 말을 타고 다니던 사람들이니 웬만한 말은 눈에 차지 않을 것이다. 상황이 상황이니만큼 적당한 타협이 필요했다.

그러나 그것을 감안하더라도 말의 상태가 좋지 않았다. 지친 기색이 역력한 말의 모습을 살피며 운과 태림의 얼굴이 난처함으로 물드는 것이 보였다.

아무리 급해도 이처럼 상태가 나쁜 말은 곤란했다. 말이 지쳐서 멈춰 버리면 그 순간부터 말은 이동 수단이 아닌 짐이 되어 버린다.

"이보다 좋은 말은 없습니다."

우리의 표정이 난처해지는 것을 본 상인의 말투가 금세 퉁명스러워졌다. 우리 셋은 눈으로 의견을 교환했다.

'어찌할까요?'

'여기 말고는 살 곳이 없으니…….'

'하지만 말 상태가 너무 안 좋잖아요?'

"안 살 거면 길 막지 말고 비키십시오! 다들 못 사서 안달인데 왜 이러시나 몰라."

투덜거린 상인이 거칠게 나를 밀어냈다. 예상하지 못한 일격에 몸이 휘청거리며 뒤로 넘어갔다.

"이게 무슨 짓이지?"

태림이 넘어지기 직전 나를 붙잡으며 상인을 노려보았으나, 장사를 하루 이틀 한 것이 아닌지 상인도 태림의 기세에 밀리지 않았다.

"장사를 방해하니 그렇잖습니까?"

"사람을 밀어 놓고 뭐가 어째?"

상인의 뻔뻔한 태도에 운까지 나섰다. 금방이라도 싸움이 날 것 같은 분위기였다.

"아가씨?"

그때 뒤쪽에서 누군가가 나를 불렀다. 뒤를 돌아보니 익숙한 사람이 우리를 향해 다가오고 있었다.

"배에서 우리 형님을 봐 주신 그 아가씨 맞지요?"

형님이 발목을 접질렀다며 도움을 청했던 청년이었다. 내 얼굴을 확인한 그가 환해진 얼굴로 우리 앞에 섰다.

"역시 그 아가씨로군요! 배에서 내릴 때는 정신이 없어 미처 고맙다는 말도 못 했습니다."

"아니에요. 형님은 좀 괜찮으신가요?"

"지금 주점에서 쉬고 있습니다. 말씀하신 것처럼 찜질을 해 주고 있으니 곧 나아지겠지요. 그런데……."

힐끗 주점 쪽을 바라보았던 청년이 심상치 않은 우리의 분위기를 보며 말끝을 흐렸다. 상인과 뒤에 늘어선 말을 보며 대충 상황을 파악한 것인지 그가 조심스럽게 물었다.

"혹 말을 구하시는 겁니까?"

"예, 안쪽의 성까지 이동해야 해서요. 하지만……."

나는 상인과 말을 바라보며 말을 줄였다. 많은 의미가 담긴 말에 상인의 미간이 다시 한번 찌푸려졌으나, 그가 미처 거친 말을 꺼내기도 전에 청년이 입을 열었다.

"성으로 가신다면 저희가 그쪽까지 갑니다. 장사를 하는 처지라 배에서 내리자마자 말과 수레를 구했는데 물건을 싣고 남은 빈자리가 있습니다. 거기라도 괜찮으시다면 타고 가시지요."

들던 중 반가운 소리였다. 기쁜 마음으로 고개를 끄덕이며 보니 운과 태림의 표정도 나쁘지 않았다.

"고마워요. 그럼 신세를 질게요."

"신세라니요. 도움 주신 것에 보답하게 되어 오히려 제 마음이 편해졌습니다."

활짝 웃는 청년과 반대로 상인의 얼굴이 보기 좋게 구겨졌다.

"그럼 가실까요."

청년의 안내에 따라 걸음을 옮기며 상인을 힐끗 바라본 태림이 바닥의 작은 돌을 걷어찼다. 가벼운 동작에도 빠른 속도로 날아간 돌이 그대로 상인의 이마에 적중했다.

"아악!"

이마를 감싸 쥐는 상인의 비명에 놀라 태림을 바라보니 그가 아무것도 모른다는 양 뚱한 얼굴로 어깨를 으쓱거렸다.

"전 아무것도 안 했습니다."

재빠른 변명에 태림을 바라보는 내 눈이 가늘어졌다.

"난 아무 말 안 했는데요."

"……그러셨습니까?"

"태림은…… 내 생각보다 뒤끝이 기네요. 그런 거 없는 사람인 줄 알았는데."

농담 섞인 핀잔에 태림이 헛기침을 하며 시선을 멀리 던졌다.

❖ ❖ ❖

우리 세 사람은 청년이 만들어 준 자리에 나란히 앉아 성으로 향했다. 짐이 가득 찬 수레 끄트머리에 짚단을 깔고 그 위에 자리를 잡으니 생각보다 안정감이 있었다. 짐에 몸을 기대고 흘러가는 하늘을 바라보자 불어오는 바람에 머리가 살랑거리며 흩어졌다. 때아닌 여유였다.

하지만 기분 좋은 바람에 마음이 풀어지는 것도 잠시뿐이었다. 빠르게 달리던 수레가 점점 느려지더니 불어오는 바람이 잦아든 것이다. 고개를 빼고 앞을 바라보니 어느새 성안으로 들어가는 수레의 행렬이 길게 이어져 있었다. 멀리 입구에서는 창을 든 병사들이 성문을 지나는 사람들을 검문하는 중이었다.

"여기가 미추성(彌鄒城)입니다."

때마침 앞에서 말을 몰고 있던 청년이 성의 입구에 도착했음을 알려 주었다. 우리의 동행도 여기까지였다.

"그럼 여기까지만 신세를 지겠습니다."

"신세는요. 인연이 되면 다시 뵙지요."

우리는 느려진 수레에서 내려서며 청년에게 작별 인사를 건넸다. 우리 셋을 내려 준 청년은 빠르게 수레를 몰아 긴 행렬 뒤에 합류했다.

"미추성이 이리 생긴 곳이었군요."

나는 멀리 미추성을 보며 작게 중얼거렸다. 수많은 물자와 사람이 드나드는 교역의 장이자 기묘한 소문이 흘러나온 장소.

이곳에서는 또 무슨 일이 일어날까?

"서둘러 안으로 들어가자. 사람들이 계속 늘어나고 있어."

운이 멍하니 성을 바라보는 나를 재촉했다. 그의 말처럼 우리가 잠시 걸음을 멈춘 와중에도 사람들이 끝없이 검문 행렬의 뒤에 합류하고 있었다.

"그럼 가 볼까요?"

품속에는 성문을 무사히 통과하게 해 줄 옥패가 있었다. 나는 숨을 깊게 들이마시며 당당한 걸음으로 행렬의 끝에 섰다.

❖ ❖ ❖

검문이 까다로운지 행렬은 느리게 줄어들었다. 한참 만에 검문을 담당하는 병사 앞에 섰을 때는 기운이 빠져 잔뜩 긴장하고 있던 어깨의 힘마저 풀렸을 정도였다.

"방문 목적."

병사가 귀찮음이 가득 묻어나는 얼굴로 짧게 말했다. 나는 대답 대신 품 안에서 옥패를 꺼내 그의 앞에 내밀었다.

"뇌물을 줘도 소용없으니 방문 목적을……."

짜증스러운 목소리로 투덜거리며 옥패를 받아 든 병사가 곧 말끝을 흐리며 눈을 크게 떴다.

"이건……!"

익숙한 반응이었다. 오래전 석현성에서 국내성으로 돌아오는 길, 백제의 성을 지날 때도 병사들이 이런 반응이었다.

병사의 눈이 재빠르게 나와 운, 태림을 살폈다. 그의 흔들리는 눈동자가 태림의 허리에 걸린 검에 잠시 멈췄다가 다시 내게로 돌아왔다. 옥패를 건넨 사람이 나이니 내게 사정을 물으려는 것 같았다.

"이 옥패는……?"

"보는 그대로입니다. 귀하신 분께서 준 옥패예요."

두 눈을 똑바로 바라보며 꺼낸 말에 병사의 얼굴이 하얗게 질렸다. 잠시 어쩔 줄 몰라 방황하던 그가 곧 나를 보며 입을 열었다.

"잠시만 기다려 주십시오."

어느새 병사의 말투가 달라져 있었다. 그는 반듯하게 각이 잡힌 자세로 내게 고개를 숙이고는 그대로 성안으로 사라졌다.

잠시 제자리에서 기다리고 있으니 병사가 조금 더 계급이 높아 보이는 남자와 함께 나타났다. 허겁지겁 우리를 향해 다가오는 남자의 얼굴도 병사처럼 하얗게 질려 있었다.

"옥패를 건네신 분이십니까?"

"네, 제가 옥패를 가져왔어요."

"인상착의는 대충 맞는 것 같은데……."

남자가 나를 위아래로 살피며 작게 중얼거렸다.

"인상착의?"

예상하지 못한 반응에 내가 고개를 갸웃거리니 남자가 당황하여 손을 내저었다.

"아니, 아닙니다. 잠시 확인할 것이 있으니 저를 따라오시겠습니까."

운이 나와 태림을 보았다. 예전에도 이런 과정을 거쳤냐는 뜻이었다. 하지만 우리로서도 이런 반응은 처음이었다. 나는 운을 향해 작게 고개를 저은 뒤 경계심 가득한 눈으로 남자를 바라보았다.

"전 조용히 미추성에 들어가고 싶을 뿐이에요."

"예, 아가씨의 뜻은 잘 알겠습니다만…… 잠시 확인을 거치도록 협조해 주시겠습니까? 확인이 완료되면 그 뒤에는 미추성 어디든 원하시는 곳으로 가실 수 있습니다."

남자의 태도는 깍듯했지만 분위기가 뭔가 이상하게 돌아가고 있었다. 나는 난처한 얼굴로 운과 태림을 바라보았으나 그들도 딱히 답을 내놓을 수 없는 상황이었다.

결국 운이 짧게 의견을 내놓았다.

"따라가자."

그렇게 말하는 운의 눈에도 경계심이 가득 차 있었다. 따라는 가되 경계를 늦추지 말자는 의미겠지.

나는 긴장으로 서서히 축축하게 젖어 드는 손을 꽉 쥐며 남자를 바라보았다.

"알겠어요. 어디로 가면 되죠? 앞장서면 따라가겠어요."

내 대답에 남자가 안도의 한숨을 내쉬며 고개를 숙였다.

"이쪽으로 오십시오. 제가 안내하겠습니다."

남자는 우리를 성벽의 망루로 안내했다. 좁은 계단을 따라 위로 향하는 동안 누구도 입을 열지 않았다.

긴장되는 시간이었다. 고요한 가운데 앞장선 남자가 입은 갑옷이 절그럭대는 소리만이 좁은 공간에 울렸고, 태림은 언제든 검을 뽑아 들 수 있도록 손을 검 손잡이 가까이 두고 있었다.

마침내 모두의 걸음이 망루의 가장 높은 곳에 닿았을 때 남자가 안으로 들어서며 깊게 고개를 숙였다. 나를 대할 때의 깍듯한 태도가 우습게 느껴질 만큼 정중하고 반듯한 인사였다.

"모셔 왔습니다, 어르신."

고개 숙이는 남자 너머로 의자에 기대어 밖을 바라보고 있는 사람의 뒷모습이 보였다. 검은 머리가 선명한 뒷모습은 어르신이라는 호칭에 그다지 어울리지 않았지만, 남자는 그를 향해 과할 정도로 예를 갖추고 있었다.

"데려왔다고?"

의자에 앉아 있던 자가 황급히 자리에서 일어섰다. 그런데 다급하게 외치는 그의 목소리가 어딘가 익숙했다.

설마 이 목소리는…… 그럴 리가 없는데…….

"우희!"

설마 하는 생각이 결론에 도달하기도 전에 익숙한 얼굴이 반가운 목소리로 나를 불렀다. 생각지도 못한 얼굴에 나는 입을 쩍 벌렸다.

"아, 아, 아, 아신?"

너무 놀란 나머지 존칭조차 나오지 않았다. 썩 무례한 외침이었지만 다들 그 사실보다는 아신이라는 이름에 크게 반응했다.

"아신?"

남자는 내가 감히 왕의 이름을 함부로 부른 것에, 운과 태림은 눈앞의 이자가 백제의 왕 아신이라는 사실에 놀란 것 같았다. 놀라지 않은 사람은 아신 하나뿐이었다.

"그래, 나다!"

호탕하게 웃음을 터트린 아신이 내 앞으로 걸어와 나의 두 손을 붙잡았다.

"이게 몇 년 만이냐!"

오랜 친구를 만난 것 같은 반가운 인사에 나는 얼떨떨해져 아신을 바라보았다. 반겨 주는 그에게는 미안했지만 고맙다는 마음보다는 의아하다는 생각이 먼저 들었다. 생명을 구해 준 일이 있기는 하나 벌써 몇 년 전의 일인데, 지금도 나를 이리 반겨 주다니?

이제 아신은 목숨을 위협받던 태자가 아닌 한 나라의 당당한 왕이었다. 달라진 처지에 과거의 기억은 모두 잊었을 것이라 생각했는데, 그의 기억 속에는 여전히 내가 호의적인 모습으로 남아 있는 모양이었다.

"마지막으로 석현성에서 뵈었으니 오래전의 일이지요."

"그래, 그래. 오래전이다."

"그렇게 시간이 흐르는 동안 원하던 것도 이루셨고요."

그 시절 아신이 원하던 것은 단 하나, 왕위에 올라 더 이상 목숨을 위협받지 않는 것이었다. 그때 나누었던 대화를 기억하는 것인지 아신이 멋쩍은 얼굴로 내 손을 놓았다.

"그래, 원하던 것을 손에 넣었다."

"한데 기쁘지만은 않으신 듯 보입니다."

"하나를 손에 넣었더니 또 다른 것을 얻고 싶어지더구나. 사람의 욕심이 원래 그런 거겠지."

"백제의 가장 높은 자리에 계시는 분께서 마음대로 갖지 못하는 것도 있습니까?"

내 질문에 아신이 묘한 표정을 했다.

"정말 몰라서 묻는 것이냐? 지금 내가 바라는 것은 너희 고구려가 앗아 간 우리의 땅을 되찾는 일이다. 그러다 너희의 땅까지 가져오면 더 좋겠지만…… 우선은 우리 땅을 가져오는 것이 급하지."

아신의 말에 나를 망루에 데려온 남자가 놀라서 눈을 크게 떴다. 아신을 상징하는 옥패를 가진 자가 고구려인일 거라고는 생각지도 못했던 듯했다.

"어찌 고구려 사람 앞에서 그리 당당하게 선전포고를 하십니까?"

"안 될 것은 또 무어냐? 이 세상에 내가 그 땅을 원한다는 사실을 모르는 자가 없거늘. 너희 고구려에서는 내가 매번 너희 왕에게 박살이 난다며 조롱을 한다지?"

차마 아니라고 말해 줄 수가 없었다. 몇 년째 대승을 이어 가고 있는 백제전은 국내성 이야기꾼들의 좋은 소재였다. 그 속에서 아신은 주로 무능하고 주제도 몰라 매번 담덕에게 혼쭐이 나는 멍청한 왕으로 등장했다. 그런 이야기를 들을 때마다 나는 묘한 기분이었다. 아마도 내가 백제의 왕 아신이 아니라, 나의 환자 아신을 기억하고 있기 때문이었을 것이다.

"어찌 그런 이야기까지 아십니까."

"이 자리가 원래 그렇다. 여기저기서 듣고 싶지 않은 이야기까지 모두 읊어 대니 어쩔 수 없이 각지의 소문이 내 귀에 흘러들지. 참으로 피곤한 일이다."

아신이 피곤한 얼굴로 고개를 저었다. 잔뜩 찌푸려진 그의 얼굴에는 질린 기색이 역력했다.

"자리에는 책임이 따르니까요. 원하던 자리에 오르셨으니 그 정도 피곤함은 감수하셔야지요."

"……내 심복들과 똑같은 말을 하는구나."

그렇게 말하는 아신은 묘하게 배신감이 느껴지는 얼굴이었다.

"너라면 그런 것은 건강에 좋지 않다고 이런저런 약을 드시고, 어디에 침을 맞으셔야 하고…… 그런 말을 할 줄 알았는데."

"……저도 늘 의원다운 말만 하는 건 아닙니다."

너무 선생 같은 잔소리를 했나 싶어 멋쩍게 웃으니 아신이 픽 웃었다.

"그런데 너는 여기에 어쩐 일로 온 것이냐? 그때 고구려로 떠나고 오랫동안 옥패를 쓴 사람의 소식이 들려오지 않기에 다시는 백제 땅에 오지 않을 줄 알았다. 석현성에서 큰 고생을 했으니 이제 이 땅을 밟기도 싫은 것인가 하였지."

나는 쉽게 입을 열지 못했다. 누군가에게 사정을 설명해야 할 일이 생겼을 때 댈 핑계 정도는 만들어 두었었다. 우리는 여행 중인 백제인 가족으로, 내가 막냇누이이고, 운이 첫째, 태림이 둘째라는 설정이었다.

하지만 상대는 아신이었다. 아신은 내가 고구려인이라는 것도, 오라버니가 하나 있다는 것도 알고 있었다. 석현성에서 파상풍을 치료하며 나눈 대화 덕분이었다. 원래의 핑계를 대기에는 걸리는 부분이 많았다.

나는 빠르게 머리를 굴리며 아신이 이상하게 여기지 않도록 거짓 사연을 정리했다. 고구려인인 내가 몇 년 만에 갑자기 백제에 나타나도 이상하지 않을 핑계라면…….

"약재를 구하러 왔습니다."

"약재?"

"따뜻한 지역에서만 나는 약재가 있어요. 고구려 땅은 추워서 그런 약재들 찾기가 쉽지 않지요."

나는 아신의 기억 속 내가 의원이라는 점을 활용하기로 했다.

"그간 약재상을 통해 들여왔지만 이번엔 제가 직접 눈으로 보고 싶었어요. 이런 사소한 일에 귀한 옥패를 사용해서 송구합니다."

다행히 내 말에 제법 설득력이 있었던지 아신이 대수롭지 않은 얼굴로 손을 내저었다. 그의 표정은 어딘가 뿌듯하고 기뻐 보이기까지 했다.

"송구하기는, 애초에 그러라고 준 옥패인 것을. 우리 백제 땅에는 좋은 약재가 많다. 앞으로도 종종 오너라. 미추성도 미추성이지만 내가 지내는 위례성에는 더 많은 약재가 있어. 앞으로는 그쪽으로 와라."

"이해해 주셔서 감사합니다. 한데 폐하께서는 어찌 위례성이 아닌 미추성에 계십니까?"

한창 전쟁 준비를 하고 있을 시점이었다. 아신이라면 당연히 수도인 위례성에 머무르며 부하들을 지휘하고 있어야 옳은 것 아닌가.

"그것은 일이 조금……."

난처한 질문이었는지 웃고 있던 아신의 얼굴이 조금 굳었다. 그는 내 질문에 대답하는 대신 뒤편에 선 태림과 운에게로 관심을 돌렸다.

"그나저나 이 두 사람은 누구지? 가만히 보니 이쪽은 얼굴도 제법 눈에 익은데."

두 사람을 바라보던 아신의 시선이 곧 태림 앞에 멈췄다. 석현성에서 아신을 치료하던 당시 태림도 그의 방에 드나들었으니 당연히 기억에 있을 것이다.

오라버니라는 핑계는 통하지 않는다. 그 당시 태림과 나의 모습은 누가 보아도 남매가 아니었다.

"이 녀석은 제 친구 놈입니다."

내가 고민하는 사이 운이 웃으며 태림의 어깨에 팔을 둘렀다. 운 특유의 넉살 좋은 웃음이었다.

"저는 우희의 오라버니고요."

"아, 그때 도압성에 있었다는……."

아신이 우리 셋을 훑어보며 제 턱을 매만졌다. 무엇인가 고민을 하는 것 같았다. 한참의 침묵 끝에 아신이 입을 열었다.

"미추성에는 얼마나 있을 생각이지?"

구체적인 일정은 정하지 않았다. 소문의 정체를 파악하는 것이 목적이었으므로 우리는 이를 알아낸 뒤에야 국내성으로 돌아갈 생각이었다.

"필요한 것을 구하고 난 뒤에 돌아갈 생각입니다. 정확한 기간은 정해 두지 않았어요."

"그런 생각이라면 내가 거처를 제공하고 싶은데."

"거처를요?"

생각지 못한 제안에 눈을 크게 뜨니 아신이 어색하게 웃으며 목덜미를 긁적였다.

"아니, 어차피 나도 한동안 미추성에 있을 예정이거든. 이곳에 임시 거처를 마련해 두었는데 쓸데없이 커서 빈방이 많아. 그냥 두고 놀리느니 누구라도 사용하는 편이 낫지 않나."

"그거야 그렇겠지만……."

나 혼자 결정할 수 있는 문제가 아니었다. 내가 슬쩍 운과 태림을 보니 그들 역시 서로 눈짓을 주고받으며 의견을 교환하고 있었다. 이번 미추홀 탐색 일행의 우두머리는 운이었다. 거취 문제에 대한 결론은 그가 내려야만 했다.

빤히 그를 보고 있으니 태림과 의견 교환을 마친 운이 활짝 웃으며 아신에게 고개를 숙였다.

"거절할 이유가 없지요. 기꺼이 그리하겠습니다. 과분한 배려에 감사드립니다, 폐하."

❖ ❖ ❖

"넙죽 그러겠다고 하시면 어떡합니까!"

미추홀에 두었다는 아신의 임시 거처로 오자마자 태림이 머리를 짚으며 운에게 외쳤다.

"이제 와서 그러면 저도 곤란합니다, 태림."

하지만 상황이 골치 아프게 되었다는 듯 연신 한숨을 내쉬는 태림을 보면서도 운은 평소와 다를 바 없이 어깨를 으쓱거릴 뿐이었다.

"내가 눈으로 '알겠다고 할까요?' 하니 태림도 '그럽시다!'라지 않았습니까?"

"제가 언제 그랬습니까. '아신의 소굴로 걸어 들어가는 건 위험하니 거절하는 게 좋겠습니다'라고 말했지요."

"그랬습니까? 내가 태림의 눈빛을 영 잘못 읽었습니다. 앞으로는 눈빛만 보아도 의견이 척척 맞도록 오늘부터 더 깊은 친분을 쌓아 봅시다."

그렇게 말하고는 허허허 웃으며 어깨를 두드리는 운의 태도에 태림이 입을 쩍 벌렸다.

"그게 무슨…… 이런 식으로 어물쩍 넘어갈 일이 아니잖습니까."

태림이 긴 한숨을 내쉬며 고개를 젓자 가볍게 웃고 있던 운의 얼굴이 조금 진지해졌다.

"좋은 거처를 내주겠다는 제안을 거절할 이유가 없었습니다. 거절했다가 괜한 속셈이 있는 것으로 보이면 곤란하죠. 차라리 상대의 소굴로 들어와 있는 편이 낫다 싶었습니다."

그렇게 말한 운이 바깥을 힐끗거리며 한층 목소리를 낮추었다.

"게다가 아신왕이 위례성이 아닌 미추성에 와 있는 것도 마음에 걸리지 않습니까? 가까이서 지켜보면 의외의 정보를 얻을 수 있을지도 모르지요."

정보의 중심이라는 비로의 어느 누구도 아신왕이 위례성을 떠나 미추성에 있는 것을 알지 못했다. 그가 이곳으로 온 것이 극비 중의 극비라는 뜻이었다.

실제로 아신은 왕이라는 자신의 정체를 감추고 있었다. 우리를 망루로 데려왔던 남자를 비롯해 이곳 거처에서 머무르고 있는 병사들 모두가 그를 '어르신'이라 불렀다.

상황이 그러하니 무엇인가 비밀스러운 일을 꾸미고 있다는 의심이 드는 건 당연했다. 운은 아신의 주위에 머무르며 그 비밀스러운 일의 정체까지 알아보고 싶은 모양이었다.

"저희끼리라면 당연히 그리했겠지만 우희 님까지 위험한 상황에 끌어들이는 것은 곤란합니다."

"우희가 위험해져요?"

태림의 걱정에 운이 헛웃음을 흘렸다.

"우희를 대하는 아신왕의 태도를 보았잖습니까. 무슨 일이 벌어져도 그는 우희를 상하게 하지 않을걸요. 다른 쪽으로의 위험이라면 몰라도……."

운의 말에 태림이 입을 꾹 다물었다. 이런 방면으로는 눈치가 없는 태림이 보기에도 아신이 내게 깊은 호감을 표현한 듯했다.

태림이 자신의 말에 수긍하자 이번에는 운의 조언이 나를 향했다.

"우희, 아무리 목숨을 구해 준 사람이라고는 하나 그대를 향한 아신왕의 너무 호의가 깊어. 여러모로 조심하는 것이 좋겠어."

"호의가 깊은데 조심을 하라고요?"

의아해져서 고개를 갸웃거리니 운이 손가락으로 탁자를 두드리며 미간을 찌푸렸다.

"백제 땅에 남고 싶은 건 아닐 것 아냐? 아신왕이 지난번에 그대가 떠나는 것을 용인해 줬다고 해서 이번에도 그러라는 법은 없잖아. 그때는 위치가 불안한 태자였으니 그대를 강제하기 힘들었겠지만 이제는 한 나라의 왕이야. 게다가 이곳은 아신왕의 힘이 미치는 그의 땅이지. 조심해서 나쁠 것이 없어."

하지만 나는 운의 진지한 말이 우습게만 들렸다.

"도대체 제가 뭐라고 아신왕이 절 잡아 두겠어요?"

믿을 수 없다는 듯 웃어 버리는 나를 보고 운이 다시 한번 강하게 조언했다.

"친구로, 의원으로, 여인으로……. 무엇이든 이유가 될 수 있겠지. 그대는 설마 하는 마음이겠지만, 설마가 사람 잡는 세상이야. 그러니 내 말을 새겨 듣고 아신왕을 조심해. 늘 태림과 함께 움직이고."

운이 이처럼 진지하게 나오는 경우는 많지 않았다. 그만큼 그가 지금의 상황을 걱정하고 있다는 뜻이었다.

나는 얼떨떨한 기분으로 태림을 바라보았다. 그도 비슷한 생각인지 확인하기 위해서였다.

그 시선을 기다렸다는 듯 태림이 고개를 주억거렸다. 태림 역시 운의 말에 동의하고 있었다.

너무 다른 성향의 두 사람이 같은 조언을 했으니 영 쓸데없는 이야기는 아니다.

"알겠어요. 두 사람 모두 그리 말하니 신경 쓸게요."

내 대답에 운과 태림의 딱딱한 얼굴이 조금 풀어졌다. 이제는 본격적인 우리의 목표에 대해 이야기할 시간이었다.

"아신의 이야기는 여기까지 하죠. 여기 온 목적은 괴이한 소문의 진위를 파악하기 위해서니 그 방법을 고민해야 해요."

"우선은 소문이 흘러나왔다는 시장을 둘러봐야겠지."

"운 좋게 백제 병사들과 같은 공간에서 지내게 되었으니 그쪽을 찔러 봐도 좋겠지요."

운과 태림이 차례로 의견을 내놓았다. 모두 일리가 있는 말이었다.

"하면 우희와 태림이 시장 쪽을 맡아 주고, 나는 이 저택에서 병사들과 이야기를 나눠 보지. 아신에게 약재를 구하겠다는 핑계를 대었으니 시장을 둘러보는 건 이상하지 않을 거야. 그리고 병사들과 이야기를 나눠 보는 건……."

"그런 건 그쪽의 특기죠. 잘 알고 있습니다."

도압성에 가는 길에 병사들과 잘 어울리던 운의 모습을 떠올리며 말하자 그가 어색하게 웃었다.

"특기까지는 아니고 역할을 나누자면 이게 낫다는 것이지. 태림에게 병사들과 친해지라고 하면 몇 년을 주어도 해내지 못할 것 같아서."

나와 운의 시선이 태림을 향했다. 운의 말대로 태림에게 그 임무를 맡겼다가는 몇 년을 주어도 시간이 부족할 터였다. 자신을 빤히 바라보는 시선에 태림이 헛기침을 했다.

"그리 보지 않으셔도 제가 붙임성이 없다는 건 잘 압니다."

태림의 말에 운이 눈을 크게 떴다.

"그걸 알고 있다니 놀랍군요. 모르고 있을 줄 알았는데."

"그러게요, 그런 건 전혀 모를 줄 알았는데."

거기에 나까지 맞장구를 치니 태림이 상기된 얼굴로 목덜미를 매만졌다.

"……계속 절 놀리실 겁니까?"

"오, 놀림당하고 있다는 것도 알고. 이건 정말 의외입니다."

"……해운 님."

원망 섞인 태림의 목소리에 나와 운의 입에서 웃음이 터졌다.

◆ ◆ ◆

태림과 나는 아침 일찍 미추성의 시장으로 향했다. 소문의 진위를 파악하고자 나선 시장 나들이였지만, 정작 미추성의 시장에 도착하고 보니 처음 보는 활발함에 감탄부터 쏟아졌다.

바다를 통해 물자가 드나드는 곳답게 미추성의 시장은 규모가 대단했다. 시장에 오르는 물품 중에는 국내성에서 보지 못한 것들이 수두룩했다. 나는 신이 나서 시장의 곳곳을 구경했다. 그런 나의 뒤를 태림이 묵묵히 따라붙었다.

"과편이에요!"

하지만 내 발걸음이 멈춘 곳은 결국 과편 앞이었다. 내 과편 사랑은 이미 유명해서 태림은 놀라지도 않은 얼굴로 값을 치를 준비를 하고 있었다.

"……사자고 한 말은 아니었어요."

"사지 말자고 한 말도 아니시지요."

어제 놀렸던 앙금이 남았는지 태림이 드물게 내 말을 받아쳤다. 나는 눈을 가늘게 뜨고 그의 옆구리를 쿡 찔렀다.

"어제 일 때문에 토라졌어요?"

"토라졌……."

'토라졌다'는 나의 단어 선택에 말문이 막힌 태림이 주뼛대며 어색한 미소를 흘렸다.

"제가 어디 그런 말과 어울리는 사람입니까?"

"그런 말이 어울리지 않는 사람이 어디 있어요? 어떤 사람이든 서운해서 삐칠 수 있어요. 태림도 마찬가지죠."

"또 그런 말을 하시네요."

태림이 나를 빤히 바라보았다. 그가 처음 나의 호위를 맡게 되었을 때도 지금과 비슷한 상황이 있었다.

"우희 님이 저를 다른 사람과 똑같이 대하실 때마다 기분이 이상합니다. 전 비천한 출신에 전쟁터에서 거칠게 굴러먹던 놈인데……. 우희 님에게는 그런 것들이 전혀 중요하지 않아 보입니다."

"내가 태림을 대할 때 그런 것들을 생각해야 하나요? 출신이라든가, 전쟁터에서 어떻게 지내 왔다든가 하는 그런 것들을요."

"꼭 그런 것은 아니지만…… 많은 사람들이 그걸 생각하고 절 대합니다."

"그럼 난 그렇지 않은 사람으로 하죠, 뭐."

고민 없이 흘러나온 내 대답에 태림이 묘한 얼굴을 했다.

"한두 사람 그런 사람이 있어도 괜찮잖아요? 태림의 출신이나 전쟁터에서의 모습을 신경 쓰지 않는 사람이요. 내가 그런 사람 할게요. 그러니까 내가 무슨 말을 할 때마다 이상한 표정을 짓는 건 그만해요."

나는 미묘하게 찌푸려진 태림의 미간을 손가락으로 눌러 펴며 한숨을 내쉬었다.

태림의 주변에는 온통 대단한 가문의 사람들뿐이었다. 태왕인 담덕이야 말할 것도 없고 늘 붙어 다니는 지설도 순노부 사씨의 도련님 아닌가. 그러니 자연스레 그들을 대하는 사람들의 태도와 자신을 대하는 사람들의 태도를 비교하게 된 것이 틀림없었다. 어쩔 수 없는 수순이었다.

하지만 내게는 신분제가 없는 현대의 기억이 있었다. 사람이라면 누구나 동등한 인격이라는 인식이 내게는 아주 익숙했다. 게다가 지금의 나 역시 신분을 따져 가며 누군가에게 잘 보여야 하는 처지가 아니었다. 운 좋게도 귀한 집안의 사람으로 태어난 덕에 누군가의 눈치를 보지 않아도 살아가는 데는 문제가 없었다. 그러니 내게는 태림이 지설과 크게 다르지 않았다. 운과도, 다로와도 마찬가지였다.

이런 나의 생각과 행동이 사람들에게 특이한 것으로 비친다는 건 알고 있었다. 그래도 이게 어쩔 수 없는 나였다.

"제가 그렇게 이상한 표정을 지었습니까?"

내가 미간을 문지를수록 오히려 태림의 얼굴이 더 이상해졌다. 나는 한숨을 내쉬며 그의 미간에서 손을 뗐다.

"도저히 수습이 안 되네요. 표정은 포기해야겠어요."

나는 고개를 내저으며 과편을 파는 상인 앞에 섰다.

"요즘 제일 잘 팔리는 과편이 뭔가?"

내 질문에 상인이 능숙하게 과편 두 조각을 내밀었다. 나는 얼른 상인이 내미는 것을 받아 하나는 태림의 손에, 하나는 내 입으로 가져갔다.

"지금이야 자두로 만든 과편이 제일이지요. 새콤하고 달콤하니 아주 인기가 좋습니다."

과편을 오물거리니 상인이 설명을 이어 갔다. 과연 씹히는 맛이 새콤달콤하여 먹는 와중에도 침이 고였다.

"이걸로 하지."

만족스러운 내 얼굴을 보았는지 태림이 상인에게 말했다.

이런 쪽으로는 눈치가 빠르단 말이야.

나는 태림의 행동에 감탄하며 상인에게 질문을 던졌다. 오늘의 시장 탐방의 목적은 소문을 알아보는 것이었으니 과편에 넋을 놓고 있을 때가 아니었다.

"한데 요즘 미추성에 병사들이 많이 보이는군."

"아, 병사들이요?"

은근히 상인을 떠보았더니 그가 과편을 담으며 거리를 지나는 병사들을 힐끗거렸다.

"매년 이맘때쯤이면 고구려와 전쟁을 하잖습니까. 이번에도 그 준비겠지요. 분위기가 살벌하여 사람들이 시장에 잘 나오지도 않습니다. 어떤 날은 판을 벌여도 손님 하나 오지 않는다니까요."

"그놈의 전쟁이 문제지."

본래 상인들의 입은 가볍기 마련이었다. 슬쩍 맞장구를 쳐 주며 부추겼더니 아니나 다를까 신이 나서 이야기를 떠들어 대기 시작했다.

"맞습니다요. 매년 전쟁을 하느라 우리 백성만 죽어 나가지요. 시원하게 이겨 오기나 하면 모를까 붙었다 하면 얻어터지니 어디 기운이 나겠습니까? 전쟁터에 나가는 병사들은 출정하기 전부터 무서워서 벌벌 떱니다. 이번에도 질 것이 분명한데 개죽음당하러 전쟁터에 끌려 나간다고요."

"그래도 이번에는 상황이 다르잖은가. 고구려를 잘 아는 외눈박이 장군이 군대를 이끌 거라면서? 상대를 아는 것이 이기는 전략의 첫 번째라던데, 이번에는 그런 장수가 있으니 필승일 게야."

내 말에 상인이 영문을 모르겠다는 듯 고개를 갸웃거렸다.

"고구려를 잘 아는 외눈박이 장군이요? 그런 이야기는 처음 듣습니다. 정말 그런 장수가 우리 백제군에 있답니까?"

"그런 이야기를 들어 본 적이 없단 말이야?"

"그럼 제가 들은 이야기를 못 들었다 하겠습니까? 제가 이 시장에 자리 잡은 것이 몇 년인데…… 그런 이야기는 듣도 보도 못했습니다."

거짓말을 하는 기색은 아니었다. 나는 상인이 내미는 과편을 받아 들며 가볍게 웃어 보였다.

"그럼 내가 뭘 잘못 알았나 봐. 너무 신경 쓰지 말게. 과편은 맛있게 잘 먹겠네."

"예, 다음에 또 오십시오."

상인과 인사를 하고 돌아서는 순간 입가에 걸려 있던 미소가 사라졌다.

분명 미추홀을 드나드는 상인들을 중심으로 퍼진 소문이라고 했다. 그렇다면 이미 이 시장에는 그 소문이 파다하게 퍼져 있어야 하는 것 아닌가?

"상황이 조금 이상한 것 같습니다."

태림도 나와 비슷한 생각을 한 것 같았다. 하지만 이제 겨우 한 사람을 만나 보았을 뿐이었다. 시장은 컸고, 상인들도 많았다.

"이곳의 다른 상인들도 떠봐야겠어요."

나는 주머니에 담긴 과편을 베어 물며 다른 상인 쪽으로 걸음을 옮겼다.

❖ ❖ ❖

"단 한 사람도 그런 소문을 들은 적이 없다니 말이 돼요?"

시장을 한 바퀴 돌고 거처로 돌아온 나와 태림은 심각한 얼굴로 마주 앉았다.

시장 곳곳을 돌며 상인들을 만나 보았으나 그들 중 누구도 고구려 출신의 외눈박이 장군에 대해 들은 적이 없다고 했다. 몇 번 더 자세하게 이야기를 풀며 미끼를 던졌지만 외려 무슨 소리를 하냐는 듯한 어리둥절한 시선이 돌아왔을 뿐이었다.

고구려에까지 이야기가 돌았다면 소문의 근원지라는 미추홀 상인들이 이처럼 아무것도 모르는 것은 말이 되지 않았다. 확실히 상황이 이상했다.

"상인들이 일부러 정보를 감추고 있는 것은 아닐까요?"

태림이 물었지만 그럴 리는 없었다.

"병사가 아닌 상인들이에요. 군대의 통제를 받지 않는 자들이란 뜻이죠. 그런 사람들 모두가 같은 대답을 하게 만드는 것은 불가능하지 않겠어요? 이들은 정말 외눈박이 장군에 대해 들은 적이 없는 것 같아요."

"하지만 저희가 입수한 정보는……."

태림이 혼란스러운 듯 미간을 찌푸리며 말끝을 흐렸다.

혼란스럽기는 나도 마찬가지였다. 소문의 진위를 파악할 생각만 했지, 애초에 소문이 돌지 않았으리라는 가정은 한 적이 없었다.

"뭘 그리 고민해? 답은 둘 중 하나일 텐데."

가만히 우리의 이야기를 듣고 있던 운이 서늘한 얼굴로 말했다. 우리의 시선을 받은 그가 손을 들어 손가락 하나를 접었다.

"하나, 백제에 드나들었다는 상인들이 일부러 이상한 소문을 퍼트렸다."

단호하게 첫 번째 가능성을 입에 올린 운의 손가락이 곧 하나 더 접혔다.

"둘, 다로가 듣지도 않은 정보를 우리에게 전했다."

운의 말이 끝나기 무섭게 태림이 자리에서 벌떡 일어섰다. 자리를 박차고 일어나지는 않았지만 나 역시 놀란 것은 마찬가지였다.

"그 말이 어떤 의미인지 알아요?"

"비로 안에 쥐새끼가 있을 수도 있다는 의미지."

"지금 그 쥐새끼가……."

나는 차마 말을 잇지 못하고 입을 꾹 다물었다. 하지만 운은 아니었다.

"다로, 그 여자를 정말 믿을 수 있나?"

운이 태림을 바라보며 물었다. 비로에 들어온 지 얼마 되지 않은 우리보다는 태림이 다로를 잘 알 것이다.

"다로는……."

어렵게 입을 뗀 태림이 자리에 털썩 앉으며 머리를 짚었다. 그렇지 않아도 혼란으로 가득 찼던 얼굴이 이제는 하얗게 질려 있었다.

"여태까지 성실하게 일했습니다. 다로가 가져오는 정보는 정확해서 모두가 신뢰했고요."

"중요한 순간을 위해 신뢰를 쌓아 온 것일 수도 있겠지."

긍정적인 태림의 말을 운이 차갑게 잘랐다. 동료를 매도하는 것은 참을 수 없는 일이었지만 태림도 나도 마냥 다로의 편을 들 수는 없었다. 그만큼 상황이 기이하게 돌아가고 있었다.

하지만 마냥 의심만 하고 있을 수는 없었다.

"사실 없는 소문을 만들어 전한 주체가 누구인지는 나중 문제예요.

지금 당장은 누가, 무슨 목적으로 없는 소문을 만들어 우리를 백제 땅에 끌어들였는지가 중요하죠."

"우희 네 말이 옳다. 하지만 우리가 가진 정보는 모두 다로의 입을 통해 나온 말뿐이다. 절대적으로 정보가 부족해. 다음 행동을 정하는 것조차 쉽지 않다."

"하면 우선은 비로에 연통을 보내서 지금의 상황을 전하는 게 어떨까요? 오라버니께서 추가 정보와 함께 지시를 내려 줄 거예요."

"연통은 비로가 아닌 절노부의 저택으로 보내자. 비로로 보냈다가 다로가 먼저 확인하면 의미가 없어져. 의심만 하는 건 곤란하지만 조심해서 나쁠 것은 없지."

어느 정도 다음 행동에 대한 결론에 도달하자 운과 나의 논의가 이어지는 동안 침묵을 지키고 있던 태림이 자리에서 일어섰다.

"그럼 제가 연통을 보내고 오겠습니다."

태림이 입술을 질끈 깨물고 방을 나섰다. 비로 내부에 배신자가 있을 수도 있다는 사실에 적잖은 충격을 받은 모양이었다.

그건 나와 운도 마찬가지였다. 비로는 태왕을 위한 비밀 조직이었다. 그 안에 배신자가 있다는 말은 태왕마저 위험할 수 있다는 뜻이었다. 불안한 마음에 가슴 한구석이 답답하게 죄어들었다.

第十九章

간자(間者)

국내성으로 연통을 보내고 난 뒤에도 복잡한 마음은 가라앉을 줄을 몰랐다.

다로가 배신자라고? 믿을 수 없는 일이었다. 나는 곱게 웃던 다로의 얼굴을 떠올리며 고개를 내저었다.

아직 확실한 것이 아냐. 확실해질 때까지는 나쁜 생각 하지 말자.

나는 제신이 빠르게 답장을 보내 와 불안한 나의 마음을 다잡을 수 있기를 바랐다. 하지만 어쩐 일인지 국내성으로 보낸 연통의 답장이 오랜 시간이 지나도록 오지 않았다.

전령새를 통해 보낸 연통이었다. 일주일이 지났으니 벌써 몇 번이나 서신을 주고받고도 남을 시간이었음에도 이상하리만치 늦어지는 답신에 불안감이 커졌다.

하지만 불안한 기색을 겉으로 드러낼 수는 없었다. 여전히 우리에게는 할 일이 있었다. 나는 아신이 제공하는 거처에 머무르며 약재를 구하러 온 의원의 역할에 최선을 다했다. 매일 저녁 아신이 식사에 초대해 시답잖은 이야기들을 묻곤 했으므로 조금이라도 빈틈을 보일 수가 없었다.

운은 병사들과 가까이 지내며 아신의 움직임을 주시했다. 처음에는 경계하던 백제의 병사들도 운의 넉살에 완전히 넘어갔는지, 이제는 그가 곁에 있는 것도 잊고, 훈련이니 작전이니 하는 이야기들을 쏟아 낸다고 했다. 아직 쓸 만한 정보는 건지지 못했지만 운은 곧 괜찮은 이야기도 들을 수 있을 것 같다며 기대를 하고 있었다. 그의 바람대로만 된다면 다가올 전쟁에서 고구려는 상당히 유리한 위치에 설 수 있었다.

그에 비해 태림은 날이 바짝 섰다. 상황이 심상치 않다고 판단했는지 호위 수준을 강하게 높여 내 곁에서 떨어질 줄을 몰랐다.

지지부진하게 상황이 흘러가는 동안 백제와 고구려 간에는 긴장이 더해 갔다. 편안하게 늘어져 지내던 병사들 사이에 언제부턴가 긴장감이 서리기 시작한 것을 보니 아무것도 모르는 나 역시 전쟁이 다가오고 있음을 느낄 수 있었다.

"이번 목표는 수곡성이라는군. 수곡성을 치려면 예성강을 건너야 하니, 그 전에 강을 마주 보고 있는 석현성을 치는 게 순서지. 이번 전장은 그쪽이 될 것 같다. 지금 우리 군은 관미성의 방비에만 집중하고 있는데…… 정말이라면 골치가 아프겠어."

운이 피곤한 얼굴로 자리에 앉으며 말했다. 그렇게 병사들과 어울리더니 결국 쓸 만한 정보를 얻어 낸 모양이었다.

"수곡성과 석현성이라면 이곳에서 한참이나 멀리 떨어진 곳 아닙니까?"

태림이 의아한 듯 고개를 갸웃거렸다. 그는 운이 얻어 온 정보가 어딘가 이상하게 느껴지는 듯했다.

"아신왕은 전쟁이 벌어지면 선봉에 서지는 않더라도 가까운 성에 주둔하며 전황을 살핀다고 했습니다. 한데 이곳 미추성에서 수곡성과 석현성은 너무 멉니다."

태림의 말대로였다. 아신이 고구려와의 전쟁을 중시해서 개전(開戰) 뒤에는 전투가 벌어지는 곳과 가까운 성에 자리를 잡고 전황을 살핀다는 이야기는 유명했다.

한데 이곳 미추홀에서 수곡성은 너무 멀었다. 이번 전쟁의 전장이 수곡성과 석현성 일대로 정해졌다면, 아신은 미추성이 아닌 팔곤성(八坤城) 인근에 머무르고 있어야 했다.

이상한 점은 더 있었다. 개전을 기다리는 병사들의 태도였다.

"수곡성과 석현성 쪽에서 전쟁이 벌어질 거라면…… 여기에 있는 병사들이 어째서 이토록 긴장하고 있는 걸까요? 전선이 수곡성과 석현성이라면 여기에 있는 병사들은 참전하지 않을 것이 분명하잖아요?"

내 말에 태림도 동의했다.

"맞습니다. 전쟁을 앞두고 이동이 길어지면 시작도 전에 사기가 떨어지니, 여기에 있는 병사들을 참전시키기로 했다면 오래전에 이동을 지시했어야 합니다. 한데 그런 움직임은 없더군요."

"병사들이 군기가 바짝 들었기에 전 이번에도 미추성에서 가까운 관미성에서 전투가 벌어질 거라고 생각했거든요. 한데 수곡성과 석현성이라니……."

"뭐, 급박하게 이동하는 경우가 없는 것은 아니니까."

운이 미심쩍은 얼굴을 하면서도 어깨를 으쓱거렸다. 하지만 태림은 그의 말에 동의하지 않았다.

"그런 경우가 없는 것은 아니지만, 그렇다면 군단의 구성이 이상합니다. 빠르게 이동하고자 한다면 기병이 있어야 하는데 이곳 미추성에는 보병과 궁수밖에 보이지 않습니다."

갈수록 의문점이 늘어났다. 우리 세 사람은 갑갑한 마음을 감추지 못하고 긴 한숨을 내쉬었다.

❖ ❖ ❖

불안한 마음 때문이었는지 나는 한동안 잠을 제대로 이루지 못했다. 입맛도 뚝 떨어져 밥 생각도 들지 않았다. 며칠째 과편만 조금씩 먹는 나를 보며 태림과 운이 걱정했을 정도였다.

하지만 두 사람이 아무리 맛있는 음식을 내밀어도 입맛이 동하지 않았다. 국내성에서 제신이 연통이라도 보내 준다면 한결 마음이 놓일 텐데, 최초로 보낸 연통 이후에도 몇 번이나 더 보냈지만 제신에게서는 아직까지도 답신이 오지 않고 있었다.

그러던 어느 날, 나는 기이한 꿈을 꾸었다. 며칠째 잠을 설치다 쏟아지는 졸음을 이기지 못하고 낮잠에 빠져든 날이었다.

꿈속에서 나는 광활하게 펼쳐진 바다를 마주하고 있었다. 평화롭게 넘실대는 바다 위에 따뜻한 햇볕이 부서졌고, 나는 보석처럼 반짝거리는 바닷물이 아름다워 치마를 걷고 바다에 뛰어들었다.

하지만 아름다운 풍경은 오래가지 않았다. 맑았던 하늘에 곧 먹구름이 몰려와 천둥 번개가 치기 시작한 것이다.

서둘러 바다를 벗어나야겠다는 생각이 들었다. 하지만 아무리 뭍을 향해 뛰어도 내 걸음은 제자리만 맴돌 뿐이었다.

그러는 동안 요란한 빗줄기가 쏟아졌다. 나는 쏟아지는 빗줄기를 맞으며 추위에 몸을 덜덜 떨었다.

이대로 있다가는 바다에 빠져 죽을 것 같다는 생각이 들 때쯤이었다. 수평선 저 멀리서 무엇인가 거대한 것이 빠른 속도로 나를 향해 날아오고 있었다.

나는 얼굴에 들이치는 빗물을 닦아 내며 내게 날아오는 것의 정체를 파악하려고 애썼다. 몇 번이나 얼굴의 빗물을 닦아 낸 끝에 시야가 분명해졌다.

"용?"

수평선 너머에서 나를 향해 날아온 것은 다름 아닌 용이었다. 용도보통 용이 아니었다. 태양처럼 상서로운 황금빛을 띤 황룡이었다.

용이 날아오는 길마다 먹구름이 걷혔다. 바다 멀리서부터 요란하게 쏟아지던 빗줄기가 멈추더니, 용이 내 앞에 다가왔을 때는 내 얼굴에 들이치던 비도 사라진 뒤였다.

나는 황홀한 기분으로 황룡을 바라보았다. 손을 뻗어 은은하게 황금빛을 발하는 비늘을 만지자 용이 몸을 뒤틀며 내 주변을 맴돌았다.

용에게 표정이 있을 리가 없는데도 나는 용이 웃고 있다고 생각했다. 추운 바닷물 속에 있는데도 몸이 따뜻하고 마음이 편안했다. 모두 황룡이 가져온 따뜻함 덕분이었다. 나는 고마움을 담아 용의 뿔을 쓰다듬었다.

그 순간 용과 나의 눈이 마주쳤다. 용의 눈은 신비했다. 깊고 따뜻했으며, 어딘가 모를 친근함이 들었으나 마음 한구석에서는 경외심이 들었다.

그렇게 기묘한 눈으로 나를 보던 용이 별안간 구슬픈 울음소리를 내며 유리알 같은 눈물을 뚝뚝 흘리기 시작했다.

"왜 우니? 뭐가 그리 슬퍼?"

나는 당황스러워 용의 몸을 쓰다듬었다. 하지만 그럴 때마다 용의 눈에서 흐르는 눈물이 더욱 굵어질 뿐이었다.

용의 눈에서 떨어진 눈물은 바다에 떨어져 붉은 피로 변했다. 나는 비명을 지르며 뒷걸음질 쳤지만 어디를 가나 붉게 물들어 가는 바다뿐이었다.

도망칠 곳이 없었다. 어느새 내 옷마저 붉은 피로 물들어 온몸에 피비린내가 진동했다.

◆　◆　◆

"아아악!"

나는 비명을 지르며 잠에서 깨어났다. 꿈을 꾸며 흘린 땀으로 온몸이 흥건하게 젖어 있었다.

"무슨 일이십니까?"

내 비명을 들은 것인지 태림이 놀란 얼굴로 내게 다가왔다. 태림의 부름에도 나는 쉽게 현실로 돌아오지 못했다. 조금 전까지 몸에 닿았던 물의 감촉과 코끝에 닿았던 피비린내가 선명했다.

"우희 님!"

태림이 내 어깨를 강하게 잡아 흔들었다. 그제야 멍하니 꿈속에서 헤매던 정신이 현실로 돌아왔다. 점차 선명해지는 나의 시선에 그가 안도의 한숨을 내쉬었다.

"왜 그러십니까? 어디 몸이 안 좋으세요?"

"아뇨…… 그게 아니라…… 내가 이상한 꿈을…….'

더듬거리며 흘러나온 말에 태림이 멍한 얼굴을 했다.

"……꿈이요?"

"네, 너무 선명해서 현실처럼 느껴지던 꿈이었어요. 비가 왔는데, 용이 와서, 눈물이 피로 변하고……."

횡설수설하는 나를 보며 태림이 다시 한번 강한 힘으로 내 어깨를 붙잡았다.

"그저 꿈입니다. 밖을 보십시오. 비는커녕 날이 맑기만 합니다."

나는 태림이 가리키는 방향을 따라 고개를 돌렸다. 그의 말처럼 창밖은 먹구름 한 점 없이 맑았다.

하지만 이것만으로는 부족했다.

"바다……."

"예?"

"바다에 가 봐야겠어요."

나는 자리에서 벌떡 일어서 다급하게 밖을 향해 걸었다. 그 뒤를 태림이 다급하게 따라붙었다.

"갑자기 바다라니요? 무슨 말씀이십니까?"

태림이 답답한 얼굴로 물었지만 대답할 정신이 없었다. 바다가 멀쩡하다는 것을 보아야 이 불안한 마음이 편해질 것 같았다.

나는 무작정 바다를 향해 달렸다. 방을 나서서 눈에 보이는 말을 아무렇게나 잡아타고 나루터까지 내달렸다.

하지만 정신없이 서둘렀던 나를 비웃기라도 하듯 나루터의 풍경은 평화로웠다. 꿈속에서 보았던 섬뜩한 풍경이 모두 환상에 불과하다고 분명하게 말해 주는 것 같았다.

나는 그제야 비로소 안도의 한숨을 내쉬며 말 위에서 내려왔다. 땅에 발을 딛자마자 뒤늦게 나를 따라온 태림이 말에서 뛰어내리며 숨을 몰아쉬었다.

"보십시오. 아무 일도 없습니다."

나를 따라잡느라 서두른 탓인지 태림이 드물게 땀을 흘리고 있었다. 그 모습을 보니 뒤늦게 미안함이 밀려왔다.

어린애도 아니고 이상한 꿈을 꿨다고 호들갑을 떨어 대다니. 정신없이 내달린 것이 부끄러워져 얼굴이 살짝 달아올랐다.

"미안해요. 꿈이 너무 생생해서⋯⋯."

"아닙니다. 최근 계속 불안한 일들뿐이었으니, 작은 꿈에도 놀라실 수밖에요."

나의 사과에 태림이 고개를 저었다. 대신 그는 숨을 고르며 주변을 살폈다. 미추성에 들어선 이후 바다를 다시 찾은 건 처음이었다.

바다는 처음 미추홀에 닿았던 날과 크게 다르지 않았다. 한쪽에는 짐을 싣기 위한 배들이 나란히 줄지어 섰고, 다른 한쪽에는 물자와 사람을 나르는 배들이 바쁘게 움직이고 있었다.

평화로우면서도 분주한 나루터의 풍경.

"응?"

천천히 주위의 풍경을 살피던 나는 처음 바다에 내리던 날과 다른 것을 발견하고 눈을 크게 떴다.

"태림, 저게 뭐죠?"

나루터 한쪽 구석에 작은 배들이 한가득 모여 있었다.

"형태를 보아하니 상선(商船)입니다. 작고 가벼운 대신에 속도가 빨라서 물건을 빨리 이동시켜야 하는 상인들이 많이 쓴다고 들었습니다. 저희가 타고 온 배도 일종의 상선인데, 저것보다 크기가 조금 더 큰 대신 속도가 조금 느렸지요. 그런데⋯⋯."

내가 가리킨 배를 보며 대수롭지 않게 설명을 이어 가던 태림이 곧 미간을 찌푸렸다.

"개인이 움직이는 상선이라기엔 규모가 상당하군요. 열 척 정도 되는 것 같은데……. 아무리 미추성의 교역이 활발하다고는 해도 저렇게까지 많은 배를 움직일 수 있는 사람은 흔치 않습니다."

태림이 의심의 눈초리로 모여 있는 상선들을 바라보았다.

"그러게요. 배는 만들기가 어려워 가격이 꽤 나간다고 들었는데, 저리 많은 배를 가지려면……."

나 역시 의심스러워져 상선들을 빤히 바라보고 있을 때였다. 열을 맞춰 나란히 묶여 있는 상선 앞에 익숙한 얼굴이 보였다.

"태림."

나는 생각할 것도 없이 태림을 끌어당겨 나루터 앞에 쌓인 물건 뒤로 몸을 숨겼다.

"우희 님?"

얼떨결에 내 손에 끌려온 태림이 의아한 얼굴로 나를 보았다. 나는 대답 대신 조심스럽게 물건 밖으로 고개를 빼며 상선 앞에 선 사람을 가리켰다.

"태림. 저기 상선 앞에 서 있는 사람, 누구인지 보여요?"

태림이 내 뒤에서 살짝 고개를 빼는 것이 느껴졌다. 곧이어 그의 입에서 허탈함과 당황스러움이 동시에 느껴지는 짧은 웃음이 흘러나왔다.

"저건 아신왕 아닙니까?"

아신이 바쁘게 움직이고 있다는 것은 이미 알고 있었다. 매일 저녁 식사 시간을 제외하면 저택에서 그의 얼굴을 보기 힘들 정도였으니 미추성에서 중요한 할 일이 있으리라는 것은 짐작했다.

하지만 상선과 아신이라. 전혀 어울리지 않는 조합이었다. 전쟁이 코앞으로 다가온 지금 시점에 백제의 왕이 대규모의 상선을 운용해야 할 일이 무엇일까?

"미추성의 물자를 전쟁이 벌어질 수곡성과 석현성 인근에 보내려는 것이 아닐까요?"

태림의 추측은 그럴듯했다. 하지만 지난 전쟁들에서 백제가 보인 움직임을 고려하면 꺼림칙한 구석이 있었다.

"여태까지 백제는 최소한의 군수품을 가지고 와서 나머지는 현지에서 조달하는 방식을 썼다면서요? 그래서 매년 수확기를 기다려 전쟁을 벌였고, 올해도 상황은 비슷해요. 그런데 이번에만 외부에서 물자를 가져온다고요? 번거롭게 이렇게 많은 배를 준비해서?"

"그것은……."

태림이 말끝을 흐렸다. 우리 둘만으로는 답을 찾을 수 없었다. 나는 전쟁을 잘 몰랐고, 태림은 머리를 굴리는 것보다 몸을 쓰는 게 더 익숙한 사람이었다. 하지만 해운은 달랐다.

"돌아가서 운 도령과 이야기를 나눠 봐야겠어요."

운이라면 시기에 맞지 않는 이상한 움직임의 정체를 금방 알아낼 수 있을 것이다.

나와 태림의 눈이 허공에서 만났다. 우리는 가볍게 고개를 끄덕이고는 조심스러운 발걸음으로 나루터를 벗어났다.

❖ ❖ ❖

나는 저택으로 돌아와 운에게 직접 본 풍경을 상세히 설명했다. 나루터 한쪽에 줄지어 대기하고 있던 상선들과 그 앞에서 무엇인가를 지시하고 있던 아신의 모습을 전해 들은 운이 심각한 얼굴로 턱을 매만졌다.

"확실히 이상하네. 지금 이 시기에 군수품을 이동시키려고 그 정도의 대규모 상선을 운용하는 건 비효율적이야. 현지에 갓 수확한 곡물이 많으니 굳이 외부에서 충당할 필요가 없거든. 수곡성을 노린다고 했을 때, 일반적인 전술을 생각해 보면 먼저 교두보가 될 석현성을 치고, 그곳을 거점으로 강을 건너 수곡성까지 치게 돼. 그럼 석현성의 배와 보급품을 충분히 이용할 수 있으니 굳이 여기서부터 보급품을 옮길 이유가 없어."

내가 나루터에서 했던 것과 똑같은 생각이었다. 하지만 전쟁을 잘 아는 운이라면 나와 같은 정보를 가지고도 그 이상의 의미를 찾아낼 수 있을 터. 나와 태림은 생각에 잠긴 운을 가만히 바라보았다.

"그런데 대규모의 상선이라…… 굳이 그 많은 배를 운용하는 까닭이 뭘까……."

미간을 찌푸리며 고민에 빠진 그는 우리 둘의 시선이 느껴지지도 않는지 홀로 고개를 저었다가, 손가락을 튕겼다가, 침음을 흘리기를 반복했다.

"배에 실을 수 있는 것은 보급품뿐만이 아니라……."

오랜 생각 끝에 운의 입에서 작은 목소리가 흘러나왔다. 들릴 듯 말 듯 작았던 혼잣말을 내뱉은 그가 곧 무엇인가를 깨달았다는 듯 눈을 크게 떴다.

"물자가 아니라 사람이야."

다시 한번 흘러나온 운의 말은 조금 더 명확했다. 그러나 태림과 나는 그 말의 의미를 이해하지 못했다.

"물자가 아니라 사람이라는 말은……?"

"백제는 이번 전쟁에 육로가 아닌 수로를 통해 곧장 수곡성으로 갈 계획을 세우고 있는 것 같아. 그러면 석현성을 치지 않고도 수곡성에 들어갈 수 있으니, 시간과 힘을 절약할 수 있다. 한데 우리는 육로를 통한 공격에만 대비하고 있어. 여태까지 백제가 물길을 사용한 적이 한 번도 없었으니까. 만약 백제가 배를 타고 우리 땅에 떨어진다면 속수무책이다. 그에 대한 대비가 하나도 되어 있지 않으니."

수곡성은 예성강을 끼고 있는 성. 배를 통해 침입하는 것이 불가능한 계획은 아니었다. 하지만 백제는 여태까지 그 방법을 택하지 않았다. 아마 그럴 수 없는 이유가 있었을 것이다.

태림이 그 이유를 알고 있는 것 같았다. 그는 운의 말에 납득할 수 없다는 듯 고개를 갸웃거리며 품에서 지도를 꺼냈다. 탁자 위에 작은 크기의 지도가 펼쳐졌다. 간략하게 표현되었지만 필요한 정보는 모두 담겨 있었다.

태림이 수곡성과 석현성 사이를 지나는 강줄기를 가리키며 입을 열었다.

"예성강은 급류가 많아 배를 운용하기 좋은 곳이 아닙니다. 사방이 트여 있어 드나드는 배가 훤히 보이니 침입 경로로도 좋지 않고요. 게다가 군선(軍船)이 아닌 상선입니다. 상선은 가볍고 약해 외부의 공격에 취약합니다. 작은 공격에도 쉽게 가라앉으니 침입에 적합하지 않습니다."

"공격을 받지 않고 땅에 상륙하면 아무런 문제가 없지 않습니까?"

태림의 반박에도 운은 물러서지 않았다.

"군선이 아닌 상선입니다. 멀리서 다가오고 있는 것을 본다고 하여도 그것이 상선이라면 쉽게 공격할 수 없습니다. 군대가 민간의 배를 공격해 격침할 수는 없으니까요."

그렇게 말한 운이 곧 지도에 표시된 성들을 차례로 가리켰다.

석현성, 청목령(靑木嶺), 관미성. 모두 지난 전쟁을 통해 우리 고구려 손에 떨어진 땅이었다.

위치만 보더라도 요지 중의 요지라 이곳을 거치지 않으면 북으로 진출하기가 힘들었다. 백제가 줄곧 이곳 성들의 탈환을 위해 노력한 것도 북쪽으로 향하는 교두보를 마련하기 위해서였다.

하지만 그들의 계획은 번번이 실패하여 북쪽으로는 한 발자국도 전진하지 못했다. 그들로서는 이 견고한 방어벽을 뚫을 묘책이 필요했을 것이다.

"몇 번의 전쟁을 거치며 우리 고구려가 주요한 성들을 모두 차지했습니다. 하여 백제는 육로와 수로, 어느 쪽으로든 우리 땅을 침입하기 매우 어려운 상황이지요."

운의 손가락이 방금 짚었던 성 옆의 강을 따라 움직였다. 수곡성에서부터 천천히 내려온 운의 손가락이 석현성 위에서 멈추었다.

"수곡성이 목표라는 이야기를 들었을 때 이상하다는 생각을 하긴 했습니다. 육로를 따라가 수곡성을 치려면 먼저 석현성을 탈환하는 것이 순서인데, 병사들의 입에서는 수곡성이라는 이름만 나왔거든요. 하지만 배를 타고 간다면 이해가 됩니다."

운의 손가락이 관미성에서 시작해 다시 강을 타고 안쪽 깊은 곳까지 올라갔다.

"육로가 아닌 수로라면 조용히 강을 타고 올라가 석현성을 통하지 않고 단번에 수곡성까지 닿을 수 있습니다. 예성강으로 들어서는 배들을 모두 감시하고 있는 이곳 관미성을 무사히 통과할 수만 있다면 그 뒤는 쉽죠."

예상하지 못한 순간 예상하지 못한 방식으로의 침입이라니. 고구려군에게는 아주 큰 위협이었다.

"그러니 이 계획에서 가장 중요한 것은 위협적으로 보이지 않는 것, 그리하여 최대한 조용하게 관미성을 통과해 목적지까지 닿는 것입니다. 때문에 군선이 아닌 상선을 선택한 거죠. 약해 빠진 상선이 여럿 다가온다고 한들 누가 위협을 느끼겠습니까?"

듣자마자 떠오르는 이야기가 있었다. 백의도강(白衣渡江). 《삼국지》에 등장하는 전략이었다. 오나라의 여몽과 육손(여몽과 육손 모두 오의 명장으로 이후 관우의 몰락에 큰 영향을 미친다)은 장사꾼으로 위장한 정예병을 배에 태워 잠입시켜 관우가 지키고 있던 형주를 손에 넣는다. 아신은 그와 비슷한 전략을 펼치려고 하는 것일까?

"그렇다면 왜 미추성입니까? 배를 띄우려면 비사성 쪽이 낫습니다. 바다를 크게 돌아가지 않아도 되니까요."

태림이 고개를 갸웃거렸다. 미추성에서 배를 띄우면 바다를 통과해 예성강으로 진입해야 한다. 비사성에서 곧장 예성강으로 진입하는 것보다 훨씬 시간이 오래 걸리는 작전이었다.

하지만 운은 단호하게 고개를 저었다.

"눈에 띄지 않는 것이 목적이라는 것을 생각하면 여기 미추홀만한 곳이 없습니다. 비사성은 관미성과 거리가 너무 가까워 움직임을 들킬 가능성이 높아요."

의문을 안겨 주었던 수많은 조각들이 이제야 제자리를 찾았다. 전쟁을 준비하는 듯 긴장해 있던 병사들, 기병 없이 궁수와 보병 위주로 꾸린 군대, 예정된 전선에서 멀리 떨어진 미추성에 머무르고 있는 아신.

그렇다. 그들은 배를 타고 고구려 땅 안쪽 깊이 침투할 계획을 세우고 있었다.

태림이 딱딱하게 굳은 얼굴로 자리에서 벌떡 일어섰다.

"이미 배가 준비되었으니 곧 군대가 나설 겁니다. 한시라도 빨리 이 소식을 수곡성에 전해야 합니다."

"가장 빠른 방법은 전령새를 날리는 거예요. 하지만……."

바로 어제 답 없이 돌아온 전령새를 다시 한번 국내성으로 보낸 뒤였다. 그러니 수곡성에 소식을 전하고자 한다면 우리가 직접 움직여야 했다.

그것을 깨달은 태림이 작게 한숨을 내쉬었다.

"……미추성을 떠날 때가 온 것 같습니다."

국내성에서 내려올 지시를 기다리고 싶었지만 그러기에는 상황이 너무 급박했다. 백제군이 움직이기 전에 우리가 먼저 수곡성에 도달해야 한다. 이제는 먼저 움직이고 후에 소식을 전하는 수밖에 없었다.

"무슨 일인지 국내성에서는 답이 없고 백제군은 전혀 예상하지 못한 방향으로 움직이고 있으니…… 이번 전쟁, 아무래도 심상치 않겠습니다."

운의 걱정스러운 목소리에 나는 불길했던 꿈을 다시 한번 떠올렸다. 피눈물을 흘리던 용과 그 눈물로 붉게 물든 바다를 떠올리니 불안함으로 가슴이 두근거렸다.

"우리는 우선 관미성으로 갑시다."

"수곡성으로 가지 않습니까?"

태림이 의아하게 물으니 운이 단호하게 고개를 끄덕였다.

"수곡성까지 가려면 시일이 많이 소요됩니다. 말을 타고 산을 넘어야 하니 우리가 닿기 전에 백제군의 배가 먼저 도착하겠죠. 그러니 우리는 중간을 잘라야 합니다."

운이 지도 위의 관미성을 가리켰다. 바다와 강이 만나는 지점이었다.

"배를 타고 수곡성에 가려고 한다면 반드시 이 관미성을 지나야 합니다. 그러니 이곳에서 백제군의 배를 멈춰 세우면 됩니다."

"과연 그렇습니다."

태림이 감탄하며 운과 나를 바라보았다.

"다음 행선지는 관미성으로 정해졌군요."

❖ ❖ ❖

"우희, 안에 있나?"

분주하게 떠날 채비를 하는 내게 아신이 찾아왔다. 나는 복잡하게 널브러진 짐을 대충 정리한 뒤 문을 열어 아신을 맞았다.

"폐하."

고개를 숙여 인사하며 아신을 안으로 들이니 그가 복잡한 방 안을 둘러보며 미간을 찌푸렸다.

"떠난다는 이야기는 들었다. 어찌 이리 급하게 떠나?"

변명거리야 이미 정해져 있었다. 미추성에서 아신과 처음 마주했을 때 백제에서만 나는 약재를 구하러 왔다고 했으니, 떠나는 이유는 필요한 약재를 모두 구했기 때문으로 하면 된다.

나는 웃으며 준비한 변명을 입에 올렸다.

"예. 필요한 약재를 모두 구해서요."

아신의 의심을 피하기 위해 실제로 약재 몇 가지를 사 둔 상태였다. 나는 탁자 위에 올려 둔 보따리를 풀어 시장을 돌아다니며 구한 약재들을 아신에게 보여 주었다.

"천문동과 어성초입니다. 다른 것도 몇 가지 있는데……."

천천히 약재에 대한 설명을 이어 가니 아신의 표정이 묘해졌다.

"……구하기가 쉽지 않았을 터인데."

아신의 말은 틀리지 않았다. 추운 고구려에서라면 몰라도 날씨가 따뜻한 백제에서는 쉽게 구할 수 있는 약재들이었는데, 이상하게도 시장에 매물이 나와 있지 않았다.

"맞습니다. 얼마 전 누군가가 미추성에 도는 약재란 약재를 다 쓸어 가는 바람에 팔 것이 하나도 없다고 해서 고생깨나 했습니다. 다행히 상인들에게 물어물어 필요한 약재를 구하기는 했습니다만……."

이야기를 하다 보니 무엇인가가 이상했다.

아신은 약재에 대한 지식이 없었다. 간단한 나의 설명만 듣고 그 약재가 구하기 쉬운 것인지 아닌지 파악할 능력이 없다는 뜻이다. 게다가 전쟁 준비로 바쁜 그가 시장에 도는 물품의 상황을 잘 알고 있는 것도 이상했다. 쌀이나 소금 같은 주요 품목이라면 몰라도 약재처럼 소소한 품목의 유통 물량까지 왕이 신경 써 살피지는 않을 터였다.

"어찌 그걸 아셨습니까?"

의심스러운 눈초리로 아신을 보니 그가 어색하게 헛기침을 하며 내게서 눈을 돌렸다.

"그…… 미추성의 약재를 전부 쓸어 갔다는 자가 바로 나거든."

"예?"

황당함으로 물든 내 얼굴을 보며 아신이 다시 한번 크게 헛기침을 했다.

"아니, 원하는 약재를 구하고 나면 그대는 금방 고구려로 돌아갈 테니까…… 조금이라도 더 이곳에 머물렀으면 해서……."

머뭇거리며 이어지는 말에 입이 떡 벌어졌다. 멍하니 저를 바라보는 시선에 아신이 손을 내저었다.

"처음부터 그럴 생각을 한 것은 아니었다. 정식으로 초청을 해서 함께 시간을 보낼까 했는데, 지난번 석현성에서 말로 물었더니 그대가 단칼에 거절했잖아. 그래서 이번에는 다른 방법을 쓴 것이지. 나쁜 마음을 품고 한 일은 절대 아니야."

방법이 유치하긴 했지만 어쨌든 나를 향한 호의로 시작된 일이었다. 나는 한 나라의 왕이 내 앞에서 어쩔 줄 몰라 변명을 쏟아 내는 것이 우스워 그만 웃음을 흘리고 말았다.

"어찌 이러십니까?"

나의 질문에 허공을 휘젓던 아신의 손이 멈추었다.

"고구려인인 제게 어찌 이런 호의를 보이시냐는 말씀입니다. 폐하의 목숨을 구해 드렸다고는 하나 딱 한 번뿐이었고, 그것마저도 집으로 돌아가기 위해 억지로 시작한 일이었는데요."

오래전 아신을 상징하는 옥패를 받은 것은 생명의 은인에 대한 보은으로 받아들였다.

하지만 오늘의 호의는 무엇으로 설명하지?'

의아한 나의 눈빛을 본 아신의 손이 아래로 떨어졌다. 그는 여전히 멋쩍은 얼굴이었지만 표정은 한결 진지해졌다.

"넌 내게 특별해."

"어째서요?"

"'나'를 살렸으니까."

"하지만 그건……."

아신이 손을 들어 내 말을 막았다.

"알아. 내가 백제의 태자여서, 포로의 신세를 벗어나 집으로 돌아가기 위해 나를 살렸지. 하지만 넌 내가 태자가 아니었어도, 집으로 돌아갈 수 있다는 조건이 걸리지 않았어도 나를 살렸을 거잖아."

당연한 말이었다.

눈앞에서 누군가가 죽어 가고, 나는 그자를 살릴 능력이 있다. 그렇다면 그 어떤 외부의 조건도 생각하지 않고 그자를 살려야만 한다. 죽어 가는 자가 살인자라도, 내 부모를 죽인 원수라도 마찬가지였다. 그것이 의술을 배운 자의 양심이자 의무였다.

"네가 구한 것은 백제의 태자가 아니라 '나'다. 그러니 나도 너를 '우희'로만 대할 것이다. 네가 고구려인인 것도, 고구려에서 어떤 사람인지도 내겐 중요하지 않아."

지금 그 말은 마치…….

아신의 말에 묘하게 뼈가 있었다. 그 사실을 깨닫자마자 가슴 한 구석이 싸해졌다.

"제가 어떤 사람인지 아시는군요."

확신이 담긴 나의 말에 아신은 대답 대신 씁쓸한 미소를 지었다.

"돌아갈 배를 구해 주지. 그걸 타고 가. 복잡한 시기니 이상한 일에 휘말리지 않도록 조심하는 것이 좋지 않겠나."

❖ ❖ ❖

아신은 몇 해 전 석현성에서 내게 튼튼한 말을 내주었던 것처럼 이번에도 견고한 배를 구해 주었다. 백제의 동향을 고구려에 전하기 위해 백제 왕이 내준 배를 타고 고구려 땅으로 향하고 있다니. 참으로 우스운 상황이었다. 사람의 호의를 이런 식으로 이용해도 되는 걸까?

나는 단 한 번도 전쟁의 승리를 원하지 않았다. 아버지와 제신을 도압성에 보낼 때부터 나는 오로지 소중한 사람의 안녕만을 소망했다.

이번에도 마찬가지였다. 여러 가지 생각으로 머릿속이 복잡했지만 가장 중요한 건 역시 담덕이었다. 나는 담덕이 지휘하는 고구려군이 안전하게 돌아오기를, 그리하여 그가 무사하기를 언제나 바랐다. 그러려면 내가 미추성에서 본 이야기를 고구려 군대에 전해야만 했다.

복잡한 마음을 겨우 다잡는 동안 배는 금세 관미성에 닿았다. 우리가 배에서 내릴 때부터 잔뜩 경계하고 있던 병사들은 가까이 다가간 우리의 얼굴을, 더 정확히는 태림의 얼굴을 보고는 놀라서 성문을 열었다.

태림은 담덕의 가장 가까운 곳을 지키는 호위로 병사들 사이에서 이름이 높았다. 특히 관미성에는 지난 몇 번의 전쟁을 거치는 동안 얼굴을 직접 비춘 적도 있기 때문에 대부분의 병사가 그를 알아보았다.

태왕의 측근을 대하는 병사들의 태도는 지극히 조심스러웠다. 덕분에 관미성에 얼굴이 잘 알려지지 않은 나와 운까지 극진한 대접을 받으며 성안으로 들어설 수 있었다.

"태림 님! 여기에 오신다는 소식을 듣지 못했습니다."

우리가 안으로 들어서자마자 장수 하나가 태림의 앞으로 뛰어왔다. 태림이 반가운 기색으로 고개를 숙이는 것을 보니 서로 안면이 있는 사이 같았다.

"예정에 없던 방문입니다. 관미성주를 만나 전할 이야기가 있는데, 그는 지금 어디에 있습니까?"

"안에서 폐하와 이야기를 나누고 있습니다."

"폐하? 폐하께서 여기 계십니까?"

예상하지 못한 말이었다. 우리 모두 놀라서 눈을 크게 뜨니 오히려 장수가 더 놀랐다는 듯 눈을 깜빡이며 고개를 갸웃거렸다.

"모르셨습니까? 며칠 전 폐하께서 관미성에 오셨습니다. 근위대원 다섯만을 데리고 은밀히 오기는 하셨습니다만…… 측근인 태림 님께서는 알고 계시리라 생각했습니다."

"소수의 근위대? 다른 병력도 없이 오셨단 말입니까?"

"예. 추가 병력은 보름 정도 후에 도착할 예정이라 하셨습니다."

"겨우 보름 차이인데 어찌 병력과 떨어져 길을 재촉하셨는지……."

태림이 미간을 찌푸리며 머리를 짚었다. 담덕은 전쟁과 관련해 돌발 행동을 상당히 많이 하는 편이었으므로 안전을 책임져야 하는 지설과 태림은 언제나 골머리를 앓았다.

"당장 폐하를 뵈어야겠습니다."

"예, 이쪽으로 오십시오."

한숨 섞인 태림의 말에 장수가 고개를 숙인 뒤 앞장섰다.

◆ ◆ ◆

장수를 따라 성안으로 들어가니 익숙한 얼굴들이 보였다. 국내성에서도 늘 담덕의 곁을 지키는 근위대원들이었다.

"태림 님? 우희 님? 거기다 소노부의 도련님까지……."

근위대원들은 거의 넋이 나가 있었다. 갑자기 우리가 관미성에 나타난 것이 믿기지 않는 모양이었다.

놀랍기는 우리도 마찬가지였다. 우리를 데려온 장수에게 미리 전해 듣기는 하였으나, 정말로 담덕이 근위대원들 다섯만 데리고 이곳에 왔다는 사실을 눈으로 확인하자 절로 헛웃음이 나왔다.

"폐하는 여기 안에 계신가?"

내가 근위대원들이 지키고 선 문을 가리키며 묻자 그들이 얼떨떨하게 고개를 끄덕였다. 확답을 들은 나는 누군가가 말릴 새도 없이 문을 벌컥 열어 안으로 들어섰다.

"누구냐!"

예고도 없이 문이 열리자 안에서 이야기를 나누던 사람들이 놀라서 자리에서 벌떡 일어섰다. 관미성주로 보이는 장군과 잔뜩 찌푸린 얼굴의 지설은 검까지 뽑아 든 채였다.

오로지 담덕만이 의자에 앉아 자리를 지키고 있었다. 하지만 그도 놀라기는 마찬가지였는지 믿을 수 없다는 듯 눈을 크게 떠 나를 보고 있었다.

"우희 님?"

날카로운 검을 뻗었던 지설이 내 얼굴을 확인하고는 서둘러 무기를 거두었다. 지설의 행동에 관미성주도 덩달아 무기를 수습하자 나의 길을 막는 방해물이 모두 사라졌다.

나는 말없이 담덕에게로 걸음을 옮겼다. 딱딱하게 굳은 얼굴로 자신에게 다가오는 나를 보며 담덕이 어리둥절한 얼굴로 자리에서 일어섰다.

"우희?"

마침내 내가 담덕 앞에 서자 그가 조심스럽게 내 이름을 불렀다. 내 상태가 어딘가 이상하다고 느낀 것이 분명했다.

나는 대답 대신 담덕의 모습을 구석구석 살폈다. 꼼꼼하게 몸 곳곳을 만지는 손길에 담덕이 당황해 내 손목을 잡아챘다.

"우희, 갑자기 왜 이래? 관미성에는 어찌 왔고?"

담덕이 걱정스럽게 물었지만 대답할 정신이 없었다. 나는 그를 올려다보며 내가 궁금한 것만을 물을 뿐이었다.

"아무 일 없었어?"

"내게?"

담덕은 내 질문을 이해할 수 없다는 듯 고개를 갸웃거렸다.

"누가 내게 무슨 일이 생겼대?"

"누가 그런 것이 아니라……."

담덕의 질문에 불길했던 꿈이 다시 떠올랐다. 나는 입술을 질끈 깨물고 그대로 담덕의 허리를 끌어안았다. 익숙한 향기에 얼굴을 묻자 마음이 조금 진정되는 것 같았다.

물론 진정한 것은 나 하나뿐이었다. 담덕은 물론이고 주변의 공기가 당황으로 술렁거리는 것이 느껴졌다.

"지설."

잠시 머뭇거리던 담덕이 지설을 불렀다. 무어라고 지시를 내린 것인지 곧 나와 담덕을 제외한 사람들이 방에서 나가는 소리가 들렸다.

문이 닫히자마자 담덕이 어색하게 들고 있던 팔을 내려 나를 마주 안았다. 몸을 감싸 안는 단단한 힘에 그간의 불안함이 한 번에 날아가며 눈물이 터져 나왔다.

"……너 지금 울어?"

앞섶이 축축하게 젖어 들자 담덕이 놀라서 물었다. 담덕이 서둘러 나를 떼 얼굴을 확인하려 했지만, 나는 고개를 저으며 더 강하게 담덕을 끌어안고 그의 품에 얼굴을 묻었다.

몇 번의 실랑이 끝에 결국 담덕이 포기했다. 그는 다정한 손길로 내 등을 쓸어내리며 어린아이를 달래듯 조곤조곤한 목소리로 내 귓가에 속삭였다.

"우리 아가씨에게 도대체 무슨 일이 있었을까, 응?"

"꿈을 꿨어."

"꿈?"

"불길하고 무서운 꿈이었어. 그런 이상한 꿈은 처음이야."

"그래. 우리 우희, 꿈이 무서웠구나. 얼마나 무서웠을까."

다정하게 말하고 있지만 묘하게 웃음이 섞인 목소리였다. 나는 발끈해서 담덕에게서 떨어져 그를 쳐다보았다.

"왜 웃어?"

"안 웃었는데."

담덕이 고개를 갸웃거리며 시치미를 뗐다. 하지만 입꼬리가 움찔거리는 것만은 감출 수가 없었다.

"안 웃었다고 할 거면 그 입꼬리부터 수습하고 말했어야지."

"그것까진 너무 어려운데……."

결국 담덕의 입에서 바람 빠지는 듯한 웃음소리가 흘러나왔다. 점차 내 입이 불만으로 튀어나올수록 그의 웃음소리는 커져만 갔다.

"왜 웃어!"

"아니, 우희 네가 너무……."

나의 타박에 담덕은 배까지 잡고 웃기 시작했다.

"꿈이 무서워서 내게 안겨 운 거야? 네게 이런 귀여운 구석이 있었을 줄이야."

"그냥 무서운 꿈이 아니었다니까!"

"도대체 무슨 꿈을 꿨기에 그래?"

"그러니까 용이……."

진지한 얼굴로 설명을 이어 가려는데 담덕의 얼굴에 여전히 웃음기가 가득했다. 나는 맥이 빠져 그의 가슴을 주먹으로 내려치며 고개를 돌렸다.

"됐어, 말 안 할래."

담덕이 돌아간 내 얼굴을 두 손으로 감싸 다시 제 앞으로 향하게 했다. 마주한 담덕의 눈은 조금 전보다 진지하게 변해 있었다.

"왜? 들어 줄게. 말해 봐."

"싫어. 내 말이 우습다고 생각하는 사람에게는 말 안 할 거야."

"우습다고 생각 안 해."

"그럼 왜 웃었는데?"

"네가 고와서."

"뭐?"

"날 걱정하고, 날 끌어안고, 날 위해 우는 네가 고와서 웃었어. 이런 모습은 처음이라서."

담덕이 웃으며 내 입술에 입을 맞추었다.

"이래도 안 풀리거든!"

"그래?"

담덕이 고개를 갸웃거리더니 다시 한번 내게 입을 맞추었다. 그의 입술이 처음보다 길게 내 입술에 머물렀다가 떨어져 나갔다.

"……이래도 안 풀린다니까."

"그렇단 말이지?"

담덕이 픽 웃더니 천천히 고개를 숙여 나의 아랫입술을 깨물었다. 벌어진 입술 사이로 그의 혀가 들어와 예민한 곳을 할짝거렸다. 섬세한 움직임에 불안과 안도로 긴장해 있던 몸이 한순간에 녹아내렸다. 나른해진 몸이 무너질 것 같았다.

나는 담덕의 옷자락을 꽉 쥐어 그에게 그만하라는 신호를 보냈다. 하지만 담덕은 그 신호를 다른 방향으로 해석한 것 같았다. 담덕이 내 두 뺨을 감싸고 있던 손을 내려 내 허리를 단단히 받쳤다. 덕분에 무너지려는 몸은 중심을 찾았지만 집요한 담덕의 움직임 덕분에 숨이 가빠 왔다.

"숨 쉬어야지, 우희."

입술이 맞닿은 상태에서 담덕이 작게 속삭였다. 그가 말을 꺼낼 때마다 따뜻한 숨이 흘러나와 입술이 간지러웠다.

"숨…… 쉬고 있어."

"그래?"

담덕이 웃으며 짧게 입술을 부딪쳤다. 허리를 받치고 있던 손은 이

느새 내 머리를 쓰다듬고 있었다.

"뭐가 그리 불안해? 난 여기 있어. 강하고 흔들리지 않는 너의 태왕. 확인해 볼래?"

언젠가 내가 성문사에서 그랬던 것처럼 담덕이 눈을 감고 두 팔을 벌렸다. 내 앞에 우뚝 선 담덕은 스스로의 확신처럼 강해 보였다.

하지만 나는 강하지 않은 담덕의 모습을 많이 알고 있었다. 지나가는 말 한마디에 웃고, 사소한 일에도 마음 아파하며, 조그만 불안에도 화를 내던 나의 친구.

"흔들려도 돼."

나의 말에 담덕이 천천히 눈을 떴다. 묘하게 흔들리는 그의 눈동자가 온전히 드러나는 순간 나는 웃으며 입을 열었다.

"내 앞에서까지 강한 사람이 되지 마. 넌 모든 사람의 강한 태왕이지만, 내게는 그저 담덕인걸."

담덕을 사내로서 좋아한다는 것을 깨달은 후로 나는 그가 역사 속의 위대한 태왕이라는 사실을 잊으려고 무던히 애썼다.

담덕은 담덕. 내 눈앞에 있는 그저 한 사람의 사내.

머릿속에 선명히 남은 역사를 생각하면 두려움에 그와 함께하는 미래를 바라볼 수가 없었다. 그 두려움이 담덕을 향한 나의 마음을 오랫동안 억누르기도 했었지.

사람은 언젠가 죽는다. 만천하를 호령했던 광개토대왕에게도 죽음이 찾아왔고, 그의 죽음은 보통 사람보다 이른 편이었다. 내 모든 불안함은 그로부터 시작되었다. 담덕이 내게 소중한 사람이 되면 될수록 나의 가슴속 깊은 곳에는 불안과 두려움이 피어났다.

나는 담덕의 꿈이 무엇인지 안다. 그가 그리는 미래가, 그가 바라는 세상이 무엇인지도 안다.

나는 담덕이 바라는 모든 것을 이루기를 바라면서도 한편으로는 모든 것을 놓고 오래도록 내 옆에 머물러 주기를 바랐다.

나라도 전쟁도 내게는 아무런 의미가 없었다. 두 번째로 얻은 소중한 이 삶을 소중한 사람과 행복하게 보내는 것. 내게는 오로지 그것만이 중요했다.

때문에 나는 담덕을 바라볼 때마다 마음속으로 몇 번이나 같은 질문을 반복했다.

담덕, 태왕이 아닌 내 사람으로만 남아 줄 수는 없을까?

하지만 모든 것은 언제나 내 마음속에서 맴돌 뿐으로 그 말이 입 밖에 나오는 일은 끝내 없었다. 이유는 간단했다. 나는 그런 꿈을 꾸는 담덕을, 그가 그리는 세상마저 사랑하니까.

먼 훗날 이 땅에 세워질 세상은 소진이었던 내게 불친절하고 어두웠지만 그 세상을 쌓아 올린 역사의 한 귀퉁이에 담덕이 있다는 생각을 하면 모든 것이 아름답게 느껴졌다.

처음부터 경쟁자가 너무 강했던 거야.

나의 경쟁자는 사람이 아닌 역사였다. 버거운 상대와 맞붙었으니 많은 것을 얻을 순 없었다.

전부 다 달라고는 안 해요. 내가 이 남자를 조금만 빌릴게요. 가지는 것이 아니라 곁에 머무르는 것으로 만족할 테니, 이 남자가 내 앞에서만은 태왕이 아닌 담덕이게 해 주세요.

마음속으로 전한 나의 소원을 듣기라도 한 것처럼 담덕이 나를 껴안았다.

"그래, 난 담덕이야. 이 세상 누가 뭐라고 해도…… 난 너의 담녁이야."

밖으로 나오니 지설과 태림이 문 옆에 기대어 서 있었다.

"이야기는 다 끝나셨습니까?"

지설이 기지개를 켜며 나와 담덕에게 다가왔다. 두 사람만 남아 문 앞을 지키고 있었는지 다른 이들의 모습은 전혀 보이지 않았다.

"다른 사람들은요?"

"돌려보냈습니다. 아가씨께서 무서운 꿈을 꿨다며 폐하께 안겨 엉엉 우는 것을 모두에게 들려줄 수는 없잖습니까?"

어깨를 으쓱거리는 지설의 말에 얼굴이 새빨갛게 달아올랐다.

"그걸 다 들었어요?"

"저라고 듣고 싶어서 들은 것이 아닙니다. 저는 가만히 서 있었을 뿐인데 소리가 알아서 들려오니 어쩔 도리가 있겠습니까?"

망할 놈의 방음 시설! 나는 이를 갈며 문을 노려보았다. 이 시대의 방음은 어이가 없을 정도로 형편없었다.

"아가씨께서는 오히려 제게 고마워하셔야 합니다. 울음소리가 들리자마자 주변 사람들을 죄 물렸으니까요."

"다른 사람을 물리면서 본인도 자리를 비웠으면 참 좋았을 텐데요."

"제게 호위 임무를 내팽개치라는 말씀이십니까?"

"임무 때문에 자리를 비울 수 없었다면 태림처럼 모른 척 입을 다 물어 주는 배려를 하든가요!"

내 말에 지설이 침음을 흘리며 제 턱을 매만졌다.

"차라리 눈에 뻔히 보이는 거짓말로 배려를 하는 것이 낫다는 겁니까…….”

한참을 고민하던 지설이 곧 얄밉게 웃으며 고개를 끄덕였다.

“알겠습니다. 다음부터는 참고하지요.”

고민 끝에 나온 말이 겨우 ‘다음부터는 참고하겠다’라니. 참고만 하고 그러지는 않겠다는 뜻 아닌가.

어이가 없어져 입을 쩍 벌리고 있으니 뒤에서 담덕이 달래듯 내 어깨를 붙잡았다.

“지설, 우희를 놀리는 것은 그만해라.”

“제가 우희 님을 놀려요? 우리 폐하를 가지신 분을 제가 감히 어찌 놀리겠습니까?”

“……지금 보니 우희만이 아니라 나까지 놀리고 싶은 게로구나.”

담덕이 미간을 찌푸리며 한숨을 내쉬자 지설이 작게 웃음을 흘렸다.

“장난은 거기까지만 하자. 지금부터는 태림과 우희, 너희가 어찌 관미성에 왔는지 들어야겠다. 도압성에 연 장군의 묘를 보러 간 것이 아니었어?”

금세 화제가 곤란한 쪽으로 옮겨 갔다. 나와 태림이 어색하게 웃으며 시선을 교환하니 담덕의 눈이 가늘어졌다.

“두 사람, 내게 뭘 숨기고 싶어서 이러는 거지?”

담덕에게 미추성에서 본 것을 이야기하려면 내가 그곳에 간 이유부터 설명해야 한다. 그 까닭을 설명하려면 아버지와 관련된 소문을 들었다는 것을 말해야 하고, 그 사정을 말하면 내가 비로와 연결되어 있다는 사실을 밝힐 수밖에 없었다.

하지만 내 비밀을 감추겠다고 미추성에서 얻은 중요한 정보를 전하지 않을 수는 없지 않나. 내가 비로의 대원으로 활동하는 것을 담덕이 납득하도록 설득하는 일은 나중 문제였다. 지금은 우리가 알고 있는 사실을 빠짐없이 전해야 했다.

"······우린 도압성이 아니라 미추성에서 오는 길이야."

"미추성이라면 백제 땅이잖아."

의아하게 우리를 바라보던 담덕의 얼굴이 딱딱하게 굳었다.

"맞아. 거기서 백제군의 이상한 움직임을 발견했어. 그걸 하루라도 빨리 우리 군에 전하려고 관미성으로 온 거야. 네가 여기에 와 있을 줄은 몰랐지만······ 차라리 잘됐어. 어차피 국내성에도 사람을 보내 이야기를 전해야 했으니까."

"잠깐, 백제군의 이상한 움직임에 대해 말하기 전에 네가 왜, 어떻게 백제 땅인 미추성에 있었는지부터 말해 봐. 그게 먼저야."

역시 얼렁뚱땅 넘어갈 수는 없나. 나는 한숨을 내쉬며 담덕을 바라보았다.

"정확한 사정은 운 도령이 있어야 설명할 수 있어."

"해운? 그자도 공범이야?"

담덕이 미간을 찌푸리며 나와 태림을 바라보았다. 나를 대신해 태림이 긍정의 의미로 고개를 숙이자 담덕의 얼굴이 완전히 일그러졌다.

"나는 까맣게 모르고, 소노부의 운은 너와 함께 움직였다고?"

담덕이 헛웃음을 흘리며 지설에게 지시를 내렸다.

"지설, 해운을 데려와라. 어디 한번 들어나 봐야겠다. 도대체 어떤 대단한 사연이 있어 나를 속이고 이리 몰래 움직였는지."

❖ ❖ ❖

마주 앉은 사람들 사이에서 어색한 공기가 흘렀다.

아버지와 인상착의가 비슷한 남자에 대한 소문을 듣고 국내성을 나선 일부터 미추성에서 아신을 만난 일, 그를 필두로 한 백제군이 수상쩍은 움직임을 보였다는 것까지. 담덕은 굳은 얼굴로 운이 풀어내는 긴 이야기에 귀를 기울였다.

"우희 네가 비로 사람이라는 것은 이번 일이 끝나면 다시 이야기하도록 하고."

담덕이 나를 힐끗 보며 말을 넘긴 뒤 주도적으로 그간의 이야기를 이끌어 나간 운에게로 시선을 돌렸다.

"미추성에서 아신이 이끌고 있던 병력은 어느 정도였나?"

"오백 정도로 그리 많은 수는 아니었으나 하나같이 잘 훈련된 듯 보였습니다. 모두 움직임이 빠르고 활을 쏘는 데 능했지요. 기습 작전에 적합한 병사들임이 분명합니다."

"상선을 타고 민간의 배로 위장해 막힘없이 수곡성까지 간다……."

작게 중얼거린 담덕이 이번에는 지설을 바라보았다.

"지설, 만약 우리가 정예 병력 오백을 상선에 태운 뒤 임진강을 따라 비사성과 어을매(於乙買)를 지나고, 백제의 방어선 안쪽 낭벽성(娘臂城)을 친다고 하면 어떤가? 그대가 지휘관이라면 이 작전, 수행하겠어?"

담덕은 상황을 뒤집어 작전의 주체를 우리 군으로 가정했다. 운이 짐작한 계획이 실현 가능성이 있는지를 조금 더 현실적으로 파악하기 위해서였다.

"오백의 병사가 어느 정도 훈련이 되었느냐에 따라 다르겠습니다만……."

탁자 위에 펼쳐진 지도를 보며 고민하던 지설이 곧 고개를 끄덕였다.

"만약 상대방이 우리의 상선을 민간의 배로 생각하고 그냥 보내 주기만 한다면 해 볼 만한 작전입니다. 예상하지 못한 상태에서의 기습은 적은 병력으로도 큰 효과를 내니까요."

"내가 보기엔 여러모로 불안 요소가 많아 보이는데."

"맞습니다. 불안 요소는 아주 많죠. 하지만 제가 몇 번이나 패배를 겪은 지휘관이라면 기꺼이 모험을 할 겁니다. 어차피 오백밖에 안 되는 적은 병력이잖습니까? 성공하면 방어선 안쪽의 성을 얻고, 실패해도 오백의 병력을 잃을 뿐입니다."

"……오백의 병력을 모두 잃을 각오까지 하고 있다면 가능하다는 이야기로군. 나로서는 마음에 들지 않는 방식이야."

아군이 아닌 백제의 이야기였음에도 담덕이 불만스럽게 미간을 찌푸렸다. 전쟁의 승리를 위한 작전을 수행하는 과정에서는 언제나 희생이 따르기 마련이지만, 그는 희생이라는 말을 좋아하지 않았다.

우리 군 누구의 희생도 필요 없는 승리.

그것이 담덕의 목표였다. 그가 매일 밤 잠도 이루지 못하고 고민에 고민을 거듭하는 이유도 전장에 나서는 병사들의 희생을 조금이라도 더 줄이기 위해서였다.

"지설."

"예."

"우선 우리는 수곡성으로 가야겠다."

"예. 관미성주에게 뱃길을 잘 경계하라고 전하겠……"

머리를 숙이며 미리 짐작하고 있던 지시를 되새기던 지설이 무엇인가 이상한 것을 깨닫고는 고개를 번쩍 들었다.

"예? 수곡성으로 가신다고요?"

"그래. 추가로 내려오는 기병 역시 관미성이 아닌 수곡성으로 방향을 돌리라 전해라."

"저희의 짐작이 맞는다면 곧 정예병을 실은 백제군의 배가 관미성을 지나갈 겁니다. 여기에서 저지해야 합니다."

"아니, 우리는 백제군의 배를 그냥 보내 줄 것이다. 그들이 목표했던 수곡성에 닿게 그냥 둬."

"눈앞에 뻔히 보이는 적을 그냥 보내 주라는 말씀이십니까."

"우리는 기병이 강하니 바다보다는 땅에서 싸우는 것이 더 좋아. 그러니 우리의 전장은 관미성의 바다가 아닌 수곡성의 뭍이 되어야 한다. 어차피 기습이란 들키지 않았을 때나 큰 효과를 발휘하는 작전이지. 하지만 우리는 이미 백제군의 기습을 짐작하고 있지 않나?"

담덕이 웃으며 지도 위의 수곡성을 가리켰다.

"수곡성에서 입을 벌리고 먹잇감이 들어오기를 기다린다. 그게 우리의 작전이야."

지설과 운이 말없이 고개를 끄덕였다. 그 모습을 본 담덕이 만족스럽게 웃었다.

"모두 동의한 듯하니 우리의 작전은 그리 결정된 것으로 하고. 남은 문제는 이제…… 다로인가."

웃고 있던 담덕의 얼굴이 서서히 굳었다.

"다로가 간자라고 생각하나?"

다로를 가장 오래 알았던 태림과 지설이 참담한 얼굴로 입을 꾹 다물었다. 비로의 대원이라는 이름 아래 함께 쌓아 온 유대감이 그들을 침울하게 한 것이다.

"없는 소문을 들었다고 한 것은 분명 다로일 겁니다. 다로가 그런 어설픈 소문에 휘둘려 정보를 전할 사람은 아니지 않습니까."

지설이 미간을 찌푸리며 조심스럽게 입을 열었다.

"하지만 그 사실만으로 다로를 간자로 보긴 힘듭니다. 다로가 기이한 소문을 전함으로써 일어난 결과가 우리에게 나쁘지 않으니까요. 우희 님께서 그 소문을 듣고 미추성에 갔기 때문에 백제의 동향을 알게 된 것 아닙니까?"

지설의 말이 옳았다. 다로의 이야기를 듣고 미추성에 왔기 때문에 오히려 우리는 백제의 수상한 동향을 알 수 있게 되었다. 결과적으로는 좋은 방향으로 일이 풀린 셈이었다.

"하지만 결과가 좋았다고 의도까지 선했다고 말할 수는 없지요. 없는 소문을 만들어 낸 것은 분명 수상한 행동입니다. 게다가 국내성으로 보낸 연통에 답도 오지 않았고……."

운이 지설의 말에 반박하며 그를 바라보았다.

"수장에게서는 별다른 말이 없었습니까? 그쪽으로 몇 번이나 연통을 보냈는데 늘 답신 없이 전령새만 돌아왔습니다."

"저희가 국내성을 떠나는 날까지 아무런 말이 없었습니다. 비로 대원들 사이에서 특별히 이상한 기색도 없었고요."

"도대체 이게 무슨 일인지 모르겠군요."

누구도 속 시원한 대답을 내놓지 못했다. 결국 국내성으로 돌아가기 전까지 이번 일의 속사정을 알 수 없다는 뜻이었다.

"먼저 해결할 수 있는 일부터 차례로 해결하지. 우선 우리는 수곡성으로 향한다."

답답함에 침묵을 지키고 있는 사람들을 보며 담덕이 자리에서 일어서자 다른 사람들도 그를 따라 몸을 일으켰다.

"지설, 근위대원들에게 출발 준비를 시켜라. 채비가 되는 대로 관미성을 떠난다."

"예. 서두르겠습니다."

"운은 여기에 남아 줄 수 있겠나? 관미성주와 함께 관미성을 지키며 백제군의 움직임이 포착되면 우리 쪽에 연통을 보내 줬으면 하는데."

"물론입니다. 명을 따르겠습니다."

"태림은 국내성으로 가라. 비로의 사정을 살피고 이상한 점이 없는지 살피도록 해. 최대한 은밀하게 움직여 상황을 파악해 줘."

"예, 곧바로 출발하겠습니다."

사람들을 둘러보며 차례로 지시를 내린 담덕의 시선이 마지막으로 내게 향했다. 나는 그의 입이 열리기 전 재빨리 내 뜻을 전했다.

"나도 수곡성에 따라갈래."

불길한 꿈의 여파가 아직도 남아 있었다. 이 불안함을 안고 국내성으로 돌아가기는 싫었다.

"따라오지 말라 하면 몰래 뒤따를 거야."

대답 없는 담덕을 향해 협박 아닌 협박을 했더니 그가 픽 웃음을 흘렸다.

"왜? 내가 없으면 또 무서운 꿈을 꿀까 봐?"

"그냥 무서운 꿈이 아니었다니까!"

"알았다, 알았어."

씩씩대는 나를 보며 담덕이 고개를 끄덕였다.

"국내성의 상황이 어떤지 확신할 수 없는 상황이니 우희 널 그리로 보낼 수는 없지. 너도 나와 함께 수곡성으로 가자. 대신 성안에서 안전히 날 기다리겠다고 약속해 줘. 그것만 약속한다면 너도 수곡성으로 데려갈게."

고민할 것도 없는 제안이었다. 나는 단박에 고개를 끄덕였다.

"약속할게."

"좋아. 그 약속, 분명히 받았어."

굳은 약속으로 다음 행선지가 정해졌다. 기이한 꿈이 몰고 온 불안함이 여전히 가슴을 짓누르고 있었지만 앞으로 나아가는 것을 멈출 수는 없었다.

수인사대천명(修人事待天命). 사람의 힘으로 할 수 있는 일을 다하고 하늘의 명을 기다릴 뿐이다.

第二十章

이불리간(利不利間)

오랜만에 찾은 수곡성은 여전했다. 담덕의 즉위 이후 성주는 다른 사람으로 바뀌었지만, 주인을 제외하고는 모든 것이 내 기억 속 모습 그대로였다.

담덕의 지시로 수곡성은 곧장 전쟁 준비에 돌입했다. 병사들은 무기를 점검했고, 장수들은 백제군을 효과적으로 제압할 작전을 논의했다. 담덕 역시 장수들의 논의에 함께했다. 백제군이 이용할 것으로 예상되는 경로를 예측하고 병사들을 매복할 위치를 잡는 것이 목적이라고 했다.

지도를 분석해 몇 개의 경로를 정하고, 실제로 현장에 나가 매복에 적합한 땅인지를 파악하느라 담덕과 지설은 정신없이 움직였다. 아침 이슬을 맞으며 성을 나서서 늦은 밤 어둠과 함께 돌아오는 일이 다반사였다.

며칠 전 운으로부터 대규모의 상선이 관미성을 지나갔다는 연통이 온 뒤로는 늦은 밤에도 두 사람의 얼굴을 보기 힘들었다. 전쟁이 코앞으로 다가온 것이다.

전쟁이 임박했음을 증명하기라도 하듯 뒤이어 국내성에서 출발한 기병대가 수곡성에 도착했다. 담덕과 함께 지난 전쟁을 치러 낸 정예 개마 부대였다. 사람들은 개마 부대의 위풍당당한 모습을 보며 가까이 다가온 전쟁을 실감함과 동시에 승리를 향한 갈망을 가슴에 새겼다.

모두가 바쁜 와중에 나만 여유로운 시간을 보낼 수는 없었다. 나는 내가 할 수 있는 일을 찾아 분주하게 움직였다. 내가 할 수 있는 일이라면 병사들의 건강을 돌보는 일뿐이었다.

제대로 전쟁을 치르려면 최상의 몸 상태를 유지해야 하는데, 오랫동안 백제와의 전쟁에 시달린 수곡성 병사들의 상태는 빈말로도 좋다고 할 수 없었다. 외상을 방치해 겉보기에도 심각한 경우뿐 아니라 몸의 피로와 정신적 긴장이 누적되어 속이 곪은 사람들도 많았다.

나는 이러한 사람들을 돕고자 수곡성 의원 한 명과 함께 매일 아침 성문 근처에 마련한 작은 막사에서 진료소를 열었다.

말은 간단했지만 진료소를 여는 과정은 결코 순탄하지 않았다. 이 시대에는 진료소라는 개념이 없었다. 사람이 아프거나 다치면 의원을 찾아와 도움을 청하지만, 의원이 먼저 '아픈 사람은 여기로 와서 도움을 받으십시오!' 하고 나서는 경우가 전혀 없었던 것이었다. 그 때문에 나는 의원과 병사들에게 진료소의 개념을 이해시키는 데만 꼬박 하루의 시간을 소요했다.

그렇게 진료소의 개념을 이해시키고서도 첫날에는 병사 대여섯만이 진료를 받고 처방을 얻어 가는 데 그쳤다. 그마저도 내가 지나가는 병사를 먼저 붙잡고 억지로 진료를 권한 결과였다.

그런데 며칠이 지나자 입소문이 돌았는지 이른 아침부터 아픈 병사들이 몰려들었다. 병사들뿐만 아니라 수곡성의 주민들까지 도움을 얻을 수 있을까 싶어 진료소를 찾았다. 덕분에 우리는 생각보다 더 많은 환자를 맞이해야만 했다.

의원은 사람들의 반응에 썩 놀란 눈치였다. 여태껏 자신을 찾아와 도움을 청하는 사람이 소수였기 때문에 이처럼 많은 환자들이 수곡성에 있다고는 생각지 못한 모양이었다.

"어째서 이 많은 사람들이 자신이 아프다는 것을 숨기고 지냈을까요?"

의원이 길게 늘어선 줄을 보며 고개를 내저었다. 이른 아침부터 상당한 수를 진료했는데도 줄은 줄어들 기미가 보이지 않았다.

"타인에게 도움을 청하는 건 굉장한 용기가 필요한 일이거든요. 크게 다치고 아프다면 기꺼이 용기를 내지만, 아픔이 견딜 만하다 생각하면 굳이 용기를 내지 않아요. 하지만 의원이 먼저 손을 내밀어 도움을 주겠다고 하면 환자들은 보다 작은 용기를 가지고도 도움을 청할 수가 있습니다. 그래서 진료소가 필요한 것이지요."

"도움을 청할 용기라고요……."

의원이 작게 중얼거리며 다시 한번 길게 늘어선 환자들을 바라보았다.

하지만 감상에 빠져 있을 시간은 길지 않았다. 성벽에서 인근이 분주해지더니 곧 요란한 나팔 소리가 울렸다. 적군의 출현을 알리는 소리였다.

진료소 앞에 서 있던 병사들이 순식간에 줄을 벗어나 자신의 위치로 향했고, 주민들도 사색이 되어 사방으로 흩어졌다.

현실감 없는 풍경을 멍하니 바라보고 있으니 성문 근처에서 익숙한 외침이 들려왔다. 지설이었다.

"우희 님!"

성문 밖에서부터 빠르게 말을 몰고 온 지설이 다급한 외침과 함께 진료소 앞에 멈춰 섰다. 말에서 굴러떨어지다시피 내려온 그가 숨을 몰아쉬며 내 앞에 섰다.

"성문 근처는 위험합니다. 서둘러 저택으로 들어가시죠."

"백제군이 쳐들어온 건가요?"

"예, 저희의 예상대로 상선을 타고 왔습니다. 모든 것이 짐작대로 흘러가고 있으니 크게 걱정하지 않으셔도 될 것 같습니다."

지설은 불확실한 일에 대해서는 말을 아끼는 사람이었다. 그런 이가 이토록 승리를 확신하는 것을 보니 그만큼 상황이 유리한 모양이었다.

"폐하는요?"

"늘 그랬듯 직접 병사들을 지휘하실 겁니다. 전 폐하의 명에 따라 우희 님의 곁에 있을 거고요."

"어차피 난 저택 안에 있을 테니 지설의 호위는 필요 없어요. 폐하의 곁에서 그를 지켜 주세요."

"저 역시 그리 말했습니다만 시원하게 거절당했습니다."

지설이 한숨을 내쉬며 고개를 저었다. 이미 담덕과 한바탕 입씨름을 벌이고 왔는지 질린 기색이 역력했다.

"아무튼 안으로 들어가시죠."

지설의 말이 끝나기 무섭게 성벽 위로 화살이 날아들었다.

"잠시 실례하겠습니다."

고개를 들어 화살을 본 지설이 미간을 찌푸리며 나를 말 위로 안아 올리더니 자신 역시 올라탔다.

"꽉 잡으십시오!"

다급한 외침에 반사적으로 붙잡을 것을 찾았지만 말 위에 옆으로 앉혀진 탓에 눈에 보이는 것은 지설의 상체뿐이었다. 어쩔 수 없이 지설의 허리를 붙잡았더니 그가 침음을 흘리며 말의 배를 걷어찼다. 그러자 자극을 받은 말이 빠르게 달리기 시작했다.

순식간에 멀어지는 성벽의 풍경을 보고 있는 내게 지설이 난처한 목소리로 말했다.

"이 모습을 폐하가 보시면 절 죽이려 드실 터인데……. 이거 꼭 비밀로 해 주셔야 합니다!"

◆ ◆ ◆

영락 4년 칠월.

백제가 수곡성 아래에까지 침투해 고구려를 공격했다. 그동안 백제와 고구려의 전선이 관미성에 형성되었던 것을 생각하면 수곡성에서의 전투는 이례적이었다.

백제는 고구려의 병력과 관심이 관미성에 집중된 상황을 이용해 수곡성과 석현성 사이의 예성강을 타고 고구려의 영토 깊은 곳까지 침투했다. 허를 찌르는 전략이었지만 이미 그 계획이 들통난 것이 패인이었다.

고구려는 관미성으로 보낼 예정이었던 기병 오천을 수곡성으로 보내 백제의 기습에 대비하고 있었다. 백제군은 이 사실을 모른 채 예정대로 수곡성을 공격했다.

움직임을 읽힌 기습은 더 이상 기습이 아니었다. 담덕이 이끄는 태왕군은 백제의 병력을 손쉽게 제압했다. 수곡성 아래에 침투해 온 병력의 오분의 일이 첫 전투에서 목숨을 잃었고, 뒤로 물러나 전열을 가다듬고 있던 나머지 병력은 어두운 밤을 틈타 도주했다. 기습이 실패했으니 더 전투를 이어 가더라도 승산이 없다고 판단한 것 같았다.

지설은 그 부분이 마음에 걸리는지 쉽게 마음을 놓지 못했다. 백제군이 너무 쉽게 전투를 포기했다는 것이다.

"일 차 기습이 실패했어도 이 차, 삼 차 기습을 노릴 수 있었습니다. 첫 전투에서 잃은 병력보다 남은 병력이 더 많았는데…….”

담덕도 그의 말에 동의했다.

“퇴각한 것처럼 꾸민 뒤 다시 기습을 노리는 것일지도 모르겠군. 백제군이 물러난 것이 확실해질 때까지 개마 부대와 함께 수곡성을 지키는 게 좋겠어. 지설은 개마 무사 몇 명을 차출해 수곡성과 석현성 인근을 샅샅이 수색해라. 수상한 자가 보이거든 반드시 살려서 데려와. 그를 통해 정보를 얻어야 하니까.”

전쟁터에서의 담덕은 국내성에서와 달리 잔뜩 날이 서 있었다. 표정이며 말투, 작은 몸짓까지, 내게는 모든 모습이 낯설었다.

잘 벼려진 검처럼 날카롭게 전쟁에 집중하고 있는 담덕을 방해하고 싶지 않았다. 나는 지설과 진지하게 이야기를 나누고 있는 그를 두고 조용히 저택을 나섰다.

전투는 짧았고 고구려군은 승리를 얻었지만 그 과정에서 우리도 피해를 입었다. 백제군에 비하면 적은 수였지만 사람이 죽고 다치는 것은 그 수가 적고 많고를 떠나 모두 비극이었다.

나는 다시 성문 앞에 진료소를 열었다. 전쟁에서 다친 병사들이 많았던 탓에 진료소는 예전보다 훨씬 많은 환자들로 복잡했다.

검에 베이고 화살에 맞은 병사들이 몰려들자 의원은 하얗게 질린 얼굴을 했지만, 오히려 나는 마음이 편했다. 보이지 않는 속병을 앓는 사람보다 눈에 보이는 외상을 입은 이들이 더 직관적이어서 치료하기 쉬웠다. 나는 기계적으로 몸을 움직이며 정신없이 병사들의 상처를 치료했다.

“아가씨, 잠시 쉬었다 하시죠. 얼굴이 창백하십니다.”

의원이 걱정스러운 목소리로 나를 불렀다. 그 말에 허리를 펴 주변을 둘러보니 순간 머리가 아찔해졌다.

"아가씨!"

눈앞이 아득해져 휘청거리니 옆에서 의원이 나를 붙잡았다. 그에게 기대 몇 번 눈을 깜빡이니 다행히 금세 시야가 돌아왔다.

"괜찮아요. 잠깐 어지러워서……."

의원에게 웃어 보이며 스스로 몸을 세웠지만 그의 얼굴에서 걱정스러운 기색은 사라지지 않았다.

"너무 무리하시는 것 아닙니까? 이러다 쓰러지기라도 하시면……."

"쓰러지긴요. 내가 얼마나 튼튼한데요."

일부러 턱을 치켜들며 두 주먹을 불끈 쥐었으나, 고생을 하기는 한 모양인지 몸에 영 힘이 들어가지 않았다. 그 모습에 의원이 단호한 얼굴로 내 어깨를 붙잡았다.

"역시 안 되겠습니다! 잠깐 앉아서 쉬십시오! 식사도 하시고요! 아침부터 아무것도 못 드셨잖습니까?"

"그건 내가 별로 입맛이 없어서……."

"맛으로 먹는다 생각지 마시고, 약이다 여기고 드십시오. 뭐라도 드셔야 할 것이 아닙니까?"

의원이 나를 끌어 억지로 의자에 앉히더니 진료소를 돕고 있던 여인을 시켜 요깃거리를 가져왔다.

"대단한 먹거리는 아닙니다만…… 배를 채울 정도는 됩니다."

의원이 내민 것은 쌀과 조를 섞어 만든 주먹밥이었다.

나는 커다란 주먹밥 한 덩이를 받아 들고 멍하니 주먹밥을 바라보았다. 허기진 상태인 것은 분명한데 먹을 것을 보아도 먹고 싶은 생각이 전혀 들지 않았다. 미추성에서 이상한 꿈을 꾼 후로 쭉 이 상태였다. 정신없이 휘몰아치는 상황에 몸과 마음이 지쳐 영 입맛이 돌지 않았던 것이었다.

하지만 의원은 내가 주먹밥을 먹지 않는 이유를 다르게 생각한 모양인지 송구한 얼굴로 고개를 숙였다.

"죄송합니다. 드릴 것이 이런 것뿐이라……."

"아니에요. 나도 주먹밥을 좋아하는데 정말 입맛이 없어서……."

서둘러 진실을 말했지만 의원은 믿는 눈치가 아니었다. 주먹밥을 가져온 여인도 내 눈치를 보며 안절부절못했다.

어쩔 수 없나. 억지로라도 먹어야지.

"맛있겠네요."

나는 결국 한숨을 내쉬며 주먹밥을 한 입 베어 물었다. 그제야 여인이 안심한 얼굴로 돌아섰다.

맛있겠다고는 말했지만 사실 입안이 거칠해 주먹밥의 맛은 전혀 느껴지지 않았다. 오히려 억지로 음식을 먹은 탓인지 속이 울렁거려 토기가 밀려왔다.

먹던 것을 내려놓고 입을 틀어막으니 옆에 서 있던 의원의 표정이 이상해졌다.

"아가씨."

조심스러운 부름에 고개를 들었더니 의원이 내게 질문을 던졌다.

"혹 언제부터 그리 입맛이 없으셨습니까?"

"글쎄요, 한 달 정도는 된 것 같은데……."

"흠."

묘한 침음을 흘리며 내 안색을 살피던 의원이 곧 내게 손을 내밀었다.

"제가 잠시 아가씨를 진맥해도 되겠습니까?"

"진맥? 나를요?"

영문을 몰라 고개를 갸웃거렸지만 의원은 물러설 줄을 몰랐다. 어쩔 수 없이 그에게 손을 내미니 그가 내 손목을 짚어 맥을 살피기 시작했다.

의원은 신중하게 맥을 읽었다. 심각하게 나의 맥에 집중하던 그가 한참의 진맥 끝에 어색한 미소를 지으며 손을 뗐다.

"저…… 아가씨……."

의원은 나를 부르고서도 쉽게 입을 열지 못했다.

"왜요? 무슨 일이기에 그러는데요?"

"그…… 혹…… 마지막 달거리가 언제였는지 여쭈어도 되겠습니까?"

나는 의원이 무엇을 의심하는지 곧바로 알아챘다.

혹 내가 임신했다고 생각하는 거야?

말도 안 되는 생각에 절로 헛웃음이 흘러나왔다.

"지금 무슨 생각을 하는지는 아는데, 그거 아니에요."

"어찌 그리 확신하십니까? 짐작 가는 일이 전혀 없으십니까?"

의원의 질문에 나는 꿀 먹은 벙어리가 되었다. 짐작 가는 일이 없지는 않았다. 그게 한 번뿐이라 문제지. 확률을 따진다면 단 하룻밤으로 아이가 생길 확률은 무척이나 낮았다.

내가 대답이 없자 의원이 길게 한숨을 내쉬었다.

"태맥(胎脈)입니다."

태맥이라면 여인이 임신했을 때 나타나는 맥이었다. 얼굴이 딱딱하게 굳는 나를 보며 의원이 설명을 덧붙였다.

"아가씨께서도 아시지요? 활맥(滑脈:원활히 짚이는 맥)이 뚜렷하게 나타나고, 좌척맥(左尺脈:검지와 약지를 왼팔 손목에 대고 맥을 짚을 때 검지가 닿는 부위에서 나타나는 맥으로, 이를 통해 신장과 방광의 상태를 살핀다)이 강하며, 촌맥(寸脈:검지와 약지를 손목의 동맥에 대고 맥을 짚을 때, 약지가 닿는 부위에서 나타나는 맥으로 심장과 소장, 폐와 대장의 상태를 알 수 있다)은 미약합니다."

나는 의원의 설명을 들으며 서둘러 내 손목을 붙잡았다. 눈을 감고 맥에 집중하니 과연 의원의 설명대로였다. 태맥이 확실했다.

"어떻게…… 이런……."

당황해 입을 틀어막는 나를 보며 의원이 다시 한번 차분한 얼굴로 물었다.

"마지막 달거리는 언제 하셨습니까?"

"……몇 달 전이에요."

내 대답에 의원의 얼굴이 일그러졌다. 그러면서도 어찌 임신을 의심하지 못했느냐는 듯한 표정이었다.

바보 같은 일이었지만 나라고 억울하지 않은 것은 아니었다.

"난 달거리가 일정한 편이 아니에요. 게다가 최근엔 여러모로 일이 많아 신경이 날카로워졌고……."

몸이 예민하고 섬세한 것인지, 정신적으로 압박을 받는 일이 있으면 몇 달씩 달거리를 건너뛰는 일이 종종 있었다.

아버지와 제신을 도압성으로 보낸 처음 몇 달 동안에도, 석현성에 포로로 잡혀 있던 동안에도 달거리가 없었다. 그래서 이번에도 으레 그런 일이려니 대수롭지 않게 여겼다.

그런데 임신이라니, 내가?

실감이 나지 않았다. 나는 멍하니 내 배를 바라보다 재빨리 담덕과 하룻밤을 보냈던 날을 계산해 보았다.

지금이 칠월이고 담덕과 하루를 보낸 날이 사월이니까……. 대략적으로 계산하면 이제 곧 임신 사 개월에 접어든다는 소리가 된다. 그동안 아이를 가졌다는 사실을 까맣게 몰랐다.

의술을 배웠다는 사람이 자신의 몸에 이리 둔감하다니. 심경이 복잡했다. 아이를 가졌다는 사실이 놀라웠고, 여태까지 눈치채지 못한 스스로가 한심했다.

하지만 그 어떤 감정보다 더 크게 나를 사로잡은 감정은 두려움이었다.

담덕의 아이는 이 땅의 역사에서 무척이나 중요한 인물이었다. 그가 광개토대왕의 뒤를 이어 고구려의 전성기를 이끌어 갈 태왕, 장수왕이 되기 때문이다.

이 아이가 장수왕일까? 만약 그게 아니라면, 장수왕이 될 아이는 누구지? 혹 내가 이 아이를 가짐으로써 장수왕이 탄생하지 않는 거 아니야? 생각이 꼬리에 꼬리를 물고 이어졌다.

담덕이 광개토대왕이라는 것도, 그를 사랑하게 됨으로써 벌어질 많은 일들도 모두 각오했지만 막상 임신을 하니 머릿속이 복잡했다.

나는 떨리는 손을 배에 얹었다. 임신했다는 것을 알게 되어서일까. 배 속에서부터 고요한 고동이 울리는 것 같은 기묘한 기분이 들었다.

"감축드립니다."

의원의 축하 인사에 정신이 번뜩 들었다. 나는 애써 활짝 웃으며 고개를 끄덕였다.

"고마워요. 하지만 폐하께는 비밀로 해 주겠어요?"

"예?"

의원이 이해할 수 없다는 듯 고개를 갸웃거렸다. 그는 이 좋은 소식을 당장에라도 담덕에게 전하고 싶은 모양이었다.

"내가 직접 말하고 싶어서 그래요. 그러니 모른 척해 줘요."

"그렇군요. 제가 생각이 짧았습니다."

의원이 웃으며 고개를 끄덕였다. 내 말에 납득한 그의 모습에 나는 안도의 한숨을 내쉬며 자리에서 일어섰다.

"몸이 조금 무겁네요. 먼저 들어가서 쉬어도 괜찮을까요?"

"물론입니다. 무리하시면 안 되지요. 여기는 제게 맡기시고 푹 쉬십시오."

의원이 그 말을 기다렸다는 듯 나를 진료소 밖으로 떠밀었다.

◆ ◆ ◆

나는 저택으로 돌아가는 대신 멀리 강이 보이는 성벽 위로 올라갔다. 잠시 혼자서 생각을 정리할 시간이 필요했다. 선선히 부는 바람을 맞으며 떨어지는 해를 보고 있자니 복잡했던 마음도 조금씩 정리가 되는 것 같았다.

돌이킬 수 없어. 이미 나는 아이를 가졌어. 이 아이가 원래 장수왕이 될 아이가 아니었을지도 모르지만 나는 이 아이를 그만큼 훌륭한 사람으로 키워 내야만 해. 처음부터 그런 각오로 담덕을 향한 마음을 인정한 거잖아?

몇 번이나 같은 다짐을 되뇌는 사이 해는 완전히 떨어져 사위가 어둠으로 뒤덮였다. 성벽 위를 밝히는 불빛만이 외로운 섬처럼 둥둥 떠 주위를 밝혔다.

이제 돌아가야지. 내가 있어야 할 곳으로.

나는 바람에 흔들리는 불빛을 바라보며 성벽에 기대고 있던 몸을 바로 세웠다. 성벽의 계단을 하나씩 오를 때마다 머릿속을 채웠던 생각들은 모두 떨쳐 버린 뒤였다.

떨어지는 해를 바라보며 되새겼던 다짐. 그것 하나만 안고 돌아가는 거야.

성벽을 오를 때와는 반대로 계단을 하나씩 내려갈 때마다 걸음이 가벼워졌다. 성벽 위에서 떨쳐 버린 두려움의 빈자리를 설렘이 채우기 시작한 것이다.

이 이야기를 들으면 담덕은 무슨 반응일까? 나는 머릿속으로 담덕의 반응을 상상해 보았다.

처음에는 놀랄 것이다. 몇 번이고 장난이 아니냐고 물은 뒤에 거짓말이 아니라는 것을 알고는 기뻐하겠지.

그러고 보니 먼저 사고부터 치자는 말이 진짜가 됐잖아?

오래전 담덕에게 장난처럼 내뱉었던 말이 진실이 되어 버렸다. 그 사실이 우스워 나도 모르게 웃음을 흘리는 그때, 귓가로 이상한 소리가 들려왔다.

나는 걸음을 멈추고 귓가를 자극하는 소리에 귀를 기울였다. 가만히 소리에 집중하니 점차 알 수 없는 소리가 선명해졌다.

신음?

소리의 정체를 알아차리는 순간 상대의 목소리가 이어졌다.

"살려…… 도와……."

불분명하지만 누군가 도움을 청하고 있었다.

나는 놀라서 소리가 들려오는 곳으로 황급히 걸음을 옮겼다. 소리는 성문 근처에서 들려오고 있었다. 진료소는 이미 닫았을 터인데. 거길 찾아온 환자일까?

하지만 성문 가까이 다다랐을 때도 사람의 흔적은 보이지 않았다. 당황스러워 사방을 살피는 내게 성문을 지키던 장수가 다가왔다.

"아가씨, 무슨 일이십니까?"

"이상한 소리 듣지 못했어요?"

"이상한 소리요?"

장수가 고개를 갸웃거렸다.

"네, 사람의 신음 같은……"

장수에게 조금 더 자세히 설명을 이어 가려는 순간 쿵 하고 성문이 울렸다.

"……이번엔 들었죠?"

"예, 저도 들었습니다."

장수가 고개를 돌려 망루를 향해 외쳤다.

"밖에 무슨 일이 있는지 살펴라!"

"예!"

장수의 지시에 망루가 바쁘게 움직이기 시작했다. 어둠을 밝히기 위해 화살에 불을 붙여 아래로 쏘아 내린 병사가 곧 우리를 향해 다급히 뛰어 내려왔다.

"장군, 성문 앞에 사람이 하나 쓰러져 있습니다!"

"사람? 아군이었나, 적군이었나?"

"그것까지는 알아보지 못했습니다."

"……성문을 열어라. 살아서 귀환한 아군이라면 무슨 수를 써서라도 살려야 한다."

잠시 고민하던 장수가 곧 결심을 굳힌 것인지 병사들에게 손짓했다. 그의 지시를 따라 병사들이 일사불란하게 움직여 성문을 열었다.

육중한 소리와 함께 성문이 열리자, 문에 기대어 있었던 사람의 몸이 성안으로 쏟아지듯 넘어졌다. 문을 연 병사가 횃불을 들고 쓰러진 사람을 비추었다. 불빛에 드러난 사람은 젊은 남자였다. 등에는 화살이 여러 개 박혀 있었고, 하의는 피로 흥건히 젖어 원래의 옷 색을 가늠하기 어려웠다.

척 보기에도 위급해 보이는 모습에 나는 망설임 없이 남자에게로 뛰어갔다. 코에 손을 대니 미약하게나마 호흡이 느껴졌다.

"아직 살아 있어요! 진료소로 옮겨서 치료해야겠어요."

"살려어…… 아프…… 으으……."

내 목소리를 들은 남자가 신음을 흘리며 손을 뻗었다. 도움을 청하는 간절한 손이 내 손에 닿았다가 힘없이 아래로 미끄러졌다. 내 손에 남자의 것으로 추측되는 피가 한가득 묻어났다. 나는 다급해져 병사들을 향해 외쳤다.

"뭐 해요? 어서 이 사람을……."

서둘러 고개를 들었지만 어쩐 일인지 장수며 병사들이 제자리에 못 박혀 움직일 줄을 몰랐다. 이상한 분위기에 나는 차마 말을 잇지 못하고 입을 꾹 다물었다.

"……왜 그래요?"

내가 미간을 찌푸리며 묻자 장수가 난처한 얼굴로 길게 한숨을 내쉬었다.

"백제군입니다."

"네?"

나는 놀라서 쓰러진 남자를 바라보았다. 남자의 어디에도 신분을 증명할 만한 근거는 보이지 않았지만, 병사들은 한눈에 그의 정체를 확신한 것 같았다.

혼란스러워하는 나를 보며 장수가 남자의 등에 박힌 화살을 가리

컸다.

"저자의 등에 박힌 화살이 우리 고구려군의 화살입니다. 백제와 고구려의 화살은 형태가 달라서, 저희 같은 병사들은 보기만 해도 알 수 있습니다."

그 말을 확인해 주기 위해 궁수 하나가 자신의 시복(矢箙:화살집)에서 화살을 꺼내 내 앞에 내밀었다. 두 개를 놓고 비교하니 무기를 잘 모르는 내가 보기에도 두 화살의 형태가 꼭 닮아 있었다.

"그렇군요. 이자가 백제군……."

나는 멍하니 주변을 바라보았다. 주위를 둘러싼 병사들이 일말의 동정심도 없는 싸늘한 시선으로 남자를 바라보고 있었다. 그들은 이 남자를 도와줄 마음이 전혀 없어 보였다.

하지만.

나는 다시 쓰러진 남자를 바라보았다.

"살려…… 살려 주…… 으으……."

그는 사람들이 싸늘한 눈으로 자신을 바라보는 지금 이 순간에도 계속해서 도움을 청하고 있었다.

나는 멍하니 피가 묻은 내 손을 바라보았다. 그 순간 어디에서 힘이 난 것인지 남자가 강하게 내 손을 붙잡아왔다.

"도와주십시오……! 제발……!"

이번의 말은 조금 더 분명했다. 남자의 형형한 눈빛이 정면으로 나를 향했다. 그 눈빛에 누군가 뒤통수를 강하게 내려친 것만 같은 기분이 들었다.

"내가 당신을……."

멍하니 중얼거리는 내 옆에 서 있던 상수가 그를 발로 섞어찼다.

"더러운 백제 놈이 어디서!"

"크헉!"

남자는 저항도 하지 못하고 멀리 굴러갔다. 그러는 동안 화살이 부러지며 더 깊숙이 박혀 그가 고통에 몸을 비틀었다.

그 순간 내 몸이 통제를 벗어났다. 나는 그대로 남자에게 다가가 그의 손을 붙잡았다.

"조금만 참아요. 내가 치료해 줄게요."

"아가씨!"

내 말에 장수가 놀라서 펄쩍 뛰었다.

"백제 놈입니다! 백제 놈들과 싸우느라 목숨을 잃은 우리 고구려 용사들이 몇인데 이놈을 살려 줍니까?"

"이 사람이 전부 죽인 것은 아니잖아요. 아니, 이 사람이 모두 죽였대도 난 이자를 치료해야겠어요."

내 눈앞에 환자가 있다면, 상대가 누구든 치료한다. 그것이 의술을 배운 자의 의무였다.

상대가 살인마여도, 부모를 죽인 원수여도. 나의 의무는 언제나 같았다. 의원으로서 사람의 목숨을 살리고, 그가 온전한 목숨으로 죗값을 치르도록 한다.

"아가씨!"

"이 남자를 진료소까지 옮겨야 해요. 도와줄 거예요?"

나는 장수의 외침을 무시하며 그에게 물었다. 그는 입을 떡 벌린 채 믿을 수 없다는 듯 나를 바라보고 있었다.

"도와주지 않을 생각이군요. 그럼 방해하지 말고 비켜요."

나의 말에 장수가 멈칫거렸다. 내가 이렇게까지 강하게 나올 줄은 예상하지 못한 얼굴이었다.

"뭐 해요? 비키라니까."

나는 쓰러진 남자를 부축해 일으키며 장수를 바라보았다. 머뭇거리던 그가 한 발짝 옆으로 비켜섰다.

그 순간 주위가 소란스러워졌다.

"아니, 비켜서지 마라."

소란과 함께 나타난 사람은 담덕이었다. 그는 서늘하게 가라앉은 얼굴로 나와 내 옆의 남자를 바라보고 있었다.

"우희, 지금 뭐 하는 거지?"

"다친 사람이 있어서 살리려는 것뿐이야."

"병사들이 말해 주지 않았어? 이 자가 백제군이라고."

"말해 줬어."

"그런데도 살리겠다고?"

"그래."

내 대답에 담덕의 미간이 찌푸려졌다.

"네가 다친 자에게 마음을 쓰는 이유는 알아. 하지만 그자는 적군이다. 적군에게는 자비를 베푸는 것이 아니야. 오늘 호의로 베푼 나의 선행이 내일은 내 목을 겨눌 테니까."

나는 입을 꾹 다물었다.

이 시대, 이 자리에 있는 사람들은 누구도 나의 의무를 이해하지 못한다. 나를 누구보다 잘 아는 담덕마저도 그것을 이해하지 못했다.

그러니 이 순간 나는 혼자였다. 나는 말없이 쓰러진 남자를 부축한 채 안으로 걸음을 옮겼다.

"우희."

담덕이 나를 불렀지만 대답하지 않았다. 그러자 그가 내가 아닌 병사들을 향해 지시를 내렸다.

"저놈의 목숨을 끊어라."

내가 부축한 병사를 죽이라는 명령이었다. 나는 이를 악물고 소리쳤다.

"아니, 죽이지 마!"

"죽이라고 했다."

"하지 말라고 했어!"

나와 담덕의 대립에 병사들이 이러지도 저러지도 못한 채 눈치를 살폈다.

"……제가 하죠."

모두가 굳어 있는 순간 담덕의 뒤에 서 있던 지설이 정적을 깼다. 그는 검을 빼 들고 나서 망설임 없이 내가 부축한 남자의 복부에 찔러 넣었다.

"크, 허억……."

무미건조한 검에 남자가 피를 토하며 무너져 내렸다. 나는 무너지는 그의 무게를 견디지 못하고 함께 바닥에 주저앉았다. 그 순간 복부에 꽂힌 검이 뽑혀 나가며 사방으로 피가 튀었다. 옆에 있던 나의 온몸에 피가 쏟아졌다.

나는 눈을 질끈 감으며 입술을 깨물었다. 담덕이 내 눈앞에서 사람을 죽이라 명령했다는 충격과 사람이 죽는 모습을 바로 옆에서 본 두려움, 내 환자를 잃었다는 분노가 뒤섞여 손이 덜덜 떨렸다.

"이렇게까지 해야 하는 이유가 뭐야?"

혼잣말에 가까운 중얼거림이었다. 그러나 지독하게 고요한 분위기

덕분에 내 말은 쉽게 멀리 선 담덕에게까지 닿았다.

"지금은 전쟁 중이고 저자는 우리의 적이니까. 그 이상의 이유는 필요 없다."

"전쟁이라고 모든 것이 정당화돼? 우릴 해칠 의지도, 그럴 능력도 없는 사람이었어."

"그래, 맞아. 우릴 해할 능력이 없는 자였어. 하지만 그런 능력이 있을 때는 우리에게 검을 휘둘렀지. 그 검에 죽어 나간 우리 병사들이 몇이었을까? 하나? 둘? 아니, 열 손가락으로 세기 힘들지도 모르지. 넌 그런 자를 살려서 뭘 하고 싶었어?"

"죽어 가는 사람이 있고, 난 그를 살려. 그게 내가 해야 할 일이야. 죽어 가는 사람을 살리는 데 무슨 목적이 있어야 해?"

"전쟁에서는 필요해. 사람을 살리는 목적."

멀리 서 있던 담덕이 큰 보폭으로 걸어 내 앞에 다가왔다. 그가 피로 엉망이 되었을 내 꼴을 보며 미간을 찌푸리더니, 곧 손을 뻗어 나를 일으켰다.

"이미 난 백제군에게 기회를 주었어. 검을 섞기 전, 우리에 투항하면 아무것도 묻지 않고 고구려 사람으로 받아들이겠다고 했다. 한데 누구도 나서지 않았지. 투항한 자는 받아들이되 끝까지 저항한 자는 죽인다. 그것이 내 법칙이야."

나는 그의 시선을 외면한 채 주먹을 꽉 쥐었다. 머리 위로 담덕의 시선이 느껴졌다. 그는 내 팔뚝을 단단히 붙잡은 채 지설을 불렀다.

"지설."

"예."

"시체를 처리해라."

"경고의 의미로 성문에 걸어 두겠습니다."

죽인 것으로도 모자라 시체를 성문에 걸어 두겠다니. 항의하려 고개를 번쩍 드는 순간 담덕이 내 팔을 잡아끌었다. 그의 손을 뿌리치려고 몸을 비틀었지만 소용없었다. 작정하고 힘을 쓰는 담덕을 내가 이길 수는 없었다.

담덕이 이렇게 나의 의지를 무시하고 제 행동을 밀어붙이는 건 처음이었다. 당황스럽고 화가 났다. 화를 낼 사람은 담덕이 아닌 나인데, 그가 화를 내고 있었다.

담덕은 나를 한참이나 끌고 가 인적이 드문 성곽 한쪽에 다다라서야 내 팔을 놓아주었다. 붙잡혔던 팔을 매만지며 담덕을 바라보니 그가 한숨을 내쉬었다.

"우희, 네가 뭘 하려고 했는지 알아?"

"알아, 사람을 살리려고 했지."

"사람이 아니라 적군이었어."

담덕이 빠르게 내 말을 정정했다.

"네가 있는 이곳은 평화로운 국내성이 아닌 전쟁터야. 전쟁터에서는 적에게 자비를 베푸는 것도 죄가 된다. 난 네가 죄를 짓게 둘 수 없었고."

"적군도 사람이야! 전쟁의 승리보다는 인의(仁義)가 먼저고."

"인의? 전쟁에서 패배해 모두 죽어 버리면 그때는 인의가 무슨 소용인데? 생각해 봐. 네 소중한 사람들이 적의 검에 죽었어. 그래도 넌 인의를 말할 거야?"

"……의술은 사람을 가리지 않아. 난 그런 의술을 행하는 사람이니 어떤 상황에서도 인의를 말할 수밖에 없어."

내 대답에 담덕이 복잡한 얼굴로 머리를 짚었다. 할 말이 많아 보이는 얼굴이었으나, 그의 입에서 나온 말은 길지 않았다.

"……이래서 널 전쟁터에 데려오기 싫었던 거야. 우리의 생각이 너무나도 다르다는 사실을 이런 식으로 알게 될 것이 분명했으니까."

태왕으로서 전쟁을 승리로 이끌어야 하는 담덕과 의원으로서 어떤 사람이든 살려내야 하는 나. 서로가 추구하는 길이 이토록 달랐다. 누구도 틀린 사람은 없었다. 우리는 달랐고 각자에 길에 대한 확신이 있었다.

"네게 나를 준 이후로 난 네 말이라면 뭐든 따랐어. 내 친구, 내 여인 우희는 틀린 말을 하는 법이 없으니까. 그런데…… 미안하다. 오늘은 그리 못 하겠어."

미안하다고 말하면서도 담덕의 얼굴은 흔들림이 없었다. 그건 사과의 말을 듣는 나 역시 마찬가지였다.

우리는 흔들림 없는 눈으로 서로를 바라보았다. 먼저 고개를 돌린 쪽은 담덕이었다.

"날이 밝으면 지설과 함께 국내성으로 돌아가는 게 좋겠어. 아무래도 이곳은 너와 맞지 않는 것 같다. 아직 태림에게 연락이 오지 않았지만 지설과 함께라면 괜찮을 거야. 무슨 일이 있어도 잘 대처할 수 있는 녀석이니까."

단호한 통보였다. 내가 그 말을 거부하기도 전에 담덕이 몸을 돌려 멀어졌다.

"바람이 차다. 밤이 더 깊어지기 전에 저택으로 돌아가."

점점 작아지는 담덕의 뒷모습을 보고 있으니 다리에 힘이 풀렸다. 나는 제자리에 주저앉다시피 쪼그려 앉아 두 무릎 사이에 얼굴을 묻었다.

일이 왜 이렇게 된 거지?

좋은 날이 될 줄 알았다. 아이를 가졌다는 사실을 알게 된 건 당황스러웠지만, 그래도 좋은 일이라고 생각했다. 이 사실을 들은 담덕이 분명 기뻐할 테니까.

그런데 좋은 소식을 전하기는커녕 담덕과 다투고 말았다. 이런 식으로 서로의 의견 차를 좁히지 못하고 돌아선 것은 처음이었다.

이런 상황에서 어떻게 아이를 가졌다고 말할 수 있겠어?

나의 깊은 한숨과 함께 다사다난했던 하루가 저물고 있었다.

❖ ❖ ❖

날이 밝자마자 지설이 나를 찾아왔다. 그는 평소답지 않은 난처한 얼굴로 내게 국내성으로 돌아가야 한다고 말했다. 이미 담덕의 뜻을 들은 뒤였으므로 나는 순순히 그를 따라나섰다.

"그…… 너무 폐하를 원망하지 마십시오."

가라앉은 나를 보며 지설이 안절부절못했다. 언쟁을 벌인 것은 나와 담덕인데 외려 주변 사람들이 어쩔 줄을 몰랐다.

"모두 아가씨를 염려해서 한 행동이십니다. 어제 그 남자를 죽이라 명하신 것도, 지금 아가씨를 국내성에 돌려보내시는 것도 전부."

지설을 슬쩍 보았더니 그가 기다렸다는 듯 설명을 쏟아 냈다.

"지금은 전시(戰時)입니다. 함께 훈련하던 동료가 그들의 검에 다치고 죽었지요. 하여 백제군에 대한 병사들의 적의가 극에 달해 있습니다. 이런 상황에서 아가씨께서 백제 병사를 살리시면 병사들의 미움을 한 몸에 사셨을 겁니다. 사실 어제 그런 시도를 하신 것만으로도 병사들이 좋지 않은 말들을 떠들고 있어요. 폐하께서는 아가씨께서 그들의 비난을 듣지 않기를 바라신 겁니다."

"알아요."

"살려서 구슬린 뒤에 백제군의 정보를 얻을 수도 있었을 겁니다. 하지만 예전에 백제군이 이런 식으로 접근해 온 뒤 식량 창고에 불을 지르려고 한 적이 있어서…… 그 이후로는 상당히 경계하고 있습니다."

"그랬군요. 이해했어요."

지설은 짧은 나의 대답을 믿지 않는 것 같았다. 하지만 내게 더 이상의 말을 전하지도 않았다. 묵묵히 앞을 바라보는 내 얼굴에서 무엇을 말하든 소용이 없다는 사실을 깨달았기 때문일 것이다.

애초에 담덕을 이해하지 못해 그와 언쟁을 벌인 것이 아니었다.

그저 우리가 너무 다른 사람이라서. 그래서 부딪힐 수밖에 없었다. 나는 담덕을 이해했지만, 그만큼 나의 뜻도 중요했다.

우리는 침묵 속에서 묵묵히 국내성으로 말을 몰았다.

지설과 내가 국내성에 도달했을 때는 승전 소식으로 국내성이 이미 축제 분위기였다. 우리보다도 수곡성에서의 승리 소식이 먼저 국내성에 도착한 것이다.

하지만 국내성에 전해진 것은 수곡성에서의 승리 소식만이 아니었다.

"우희야!"

내가 국내성에 돌아왔다는 이야기를 들은 제신이 곧장 궁으로 나를 찾아왔다. 그의 얼굴은 무척이나 심각했다.

"도대체 무슨 일이 있었던 거냐?"

"오라버니, 그건 내가 묻고 싶은 말이야. 어째서 연통에 답을 하지 않았어? 몇 번이나 전령새를 보냈어."

"그건……."

내 말에 제신의 얼굴이 더욱 심각해졌다. 문을 열어 복도를 살핀 그가 아무도 없음을 확인하고 다시 안으로 들어왔다.

"태림에겐 이미 사정을 말했지만…… 간단히 말하면 내게 연통이 오지 않았다."

마주 앉은 제신의 목소리가 한층 낮아졌다.

"그럴 수가 있어? 비로의 전령새는 철저한 훈련을 받은 새잖아."

"그래, 그러니 길을 잘못 들었을 리는 없어. 다시 너희에게 돌아갔으니 피격을 당한 것도 아냐. 중간에 누군가가…… 연통을 가로챈 거지."

"그런 게 가능한 사람은……"

"응, 비로 사람뿐이다."

제신의 대답에 순식간에 분위기가 무거워졌다. 예상했던 사실이지만 제신의 입에서 확답을 들으니 가슴이 덜컥 내려앉았다.

"오라버니에게 이런 말 하고 싶지 않지만, 운 도령이 다로를 의심하고 있어."

"……그것도 들었다. 미추홀에서 다로가 전한 소문의 흔적조차 찾을 수 없었다고."

가장 가까운 친우가 좋아하는 여인을 의심하고 있었다. 심지어 그 의심이 무척이나 합리적이다.

복잡한 제신의 얼굴이 괜히 내가 미안해져 입을 꾹 다물자 그가 쓰게 웃으며 내 머리를 헤집었다.

"네가 그런 얼굴 할 것이 뭐 있다고."

"그래도……"

"너는 네 일만 신경 쓰면 된다. 간자를 색출하고 처벌하는 일은 내 몫이니까."

"다로가 아닐 수도 있어. 그런 일을 할 사람으로는 보이지 않았는 걸. 내 눈도, 오라버니의 눈도 틀리지 않았을 거야."

"나도 그렇게 믿고 싶지만 감정을 배제하고 사실만을 봐야지. 그래 야 비로의 수장이 아니겠니?"

"오라버니……."

안쓰러운 얼굴로 제신을 바라보니 그가 깊게 숨을 들이마시며 화제 를 돌렸다.

"그보다 네 이야기가 급하다. 너에 대해 좋지 않은 소문이 돌던데 어찌 된 일이야?"

"좋지 않은 소문이라니?"

"아직 듣지 못한 것이냐?"

영문을 몰라 고개를 갸웃거리자 제신이 난처한 얼굴로 제 머리를 벅벅 긁었다.

"수곡성에서의 승전 소식과 함께 연씨 가문의 딸이 고구려를 배신 했다는 이야기가 흘러나왔다."

"……내가 고구려를 배신했다니?"

"고구려의 원수인 백제군을 살리려고 했다고, 이전에 이미 백제의 왕을 살려 준 적이 있다고. 그런 소문이 돌고 있다."

단순한 소문이 아니었다. 수곡성에서 백제군을 살리려 한 것도, 과 거에 아신을 살린 것도 모두 진실이었다.

담담한 내 얼굴을 보며 제신의 얼굴이 미세하게 구겨졌다.

"정말 백제군을 살리려고 한 거로구나."

"저항할 능력이 전혀 없는 자였어."

"그래, 네 마음이야 이해하지만…… 하필 전시에 백제군을…….
공격당하기 너무 좋은 상황이다."

제신이 답답하다는 듯 손가락으로 탁자를 두드렸다.

"게다가 오래전 백제 왕을 살린 것까지 더해져 널 비난하는 목소
리가 높아. 백부님께서 그건 포로였을 적 모두를 구해 내기 위해 한
일이라 열심히 방어하고 계시지만, 오랜만에 건수를 잡은 소노부가
신이 나서 물어뜯고 있어."

"하지만 어떻게 내가 아신을 살려 준 것이 알려진 거야? 이런 상황
이 발생할 것을 우려해 포로들이 어찌 풀려났는지는 알리지 않았잖아."

포로로 잡혀 있을 때 어쩔 수 없이 한 일이기는 하나 여러모로 꼬
투리를 잡히기 좋은 일이었다. 하여 담덕은 포로들이 풀려날 수 있었
던 까닭을 비밀에 부쳤다. 그런데 이 이야기가 국내성에 공공연히 떠
돌고 있었다.

"소수의 인원은 사정을 알고 있었지. 함께 포로로 끌려간 이들이
나, 폐하의 최측근, 그리고……."

"비로 사람까지."

또다시 비로였다.

시선을 교환한 나와 제신의 표정이 그대로 굳어졌다.

❖ ❖ ❖

소문은 빠르게 퍼져 나가 사라질 줄 모르고 국내성을 떠돌았다. 인터넷이 있는 현대라면 모르겠지만, 모든 소문이 구전(口傳)을 통해 만들어지는 고대인데도 이상하리만치 퍼지는 속도가 빨랐다.

누군가 일부러 소문을 퍼트리고 있다는 뜻이었다.

소문은 거리의 아이들이 부르는 노래를 통해 국내성 곳곳으로 퍼져 나갔다.

'요희(妖姬)가 태양(太陽)을 홀려 하늘을 백잔(百殘:백제를 낮추어 이르는 말)에 바친다네.'

요희는 요사스러운 우희를, 태양은 태왕인 담덕을 뜻했다. 노래는 입에서 입으로 전해져 거리를 지나면 어디서나 이 노래가 흘러나올 지경이었다.

절노부 저택의 대문에는 매일같이 오물이 끼얹어졌고, 궁 안의 시녀들은 나와 마주칠 때마다 떨떠름한 얼굴로 인사하고 돌아서 뒤에서는 싸늘한 얼굴로 수군거렸다.

이런 상황에 가장 분노한 것은 내가 아닌 담덕이었다. 수곡성에서 돌아온 그는 휴식을 취할 새도 없이 소문의 진원지를 찾기 위해 분주히 움직였다.

비로는 그야말로 눈코 뜰 새 없을 만큼 숨 가쁘게 돌아갔다. 내부에 숨어 있을 간자를 찾는 문제로도 머리가 아픈데 국내성에 퍼진 소문까지 잡아야 했다.

모두가 골머리를 앓고 있는 와중에 나는 아무것도 할 수 없었다. 내가 나서면 오히려 역효과를 낸다는 제신의 뜻에 따라 나는 궁에 틀어박혀 두문불출했다.

담덕도 발길을 끊었다. 담덕은 소문이 파다할수록 오히려 평소처럼 움직여야 한다 믿었지만, 나를 찾을 때마다 제가 회의의 비난이 쏟아져 결국 발길을 끊을 수밖에 없었다.

홀로 방 안에 틀어박혀 있는 동안 내가 할 수 있는 일이라고는 고민에 고민을 거듭하는 것뿐이었다.

나로 인해 절노부가, 담덕이 곤란해졌다.

내 행동이 가져온 문제야. 해결할 수 있는 사람도 결국 나뿐이겠지.

이 문제는 내가 상처 입지 않으면 해결되지 않을 문제였다. 사람들에게 비난받고 돌을 맞더라도 내가 나서야 했다.

나는 그러한 뜻을 몇 번이나 제신과 담덕에게 전했다. 하지만 그들은 내 말에 동의하지 않았다. 두 사람은 어떻게든 내가 다치지 않도록 보호하고 싶어 했다.

이대로는 안 돼. 나를 비난하는 건 괜찮지만 그것이 담덕의 입지까지 흔들리게 한다면…….

내가 항상 두려워하던 순간이었다. 나로 인해 무엇인가가 어긋나지 않을까 하는 걱정. 그것이 현실이 되고 있을 때의 두려움. 모든 것이 나를 짓눌렀다.

예상하지 못한 손님이 나를 찾아온 것은 그즈음이었다.

"아가씨."

입맛이 없어 눈앞의 음식을 뒤적이고 있는 내게 소리 없이 누군가가 다가왔다. 익숙한 목소리였지만 이곳에 나타나기 힘든 사람이었기에 나는 놀라서 고개를 번쩍 들었다.

"다로."

환청을 들은 것인가 했는데, 고개를 든 곳에는 정말 다로가 있었다. 늘 입던 화려한 유녀의 옷이 아니라 검은 무복(武服)을 입은 모습이었다.

"여긴 어찌 왔어요?"

"사람들의 눈을 피해서 왔지요."

"궁 안이에요. 감시가 삼엄했을 텐데."

"네. 하지만 저는 할 수 있어요."

"……역시 평범한 유녀는 아니었군요."

"무술을 배웠습니다. 아주 알량한 재주지만요."

"근위대의 눈을 피해 여기까지 온 사람이 할 말은 아닌 듯한데요."

경계심이 가득 담긴 나의 말에 다로가 웃었다.

"너무 경계하지 마세요. 아가씨를 도와 드리고 싶어서 온 것입니다."

"정말 날 돕고 싶은 거라면 당당하게 궐문을 통해 들어와야겠죠. 이리 몰래 나를 찾는 것이 아니라."

"그리 생각하신다면 어쩔 수 없지요."

권하지도 않았는데 다로가 나의 맞은편에 자리를 잡고 앉았다. 복장은 평소와 달랐지만 의자에 앉는 움직임은 여전히 우아하고 유려했다.

"요희가 태양을 홀려 하늘을 백장에 바친다네."

귀에 못이 박이게 들은 노래가 다로의 입에서 흘러나왔다. 고운 목소리로 부르는 노래는 내용에 맞지 않게 영롱했다.

멍하니 그 노래를 듣고 있으니 다로가 미소 띤 얼굴로 고개를 한쪽으로 기울였다.

"제가 만든 노래입니다. 듣기에 어떠신가요?"

"설마 했는데 정말 당신이…… 미추홀의 소문도 다로가 거짓으로 꾸며 낸 건가요?"

"네."

"그래서 당신이 얻는 이익이 무엇인데요?"

"그 소문을 들으면 아가씨께서 직접 백제 땅으로 가실 테니까요. 그곳에서 아가씨가 백제 왕과 마주치길 바랐습니다. 백제 왕과 아가씨의 연결 고리가 드러나면 황후가 되긴 힘드실 테니까요. 고구려 백성 어느 누구도 백제 왕과 인연이 깊은 여인이 황후가 되길 원하지 않는답니다."

정말 다로가 간자였다.

이제 명확히 알게 되었는데도 생각보다 충격이 크지 않았다. 미추홀에서부터 마음의 준비를 하고 있었어서인지도 몰랐다.

하지만 다로를 마음에 품은 오라버니를 떠올리자 눈앞이 아득해졌다.

"왜 그랬어요?"

나는 눈을 질끈 감고 입술을 깨물었다. 좋아하는 사람을 곤란하게 하는 다로의 행동을 이해할 수가 없었다.

"오라버니를 좋아하는 줄 알았어요."

"정확히 보셨습니다. 저는 그분을 연모해요."

돌아오는 대답은 무덤덤했다. 눈을 떠 다로를 보니 눈을 내리깐 그녀의 얼굴이 조금 슬퍼 보이기도 했다.

"그런데 어째서 이런 일을 벌인 건가요?"

"처음부터 도구로 쓰이기 위해 길러진 몸. 이제 와 마음을 품었다고 무엇이 달라질까요? 변명은 하지 않겠습니다. 전 간자이고, 무슨 수를 쓰든 아가씨를 폐하의 곁에서 떼어 내라는 명을 받았어요."

"누구로부터요?"

"이미 짐작하고 계시잖습니까."

다로의 말이 맞았다. 이런 일을 벌일 사람이라면 소노부뿐일 테니까. 담덕을 끊임없이 밀어내려다, 그의 전공이 높아지며 그것이 불가

능해지자 황후를 자신들의 사람으로 세우려 했지. 그러려면 내가
사라져야 했다.

떨리는 손을 꽉 쥐는 나를 보며 다로가 짧게 말했다.

"떠나세요."

"난 안 떠나요. 담덕의 곁에 있기로 결심했으니까."

오랜 고민 끝에 내린 결론이었다. 담덕에 대한 마음을 인정하기 전
이라면 모를까, 지금은 그를 떠날 수가 없었다.

게다가 지금 나는 아이까지 있어.

하지만 이어서 들려온 다로의 말이 나의 결심을 흔들었다.

"떠나지 않으면 더 심한 소문이 퍼질 거예요. 아가씨와 백제 왕이
미추홀에서 밀회를 가졌다는 이야기가 나올 겁니다."

"밀회라고요?"

더럽고 황당한 소문이었다. 하지만 내가 미추홀에서 아신을 만난
것은 사실이니 오해의 소지가 분명히 있었다.

"태림과 운 도령이 함께 갔어요. 그게 헛소문이라는 걸 말해 줄
사람들이 있습니다."

"아가씨. 그것이 사실인지 아닌지는 상관없습니다. 사람들은 그저
떠들고 싶을 뿐이에요. 백제 왕과 내통한 여인이라니, 이 얼마나 자극
적이고 흥미로운 일입니까?"

다로의 말이 옳았다. 사람들은 언제나 흥미로운 이야기를 좋았다.
그것이 진실인지는 상관없었다. 이미 비난받고 있는 자의 소문이라면
더욱 즐기기 좋았다.

"사람들은 아주 쉽게 믿을 겁니다. 아가씨께서 과거에 백제 왕을 살렸
다는 소문이 퍼진 지금에서는요. 그 소문이 퍼지면 돌이킬 수 없어요."

"하, 하하……."

기막힌 상황에 웃음이 나왔다. 오래전 살기 위해 아신을 고쳤다. 의원으로서의 의무기도 했다. 지금 다시 그날로 돌아간대도 나는 또다시 아신을 치료할 수밖에 없었다.

그런데 그날의 일이 오늘날 나를 깎아내릴 빌미가 되었다.

나의 명예? 그런 것은 중요하지 않았다. 하지만 나에 대한 소문들이 담덕을 흔들고 있다는 것이 문제였다.

무슨 일이 있어도 담덕은 나를 버리지 않을 것이다. 내가 어떤 소문에 휩싸여도 나를 믿고 감싸 주겠지.

하지만 그러는 동안 담덕에게 상처가 난다. 내가 가장 바라지 않는 일이었다.

"게다가."

입술을 질끈 깨무는 나를 향해 다로가 지금까지와는 달리 머뭇거리며 입을 열었다.

"아이를 가지셨다면서요."

나는 놀라서 눈을 떴다. 아직 누구에게도 알리지 않은 사실이었다. 그걸 아는 자는 나와 나를 진맥했던 의원 하나뿐이었다.

하지만 금세 상황을 이해했다. 내가 백제군을 살리려 했다는 사실마저 알고 소문을 만들어 낸 사람도 다로였다. 이미 거기까지 상황을 파악하고 있어도 이상하지는 않을 것이다.

"그 사람들은 아직 몰라요. 제가 말하지 않았으니까."

"왜 아직 말하지 않았죠?"

"그들이 이 사실을 알게 되면, 아가씨를 폐하의 곁에서 떼어 내는 것으로 만족하지 않을 테니까요. 태왕의 핏줄을 가진 여자를 그들이 절대 살려두지 않을 겁니다. 아가씨께서 황후가 되든 되지 않든, 태왕의 핏줄이 그들에게 엄청난 위험이 될 테지요. 분명 아가씨의 목숨까지 위험해집니다. 저는 그것까지는, 그렇게는 둘 수 없습니다. 그게 제가 지금 여기 있는 이유예요."

"모두를 배신했으면서 이제 와 내 목숨을 걱정하는 건가요?"

"네, 걱정합니다. 아가씨께서 저를 친구로 여기며 다정히 대해 주셨기에, 저도 감히 아가씨의 친구 된 마음으로 간절하게 말씀드리는 겁니다."

그렇게 말하는 다로의 얼굴은 참담했다. 그래서 그녀의 말이 거짓 아닌 진심임을 알 수 있었다.

"제발 국내성을 떠나세요. 모두의 눈을 피해 조용한 곳으로, 고구려 땅에는 그들의 눈이 닿지 않는 곳이 없으니 차라리 다른 나라로, 그렇게 멀리 떠나세요. 그들이 비로에 심어둔 사람도 저 하나만이 아닙니다. 자취를 감추는 것, 그것만이 목숨을 보전하는 방법이에요. 아가씨에게도, 복중의 아이에게도."

죽음이라는 말보다 아이라는 말에 더 가슴이 덜컥 내려앉았다.

"하루빨리 결단을 내리셔야 합니다. 의원을 죽여 입을 막았지만, 그가 죽기 전에 다른 사람에게 이야기를 흘렸을지도 모릅니다. 그들은 목적을 위해 무슨 짓이든 해요. 폐하께는 아직 그들을 저지할 힘이 없습니다. 누구보다 제가 잘 알아요."

다로의 말이 옳았다. 담덕은 아직 완전하게 왕위를 틀어잡지 못했다.

먼 훗날에는 담덕이 진정한 이 나라의 태왕으로 우뚝 설 것이라는 걸 안다. 하지만 지금은 오랫동안 이 땅의 권력을 잡아 온 소노부의 수장, 그가 더 많은 것을 가지고 있는 시점이었다.

차마 할 말을 찾지 못하고 입술을 질끈 깨무는 나를 보며 다로가 쓸쓸하게 웃고는 자리에서 일어섰다.

"제발 도망치세요. 살아야 훗날도 도모할 수 있는 거 아닙니까? 이게 지금 이 다로가 아가씨의 친구로서 드릴 수 있는 유일한 조언입니다."

그렇게 말한 다로가 나타날 때와 마찬가지로 소리 없이 조용히 사라졌다. 마치 처음부터 다로가 온 적이 없었던 것처럼 사위가 조용했다.

불길했던 꿈은 담덕의 위험을 알리는 것이 아니라 오늘의 비극을 암시하는 것이었나.

나는 지독하리만치 무거운 고요에 짓눌려 가슴을 움켜쥐었다.

❖ ❖ ❖

날이 맑았다. 나는 창을 활짝 열고 방 안을 환기했다. 쏟아지는 햇살에 눈이 부셔 손으로 빛을 가리니 뒤에 서 있던 달래가 웃으며 말을 걸었다.

"아가씨. 오늘은 기분이 좋아 보이십니다."

"그러니?"

"예. 요즘 계속 우울해 보이셔서 걱정했는걸요. 한데 오늘은 아침부터 식사도 깨끗하게 비우시고, 고운 옷도 찾아 입으시니 제 마음이 놓입니다."

"내가 달래 네게까지 걱정을 끼쳤구나."

"그걸 아시면 이제 기운 좀 내십시오. 어디 저뿐입니까? 제신 도련님께서도 제게 매일 아가씨의 안부를 물으십니다. 고작 그런 소문이 뭐라고요? 폐하께서는 신경도 쓰지 않으시면 됐지요!"

달래가 들으란 듯이 크게 외치며 수군거리며 지나가는 시녀들을 흘겨보았다. 쩌렁쩌렁 울리는 달래의 목소리에 시녀들이 화들짝 놀라 창가에서 멀어졌다.

"그래, 네 말이 옳다. 고작 그런 소문이 뭐라고."

"그렇지요? 소문을 너무 신경 쓰지 마십시오. 이러다 또 사라지는 게 소문입니다."

"달래 네가 그런 것도 아니?"

"그럼요! 원래 소문은 저 같은 몸종들이 제일 잘 아는 법입니다."

"제법 일리가 있는 말이구나."

"제법 일리가 있는 정도가 아닙니다. 제가 소문에는 빠삭하다니까요."

달래가 들뜬 목소리로 떠들었다. 요즘 풀이 죽어 있는 내 기분을 띄워 주기 위해 부러 더 목소리를 높이는 것이었다.

참으로 고마운 아이였다. 몸종이지만 내게는 자매 같았다. 오라버니인 제신에게 못 하는 이야기도 같은 여자인 달래에게는 모두 할 수 있었다.

"왜 그리 보세요?"

달래를 빤히 바라보고 있었더니 묘한 기운을 느낀 그녀가 의아하게 물었다. 나는 재빨리 고개를 저으며 창틀에 기대고 있던 몸을 바로 세웠다.

"폐하를 만나러 갈 거야."

"폐하를요?"

내 말에 달래가 놀라서 눈을 크게 떴다.

"그…… 제신 도련님께서 한동안 폐하와는 만나지 않는 게 좋겠다고……."

"새삼스럽게 왜 그러니? 내가 언제 오라버니의 말을 들었다고!"

"……하긴 그렇지요?"

나와 달래의 눈이 마주침과 동시에 누가 먼저랄 것도 없이 입에서 웃음이 터져 나왔다.

第二十一章

별리(別離)

"담덕!"

"우희?"

집무실 문 틈으로 얼굴을 빼꼼 내미는 나를 발견한 담덕이 장계를 내려놓으며 자리에서 일어섰다. 얼굴에는 놀란 기색이 역력했다.

소문이 해결되기 전까지 최대한 만나지 않기로 결정을 내린 뒤였으니 나의 갑작스러운 방문이 놀랍기도 할 터였다. 게다가 우리 둘 사이에는 수곡성에서 다투고 헤어진 뒤의 어색함이 여전히 남아 있었다.

담덕은 생각지도 못한 방문에 얼떨떨한 얼굴을 하다가 곧 반가운 미소로 나를 맞았다.

"살다 보니 이런 날이 오기도 하는구나. 네가 날 먼저 찾아오기도 하고."

"언제는 내가 널 먼저 찾은 적이 없는 것처럼 말한다?"

"처음 맞아. 크고 작은 다툼을 한 뒤에 네가 나를 먼저 찾은 건."

"……그랬나?"

담덕이 날 먼저 찾는 날이 더 많았던 건 분명했지만 그 정도는 아니었던 것 같은데. 어색하게 웃으며 고개를 갸웃거리니 담덕이 내 앞에 다가와 단호하게 말했다.

"그랬어, 이 지독한 녀석!"

입으로는 나를 타박하면서도 두 팔로는 나를 꼭 껴안았다. 예고도 없이 얼떨결에 담덕의 품에 안겨 버린 내가 손을 어디에 둬야 하나 망설이는 사이 그가 내 어깨에 얼굴을 묻었다.

"아, 정말 죽는 줄 알았다. 조금 더 빨리 와 주지. 홀로 밤을 보내는 내가 불쌍하지도 않았어?"

"그리 보고 싶었으면 먼저 날 찾아오지 그랬어."

"소문에 가장 힘든 사람이 너인데 내가 어떻게 그래?"

그렇게 말한 담덕이 한숨을 내쉬며 고개를 들었다. 여전히 내 허리를 끌어안은 담덕이 고개만 숙여 찬찬히 내 얼굴을 살폈다.

"많이 여위었다."

"그러는 너도."

"나야 요즘 잠을 못 자서……."

담덕이 멋쩍게 웃으며 탁자에 쌓인 장계를 가리켰다. 척 보기에도 양이 보통 많은 것이 아니었다.

"……저걸 전부 다 보는 거야? 오늘?"

"내가 요즘 생각이 많아 보였는지 지설이 일거리를 많이 안겨 주더라고. 머리가 복잡할 때 일에 몰두하는 게 제일 마음 편하다면서."

"그건 다 헛소리야. 머리가 복잡할 땐 좋은 풍경을 보면서 편안하게 늘어지는 게 최고라고."

"그런가?"

"그럼. 그런 의미에서 좋은 풍경이나 보러 가는 건 어때?"

"좋은 풍경?"

"응, 나 호수 보러 가고 싶은데. 날이 좋으니 나들이 가기 좋을 것 같지 않아?"

"전에 물놀이 갔던 곳? 거길 가고 싶어?"

내가 고개를 끄덕이니 담덕이 짧게 침음을 흘렸다.

"음, 지금은 날이 쌀쌀해져서 물놀이를 하긴 힘들 텐데."

"그냥 구경만 하면 돼. 아, 일이 너무 많아서 힘든가?"

쌓여 있는 장계를 바라보며 말하니 담덕이 재빨리 고개를 저었다.

"아니, 괜찮아. 돌아와서 더 보면 돼. 해가 떨어지기 전에 닿으려면 부지런히 움직여야겠는데."

"노을을 보는 것도 나쁘지 않지."

"그래. 어떤 것이든 좋다. 너와 함께라면."

담덕이 나를 보며 씨익 웃었다. 나 역시 담덕을 향해 마주 웃어 주었지만 마음 한구석이 무거운 것은 어쩔 수 없었다.

그래도 지금은 아무 생각 안 할래.

나는 어색하게 허공에 두었던 두 팔을 움직여 담덕을 꼭 껴안았다.

나의 기억 속에 남아 있던 푸르른 녹음의 호수는 없었다. 계절이 계절인지라 풍경은 어느새 완연한 가을의 모습을 하고 있었다.

겨우 몇 개월 만에 풍경이 이렇게도 변하는구나.

새삼스러운 기분에 멍하니 말 위에 앉아 호수를 바라보니, 담덕이 팔을 뻗어 나를 땅에 내려 주었다.

"뭘 그리 보고 있어?"

"풍경을 보고 있었어."

"풍경?"

"응. 시간이 빠르게도 흘렀다 싶어서."

"그러네. 여기 온 것이 늦봄이었는데 이제는 가을이구나."

담덕이 고개를 끄덕이며 내가 바라보고 있는 호수 쪽으로 눈을 돌렸다. 서서히 아래를 향해 떨어지는 해와 함께 하늘이 점차 붉게 물들고 있었다.

나는 담덕의 팔을 잡아끌어 호수 바로 앞에 자리를 잡고 나란히 앉았다. 그러고 있자니 열두 살의 어느 하루가 떠올랐다.

"기억해? 우리 어릴 때도 이렇게 나란히 앉아서 노을이 지는 걸 봤잖아."

"강물에 빠져서는 물에 홀딱 젖은 채로 말이야."

"맞아, 그랬어."

오랜 기억에 절로 웃음이 흘러나왔다. 그때만 해도 담덕과 내가 이런 사이가 될 것이라고는 생각지도 못했다.

"그땐 둘 다 유치했지."

"둘 다? 유치했던 건 우희 너뿐이었어."

"뭐라고? 그때 네가 얼마나 유치하게 굴었는지 다 잊었어?"

"난 하나도 기억이 안 나는데?"

"세상에. 그땐 거짓말도 잘 못 하는 꼬마였는데 어느새 이렇게 못 된 어른이 됐담."

"나만 어른이 됐어? 너도 마찬가지잖아. 우린 함께 어른이 된 거야."

담덕의 말 한마디에 어린 시절을 지나 이 시간에 이르기까지, 우리가 함께 겪어 온 많은 일들이 스쳐 갔다. 어느 것 하나 버릴 것 없는 좋은 추억들이었다.

나는 조금 더 고개를 들어 하늘 높은 곳을 보았다. 붉게 물든 하늘 위에는 당연한 듯 어둠이 따라붙는다. 붉은 노을빛 위에는 짙은 남색이 켜켜이 쌓인다.

밤이 아래로 서서히 떨어지고 있었다. 어둠이 낮을 삼키고 달빛을 불러온다.

하늘을 비춘 호수에도 적색과 남색이 뒤섞였다. 결코 벗어날 수 없는 시간의 흐름. 나와 담덕을 어른으로 만들어 버린 그 시간.

나는 고개를 돌려 호수에 시선을 고정하고 있는 담덕을 바라보았다. 떨어지는 노을에 담덕의 얼굴도 붉은빛으로 물들었다.

손을 뻗어 붉은색이 내려앉은 담덕의 뺨을 매만지니 그의 눈이 나를 향했다. 눈이 마주치는 순간 서로의 머릿속에 같은 것이 스쳐 갔다는 예감이 들었다.

이 사람과 입을 맞추고 싶다.

내 예감은 틀리지 않았다. 담덕이 제 뺨을 매만지던 내 손을 붙잡고 고개를 숙여 내게 입을 맞춘 것이다.

말캉한 혀가 부드럽게 다가와 당신에게 닿을 길을 열어 달라는 듯 입술을 쓸어내리고, 저항 없이 열린 길을 따라 담덕이 조금 더 깊은 곳까지 다가왔다.

입맞춤은 조급했지만 조심스러웠고, 그러면서도 나를 모두 집어삼킬 듯 간절했다.

나는 담덕의 목에 팔을 둘러 그를 가까이 끌어당겼다. 내가 이처럼 적극적으로 나선 것은 처음이었다.

담덕이 당황했는지 잠시 멈칫거리는 것이 느껴졌으나 그것도 잠시뿐이었다. 조심스러웠던 그의 움직임이 조금 더 깊어졌다.

그가 힘에 밀려 비틀거리는 내 어깨를 붙잡아 지탱하고 내 모든 것을 가져가겠다는 듯 내 안을 휘저었다. 술을 마시지도 않았는데 꼭 술을 마신 것처럼 속이 달아올랐다.

입맞춤이 길어지면 길어질수록 나는 이상하게도 서글퍼졌다. 이처럼 달콤한 입맞춤인데, 이처럼 따뜻한 입맞춤인데.

나는 벌써부터 입맞춤이 끝난 뒤를 생각하고 있었다. 그래서 이 입맞춤을 멈추고 싶지 않았다.

조금만 더, 조금만 더.

조급하게 매달리는 나의 태도에 결국 담덕이 무엇인가 이상하다는 것을 알아챘다. 입술이 떨어져 나가고 담덕이 나를 불렀다.

"우희."

담덕은 내 얼굴을 살피고 있었다. 나는 최대한 덤덤한 척 그의 시선을 받아 냈다.

"말해 봐. 무슨 일이야?"

"아무 일도 없어."

"그런데 네가 이런다고?"

"그냥 하고 싶은 말이 있을 뿐이야."

"……그게 뭔데?"

담덕의 목소리가 낮게 가라앉았다. 무엇인가 좋지 않은 예감을 받은 것 같았다.

나는 담덕을 두고 자리에서 일어섰다. 담덕은 일어서는 나를 가만히 바라보고 있었다.

나는 일부러 담덕이 아닌 호수 쪽을 바라보며 입을 열었다. 담덕의 얼굴을 보면 도저히 입이 떨어지지 않을 것 같았다.

"내가 며칠 동안 열심히 생각을 해 봤어."

"무엇에 대해서?"

"내 미래에 대해서."

"……하지 마."

"생각도 못 하게 하는 거야?"

"너는 항상 쓸데없는 생각을 하니까 그냥 아무 생각도 하지 않는 편이 더 좋아. 생각은 내가 할게. 머리 아픈 거, 복잡한 거, 전부 다 내가 할 테니까 넌 여기에 그냥 너로 있으면 돼."

"그러면 내가 연우희야?"

나는 활짝 웃으며 담덕을 보았다. 무슨 생각을 하는지 담덕의 얼굴이 딱딱하게 굳어 있었다.

미묘한 분위기에 불안함을 느낀 걸까?

역시 감이 좋은 녀석이었다.

"예전에 평양성에서 사냥제를 열었을 때 내가 호랑이를 잡았잖아. 그때 영광의 상처도 얻었고 말이야."

나는 팔을 걷어 그때의 상처를 보였다. 옷을 걷어 드러낸 팔에는 의원의 걱정대로 흉터가 남았다. 상처를 본 담덕의 미간이 찌푸려졌다.

"이런 상처까지 얻으면서 받은 소원권이라 오랫동안 고민했어. 언제, 어떻게 써야 잘 썼다고 소문이 날까, 그런 생각을 하면서 말이야. 널 놀라게 해 줄 대단한 소원을 쓰려고 꽤 노력했어."

나는 접어 올렸던 소매를 풀어 내리며 어깨를 폈다. 들이마신 숨에 서늘해진 공기가 폐를 가득 채웠다. 차가운 공기에 속이 얼어붙을 것만 같았다. 그래도 나는 어깨를 움츠리지 않았다.

"그런데 아무리 고민해도 모르겠더라고. 사실 소원권을 쓰지 않더라도 담덕 넌 내 부탁이라면 언제든 들어줬잖아. 소원권이 아깝지 않으려면 네가 평소에는 절대 들어주지 않을 부탁을 해야 하는데…….

어디 그런 게 흔해? 그래서 고민을 한 거지. 몇 날 며칠을. 그리고 이제 결론을 내렸어."

다로가 떠나고 난 뒤 몇 번을 고민했지만 답은 언제나 하나였다.

담덕은 굳건히 왕좌를 지키는 흠결 없는 태왕이 되어야 했다. 만약 내가 그 길에 걸림돌이 된다면 당연히 비켜 줘야 했다. 나의 사심을 채우고자 욕심을 부릴 수 없었다.

게다가 지금의 내게는 꼭 지켜야 하는 것도 있었다.

나는 고개를 숙여 최근 들어 조금씩 부풀어 오르고 있는 배를 바라보았다. 이 시대에는 옷이 헐렁해 누구도 나를 보며 임신을 알아채지 못했다.

내가 작정하고 감추니 나를 가장 가까이서 챙기는 달래조차도 나의 임신을 몰랐다. 참으로 다행스러운 일이었다.

시간이 지나면 모든 것이 제자리를 찾을 것이다. 담덕은 누구보다 강한 왕이 될 테고, 나는 분명히 알고 있는 훗날을 믿으며 고요히 기다릴 뿐이었다.

지금은 버티고 있을 때가 아니다. 지금은 그때를 기다리며 소원을 빌 차례였다.

"나 지금 그 소원, 말해도 돼?"

"……그 소원이 뭔데?"

"소원은 무조건 들어주는 거야. 네가 할 수 있는 거라면. 맞지?"

담덕이 확답을 주기 전까지는 입을 열지 않을 생각이었다. 나의 의도를 알아챘는지 담덕이 어쩔 수 없이 고개를 끄덕였다.

"그래. 맞아. 내가 할 수 있는 거라면 무조건 들어줄게. 그러니까 말해 봐. 내가 평소라면 절대 들어주지 않을 그 소원이 도대체 뭔데?"

바라던 말이 담덕의 입에서 흘러나왔다. 그는 불안함과 의문이 섞인 눈으로 나를 올려다보고 있었다.

나는 아무렇지도 않다는 듯 밝게 웃으며 몇 번이고 되새겼던 말을 담덕에게 던졌다.

"나 너랑 혼인 안 할래."

나의 말와 함께 정적이 흘렀다. 멍하니 나를 보던 담덕이 한참이나 지난 후 겨우 입을 뗐다.

"……뭐?"

"생각해 보니까 황후가 되는 거 별로인 것 같아. 그러니까 나, 너랑 혼인 안 할래. 멀리 떠나서 조용한 곳에서 살고 싶어. 그게 내 소원이야."

"……무슨 헛소리야? 농담이 너무…… 재미없다. 그만하자."

담덕이 자리에서 벌떡 일어나 내게서 등을 돌렸다. 금방이라도 말을 타러 갈 것 같은 그의 등에 대고 나는 다시 한번 내 뜻을 전했다.

"농담 아니야 담덕. 나 너하고 혼인 안 할래."

"그 농담, 재미없다니까!"

담덕의 목소리가 한층 높아졌다. 그는 다시 뒤돌아서 나를 바라보며 입술을 질끈 깨물었다. 이미 그도 내 말이 농담이 아니라는 것을 알고 있었다.

"알면서 왜 그래? 나 진심이야."

"도대체 왜? 갑자기 왜 그런 소원을 말하는 건데?"

"별다른 이유는 없어. 아무리 생각해도 난 황후에 어울리는 사람이 아냐. 그게 전부야."

담덕을 납득시키기 위해서라면 혼인을 원치 않는 이유는 오로지 나의 마음 탓이어야 했다. 담덕이 유일하게 거스를 수 없는 것이 나의 뜻이라는 걸 알고 있기 때문이다.

다로에게서 전해 들었던 이야기도 말할 수 없었다. 내막을 안다면 담덕은 소문 따위 신경 쓰지 않고 나를 곁에 둘 것이다.

그러면 수많은 사람들이 담덕을 조롱하고 깎아내리려 하겠지. 내가 낳게 될 아이는 또 어떤 비난을 받게 될까?

백제의 왕과 정을 통한 여자가 낳은 아이일지도 모른다고, 제대로 된 태왕의 핏줄이 맞느냐고 수군거릴 것이다. 담덕은 소문을 믿지 않겠지만, 다른 사람들은 달랐다. 나로 인해 담덕을 향한 사람들의 평가가 최악으로 치닫는 것을 나는 참을 수 없었다.

아이를 가졌다는 사실은 더욱더 비밀에 부쳐야 했다. 그것을 알게 되면 담덕이 나를 놓아줄 리가 없다는 것을 알기 때문이었다.

"너한테 황후답게 살아 달라고 하지 않았어. 그냥 너인 채로 내 곁에만 있어 달라고 했잖아."

"담덕. 넌 그걸로 충분하겠지만, 다른 사람들은 그렇지 않아. 내게 끊임없이 황후다운 모습을 요구해. 난 그렇게 살 수 없어."

내 말에 담덕이 입을 꾹 다물었다. 가만히 내 얼굴을 바라보는 그의 눈동자가 당황으로 흔들렸다가 곧 실망으로 물들었다.

"혹 수곡성에서 있었던 일 때문에 그래? 그때 내가…… 사람을 살리려는 네 행동을 막아서?"

고작 그런 이유로 담덕과의 혼인을 포기할 리 없었다. 나는 그날 그가 그렇게 행동할 수밖에 없었던 이유를 이해했다.

하지만 나는 입을 다물었다. 내가 담덕의 곁을 떠나는 이유를 그가 납득하기만 한다면 어떤 이유든 진실이 될 수 있었다.

내가 입을 다물자 담덕이 헛웃음을 터트렸다.

"고작 한 번이었다. 열두 살 처음 만났던 그 순간부터 지금까지, 그 길고 긴 시간 중에서 그날 딱 한 번이었다고. 나는 네게 나 자신을 주고 어떤 일이든 네 뜻대로 했어. 그런데 넌…… 고작 그 한 번을 못 넘어가? 그냥 한 번쯤은 넘어가 줄 수 있잖아."

쉴 새 없이 쏟아지던 말이 뚝 그쳤다.

"아니, 아니다. 내가 잘못했어. 무엇이든 네 뜻대로 하라고 했는데 내가 그걸 막았다."

담덕이 이내 고개를 저으며 횡설수설했다. 답답한 듯 제 머리를 헤집는 손길이 다급해 보였다.

"담덕."

내가 조용히 담덕을 불렀지만 그는 대답 없이 제 말을 이어 갈 뿐이었다.

"그래…… 그러니 다짐을 지키지 못한 내 탓이 크다. 모두 내가 잘못했으니 그런 소원은 빌지 마, 우희야."

"담덕."

나는 조금 더 강하게 그의 이름을 불렀다. 그제야 불안하게 떠돌던 담덕의 시선이 나를 향했다.

"네가 잘못한 거 아냐. 그냥 우리가 달라서, 그래서 그래."

"달라도 돼. 내가 맞출 수 있어."

"아니. 못 해."

나는 고개를 저으며 담덕 앞에 섰다.

"넌 끊임없이 사람을 죽여야 해. 전쟁에서 승리하고, 이 나라를 지키고…… 그게 너의 일이지. 그런데 난 반대로 사람을 살려야 해. 적군도 아군도 상관없어. 다치고 죽어 가는 사람이 있다면 난 누구든 살릴 거야. 서로의 신념이 이리도 다른데 어찌 한길을 걷겠어?"

나는 손을 뻗어 담덕의 두 손을 잡았다. 맞잡은 그의 손이 얼음처럼 차가워 차마 입이 떨어지지 않았다. 나는 억지로 입꼬리를 올리며 힘겹게 말을 이었다.

"게다가 난 자유로운 게 좋아. 궁에 붙어사는 지루한 일상은 도저히 견딜 수가 없는데 어찌 황후가 되겠어? 처음부터 무리한 결심을 한 거야. 그걸 너무 늦게 깨달은 거지."

"그래서."

담덕이 이를 악물며 제 손을 잡은 나의 손을 꽉 쥐었다.

"나를 떠나겠다고?"

"그래."

"내가 사람이나 죽이고 다니는 게 마음에 들지 않고, 궁에서 사는 것도 싫으니 나를 떠나?"

"……그래."

"그럼 넌 내가 다른 여자와 혼인해도 상관없어? 그 여인에게 너와 했던 일들을 하고, 그 사이에서 후사를 보아도 상관없어? 그런 거야?"

당연히 싫었다. 담덕 옆에 다른 사람이 서는 상상만으로도 가슴이 덜컥 내려앉았다.

하지만 나는 고개를 끄덕이며 쏟아지려는 눈물을 아래로 내리눌렀다.

"……응. 넌 태왕이니 당연히 황후를 들여 후사를 봐야지. 그게 옳은 거야. 누구보다 황후에 어울리는 사람, 그런 사람과 혼인해."

마음에도 없는 소리가 잘도 흘러나왔다. 그러나 거짓을 말하며 담덕을 바라보는 것까지는 힘들었다. 고개를 푹 숙이고 있으니 머리 위에서 담덕의 목소리가 들려왔다.

"그게 정말 네가 바라는 거야?"

"그래."

"거짓말."

담덕의 목소리는 서늘했다. 겁도 없이 늑대에게 활을 날렸던 그날 내 앞에 섰던 담덕의 목소리가 꼭 이랬다.

담덕이 손을 뻗어 내 턱을 붙잡았다. 그가 억지로 고개를 들게 해 나와 눈을 맞추었다. 선명히 마주친 눈동자에 몸이 얼어붙었다.

"그렇게 고개를 숙이고 말하면 내가 기대를 하게 되잖아. 네가 한 말들이 전부 거짓말이라고."

"……이런 거짓말을 왜 하겠어? 진심이야."

"진심이면 내 눈을 똑바로 보고 다시 한번 말해 봐. 그럼 믿어 줄 테니까."

입에 딱딱하게 굳었다. 하기 힘든 말을 하려니 입술이 파르르 떨렸다.

몇 번이나 입술을 잘근잘근 씹은 끝에 감각이 돌아왔다. 나는 타인의 입을 빌려 말하는 듯한 낯선 기분으로 기계처럼 말을 쏟아 냈다.

"난 네가 다른 여인과 혼인해도 상관없어. 나와 했던 걸 해도, 그 여인과의 사이에서 아이를 낳아도 괜찮아."

조금씩 입을 열 때마다 칼날이 가슴을 후벼 파는 것 같았다. 겨우 내뱉은 말에 담덕의 입에서 허탈한 웃음이 흘러나왔다.

"허."

담덕의 입에서 내뱉은 숨이 공기를 울렸다. 하늘이 무너지고, 땅이 꺼지는 것만 같았다.

"너는 여전히…… 쉽구나. 여전히 그런 말이 참 쉬워."

담덕이 붙잡고 있던 내 턱에서 손을 떼며 한 걸음 뒤로 물러섰다. 답답함을 담아 두 손으로 얼굴을 쓸어내리는 그의 얼굴이 어느새 깔린 초어스름에 가려 제대로 보이지 않았다.

"연우희. 네가 참 밉다. 오늘처럼 네가 미운 날이 없었어. 그런데 앞으로는 매일…… 오늘처럼 네가 미울 것 같아."

"미워해. 모든 것이 널 감당하지 못한 내 잘못이니까."

"그리할 거야. 미워하고 또 미워해서 평생을 미워할 거야. 그게 날 버린 사람에 대한 복수나 될지 모르겠지만."

그 말이 꼭 나를 평생 잊지 않겠다는 말로 들렸다면 착각일까.

"그건 제대로 된 복수가 아니지. 내게 복수하고 싶다면 위대한 태왕이 돼. 내가 어느 곳에 있어도 네 소식을 들을 수 있도록, 그리하여 네 이야기를 들을 때마다 내가 가슴 깊이 후회하도록. 그보다 좋은 복수가 어디 있겠니?"

"그래, 꼭 복수하마."

나는 어울리지도 않는 으름장을 놓는 담덕의 마음을 믿었다.

이 사람이 내게 가진 마음의 무게를 안다. 이 사람이 얼마나 변하지 않는 사내인지도 알고 있었다. 나는 답답할 정도로 올곧은 이 사람의 변하지 않을 마음을 담보로, 기다림이라는 도박을 하려는 것이다.

담덕에게 필요한 것은 시간이었다. 조금만 시간이 지나면 그는 진정한 태왕이 된다. 나는 그때 다시 이곳으로 돌아올 것이다.

도박에 이기게 될까?

확신은 없었다. 기다림이란 언제나 불확실해서 누구도 확신을 말할 수 없을 것이다.

내가 떠난 사이 담덕의 마음이 변할지도 모른다. 그 가정이 너무도 두려웠지만, 그 이상으로 담덕의 미래를 빼앗는 것이 싫었다. 위대한 태왕으로 역사에 길이 남을 담덕의 미래는 오롯이 그의 것이었다. 지금 내가 담덕의 곁에 있다면 그 미래가 흔들린다.

그래서 나는 얼마가 될지 모르는 긴 도박을 시작하기로 마음먹었다. 이 사내의 마음을 믿기에 할 수 있는, 바보 같은 도박이었다.

❖ ❖ ❖

다음 날 나는 최대한 조용히 짐을 꾸렸다. 어디로든 떠나려면 먼저 궁에서 나가야 했다.

짐을 챙기는 내 옆에서 달래는 거의 통곡에 가까운 눈물을 쏟아 냈다.

"나도 안 우는데 네가 어찌 울어?"

"아가씨께서 안 우시니 제가 우는 겁니다! 어찌 폐하께서 이러실 수가 있습니까? 아무리 이상한 소문이 퍼졌어도 그렇지, 어떻게 아가씨를 쫓아낼 수 있어요?"

"폐하께서 날 쫓아내시는 것이 아니라 내가 스스로 나가는 거야. 혹 폐하께서 날 쫓아내시는 거라고 하더라도 그건 당연한 처사고. 오히려 지금까지 소문을 무시하고 날 안에 두신 게 잘못된 거지."

구구절절 옳은 말에 잠시 달래가 할 말을 잃었다. 그칠 줄 모르던 울음도 어느새 멈추었다.

하지만 얼마 지나지 않아 달래가 다시 울음을 터트렸다.

"그래도…… 그래도 너무하십니다! 아가씨께서 나간다고 하셔도 안 된다고 붙잡으셔야 하는 거 아닙니까?"

"폐하께선 늘 내 뜻을 존중해 주는 분이셔. 하니 달래 네가 상상하는 일은 없을 거다. 그러니까 빨리 짐을 챙기는 게 좋을걸. 이러다 해가 떨어지겠다."

"예에……."

달래가 훌쩍거리며 손을 움직이기 시작했다. 여전히 행동은 느렸지만 짐을 꾸리는 사람이 한 명 더 늘어나니 속도가 조금 붙었다.

원래 궁에 있던 것과 담덕이 준 것을 제외하니 가져갈 짐은 많지 않았다. 덕분에 생각보다 빠르게 짐을 꾸려 해가 떨어지기 전 궁을 나설 수 있었다.

최대한 조용히 궁을 떠나기 위해 나는 평소 드나들던 정문이 아닌 궁인들이 사용하는 쪽문을 통해 궁을 떠나기로 했다. 누구도 떠나는 나를 배웅하지 않았다.

나는 밖으로 나서는 문 앞에 서서 한동안 머물렀던 궁을 바라보았다. 선대왕인 고국양왕이 주인일 시절부터 제집처럼 드나든 곳이었다.

과분한 행운을 안고 이곳에서 좋은 인연들을 많이 만들었다. 크고 넓은 궁의 곳곳마다 추억들이 묻어 있었지만 이제 한동안, 아니, 어쩌면 다시는 올 일이 없을 것이다.

그렇게 생각하니 쉽게 발길이 떨어지지 않았다. 머뭇거리는 걸음에 수많은 순간들이 눈앞을 스쳐 갔다.

담덕과 우연히 마주쳤던 태학. 그곳에서 모든 이야기가 시작되었지.

매일 함께 활을 쏘고 말을 탔던 담덕의 개인 연무장. 그곳에 두고 차마 가져오지 못한 나의 활은 담덕이 알아서 버려 줄 것이다.

담덕이 매일같이 머리를 감싸고 일에 열중하는 집무실. 매일 깊은 밤까지 불이 꺼지지 않던 그 방에 앞으로는 이른 휴식이 닿았으면 좋겠다.

함께 끌어안고 잠들었던 담덕의 침실. 그곳에는 이제 새로운 사람이 따뜻하게 자리를 데우겠지.

익숙한 풍경을 천천히 눈에 담는 나를 보며 달래가 울 것 같은 얼굴로 내 팔을 잡아끌었다.

"아가씨……."

달래의 얼굴을 보니 조금 더 지체했다가는 또다시 그녀의 요란한 울음이 터질 것 같았다.

"그래. 이만 나가자."

모든 것은 이곳에 두고 가야지. 좋았던 추억도 힘들었던 기억도 이곳에 남겨 두고 나는 흘러가는 역사 속에서 조용히 기다리는 거야.

나는 남아 있는 모든 것을 두고 무거운 발걸음을 돌렸다. 연우희로 쌓아 왔던 수많은 순간들과의 이별이었다.

❖ ❖ ❖

문을 나서니 운이 나를 기다리고 있었다. 달래는 놀라서 눈을 크게 떴지만, 미리 서신을 보내 그를 찾은 사람이 나였다.

"정말 나왔구나."

내 서신을 받고서도 내용을 믿지 못했던 것인지 운이 미간을 찌푸렸다.

"그럼 다로에 대한 이야기도 진짜라는 소리겠군."

서신에는 비로의 대원들만 알아볼 수 있는 암호로 다로가 확실한 간자이며, 그녀 외에도 더 많은 간자가 있으니 유의하여 대처하라는 이야기도 적었다. 그들의 배후는 짐작하는 그대로라는 이야기도 함께였다.

"제가 그런 걸로 거짓말을 하겠습니까?"

운에게 웃으며 대답한 뒤 나는 달래를 바라보았다.

"너는 먼저 절노부 저택으로 돌아가 있어. 나는 해씨의 도련님과 할 이야기가 있다."

다른 사람이라면 몰라도 제신과 사이가 돈독한 운이었다. 달래는 별다른 의심 없이 고개를 끄덕였다.

"예. 알겠습니다. 짐은 제게 주시면 가져갈게요."

"아니다. 네 짐도 무거운데 무슨 짐을 더 늘리려고 해? 이건 내가 돌아갈 때 가져가마. 넌 그것만 챙겨 가라."

내가 들고 있는 보따리가 작은 편이긴 했지만, 달래가 든 것까지 합치면 양이 상당해진다.

내 말에 제 손에 들린 짐과 내 손에 들린 짐을 번갈아 보던 달래가 고개를 끄덕였다. 혼자 둘 다 가져가긴 무리라고 결론을 내린 것 같았다.

"그럼 저택에서 뵙겠습니다, 아가씨."

"그래, 나중에 보자."

달래가 인사하고 멀어지자 옆에서 가만히 자리만 지키고 있던 운이 길게 한숨을 내쉬었다.

"서신에 쓴 건 뭐야?"

"보신 그대로입니다. 오라버니께도 비밀로 하고 나온 것이지요?"

"그래. 하도 신신당부를 하기에 제신에게도 비밀로 하고 나온 참이다."

주변을 살펴 사람이 없는 것을 확인한 운이 목소리까지 낮추며 내게 물었다.

"그런데…… 고구려를 떠나겠다는 게 무슨 말이야?"

"무슨 말이 더 필요합니까? 멀리 떠나려고 합니다. 저를 아는 사람이 없는 곳으로. 혼자서는 힘드니 운 도령이 좀 도와주세요. 제게 빚이 있으시잖아요."

고구려를 떠나는 걸 도와 달라. 제신에게는 절대 부탁할 수 없는 일이었다. 그는 결코 내가 떠나는 것을 허락하지 않을 것이다.

오랜 고민 끝에 내게 마음에 빚이 있는 운을 떠올렸다. 내 예상대로 '빚'이라는 말에 운의 표정이 미묘하게 흐려졌다.

"빚이야 있지만…… 네 부탁을 들어주는 것이 연 장군께서 바랄 일인지는 모르겠다. 폐하와 혼인하지 않는다고 굳이 고구려를 떠날 필요는 없지 않느냐. 소문 때문에 고구려에 남아 있기가 괴로운 거라면……."

"국내성에 떠도는 소문을 피하고자 했다면 절노부로 돌아가면 됐겠지요. 단순히 소문을 피해 떠나려는 게 아닙니다. 누구도 저를 알지 못하는 곳으로 가야 해요."

담덕의 시선이 닿는 곳에서 아이를 낳아 키울 수는 없었다. 고구려 안이라면 모두 그의 눈이 향하고 있으니 다른 나라로 가야만 했다.

하지만 이런 사정을 모르는 운에게는 나의 뜻이 이상하게만 보일 터였다.

"도무지 이해할 수가 없구나."

운이 한숨을 내쉬며 제 머리를 헤집었다.

"네가 부탁하기에 배를 구해 두기는 했다. 아무리 설득해도 듣지 않을 것이 뻔하니, 그럴 바에는 내 손으로 보내 주는 것이 마음이 편할 것 같아서. 그래야 어디로 가는지나 알 수 있을 것 아니냐."

"현명한 선택이십니다."

"그다지 칭찬으로는 들리지 않는구나."

운이 떨떠름한 얼굴로 고개를 저었다.

"떠나려면 신라가 좋아. 말이 통하니 후연보다 낫고, 고구려에 호의적이니 백제보다 안전하다."

신라. 남쪽에 있으니 날이 따뜻하여 어쩌면 고구려보다 살기에 좋을지도 모른다.

"감사합니다. 어려운 부탁을 들어주셔서."

"대신 하나만 약속해. 나와는 연락을 끊어선 안 된다. 그것 하나만 약속하면 네가 부탁했던 것처럼 누구에게도 너의 행방을 알리지 않겠어."

"그리할게요."

"네 아버지의 이름을 걸고 맹세할 수 있어?"

애초에 운과 연락을 끊을 생각도 없었다. 그러면 내가 연락을 끊어도 나의 행방을 추적할 수 있도록 수를 써 두었을 테니 잠적하려고 힘을 빼는 건 쓸데없는 짓이었다.

나는 망설임 없이 고개를 끄덕였다.

"네."

의심스러운 눈초리로 나를 보던 운의 얼굴이 그제야 풀어졌다. 내가 아버지의 이름을 두고 거짓을 맹세할 리는 없다고 생각한 것 같았다.

"좋다. 그럼 가자."

운이 준비해 둔 말 위에 오르며 손을 뻗었다.

"같은 말을 타고 갑니까?"

"네가 떠나면 남은 말은 어쩌라고 두 마리를 가져오겠어?"

제법 옳은 말을 하며 운이 나를 향해 뻗은 손을 가볍게 흔들었다. 시간 끌지 말고 어서 잡으라는 뜻이었다.

퉁명스러운 재촉에 나는 입을 비죽이며 운의 손을 잡았다. 손을 잡자마자 끌어당기는 힘에 몸이 가볍게 말 위에 안착했다.

"배를 타려면 바다로 가야지. 그곳까지 안전하게 모셔다 드리죠, 아가씨."

그렇게 말하며 운이 말의 배를 걷어찼다. 출발 신호를 기다렸다는 듯 말이 움직이기 시작했다.

❖ ❖ ❖

포구에 도착하니 이미 배가 우리를 기다리고 있었다. 먼저 말에서 내린 운이 내가 내리는 것을 도와준 뒤, 배 앞에서 우리를 기다리고 있던 남자에게로 걸음을 옮겼다.

"오셨습니까요, 어르신."

운보다 훨씬 나이가 많아 보이는 남자였지만, 이곳에서야 돈 많고 신분이 높으면 모두 어르신이었다. 운은 익숙한 듯 남자의 인사를 받았다.

"배가 뜰 수 있겠나?"

"예, 다행히 날씨가 좋습니다. 매일 오늘만 같으면 저 같은 뱃사람들은 걱정이 없다니까요."

"다행이군."

남자와 이야기를 마친 운이 내 쪽을 보았다. 나는 서둘러 그의 곁으로 다가갔다.

"신라까지 모셔 갈 분이야."

"아아, 이분이."

운의 소개에 남자가 고개를 숙였다.

"제가 안전하게 모시겠습니다. 뱃사람으로 태어나 평생을 배를 띄웠으니 믿으셔도 좋습니다."

넉살 좋은 인사에 마주 고개를 숙이니 남자가 능숙하게 나를 배로 이끌었다.

"배에 오르시죠. 곧 출발하겠습니다."

배는 생각보다 컸다. 이만한 배를 구하려면 돈을 꽤 많이 써야 했을 것이다.

"배가 생각보다 크군."

"예. 갈 길이 머니 이 정도 크기는 되어야 파도를 견딥니다."

나는 고개를 끄덕이며 난간에 몸을 기댔다. 소진일 때의 기억을 더듬어 봐도 먼바다로 나가는 배들은 모두 크기가 컸다.

나는 곧 배가 떠나게 될 먼바다를 바라보았다. 바다를 보니 이제 고구려를 떠난다는 실감이 났다.

지난번에 배를 탔을 때는 백제로 향했는데, 이번에는 신라인가.

어쩌다 보니 삼국을 두루 유람하게 되었다. 어린 시절 절노부의 땅에서만 지낼 때는 상상하지도 못한 일이었다.

"그럼 출발하겠습니다!"

바다에 시선을 빼앗긴 나의 뒤로 남자가 크게 소리쳤다. 출발을 알리는 소리가 들려온 지 얼마 되지 않아 배가 서서히 바다를 향해 움직이기 시작했다.

배의 움직임에 따라 바람도 점차 거세지고 있었다. 흩날리는 머리카락을 정리하고 있으니 뒤쪽에서 누군가가 말을 걸었다.

"바닷바람이 참 시원하지?"

나는 놀라서 뒤를 바라보았다. 지금 여기에서 절대 들려서는 안 될 목소리였다.

그곳에는 내게 배를 태워 주고 돌아갔어야 할 운이 있었다.

"여, 여, 여기서 뭐 하십니까?"

당황한 목소리로 물었더니 운이 내 어깨에 손을 두르며 고개를 갸웃거렸다.

"왜 그리 놀라느냐? 내가 구한 배에 내가 타겠다는데."

"따라오면 어떡합니까!"

"왜? 뭘 하려고 못 따라오게 해?"

"뭘 하려고 그러는 것이 아니라……."

상대가 당당하게 나오니 말문이 턱 막혔다. 당황해서 입만 뻥긋 대는 나를 보며 운이 씨익 웃었다.

"너와 같이 갈 거다. 어차피 연락을 끊을 생각이 없었다니, 함께 가도 상관없겠지?"

"절 따라 고구려를 떠난다고요?"

"그래. 몰랐다면 모를까, 네가 혼자 떠난다는데 어찌 그냥 보내? 내가 따라가 줘야지."

"누구 마음대로요?"

"내가 가는 곳은 내 마음대로 정하지, 누구 마음대로 정하겠어?"

할 말이 없어졌다. 나는 황당함에 입을 쩍 벌리며 어깨에 둘러진 운의 손을 떼어 냈다.

"국내성에 할 일이 많으시잖아요. 영이는 어쩌고요?"

"내가 제 누이를 봐 주는데, 내 누이는 제신이가 봐 줘야지. 서로 돕고 사는 세상 아니냐."

"무슨 그런 말도 안 되는……. 전 누구와도 같이 못 갑니다! 어서 내리십시오!"

그렇게 소리치며 운의 어깨를 떠밀었지만 내 힘으로 그를 밀어낼 수 있을 리가 없었다.

"그 정도 힘으로 날 밀어낼 수 있겠어? 게다가……."

코웃음을 흘린 운이 턱 끝으로 육지 방향을 가리켰다.

"이미 내리기엔 멀리 오지 않았나? 나보고 바다로 뛰어들라는 건 아니지?"

어느새 배가 육지에서 한참이나 멀어져 있었다. 내가 돌려보낼 수 없을 때까지 기다렸다가 아는 척을 한 것이다.

나는 아무도 모르는 곳으로 떠났어야 했다. 그런데 시작부터 계획이 틀어졌다. 당황스럽고 화가 나 속이 부글부글 끓었다.

"뛰어내리십시오! 그냥 확 바다에 뛰어내리세요!"

나는 이를 악물고 운의 팔을 잡아당겼다. 초인적인 힘을 발휘해서라도 이 얄미운 남자를 바다에 집어넣어야 했다.

그러나 야속하게도 운은 바위처럼 무거워 아무리 힘을 써도 내게 끌려오지 않았다.

"에이, 그렇게는 못 한다. 나도 내 목숨 아까운 줄은 아는데 어찌 그래?"

"그리 목숨 귀한 줄 아시는 분이 왜 저를 따라오셨습니까? 편히 국내성에 계셨으면 얼마나 좋아요?"

"그러는 그대는?"

장난스러운 미소였지만 어느새 목소리는 진지해졌다. 운이 웃음기 없는 목소리로 내게 물었다.

"왜 굳이 아무도 모르는 곳으로, 누구에게도 알리지 않고 가려는 건데? 이유가 있을 거 아냐."

빤히 바라보는 시선이 부담스러웠다. 나는 붙잡고 있던 운의 팔을 놓고 고개를 돌렸다.

"나는 이유를 들을 자격이 있지 않나? 그대의 황당한 도주를 아무것도 묻지 않고 도왔어. 공범이 되었으니 이유 정도는 말해 줄 수 있잖아."

"이유를 듣고 싶으시면 그쪽도 진정한 이유를 말하세요. 제가 친구의 누이라서, 갑자기 그럴 기분이 들어서……. 뭐 그런 이유로 따라오지는 않았을 거 아닙니까. 도대체 무슨 생각이에요?"

난간에 몸을 기대며 슬쩍 운을 보았더니 그의 표정이 복잡해 보였다.

"그저……. 널 혼자 두기 싫었을 뿐이다. 어딜 가나 사건을 몰고 다니는 녀석인데, 혼자 떠나면 또 무슨 일에 휘말릴지 걱정이 되잖아. 멀리 보내는 것을 돕겠다고 마음먹었으면 안전까지 책임져야 한다 생각했을 뿐이야. 그게 연 장군께 부끄럽지 않은 길이라 생각했고."

"……보호자는 필요 없어요. 저도 성인입니다."

"알아. 하지만 내 마음이 불편해. 단지 내 마음이 편하고자 그대를 따라온 거니까 부담 가질 필요 없어."

"그쪽이 절 따라온 것 자체가 부담이라는 생각은 전혀 없습니까?"

"부담스러워도 참아. 떠나는 걸 도와준 사람이니."

당당한 명령이었다. 운이 아니었으면 이렇게 쉽게 고구려를 떠나지 못했을 것은 분명했으므로 할 말이 없었다.

"그럼 이제 네 차례야."

입을 꾹 다문 나를 보며 이제는 운이 물었다.

"왜 떠날 결심을 했는데? 실연에 상심한 여인의 일탈이라기엔 너무 거창한데."

나는 한숨을 내쉬며 운에게 다로가 추가로 퍼트리려고 계획한 소문에 관해 설명했다. 그러나 조용히 나의 이야기를 듣던 운은 무엇인가 부족하다는 듯 미간을 찌푸렸다.

"그래. 네가 왜 폐하의 곁을 떠나려고 생각했는지는 알겠어. 다른 사람에게 도움을 청하지 못한 이유도. 하지만 고구려 땅까지 떠날 이유는 없잖아."

"그건……."

나는 머뭇거리며 시선을 아래로 내렸다. 운이 나를 따라온 이상 언제든 알게 될 일이었다. 눈치가 빠른 사람이니 더 말할 것도 없었다. 예상하지 못한 순간에 들키는 것보다는 내가 먼저 말하는 게 낫겠지.

그렇게 결론을 내린 나는 운의 손을 붙잡아 내 배 위에 얹었다. 갑작스러운 나의 행동에 당황해 손을 빼려던 운이 곧 이상한 것을 느끼고 내 배를 더듬었다.

"……배가 왜 이래?"

그의 멍한 눈이 나를 향했다. 나는 어색하게 웃으며 운의 손을 놓았다. 내 배에 닿았던 운의 손이 힘없이 아래로 떨어졌다.

"그…… 제가…… 임신을 해서……."

"뭐?"

얼굴을 바라보던 멍한 눈이 그대로 움직여 내 배로 떨어졌다. 한참이나 내 배를 바라보던 운이 다시 한번 멍하니 외쳤다.

"뭐어?"

"그게…… 임신을……."

"허?"

운이 비틀거리며 난간을 짚었다.

"폐하…… 폐하의 아이야?"

"네."

"폐하는 알고 계시고?"

내가 고개를 젓자 운이 헛웃음을 흘리며 제 입을 틀어막았다.

"도대체 너는 무슨 생각으로……!"

버럭 소리를 지르려던 운이 내 배를 바라보며 입을 꾹 다물더니, 곧 차분한 목소리로 다시 입을 열었다.

"폐하께는 왜 말을 안 한 거야? 네가 아이를 가진 걸 아셨다면 그분은 절대 널 보내지 않으셨을 거다."

"그러니까 말 안 한 거예요. 떠나야만 하는 상황인데, 아이가 있다는 걸 알면 절대 안 보냈을 테니까."

"허……. 이거 참…… 대책이 없는 아이인 줄은 진즉에 알았지만 이 정도일 줄은 몰랐다."

"그리 대책 없지는 않았습니다. 돈이 될 만한 것은 제법 챙겨 왔고, 어디서든 의원으로 일하면 굶어 죽지는 않을 겁니다. 아이도 혼자 잘 키울 자신이 있고요."

사람의 몸에 대해서라면 누구보다 잘 알고 있었다. 아이를 낳아 키우는 건 문제없었다.

"여자 혼자 아이를 낳아 기르는 게 어디 쉬운 일인 줄 알아? 게다가 이 아이는 보통 아이가 아니라, 왕의……."

운이 차마 말을 잇지 못하고 한숨을 내쉬었다.

"간자 문제가 해결되면 고구려로 돌아갈 생각이지? 아니, 물을 필요도 없어. 넌 그래야만 해. 이대로 영원히 도망치면 그분께 큰 죄를 짓는 거야."

"문제가 해결되면…… 이라고요? 이 문제가 해결되기는 하나요?"

"왜 해결이 안 돼? 제신이가 해결할 거야. 그렇지 않아도 조용히 움직이며 다로에 대해 조사하고 있었다. 곧 관련자들을 찾아낼 수 있어."

물론 시간이 더 주어진다면 제신은 훌륭하게 일을 해결해 줄 것이다. 다로와 그 뒤에 있는 자들이 누구인지 결국에는 찾아내겠지.

하지만 그것이 전부는 아니었다.

"다로를 잡아내 배후를 색출하면 앞으로 다시는 이런 일이 일어나지 않을까요?"

운이 내 말을 이해할 수 없다는 듯 미간을 찌푸렸다. 나는 슬쩍 웃으며 내게 협박하던 다로의 목소리를 떠올렸다.

"아가씨와 백제 왕이 미추홀에서 밀회를 가졌다는 이야기가 나올 겁니다. 백제 왕과 내통한 여인이라니. 이 얼마나 자극적이고 흥미로운 일입니까? 사람들은 아주 쉽게 믿을 겁니다. 아가씨께서 과거에 백제 왕을 살렸다는 소문이 퍼진 지금에서는요."

다로의 그 말이 내게 많은 것을 일깨워 주었다.

내가 통제할 수 없는 과거의 일들이 나의 발목을 붙잡고 있었다. 그 일이 이번 한 번에 그치지 않으리라는 불행한 예감 역시도 머릿속을 스쳐 갔다.

"전 백제 왕의 목숨을 살려 주었어요. 과거를 바꿀 수는 없으니 그 일들이 영원히 꼬리표처럼 세 뒤를 따라다니겠지요. 그러니 제가 태왕의 곁에 있는 한 언제 어디서든 약점을 잡힐 겁니다. 다로와 그 일당을 처리하면 상황이 괜찮아진다고요? 전 그렇게 생각 안 해요. 왕을 흔들고자 하는 이들은 많으니 또 다른 사람이 나타나 과거를 들추고 비난하고……. 몇 번이나 그런 일들이 반복되겠지요."

"비난이 두려운 것이냐?"

"저를 향한 비난은 두렵지 않습니다. 하지만 비난이 소중한 사람에게 향하는 건 두려워요. 저를 향한 비난으로 인해 태왕의 입지가 흔들린다면…… 그거야말로 큰 죄가 아닐까요?"

떠나면 담덕을 상처 입힌다.

떠나지 않으면 태왕을 상처 입힌다.

그렇다면 누가 상처 입지 않도록 할 것인가?

그 갈림길에서 나는 태왕이 상처받지 않는 쪽을 택했다. 담덕의 원망은 받겠으나 태왕으로서 그에게는 잘된 일이었다.

"……백제 왕을 살린 건 어쩔 수 없는 일이었어. 그러니 시간이 지나면 말도 안 되는 억측들도 사라질 거다."

시간이 지나면.

운은 대수롭지 않게 말했지만 나는 동의하지 않았다.

"맞아요, 시간이 지나면 그리되겠죠. 하지만 바로 지금이 우리의 태왕에게 가장 중요한 시기예요. 재위 초기의 오 년. 이때 사람들의 신뢰를 잃으면 남은 날들이 힘들어집니다. 선대 태왕께서도 즉위 초기에 분위기를 잡지 못해 재위 내내 고생을 하셨죠."

고국양왕의 즉위 초기는 여러모로 힘들었다. 후사가 없는 소수림왕의 뒤를 이어 준비 없이 급하게 왕위에 오른 데다, 내부로는 가뭄이, 외부로는 다른 나라와의 전쟁이 이어져 민생이 피폐했다.

고국양왕은 그러한 어려움을 극복하고자 많은 노력을 펼쳤다. 빼앗긴 성을 회복하고 가뭄을 다스릴 대책을 강구했다.

하지만 재위 초기에 얻은 어려움을 끝내 극복하지 못하고 왕위에 오른 지 칠 년 만에 붕어(崩御), 아들인 담덕에게 왕위를 물려주었다.

"그걸 아는 제가 사람들의 신뢰를 흔들 만한 기회를 던져 주는 건…… 말도 안 되는 일이에요. 간자를 찾아냈다고 끝이 아니죠. 더 긴 시간이 필요해요."

담덕은 제 아버지의 선례를 살펴 재위 초기부터 강력하게 왕권을 장악했다. 그 방법이 끊임없는 전쟁과 승리였다. 외부에서 승전 소식이 들려올 때마다 담덕의 입지는 조금씩 더 단단해졌다.

담덕이 목숨을 걸고 외세와 맞서 싸운 끝에 얻어 낸 백성과 귀족들의 신뢰였다.

그것을 나의 추문으로 무너뜨릴 수는 없었다.

담덕이 왕이 아니라 평범한 사내였다면 할 필요가 없는 고민이었다. 고구려의 평범한 사내와 여인이 만나 마음을 나누었다면 서로를 믿고 위하는 것이 사랑의 전부였을 것이다. 상대를 향한 신뢰만 굳건하다면 추문이며 다른 사람들의 시선을 신경 쓸 이유가 없었다.

하지만 담덕은 고구려의 태왕이었다. 누구보다 위대하게 기억될 고구려의 광개토대왕.

나는 그런 왕을 위한 선택을 한 것이다.

"너무 대단한 사람을 사랑해 버렸어요."

담덕은 너무나 위대한 왕이었고, 나는 그 위대한 왕의 길을 위해 때로는 나의 마음을 한 편에 접어 두고 '왕'을 위한 선택을 해야 했다.

아마도 나는 그 사실을 본능적으로 알고 있었던 것 같다. 그간 담덕을 향한 마음을 부정하고 외면했던 것도 그래서였겠지.

하지만 그를 향해 흘러가는 마음은 억지로 멈출 수 없었고, 나는 결국 그를 사랑하게 되어 오늘의 괴로움을 마주하게 된 것이다.

"이제 와서 후회돼?"

멍하니 바다를 바라보는 내게 운이 물었다.

후회하냐고?

우스운 질문에 피식 웃음이 흘러나왔다.

"어떻게 후회를 하겠어요? 깊고 소중한 마음을 받아 그 결실을 얻은 지금, 제가 어찌 후회해요? 말도 안 되는 소리죠."

다만 상상을 할 뿐이다. 우리가 다른 시간, 다른 공간, 다른 사람으로 만났다면 어땠을까 하는 우스운 상상이었다.

먼 미래, 전쟁도 왕위도 없는 그 평화로운 세상에서 왕이 아닌 담덕과 만났다면 우리는 어떤 모습이었을까? 지금과는 상황이 썩 다르지 않았을까.

그런 상상들이 오래 이어지지 못하고 말없이 허공으로 흩어지는 까닭은 그것이 부질없는 꿈임을 알기 때문이다.

나는 우희고, 그는 담덕이었다.

죽는 날까지 변하지 않을 그 사실이 우리를 만나게 했고 또 헤어지게 만들었다.

나는 애써 우울한 기분을 떨쳐 버리며 하늘을 바라보았다. 구름 한 점 없는 맑은 날씨였다.

❖ ❖ ❖

여정은 길었다. 몇 날 며칠이나 배를 타고 이동하여 신라 땅에 내린 뒤, 그곳에서도 한참이나 마차를 타고 들어가서야 왕경(王京)에 닿았다.

왕경은 현대의 경주로 천 년의 역사를 이어 갈 신라의 도읍이었다. 후에 삼국을 통일할 신라의 본거지였지만 이 시기의 왕경은 이제 막 왕권이 확립되어 나라의 기틀을 잡아 가기 시작한 상태였다.

고구려에 왕족인 실성을 볼모로 보낸 것에서 알 수 있는 것처럼 지금의 신라는 삼국 중에서 가장 힘이 없는 나라였다. 중국과 땅이 맞닿은 고구려나 바닷길로 소통하는 백제와 달리 산맥 뒤에 고립되어 발전이 더딘 것이 문제였다.

지금의 신라는 한반도의 패권을 다투는 고구려와 백제의 경쟁에서 비켜나 조용히 힘을 키우고 있었다.

고구려와 백제가 서로 격렬하게 싸우는 시기를 틈타 빠르게 발전하여, 후에는 백제와 고구려를 차례로 무너뜨리며 삼국의 승자가 된다. 물론 먼 미래의 일이었다.

국내성과는 다른 분위기의 왕경을 둘러보고 있으니 운이 앞으로의 계획을 설명하기 시작했다.

"새로운 땅에 정착하려면 그 나라 사람의 도움이 필요하다."

"하지만 신라에는 아는 사람이 없는걸요."

"내가 아무 생각도 없이 신라로 가라고 권했겠느냐."

그렇게 말한 운이 품속에서 서신을 꺼내 들었다.

"실성 님께 부탁해 받아 온 서신이다. 어머니인 이리 부인께 쓴 것인데, 이 서신을 가지고 가는 사람을 집에 들여 말벗으로 삼으시라는 내용이 적혀 있어."

실성은 고구려에 볼모로 와 있는 신라의 왕족이었다. 서가 그의 말벗으로 지내며 나와도 친분을 쌓았는데, 사이가 나쁘지는 않았으나 이런 도움을 받을 정도는 아니었다.

"실성 님께서 어찌 그런 서신을 써 주셨어요?"

"얼마 전 실성 님께서 서를 통해 신라에 보낼 고구려 여인 하나를 소개해 달라고 하셨다. 아들을 고구려에 보내고 어머니께서 많이 외로워하시는데, 자신이 지내는 곳의 사정을 잘 아는 여인을 말벗으로 보내 드리면 기분이 나아지실 것 같다고 말이야. 서는 그걸 제신에게 부탁했고, 제신이는 바쁘다며 그 일을 내게 떠넘겼지. 하여 적당한 사람을 물색하고 있었는데……."

"마침 제가 고구려를 떠나야 한다고 도움을 청한 것이로군요."

"때가 잘 맞았지."

나는 운이 건넨 서신을 받아 들며 묘한 기분에 빠졌다.

하필 이런 식으로 일이 겹치기도 하나? 운명이 나를 이곳으로 이끈 것은 아닐까 하는 착각이 들 정도였다.

내 뻔한 생각을 읽었는지 운이 고개를 저으며 나를 재촉했다.

"이상한 생각은 그만하고 날이 저물기 전에 이리 부인을 찾아가."

"그쪽은요?"

"나는 다른 방법을 통해 그 집에 들어갈 거야."

"정말 신라에 계속 있겠다는 겁니까? 비로의 일도 있고, 소노부에서도 그쪽을 찾을 것인데 도대체 무슨 생각이세요?"

"그건 오히려 내가 묻고 싶다. 폐하도 절노부도 너를 찾을 것인데 도대체 무슨 생각이야?"

"……그런 식의 공격은 치사합니다."

"내가 치사한 것이 어디 하루 이틀이냐."

말로는 도무지 운을 이길 수가 없었다. 나는 더 이상 그를 설득하지 못하고 깊은 한숨과 함께 돌아섰다.

❖ ❖ ❖

"내 아들 실성의 필체가 분명하구나. 그 아이가 나를 생각해 이리 사람을 보내 주다니⋯⋯."

이리 부인은 아들의 서신을 가져온 나를 반갑게 맞아 주었다. 슬픔에 젖은 얼굴로 몇 번이나 서신을 읽어 내려간 그녀가 내게 물었다.

"그래, 고구려에서는 궁에 있었다고?"

"예, 그랬습니다."

궁에서 머물렀다는 말은 거짓이 아니었다. 이리 부인은 나의 말을 '궁에서 시녀로 일했다'는 뜻으로 알아들은 것 같았지만, 나는 굳이 오해를 바로잡지 않았다.

"그래, 그래. 궁에서 일했다면 내 아들을 보기도 했겠어."

"예, 몇 번 뵌 적이 있습니다."

"그 아이는 건강하게 잘 지내고 있는가? 서신에는 늘 좋은 말만 써서 보내니 내가 믿을 수가 있어야지."

"실성 님께서는 건강히 잘 지내십니다. 고구려의 태왕께서도 그분을 귀하게 대접해 주시어 궁에 있는 사람 누구도 그분을 함부로 대하지 못했습니다."

"참으로 고맙구나. 참으로 고마워."

나의 말에 이리 부인의 얼굴이 따뜻하게 풀어졌다. 단순히 소식을 전해 주었을 뿐인데 그녀는 나를 향해 몇 번이나 고맙다는 말을 반복해 인사를 듣는 내가 민망해질 정도였다.

"방을 하나 내줄 터이니 이곳에 머무르며 종종 내게 이야기를 들려주게. 젊은 사람이 나이 든 노인의 말벗을 하는 것이 쉬운 일은 아니겠지만…… 자네도 사정이 있어 고구려를 떠나 신라로 온 것이겠지?"

이리 부인의 시선이 나의 배로 향했다. 여태까지 아무도 알아보지 못했는데, 아이를 낳은 여인의 눈은 피하지 못한 모양이었다.

"말로 다 하기 힘든 사정이 있기에……."

멋쩍은 얼굴로 웃으며 배를 쓰다듬으니 이리 부인이 인자하게 웃었다.

"이해하네. 궁에 있던 여인이 아이를 배었으니 복잡한 사정이 있지 않겠나. 이유는 묻지 않을 것이니 마음 편히 가지고 머무르게. 집안사람들에게도 귀한 손님으로 모시라고 할 것이야."

"귀한 손님이라니요. 시녀를 하나 두었다 생각하시고 무엇이든 일을 시켜 주시면……."

"무슨 소리. 내 아들의 소식을 가져온 사람을 어떻게 종처럼 부리겠나. 게다가 아이까지 밴 사람을……. 나를 그리 인정머리 없는 사람으로 만들고 싶은 것은 아니겠지?"

짐짓 엄한 표정을 지어 보이는 이리 부인의 뜻을 거절할 수가 없었다. 결국 나는 웃으며 고개를 숙였다.

"사정을 이해해 주셔서 감사합니다, 부인."

"그러고 보니 아직 이름을 묻지 못했군. 내가 자네를 뭐라고 부르면 될까?"

우희라는 이름은 쓸 수 없었다. 혹 실성을 통해 서에게 이야기가 흘러간다면 곤란했다.

"……소진."

그렇다면 나의 또 다른 이름을 쓰는 수밖에 없었다.

"소진이라고 합니다, 제 이름."

"소진, 우리 식솔이 된 것을 환영하네."

이리 부인의 다정한 인사와 함께 신라에서의 생활이 시작되었다.

第二十二章

연(璉)

가을을 지나 겨울이 깊어졌다. 곧 새해를 맞이하는 일 년의 마지막, 영락 4년 십이월이 다가왔다. 고구려를 떠난 지도 벌써 몇 개월이 지난 것이다.

고구려의 상황은 어떨까? 담덕과 가족들은 나를 찾고 있겠지. 매일 밤 복잡한 생각에 머리가 아파 왔지만 지금은 당장 오늘을 살아가야만 했다.

안주인인 이리 부인이 나를 귀하게 대해 준 덕분에 신라 생활은 생각보다 편안하게 흘러갔다.

하지만 갑자기 집안에 들어온 이방인에 대한 하인들의 경계심은 대단했다. 특히 오랫동안 부인을 옆에서 모셨다는 하녀들은 갑작스러운 경쟁자의 등장이 마뜩잖은 것 같았다. 덕분에 나는 마냥 마음 편하게 지낼 수만은 없었다.

어느 곳에서든 잘 지내려면 높은 사람의 마음을 얻는 것도 중요했지만, 실질적으로 일을 봐주는 이들과도 원만한 관계를 유지해야 했다.

그러기 위해 내가 할 수 있는 일이야 뻔했다. 바로 의술이었다. 재주라고는 사람의 건강을 살피는 것뿐이었으니, 여기서도 그 재주를 이용하는 수밖에 없었다.

"정말 이리하면 손이 나아져요?"

주변에 동그랗게 모인 하녀들이 미심쩍은 눈으로 나를 바라보았다. 매일 빨래며 설거지를 하느라 손이 습진으로 엉망이기에 나아지는 방법을 알려 주었는데, 아직 낯선 나의 말에 따르는 것이 거부감이 느껴지는 모양이었다.

"밑져야 본전이잖아요. 속는 셈 치고 딱 보름만 해 봐요. 이 물로 꾸준하게 손을 씻으면 아픈 게 훨씬 나아질 거예요. 아침에 한 번, 저녁에 한 번. 하루에 딱 두 번씩만요."

자신감이 느껴지는 나의 말에 조금 흔들렸는지 모여 있던 하녀들 중 하나가 내게 물었다.

"그게 무슨 물이기에 그리 신통방통한 효과가 있는데요?"

"황백(黃柏)을 달인 물이에요. 황백이라는 약재가 습진과 가려움증에 좋거든요. 양지(陽池:손등 쪽 손목 주름 위 중앙 쪽 오목한 곳에 위치한 혈로 전신의 혈액순환을 조절한다)에 쑥뜸도 함께 뜨면 효과가 더 좋고요. 마침 쑥뜸을 몇 개 만들어 놓았는데, 혹 관심이 있으면 떠 줄게요."

질문을 던진 하녀가 주위 사람들의 눈치를 살피더니 불쑥 손을 내밀었다.

"해 볼래요!"

한 사람이 나서니 그 뒤로 다른 하녀들도 우르르 손을 내밀었다.

"나도 해 줘요."

"나도 한번 해 볼래요."

"여기 있는 분들 모두 할 정도는 있으니 너무 서두르지 않으셔도 돼요. 여기 편안히 앉아 보시겠어요? 지금 떠 드릴게요."

내게 날을 세우던 하녀들이 호기심 어린 눈을 하고 나란히 자리에 앉았다. 새로운 사람을 경계하기는 했으나 기본적으로 순박한 사람들 같았다.

나는 웃으며 차례를 기다리고 있는 하녀들의 손 위에 뜸을 올렸다. 손등 쪽 손목 부분의 중앙, 양지에 뜸을 뜨면 손의 습진이나 두드러기 해소에 좋았다.

"뜸이 다 타려면 시간이 걸리니 그 참에 조금 쉬세요."

"오래 걸리나요? 너무 오래 자리를 비우면……."

하녀 하나가 걱정스럽게 물었다. 나는 웃으며 일부러 목소리를 낮춰 그들에게 속삭였다.

"부인께서 뭐라고 혼을 내시면 제가 붙잡았다고 하세요. 다 이해해 주실 거예요."

비장하게 속삭이는 나의 목소리에 하녀들이 웃음을 터트렸다.

"지금 보니 아가씨가 넉살이 참으로 좋으시네요. 도련님이 일부러 보낸 분이시라기에 깍쟁이인 줄로만 알았거든요."

"아가씨라니요. 그저 부인께 신세를 지고 있는 사람인데 그런 호칭은 과합니다. 그냥 소진이라고 불러 주세요."

"어휴, 큰일 날 소리를! 마님께서 귀한 손님이니 잘 모시라고 했어요."

나는 종종 이리 부인에게 실성이 고구려에서 어떻게 지내고 있는지, 그가 지내고 있는 고구려가 어떤 곳인지를 이야기하며 함께 시간을 보냈다.

내가 들려주는 이야기가 꽤 흥미로웠는지 저녁 늦게까지 환담(歡談)이 이어지는 경우도 많았다. 따뜻한 남쪽의 왕경과 추운 북쪽의 국내성은 분위기며 문화가 완전히 달랐다. 그런 차이들이 평생을 신라에서 살아온 부인에게는 재미있게 느껴지는 듯했다.

고작 이야기 몇 개로 귀한 손님 취급을 받으니 굉장히 민망했다. 내가 어색하게 웃음을 흘리는 사이 하녀들은 자기네들끼리 새로운 이야기를 시작했다.

"그나저나 그 이야기 들으셨습니까? 연리 아가씨의 새 글 선생이 미남이라고 하녀들이 난리가 났습니다."

연리는 이리 부인이 늦은 나이에 얻은 딸로 올해 아홉 살인 어린 아가씨였다. 아들을 멀리 보낸 부인이 애지중지 귀하게 키우는 바람에 굉장한 응석둥이로 자라 그녀를 모시는 하녀들이 고생이 많다고 했다.

까탈스러운 아가씨의 응석을 버티지 못하고 글 선생도 몇 번이나 바뀌었다는데 며칠 전에 새로 온 글 선생이 하녀들 사이에서 화제였다. 물론 내가 아주 잘 아는 인물이었다.

'해운, 이 사람은 뒤에서 여자들이 이러는 걸 전혀 모른단 말이야?'

난 속으로 한숨을 내쉬며 고개를 저었다.

며칠 전 운은 '도림'이라는 이름의 글 선생으로 이리 부인의 저택에 들어왔다. 정체를 감추고자 성문사의 어린 스님 도림의 이름을 빌려 온 것이다.

그가 저택에 들어온 날부터 하녀들이 소란스러웠다. 잘생긴 미혼의 글 선생이 왔다고 신이 나서 떠드는 것을 보니 고등학교 시절 잘생긴 교생 선생님을 보며 소란을 피웠던 친구들이 떠올랐다. 남자 보기가 힘든 여고에서 미남 교생 선생님은 연예인 이상의 인기를 끌었다. 이곳 이리 부인의 저택도 여고와 분위기가 비슷했다.

연리를 낳은 지 얼마 지나지 않아 남편인 대서지가 죽자 집안의 위세가 크게 꺾였다. 현왕의 아들을 대신해 조카인 실성이 고구려에 볼모로 보내진 것도 가장을 잃은 가문의 설움이었다.

실성까지 고구려로 떠나자 저택에는 이리 부인과 어린 딸 연리만 남았다. 여인들만 머무르는 저택이다 보니 소수의 일꾼을 제외하면 집안의 종들도 대부분 하녀였다. 그나마 있는 남자 일꾼들은 모두 나이가 찬 노인들뿐이었다.

그런 집에 젊은 글 선생이 등장했으니 하녀들이 오랜만에 신이 난 것이다.

뜸을 뜨며 하녀들의 이야기를 가만히 듣고 있으니 그중 하나가 조심스럽게 내게 말을 걸었다.

"아가씨는 그 잘난 글 선생에게 관심이 없어요?"

"저요?"

"예. 저희야 하녀니 그저 눈요기나 할 뿐이지만 아가씨는 다르시잖아요. 부인께서 귀하게 대하시는 것을 보면 좋은 집 아가씨가 사정이 있어 이곳에 머무르는 것 같은데."

그렇게 말하며 하녀가 이제 눈에 띄게 부른 내 배를 바라보았다. 산달이 점점 가까워져 배가 부르니 이제는 나와 마주한 사람이면 모두 내가 임신한 것을 알아챘다. 이 집 하인들까지도 모두 내가 아이를 가졌다는 사실을 알고 있었다. 그런 것을 알면서도 사내를 꾀어내라니. 피식 웃음이 흘러나왔다.

"애를 밴 사람이 어찌 낭군을 두고 다른 사내에게 눈을 돌려요?"

"무슨 소리예요! 낭군이 제대로 된 사람이면 이리 혼자 왔겠어요? 홀로 애를 뱄으니 더더욱 다른 사내를 붙잡아야죠. 이 험한 세상에 여인 혼자 어찌 아이를 키웁니까?"

"그래서 저더러 그 글 선생을 꾀어내라고요?"

"할 수만 있으면 그러는 게 좋지요!"

하녀들이 이구동성으로 입을 모았다.

"무슨 이야기를 그리 재미있게 하십니까?"

그때 뒤에서 사내의 목소리가 들려왔다. 시끄럽게 떠들던 하녀들이 놀라서 입을 꾹 다물었다. 하필 나타난 사람이 화제의 중심이던 운이었다.

"글 선생께서 어찌 여기에 오셨습니까?"

당황한 하녀들을 대신해 물었더니 운이 웃으며 고개를 숙였다.

"연리가 아가씨를 찾습니다. 어제 하던 놀이를 마저 해야 한다고 하던데요?"

어제 연리와 했던 놀이라면 오목이었다. 요즈음 연리는 운에게 글과 함께 바둑을 배우고 있었는데, 글은 하루가 다르게 느는 반면 바둑 실력은 제자리걸음이었다. 실력이 늘지 않으니 흥미도 뚝 떨어져 기반 앞에 앉는 것도 싫어했다.

그런 연리를 바둑판 앞에라도 앉히자 싶어 시작한 것이 오목 놀이였다. 바둑알 다섯 개를 잇따라 먼저 놓으면 되는 오목은 단순하면서도 머리를 써야 하는 놀이라 연리가 꽤 재미를 붙였다.

매일같이 찾아와 오목 놀이를 하자고 조르기에 바둑 공부를 성실하게 마치면 상대가 되어 주겠다고 했었지. 연리가 과연 그 약속을 지켰는지 궁금했다.

"오늘 바둑 공부는 제대로 다 마쳤나요? 공부를 다 하지 않으면 함께 놀아 주지 않겠다고 엄포를 놓았는데."

"어쩐지 연리가 쉬지도 않고 바둑 공부를 하는 것이 이상하다 했더니. 아가씨가 손을 쓰신 게로군요."

이곳에 온 이후로 운은 내게 높임말을 썼다. 모르는 사람인 척하려는 의도는 알았지만 괜히 낯간지러운 기분이었다.

나는 하녀들의 손에서 뜸을 내리고 자리에서 일어섰다.

"전해 주셔서 감사합니다. 연리에게 가 볼게요."

"아닙니다. 제가 연리가 있는 곳까지 모셔다드리죠. 방이 아니라 다른 곳에 있거든요."

"방이 아니라 다른 곳에 있다고요?"

"예, 따라오시면 알 겁니다."

앞장서서 걷기 시작하는 운을 따라 움직였더니 뒤에서 하녀들이 수군대는 소리가 들렸다. 소리가 작아 뭐라고 하는지는 들리지 않았지만, 조금 전까지 하던 이야기가 있었기에 그들이 어떤 말을 나누는지는 뻔히 알 수 있었다. 나는 한숨을 내쉬며 뒤쪽을 힐끗거렸다.

"일부러 이러시는 겁니까?"

"뭐가 말이냐?"

내가 작게 속삭이자 운이 슬쩍 웃으며 나를 보았다. 듣는 사람이 없다고 어느새 반말로 바뀌어 있었다.

"하녀들이 뭐라고 수군대는지 알면서 일부러 이러시는 거죠?"

"왜? 또 시녀들이 나를 꾀어내 살림이라도 차리라고 하더냐?"

"그걸 잘 아시는 분이 왜 자꾸 이러십니까? 그쪽도 그런 소문이 도는 게 싫으실 것 아니에요."

"이런 소문이라도 없으면 하녀들이 이 무료한 생활을 어찌 견디겠어? 그런 소문의 대상이 되어 주는 것도 사내의 미덕이지."

"그쪽의 미덕을 위해 저까지 희생해야 합니까?"

"뭘 그리 대단한 희생을 한다고 생색이야?"

그렇게 운과 투덕대다 보니 저 멀리서 연리의 목소리가 들려왔다.

"소진 언니!"

고개를 돌리자 연리가 정원의 커다란 나무 아래에서 손을 흔들고 있었다. 그 옆에 기반까지 놓인 것을 보니 오늘은 방이 아닌 정원에서 바둑 수업을 한 모양이었다.

"선생께서 잘 이야기해 주셨지요? 제가 오늘 바둑 수업을 열심히 들었다고요."

"그래, 다 들었다. 참으로 기특해."

"제가 약속은 꼭 지킵니다."

연리가 뿌듯한 얼굴로 웃으며 나를 기반 앞으로 잡아끌었다. 몸이 무거워 휘청거리니 옆에서 운이 나를 붙잡으며 연리를 꾸짖었다.

"연리, 소진 아가씨는 아이를 가져 조심스럽게 움직여야 한다고 하지 않았니."

"마음이 급해서 그랬습니다. 소진 언니는 가만히 있는데 왜 선생께서 저를 나무라세요?"

연리가 입을 비죽이며 나를 바라보았다.

"그렇지요, 언니?"

"그러게나 말이다. 네 글 선생은 참으로 참견이 심한 사람 같구나. 그런 사람을 스승으로 모시게 되었으니 참으로 고생이 많아."

"어휴, 그런 사정을 이해해 주는 사람은 언니뿐이에요. 다들 좋은 선생을 만나 좋겠다고만 하니……."

"다들 선생의 실체를 모르는 게지."

"맞습니다! 글공부할 때도 제대로 대답을 못 하면 어찌나 무섭게 다그치시는지……. 저를 부럽다고 하는 하녀들도 한번 수업을 들어

봐야 합니다. 그러면 선생의 실체를 알게 될걸요!"

나와 연리의 공세에 운이 아무런 대꾸도 못 하고 헛웃음을 흘렸다. 성공적인 협공에 나와 연리가 눈을 마주치며 웃었다.

❖ ❖ ❖

"여기에 놓으면 또 내가 먼저 다섯 개를 놓았구나."

"또요?"

연리가 기반에 얼굴을 바짝 들이댄 채 소리쳤다.

"아니, 도무지 모르겠네. 어쩌다 검은 돌이 벌써 다섯 개가 되었지?"

"네 돌을 쌓느라 방어를 소홀히 하니 내가 그 틈으로 들어간 것이지. 공격과 방어 모두를 신경 써야 승리할 수 있는 거야."

"사람이 어찌 두 가지 모두에 신경을 기울일 수가 있어요? 전 도무지 모르겠습니다. 이래서 제가 바둑에 재능이 없나 봐요. 선생과 바둑을 두면 매번 집니다."

"바둑은 네가 못하는 것이 아니라 선생이 너무 잘해서 그렇다. 누가 두더라도 선생을 이기기는 힘들걸."

"언니도 선생과 바둑을 둬 본 적이 있어요?"

기반을 보던 연리가 고개를 번쩍 들어 눈을 깜빡였다.

"네가 선생과 수업하는 모습을 보았지. 아주 실력이 대단하시던데."

대충 연리의 말을 웃어넘겼더니 그녀가 자세를 바로 하며 눈을 반짝였다.

"그럼 한번 둬 보세요!"

"바둑을? 내가 선생과?"

"네!"

연리가 옆에서 우리를 지켜보고 있던 운의 팔을 잡아당겨 제가 앉아 있던 자리에 그를 앉혔다.

"어서요! 다른 사람의 바둑을 보는 것도 좋은 공부가 된다고 선생께서 말씀하시지 않으셨습니까? 오늘 그 구경을 시켜 주십시오."

기반에 있던 돌을 치우고 눈을 반짝이는 모습을 보니 어떻게든 우리의 대결을 보고 싶은 모양이었다.

어찌할까요?

운에게 눈짓으로 물었더니 그가 대답 대신 하얀 돌을 손에 쥐었다.

"아가씨께서 저를 상수로 봐 주셨으니 제가 백돌을 쥐지요. 몇 수 접고 시작하시겠습니까?"

"그럼 세 개만 깔겠습니다."

"세 개로 되시겠습니까? 여섯 개는 깔아 두시죠."

"저를 뭐로 보시고. 저도 제법 바둑 솜씨가 좋습니다."

"그렇습니까? 이 '도림'을 석 점 깔고 이길 수 있을 만큼 좋다는 거지요?"

운이 일부러 '도림'이라는 이름을 강조했다. 그가 성문사에 지낼 때 도림 스님에게 바둑을 가르쳤는데, 나는 그가 바둑을 가르친 도림 스님에게도 이긴 적이 거의 없었다. 도림 스님마저 이기지 못한 내가 자신을 이길 수 있겠느냐 묻는 것이다.

"시작이나 합시다, 도림 선생."

나는 괜히 약이 올라 기반 위에 검은 돌 세 개를 올려놓았다. 거칠게 기반 위에 얹힌 돌을 보며 운이 픽 하고 웃었다.

"원하신다면 시작하지요."

본래 바둑은 냉정하게 미래의 수를 내다보는 경기다. 잔뜩 열이 오른 채 시작한 나도 바둑을 두면 둘수록 머릿속이 차분해졌다. 일부러 나를 자극하며 놀리던 운의 입에서도 점차 미소가 사라졌다. 우리는 바둑에 집중해 신중하게 한 수, 한 수를 놓았다.

운과 마주 앉아 한가로이 바둑을 두고 있으니 이곳이 신라가 아닌 고구려처럼 느껴졌다. 고요한 성문사의 정자에 앉아 바둑을 두는 것 같은 기분이었다.

하지만 고구려의 겨울에 비해 한참이나 따뜻한 이곳 날씨가 내가 있는 장소를 실감하게 했다.

이곳은 신라의 왕경이었다. 나는 소중한 사람들을 모두 두고 이곳으로 왔다. 모두를 등지고 떠난 내 곁을 지키는 사람이 운이라는 사실이, 그런 그와 함께 여유롭게 바둑이나 두고 있다는 사실이 새삼 우스웠다.

머릿속의 생각이 복잡하게 얽힌 탓이었는지, 아니면 원래 나의 실력이 모자란 탓이었는지 기반 위의 전세는 점점 내게 불리해졌다. 수를 놓는 시간이 조금씩 길어지는 나에 비해 운이 돌을 내려놓는 속도는 한결같았다. 흔들림 없는 그의 태도에 내 마음만 초조해졌다.

조급하게 굴다 보니 자연스레 실수가 생겼다. 그러자 그렇지 않아도 불리했던 전세는 완전히 기울어져 결국 나는 돌을 던질 수밖에 없었다.

"졌습니다."

"잘 두었습니다. 역시 석 점만 깔고는 무리지요?"

운이 얄밉게 웃으며 우리를 구경하고 있던 연리에게 시선을 돌렸다.

"자, 우리가 둔 바둑이 공부가 되었……."

하지만 운의 말은 마무리되지 못했다. 조금 전까지만 해도 연리가 있던 자리가 텅 비어 있었기 때문이었다.

"연리야?"

나는 놀라서 자리에서 일어섰다. 얌전히 바둑을 구경하고 있을 줄 알았던 연리가 그새를 참지 못하고 감쪽같이 사라진 것이다.

"김연리!"

운도 다급하게 연리를 불렀지만 어디서도 대답이 들려오지 않았다. 아이가 사라졌음을 깨닫는 순간 심장이 철렁 내려앉았다.

"너무 불안해하지 마라. 연리가 이런 식으로 사라지는 것이 한두 번이 아니거든. 툭하면 수업이 듣기 싫다고 구석으로 숨어드는데, 오늘도 그 버릇이 나온 것 같다."

운이 내 어깨를 토닥이며 나의 불안을 달래 주었다.

"어차피 밖으로는 나가지 못했을 테니 집 안에 있을 거야. 천천히 찾아보자. 너는 하녀들에게 말을 전해. 연리가 또 숨었다고."

"예, 알겠습니다."

내가 고개를 끄덕이자 운이 먼저 연리를 찾으려 움직였다. 나도 연리를 돌보는 하녀들에게 그녀가 사라졌다는 말을 전했다. 운의 말처럼 연리가 숨어드는 것이 하루 이틀이 아니었는지, 하녀들은 대수롭지 않게 고개를 끄덕이며 제 아가씨를 찾아 나섰다.

"분명 어디 나무 위나 지붕 위에 올라가 있을 겁니다."

"나무나 지붕 위요?"

"예, 아가씨께서 나무 하나는 기가 막히게 잘 타시거든요."

하녀 하나의 말을 듣고 주위를 보니 다들 고개를 위로 들고 연리를 찾고 있었다.

그 풍경이 우스워 나도 모르게 피식 웃음이 흘러나왔다.

"연리야!"

한 차례 웃음을 흘린 뒤 나도 하녀들의 행렬에 합류했다. 고개를 위로 들어 높은 곳을 살피며 연리를 불렀지만 한참이 지나도 그녀를 찾을 수가 없었다.

시간이 점점 지체되자 태평하던 하녀들의 얼굴에도 불안이 내려앉았다. 초조하게 행동을 재촉하는 하녀들을 보니 가슴속에 자책감이 밀려왔다.

바둑에 정신이 팔려서 연리를 전혀 신경 못 썼어. 태평하게 바둑이나 두고 있을 때가 아니었는데.

나는 입술을 질끈 깨물고 집 안 곳곳을 뒤졌다. 여기저기서 나처럼 연리를 찾고 있는 사람들의 목소리가 들려왔다.

그렇게 한참을 헤매다 퍼뜩 어떤 생각이 머리를 스쳤다.

잠깐, 처음에 운 도령과 바둑을 두던 곳에도 큰 나무가 있었잖아.

나와 운이 함께 있던 곳에는 당연히 연리가 없을 거라는 생각에 누구도 그곳을 찾지 않았다.

분명 거기 있을 거야.

연리가 그곳에 있으리라는 예감이 들었다. 나는 빠르게 발걸음을 놀려 바둑을 두던 자리로 돌아왔다.

기반이 놓인 커다란 나무 아래에 서서 위를 바라보니 예상대로 연리가 있었다. 사철 푸른 소나무 위에 기대어 앉은 그녀가 꾸벅꾸벅 졸고 있었다.

순간 안도의 한숨이 나옴과 동시에 걱정이 들었다. 저렇게 졸다가 아래로 떨어지면 크게 다치게 될 것이다.

"김연리!"

다급하게 이름을 불렀지만 깊게 잠에 빠져든 것인지 연리는 일어날 기미가 보이지 않았다. 몇 번이나 더 이름을 불러도 마찬가지였다.

"연리야!"

마지막이라고 생각하고 크게 연리의 이름을 불렀다. 이번에도 반응이 없으면 나무를 탈 수 있는 사람을 데려올 생각이었다.

다행히도 이번에는 연리에게 반응이 있었다. 느리게 눈을 뜬 연리가 손으로 눈을 비비더니 길게 하품을 했다.

"우응……."

그것이 문제였다. 연리가 비몽사몽에 몸을 움직이느라 균형을 잃고 비틀거리기 시작한 것이다.

"연리야!"

"으앗!"

경고의 말을 채 꺼내기도 전에 연리의 몸이 아래로 떨어져 내렸다. 나는 반사적으로 손을 뻗어 떨어지는 연리를 받았다.

"윽!"

무사히 연리를 받아 낸 대신 엄청난 충격이 내 몸에 내리꽂혔다. 연리가 또래에 비해 작고 가벼운 편이긴 했지만 위에서 떨어지는 사람을 받는 충격이 보통이 아니었다.

나는 연리를 안은 채 그대로 주저앉았다. 다리에 힘이 풀리고 식은 땀이 흘렀다.

"어, 어어, 어어엉!"

놀라서 꺽꺽대던 연리가 곧 상황을 파악하고 울음을 터트렸다. 그 소리에 연리를 찾고 있던 사람들이 순식간에 몰려들었다.

"연리 아가씨!"

나는 기겁해서 뛰어오는 하녀들에게 연리를 넘겨주며 상황을 설명했다.

"연리가 나무 위에서 잠이 들었나 봐요. 제가 불렀더니 순간 중심을 잃어서 떨어지는 바람에……. 그래도 아래에서 잘 받았으니 크게 다치지는 않았을 거예요. 많이 놀라서 울음이 터진 것 같으니 잘 달래 줘요."

"예, 알겠습니다."

내 말에 하녀가 하얗게 질린 얼굴로 고개를 끄덕이다 갑자기 표정을 찌푸리며 나를 빤히 보았다.

"그런데 떨어지는 연리 아가씨를 받으셨다고요? 하면 충격이 상당하셨을 터인데……. 아가씨께선 괜찮으세요?"

하녀가 걱정스러운 눈으로 나를 바라보았다. 나는 그녀의 걱정을 덜어 주고자 웃으며 후들거리는 다리에 힘을 줘 자리에서 일어섰다.

"괜찮아요. 놀라서 힘이 빠지긴 했지만……."

하지만 내 마음과 달리 다리에 힘이 들어가지 않았다. 다시 주저앉으려는 나를 어느새 내 곁에 다가온 운이 붙잡았다.

"식은땀이 심하게 흐르는데 정말 괜찮은 겁니까?"

운의 질문과 함께 배가 조여 왔다. 괜찮다고 대답을 하고 싶은데 조용히 시작된 통증이 점점 심해져 도무지 입이 열리지 않았다.

"……아가씨."

입술을 질끈 깨무는 나를 보며 운의 얼굴이 대번에 심각해졌다. 나는 그의 옷을 꽉 틀어잡으며 겨우 입을 뗐다.

"배……."

"배? 배가 아픕니까?"

"네, 배가 너무……."

이번에도 끝까지 말을 할 수는 없었다.

"세상에! 이게 무슨 일인가!"

그때 저 멀리서 소란을 전해 들은 것인지 이리 부인이 다급하게 달려왔다. 그녀는 울고 있는 연리를 두고 곧장 내게로 달려와 나의 상태를 살폈다. 빠르게 내 몸을 살피던 이리 부인의 얼굴이 딱딱하게 굳었다.

"산달이 아직 남았다 하지 않았나?"

이리 부인의 말처럼 산달은 두 달 후였다.

겨우 고개를 끄덕이며 긍정을 표했더니 그렇지 않아도 굳어 있던 부인의 얼굴이 더욱 심각해졌다.

"한데 벌써 양수가 터진 것 같네."

그제야 아래가 축축하게 젖은 느낌이 들었다. 양수가 터졌다는 것을 인식하자마자 통증이 더욱 심하게 느껴졌다.

"흐윽."

입술을 질끈 깨물며 배를 감싸 쥐자 당황한 얼굴로 서 있던 이리 부인이 다급하게 외쳤다.

"선생, 소진이를 방 안으로 옮겨 주시겠습니까?"

"예, 그리하겠습니다."

운이 대답과 동시에 나를 안아 들었다. 조심스럽지만 신속한 손길이었다.

그에게 안겨 방으로 향하는 동안 뒤쪽에서 이리 부인의 목소리가 다급히 이어졌다.

"너는 어서 산파를 데려와라. 산달이 아직 남았는데 벌써 양수가 터졌으니 한시가 급해. 서둘러라, 어서!"

"예, 부인! 금방 다녀오겠습니다!"

다급한 사람들의 목소리 때문이었는지 주변의 공기마저 긴박하게 흘러가는 것 같았다.

조산이 얼마나 위험한지는 누구보다 내가 잘 알고 있었다. 특히나 이 시대에는 아이를 낳다가 죽는 사람이 한둘이 아니었다.

나라고 그런 상황을 피해 갈 수는 없을 터. 기이한 불안함과 소란 속에서 나는 눈을 질끈 감았다.

❖ ❖ ❖

시간이 갈수록 진통이 심해졌다. 정신을 제대로 차릴 수도 없을 만큼 심한 고통이었다.

사람이 이렇게 아플 수도 있어?

제정신이 아닌 와중에도 나는 속으로 소리를 질러 댔다. 그중에는 차마 입 밖으로 꺼내지 못할 욕설도 섞여 있었다.

출산의 고통이 손발이 잘리는 것만큼이나 심하다는 얘기를 들을 때는 대수롭지 않게 넘겼는데 이제는 확실히 말할 수 있다. 비록 손발이 잘려 본 적은 없지만 출산은 그에 버금가는 엄청난 고통이 확실했다.

내가 왜 애를 가져서는!

엄청난 고통에 후회가 물밀 듯이 밀려왔다. 애를 가지게 만든 담덕도 얄미워 죽을 것 같았다.

하지만 무엇보다도 원망할 상대가 곁에 없다는 것이 서러워서 참을 수가 없었다. 내가 자초한 일임을 알면서도 서러움에 눈물이 줄줄 흘러나왔다.

"아이고, 세상에! 벌써 이렇게 됐네!"

아파서 어쩔 줄 모르는 나를 두고 막 방으로 들이닥친 산파가 펄쩍 뛰었다.

"따뜻한 물하고 깨끗한 수건 좀 가져와요! 탯줄 자를 가위도!"

그녀의 지시에 따라 사람들이 분주하게 움직였다. 모두가 바쁜 와중에 내가 할 수 있는 일이라고는 소리를 지르며 고통에 시달리는 것뿐이었다.

그때 이리 부인이 내 손을 꽉 잡아 주며 다정하게 속삭였다.

"너무 걱정 말게. 다 잘될 거야. 실성과 연리를 모두 받아 준 산파이니 실력이 확실해. 그러니 산파의 말을 믿고 그대로 따르기만 하면 금방 아이가 나올 것이야. 자네가 힘을 내야 무사히 아이를 만날 수 있어. 알겠지?"

나는 정신없이 고개를 끄덕였다. 그것을 기다리기라도 했다는 것처럼 산파의 지시가 이어졌다.

"아파도 다리를 오므리면 안 돼요. 그러면 아기가 나오다 크게 다칠 거예요. 대신 무릎 뒤쪽을 붙잡고 힘을 줘요. 숨을 깊게 들이마시고 참고 있다가 내가 힘을 주라고 하면 그때 아래에 힘을 주면 돼요. 이해했어요?"

배가 아파서 제대로 알아들은 것은 절반뿐이었지만 나는 반사적으로 고개를 끄덕였다.

물론 산파도 내 말을 믿는 눈치가 아니었다. 이 정도로 정신이 없으면 제 말을 듣지도 못한다는 것을 아는 것 같았다. 그런데도 산파는 지시를 멈추지 않았다.

"자, 숨을 들이마시고 그대로 멈춰요."

산파의 말에 따라 숨을 들이마셨지만 그 이상은 무리였다.

아파 죽겠는데 어떻게 숨을 참아!

억울했지만 그 억울함을 토로할 새도 없이 산파의 다음 지시가 이어졌다.

"이제 힘을 줘요! 그래, 잘하고 있어요!"

그 뒤로 한참이나 같은 지시가 반복되었다.

숨을 깊게 들이마시고, 잠시 참은 뒤에, 산파의 외침에 맞춰 힘을 준다.

그럴 때마다 산파는 '얼마 남지 않았다'거나 '이제 아이가 나온다'는 말을 했다.

하지만 그 뒤로도 한참이나 같은 지시가 이어진 것을 보면 모두 내게 힘을 주기 위한 거짓말이었을 것이다.

그래도 그 선의의 거짓말이 내게 힘을 주었다. 너무 힘들어 이대로 포기하고 싶다가도 이제 아이가 보인다니 조금만 더 힘을 내 보자는 결심이 들었다.

"거의 다 됐어요! 이제 아기 머리가 보여요!"

이번 말은 조금 달랐다. 본능적으로 이제 곧 아이가 나올 것이라는 예감이 들었다. 나는 있는 힘껏 아래에 힘을 주었다. 산파가 배를 눌러 그런 나를 도왔다.

그 순간 아래에서 무엇인가가 쑥 빠져나가는 것이 느껴졌다. 동시에 아이의 울음소리가 요란하게 귓가를 울렸다. 산파도 감탄할 정도로 큰 울음소리였다.

"산달도 다 못 채우고 나온 놈이 목청 하나는 좋네. 사내아이예요.

울음소리가 찌렁찌렁한 것이 나중에 대단한 장군이 되겠어요."

산파가 탯줄을 자른 뒤 아이를 천에 감싸 내 가슴 위에 올려 주었다. 밭은 숨을 내쉬며 고개를 숙이니 작은 아이가 손을 꼼지락거리며 울고 있었다.

이게 내가 낳은 아이······.

기분이 이상했다. 손을 뻗어 아이의 따뜻한 뺨을 매만지니 더욱 기분이 이상해졌다.

"빨리 나온 아이치고 상당히 크고 건강한 편이에요. 산모도 문제가 없고. 조산인데 두 사람 다 이렇게 멀쩡한 건 흔치 않은 일이에요. 하늘이 도우신 게지요."

아이가 건강하다는 말에 긴장의 끈이 풀리며 몸이 나른해졌다. 느리게 눈을 깜빡이니 이리 부인이 여전히 붙잡고 있던 내 손을 쓰다듬었다.

"고생했네. 큰일을 해냈어. 이제 걱정 말고 푹 쉬게. 자네가 잠시 눈을 붙이고 있는 동안 아이는 내가 잘 돌볼 터이니."

그 말을 듣는 순간 눈꺼풀이 무거워졌다. 나는 그대로 눈을 감고 잠에 빠져들었다.

◆ ◆ ◆

산파의 말처럼 아이는 산달을 채우지 못한 것 치고 체구가 크고 건강했다. 이리 부인은 아이를 보고는 열 달을 다 채우고 나온 아이 같다며 고개를 갸웃거렸다.

기골이 장대한 제 아비를 닮은 거겠지.

나는 어쩔 수 없이 담덕을 떠올렸다. 그간 애써 잊고 지냈던 얼굴이었지만 아이를 낳고 나니 담덕의 얼굴이 제일 먼저 떠올랐다. 그 뒤로 돌아가신 아버지와 제신, 기억에도 없어 내 멋대로 상상한 어머니의 얼굴이 스쳐 갔다.

그럴 때마다 나는 외로워져 아이를 품에 꼭 안았다. 따뜻한 아이의 체온을 느끼고 있으면 내가 혼자가 아니라는 사실에 마음이 놓였다.

아이의 이름은 연(璉)으로 정했다. 《논어》의 제오 편 '공야장(公冶長)'에서 따온 이름으로, 호련(瑚璉:제사 지낼 때 쓰는 옥으로 만든 귀한 그릇)에 비할 만큼 그릇이 큰 사람이 되라는 뜻이 있었다. 공자의 제자 중 자공이라는 사람이 있는데, 그는 학식이 뛰어난 정치가로 이름을 날린 사람이었다. 어느 날 자공이 스승에게 자신이 어떤 사람이냐고 묻자 공자가 망설임 없이 그를 '호련'이라 말했다고 한다.

나는 아이가 그처럼 훌륭한 사람이 되기를 바랐다.

아이의 이름을 들은 이리 부인은 참으로 좋은 작명이라며 몇 번이나 아이의 이름을 불러 주었다. 좋은 이름은 많이 불릴수록 복을 가져온다는 그녀의 믿음 때문이었다.

출산 후 삼칠일 동안은 이리 부인과 하녀 한 명만 방을 드나들었기에 아이의 이름을 불러 줄 만한 사람이 나와 부인밖에 없었다.

하지만 삼칠일이 지나자 제법 많은 사람들이 내 방을 찾았다. 가장 먼저 나를 찾은 손님은 연리였다.

내가 아이를 낳고 쉬는 동안 연리는 내가 자신을 돕다가 조산을 한 거라며 이리 부인에 크게 혼이 났다고 했다. 그래서였는지 나를 찾아온 연리는 잔뜩 기가 죽어 있었다. 나를 보자마자 제일 먼저 한 말도 미안하다는 말이었다.

"제가 왈패처럼 구는 바람에 언니와 아기님이 위험했대요. 죄송해요, 언니."

"나와 아이 모두 무사하니 미안할 것도 없어. 이럴 땐 축하한다고 하면 되는 거야."

나의 말에도 연리는 여전히 풀이 죽은 채였다. 나는 웃으며 그녀에게 포로 감싼 아이를 내밀었다.

"한번 안아 볼래?"

"제가요? 아기님을요?"

"아기님에게는 연이라는 이름이 있어."

"연……."

연리가 아이의 이름을 작게 중얼거리며 조심스럽게 연을 안아 들었다. 이리 부인에게 신신당부를 들었는지 행동이 아주 조심스러웠다.

"와아."

아이를 품에 안은 연리가 눈을 크게 뜨며 감탄했다.

"이렇게 작은데 숨을 쉬어요. 손가락도 움직이고, 눈도 깜빡여요!"

이렇게 작은 아이가 살아 움직이는 것이 신기한 모양이었다.

"연리도 이런 때가 있었어."

"저한테도요?"

연리가 내 말이 믿기지 않는다는 듯 눈을 크게 떴다.

"거짓말. 제가 어찌 이렇게 작았어요? 저는 이렇게 큰데. 보세요, 손이 이렇게 큰걸요!"

"나중에 이 아이도 연리처럼 커질 거야. 물론 그때는 연리가 더 커져 있겠지만."

"네에? 저처럼 커진다고요?"

연리는 도무지 내 말을 믿을 수 없는 모양이었다. 심각한 얼굴로 한참이나 아이를 바라보던 연리가 결심했다는 듯 비장하게 고개를 주억거렸다.

"그럼 매일 와서 지켜볼래요. 매일매일 언제 커지는지 봐야겠어요. 제가 못 보는 사이에 쑥 커 버리면 큰일이잖아요."

갓난아이를 본 적이 없는 연리는 아이가 하루 만에 갑자기 커지는 것이라 생각하고 있었다. 아이다운 귀여운 생각이었다.

나는 그녀의 생각을 정정해 줄까 하다가 그냥 입을 다물었다. 어차피 시간이 지나면 자연스레 알게 될 일이었다. 아직까지는 그녀의 귀여운 상상을 깨부수고 싶지 않았다.

"참, 제 글 선생께서도 아이가 궁금하신가 봐요. 제게 은근히 아기님에 대해 물으셨다니까요."

아이를 안고 있던 연리가 갑자기 생각났다는 듯 말했다.

그러고 보니 이 방에 들어온 이후 운을 만나지 못했다. 갓 해산한 산모의 방에는 사내를 들이지 않는 법이니 어쩔 수 없었다.

게다가 운은 연리의 글 선생으로 대외적으로는 나와 관계가 없는 사람이었다. 아무리 삼칠일이 지났다고는 해도 그런 사람의 방문까지 허락하지는 않는다.

이제 몸이 조금 나아졌으니 산책도 할 겸 운 도령을 찾아가 봐야겠네.

정신이 없었지만 운이 나를 안고 방까지 데려다준 것은 기억하고 있었다. 늦었지만 고맙다는 인사를 전해야 했다.

그때의 감사 인사를 한다는 이유로 운을 찾아가면 주변 사람들도 이상하게 여기지 않겠지.

그런 계획을 세우고 있으니 밖이 소란스러워졌다. 궁금함을 참지 못한 연리가 내게 아이를 도로 넘기고 문을 활짝 열었다.

"눈이에요!"

열린 문 너머로 하얀 눈이 쏟아지고 있었다. 아마도 올겨울의 첫 번째 눈이었다. 하얀 눈을 보자 자연스럽게 겨울 추위가 매서운 고구려가 떠올랐다.

고구려에는 더 일찍 눈이 내렸겠지? 다들 이제는 눈이 지겹다며 투덜대고 있을 거야. 아마도 제신과 지설이 제일 많이 투덜거릴 것이다. 태림은 평소와 다름없이 하루를 보내고 담덕은 폭설로 곤란해진 민생을 고민하겠지.

나는 멍하니 하얀 눈을 보며 멀리 있을 담덕에게 말을 건넸다. 물론 그에게는 절대 닿지 못할 말이었다.

담덕, 아이가 태어났어.

나는 그 짧은 보고 뒤로도 아이를 낳다 죽을 뻔했다느니, 정말 상상 이상으로 아팠다느니, 울고불고하느라 정신이 하나도 없었다느니 하는 투정을 부렸다. 옆에 있었다면 담덕은 그런 나의 투정을 모두 들어 주었을 것이다.

"언니, 추워요? 문 닫을까요?"

멍하니 밖을 바라보는 내 얼굴이 어두웠는지 연리가 조심스럽게 물었다. 나는 고개를 저었다.

"아니, 그렇게 춥지 않은걸. 눈 내리는 풍경이 보기 좋으니 조금만 더 열어 두자."

"역시 그렇죠?"

연리가 웃으며 문 앞에 엎드렸다.

턱을 괴고 바깥 풍경을 바라보던 그녀가 곧 무엇인가를 발견한 듯 자리에서 벌떡 일어났다.

"큰일 났다."

연리의 얼굴에 낭패감이 가득했다. 왜 그러는 것인지 몰라 밖을 보니 운이 한숨을 내쉬며 방으로 다가오고 있었다.

"김연리. 수업을 빼먹고 어딜 갔나 했더니 여기에 있었구나?"

어쩐지 연리가 오랫동안 내 방에 머무른다 했더니 글공부를 빼먹고 온 듯했다.

나와 운 양쪽으로 질책 어린 눈빛을 받자 그녀가 억울하다는 듯 손을 내저었다.

"죄송해요. 하지만 아기님이 너무 보고 싶었단 말이에요. 선생도 한번 보세요! 아기가 정말 예뻐요."

연리가 한쪽으로 비켜서 아이를 가리켰다. 운의 시선이 나와 아이에게 닿았다가 빠르게 연리에게로 옮겨 갔다.

"핑계가 참으로 좋기도 하구나. 그런 소리 말고 어서 네 방으로 돌아가라. 아무리 아기가 보고 싶어도 수업을 빠지면 안 되지."

"하지만……."

연리가 불만스럽게 입을 비죽였다.

"연리, 글공부를 제대로 하지 않으면 앞으로는 문을 열어 주지 않을 거야. 그러면 아기님이 언제 자라는지도 못 보겠지?"

내가 운의 말을 거들자 연리가 펄쩍 뛰었다.

"그건 안 돼요! 공부하러 갈 테니까 꼭 문 열어 줘야 해요! 알겠죠, 언니?"

"그래. 그러니 공부를 게을리하면 안 된다."

연리가 내게 몇 번이나 확답을 들고서야 제 방으로 떠났다. 그 뒤를 따르던 운이 고개를 돌려 나를 보았다.

"곧 찾아갈게요. 그때 이야기 나눠요."

"……그래."

짧은 대답과 함께 운이 돌아서서 멀어지자 문밖의 풍경은 금세 하얀 눈으로 가득 찼다. 나는 추운 줄도 모르고 한참이나 그 풍경을 바라보았다.

하염없이, 한참이나.

❖ ❖ ❖

이리 부인은 유모의 역할을 자처해 많은 시간을 연의 곁에서 머물렀다. 이미 두 아이를 키워 낸 부인은 육아에 대한 지식이 풍부해 많은 면에서 내게 큰 도움이 되었다.

덕분에 나는 한결 편하게 아이를 돌볼 수 있었지만 신세를 지고 있는 처지에 이런 도움까지 받으니 면목이 없었다.

"어찌 매일 찾아오세요? 이러시면 제가 너무 죄송합니다."

"내가 좋아서 하는 일이니 너무 마음 쓰지 말게. 실성을 멀리 보내고 이제 연리도 다 컸다며 어미를 찾지 않으니 한동안 적적했거든. 남편도 잃고 권력에서 멀어진 이 늙은이가 할 일이 뭐가 있겠어?"

이리 부인이 연을 안아 들자 아이가 까르르 웃음을 터트렸다. 상대가 매일 자신을 안아 주는 사람이라는 것을 알아본 것이 틀림없었다. 볼을 매만지는 손가락을 잡으려 애쓰는 연의 모습을 보며 부인의 얼굴에도 미소가 걸렸다.

"아이가 참으로 순해. 낯도 가리지 않고 웃음도 많으니 어디를 가

나 사랑받겠어. 아이 아버지도 이 모습을 보았어야 했는데.”

아이 아버지.

의식적으로 떠올리지 않으려고 애쓰던 말에 절로 입매가 굳었다. 이리 부인은 그런 나를 놓치지 않았다.

“솔직히 말하면 자네가 처음 우리 집으로 왔을 때, 혹 실성의 아이를 가진 것은 아닐까 생각했네.”

“예? 실성 님의 아이요?”

“그렇잖은가. 날 위해서라고는 하지만 일부러 고구려 여인을 신라까지 보냈어. 게다가 그 여인이 아이까지 뱄으니 어찌 그런 생각이 안 들었겠는가.”

처음부터 내게 지극히 호의적이던 이리 부인의 모습이 떠올랐다. 그녀는 내가 제 아들의 아이를 가졌을지도 모른다는 생각으로 나를 받아들인 것이다.

“아닙니다. 아이의 아버지는 다른 사람이에요. 제가 큰 오해를 안겨 드렸으니 어찌 사죄를 드려야 할지…….”

“자네가 미안할 것이 뭐라고. 내가 멋대로 오해를 한 것인데.”

이리 부인이 인자하게 웃으며 연을 바라보았다.

“아이가 태어나는 순간 이 녀석이 실성의 아들이 아니라는 것은 바로 알았어. 얼굴 어디에서도 내 아들의 흔적을 찾을 수가 없었거든.”

“이 어린아이의 얼굴에서도 그런 것이 보이십니까?”

“그럼, 부모는 다 알아보는 게야. 그대도 연의 얼굴에서 아비의 얼굴을 보지 않는가?”

나는 이리 부인을 따라 연의 얼굴을 바라보았다. 찬찬히 그 얼굴을 살피면 부인의 말처럼 곳곳에 담덕의 흔적이 있었다. 전체적인 분위기는 나를 닮았지만 눈매는 담덕을 쏙 빼닮았다.

언젠가 담덕이 이 아이를 보면, 그때 담덕은 제 아이를 한눈에 알아볼까?

그런 생각을 하다 나는 금세 고개를 저었다.

"……연의 아버지는 살아 있는가?"

이리 부인이 조심스럽게 물었다. 연이 실성의 아이가 아니라는 사실을 알게 되니 이제 아비의 정체가 궁금해진 모양이었다.

나는 어색하게 웃으며 대답을 피했다. 담덕에 대해 뭐라고 설명해야 할지 알 수 없었기 때문이다.

"말을 못 하는 것을 보면 죽은 사람은 아닌 모양인데, 어찌 이리 고운 부인이 홀로 아이를 낳게 했을까. 참으로 죄 많은 사내일세."

"그 사람 잘못이 아닙니다. 다 제 탓이에요. 오히려 제가 그 사람을 많이 힘들고 아프게 했습니다."

"어찌 그게 어디 자네의 탓이겠나. 모두 고약한 운명의 탓인 게지."

"운명이라……. 홀로 살 운명은 타고나는 것일까요?"

문득 궁금해졌다. 평생 혼자 살아갈 수밖에 없는 운명이 있다면, 그 운명이 지독하게 나를 따라다니고 있다면, 나는 이번 생에도 홀로 살아가야만 하는 것일까?

소진이었던 나도, 우희인 나도 결국은 혼자로구나.

서글픈 생각이 머릿속을 가득 채우려는 그때, 이리 부인이 연을 내 품에 안겨 주며 고개를 저었다. 품에 안긴 연의 체온에 가슴이 따뜻해졌다.

"세상에 홀로 사는 운명은 없네. 이것 보게. 자네에게도 이 아이, 연이 있시 않은가. 누구보다 가까운 사람, 혈연으로 묶인 끈끈한 사이.

부모와 자식 간의 인연은 영원히 풀리지 않을 견고한 인연이야.”

이리 부인의 말처럼 부모와 자식의 인연이 영원히 풀리지 않는 견고한 것이라면, 지금의 나는 연과 담덕의 인연을 끊어 놓은 죄인이었다.

나는 웃으며 손을 뻗는 연을 꼭 껴안으며 아이의 뺨에 입을 맞추었다. 아이의 몸에서 나는 특유의 향기에 가슴이 죄여 왔다.

❖　❖　❖

새해가 밝아 영락 5년이 되었다.

몸은 고구려에서 멀어졌지만 나는 여전히 고구려의 기준으로 해를 세고 있었다.

마음이 여전히 고구려에 묶여 있으니 당연한 일이었다.

날이 조금 풀어져 연과 함께 산책을 나섰던 나는 하늘을 날고 있는 익숙한 새를 보고 깜짝 놀라 새를 쫓았다. 비로의 전령새가 이리 부인의 저택 위를 날고 있었다.

비로는 고구려 주변 국가들의 주요 도시에 정보를 수집하는 세작을 두었다. 신라의 수도인 왕경 역시 그 대상 중 하나였다. 현재 신라의 왕경을 담당하는 세작은 운이었다.

나를 먼저 이리 부인의 저택에 보낸 후 고구려에 돌아갔던 운은 제신과 다로의 문제를 논의하고 다시 왕경을 찾았다. 그가 연리의 스승으로 이리 부인의 저택에 들어온 것은 그 후의 일이었다. 신라에 머물 공식적인 이유를 만들기 위해 번거로운 여정을 감수한 것이다.

나로서는 반가운 일이었다. 다른 이도 아니고 비로의 세작이 나의 은둔을 돕고 있으니 그들의 눈을 가리고 귀를 막은 셈이었다. 세작이 다른 사람으로 바뀌기 전까지는 고구려에서 나의 행방을 찾기 어려울 것이다.

운을 공범으로 끌어들여 그의 주군과 친우 모두를 속이도록 만들었으니, 이로써 나는 그에게 큰 빚을 지게 되었다. 운은 내게 아버지 일로, 나는 그에게 오늘의 사정으로. 서로 하나씩 빚을 진 셈이었다.

새를 따라 걸음을 옮기니 사람들이 잘 찾지 않는 담 근처의 나무 뒤에 몸을 숨긴 운이 보였다. 그는 손을 뻗어 하늘을 날고 있는 전령새를 제 손 위에 부르고 새의 발목에 묶여 있는 작은 서신을 풀었다.

서신을 읽는 운의 표정은 제법 심각했다. 혹시라도 좋지 않은 소식이라도 적혀 있는 것은 아닌지 걱정이 밀려왔다.

"안 좋은 일입니까?"

이미 내가 다가오는 것을 알고 있었는지 운은 태연하게 고개를 저었다.

"좋은 일이기도 하고 나쁜 일이기도 하다."

운이 살짝 미간을 찌푸리며 내게 서신을 내밀었다. 고개를 빼고 서신의 내용을 살피니 비로의 대원들만 알아볼 수 있는 암호가 검붉은 글씨로 깨알같이 적혀 있었다.

서신에 담겨 있는 내용은 복잡하지 않았다. 국내성에 퍼졌던 괴이한 소문을 퍼트린 자가 비로의 대원인 다로인 것으로 밝혀졌으나 배후를 추궁하던 중 그녀가 의문의 복면인에 의해 피살(被殺)당했다는 사실을 알리는 내용이었다.

비로의 의심이 다로를 향하고 있으니 그쪽에서는 당연히 꼬리를 잘라야 한다 생각했을 것이다. 도구로 쓰이기 위해 태어났다더니 결국 그쪽에서도 버림을 받은 건가.

겨울날 눈 위를 함께 뒹굴었던 다로의 환한 미소가 머릿속을 스쳐 갔다.

뒤이어 제신을 좋아한다고 담담하게 말하던 목소리와 태생에 대한 체념 어린 자학까지 떠오르자 마음이 무거워졌다.

"방금 것은 고구려 밖 모든 세작들에게 보내는 공식적인 서신이고, 이건 제신이 내게만 보낸 개인적인 서신이다."

무거운 마음으로 서신을 읽고 있던 내게 운이 다른 서신 하나를 더 펼쳐 보였다. 다로를 죽인 복면인의 팔에 독특한 문양이 새겨진 것을 보았는데, 혹 운이 알고 있느냐는 내용이었다. 서신에는 제신이 그려 넣은 것으로 보이는 문양이 함께 그려져 있었다. 화살을 타고 올라가는 두 마리의 용.

"소노부 수장의 인정을 받은 용사들의 상징이다."

운이 담담하게 말하며 제 상의를 살짝 끌어 내렸다. 그의 왼쪽 쇄골 근처에 서신에 그려진 것과 똑같은 문양이 새겨져 있었다.

"소노부의 용사 중에서도 무예에 능하고 부족에 충성하는 자들에게만 새기지."

"그런 문양을 가진 자가 다로를 죽였다면 이번 일의 배후는 역시……."

"그래, 소노부다. 예상했던 일이니 놀랍지는 않지만."

그렇게 말하면서도 운의 심경은 복잡해 보였다. 운이 미간을 찌푸리며 한숨을 내쉬었다.

"내 아버지께선 원하는 것이 있다면 수단을 가리지 않는 분이야. 아들인 내가 누구보다 잘 안다. 금방 또 다른 수를 찾아내 원하는 것을 손에 넣으시겠지. 폐하에게는 큰 악재야. 상대는 권력을 가졌는데 간자가 죽어 버려 증거마저 사라졌으니 몰아낼 방법도 요원해. 앞으로도 힘든 싸움을 하실 거다."

운이 전령새를 하늘로 돌려보내며 작게 중얼거렸다.

몸통을 찾지 못하고 꼬리만 잘린 격이니 언제든 새로운 간자가 나타나 그의 눈을 흐리게 할 터. 그의 말처럼 담덕은 여전히 힘든 시간을 보낼 것이다.

"그 와중에 위안이 되는 사람마저 잃으셨으니 많이 힘드시겠지."

멀리 날아가는 새를 응시하던 운이 고개를 돌려 나와 연을 보았다.

"아직도 돌아갈 생각이 없어, 그분의 곁으로? 아이까지 낳으면 마음이 바뀔 줄 알았는데."

벌써 몇 번이나 들은 질문이었다. 운은 고구려 이야기가 나올 때마다 내게 아직도 돌아갈 생각이 없느냐고 묻곤 했다. 그때마다 내 대답은 똑같았다.

"한번 땅 위로 솟아난 약점은 무슨 수를 써도 덮을 수 없습니다. 사람들의 말 한마디가 양분이 되어 자라고 또 자랄 뿐이죠. 그러니 제가 없는 것이 모두에게 좋아요. 아직 귀환을 말할 때가 아닙니다. 눈에 보이지 않으면 비난도 없는 법이죠. 보십시오, 제가 여기 있으니 괴이한 소문들도 쓸모가 없어졌잖습니까."

내 말을 진지하게 듣고 있던 운이 피식 웃음을 흘렸다.

"참으로 우습지 않아? 너와 비녀 하나를 두고 실랑이를 벌이던 것이 엊그제 같은데 어느새 네가 그런 말을 하는 어른이 다 됐는지."

"무슨 그런 감탄을 하십니까? 어른은 오래전에 됐습니다."

"몸만 자랐다고 다 어른이더냐? 늘 천방지축에 말괄량이 아가씨인 줄로만 알았는데 네가 어느새 이렇게……."

운이 내 품에 안긴 연을 빤히 바라보았다. 내가 한 아이의 어머니가 되었다는 것이 도무지 믿기지 않는 모양이었다. 사실은 나조차도 실감이 나지 않았다.

"언젠가⋯⋯."

운이 연을 바라보며 천천히 입을 열었다.

"그 어떤 약점도 폐하를 흔들 수 없는 날이 올 것이다. 반드시 그런 날이 와. 그럼 너는 긴 외유를 끝내고 그분의 곁으로 돌아가겠지. 그 날엔 이 아이가 태자가 될 것이다. 나는 너와 그분께 마음의 빚이 있는 몸이니 무슨 일이 있어도 이 아이를 지킬 거야."

기묘한 확신이 담긴 다짐이었다. 나처럼 미래를 아는 것도 아니면서 운은 그렇게 확신했다.

우리의 확신처럼 담덕이 어떤 약점에도 흔들리지 않는 날은 반드시 올 것이다.

마침내 그 날이 왔을 때 역사가 선택한 담덕의 황후와 훗날 장수왕이 될 그의 아이는 정말로 나와 연일까?

"네가 무슨 생각을 하는지 뻔히 보인다. 그분의 마음을 믿지 못하는 거냐?"

"제가 믿지 못하는 건 그의 마음이 아니라 시간입니다. 강물처럼 쉼없이 흐르는 세월에 변하지 않는 건 없어요. 비녀 하나를 두고 실랑이를 벌였던 어린애가 이렇게 한 아이의 어머니가 된 것처럼요."

"세월이 흘렀는데도 변하지 않으면, 그럼 그건 뭐지?"

"세월이 흘렀는데도 여전하다면⋯⋯."

나는 눈을 아래로 내리깔며 오래도록 나를 두렵게 했던 의문을 떠올렸다.

"제가 오래도록 품었던 의문이 있습니다. 누구에게도 말할 수 없었고, 앞으로도 말할 수 없을 의문이지요. 고민하고 또 고민했지만 답을 찾을 수가 없었습니다."

내가 역사를 엉망으로 만들고 있는 것은 아닐까? 나로 인해 내가 알고 있던 모든 것이 뒤바뀌는 것은 아닐까?

"하지만 세월이 흘렀는데도 서로의 마음이 여전하다면 그것이 제 오랜 의문의 답이 아닐까요? 그렇다면 운명이 허락한 것이라 여기고 오로지 제 마음만 생각할 수 있겠죠."

"나는 그대가 품고 있는 의문을 몰라. 그러니 그 답이 무엇인지도 모르지. 하지만 이것 하나는 확실히 알겠어."

아이를 바라보던 운의 시선이 나를 향했다. 마주한 두 눈에는 여전히 강한 확신이 담겨 있었다.

"그대는 분명 마음이 허락하는 대로 살게 될 거야."

"어째서 그렇게 확신해요?"

"그대가 흔들려도 폐하께서는 흔들리지 않으실 테니까. 그분은 태산 같은 분이시거든."

운의 확신에 헛웃음이 흘러나왔다.

나를 향한 비웃음이었다.

"우습네요. 평생 가까워질 수 없을 거라던 그쪽은 확신하는데, 누구보다 가까이 있다 생각했던 나는 어느 하나 자신하지 못하잖아요."

그래서 처음부터 이 일이 도박이라고 말한 것이다. 확실한 일에는 도박이라는 말을 쓰지 않으니까.

"원래 그런 법이야. 가까워서 보이지 않는 것이 있고, 간절할수록 불안함은 커지지. 하지만 난 가깝지도 간절하지도 않아. 그래서 볼 수 있어. 그렇기에 나는⋯⋯."

나는 이어질 말을 기다리며 운을 보았지만, 그는 끝내 입을 열지 않았다.

그의 침묵과 함께 서서히 봄이 다가오고 있었다.

第二十三章

구원 요청

시간은 화살처럼 흘러갔다. 그동안 삼국의 정세는 혼란을 거듭했다.

가장 큰 사건은 담덕이 백제의 왕, 아신을 발밑에 꿇어 앉힌 일이었다. 영락 6년, 내가 고구려를 떠난 지 이 년째 되는 해였다.

그해의 전쟁은 지난 전쟁들과 양상이 완전히 달랐다. 그동안의 전쟁은 백제가 먼저 공격하고 고구려가 반격을 하는 흐름으로 흘러갔지만, 영락 6년의 전쟁은 고구려의 선제공격으로 시작되었다.

담덕은 직접 군사를 끌고 전쟁에 나섰다. 육군과 수군을 모두 활용하여 백제의 수도를 포위한 끝에 아신의 항복을 받아 냈다. 이때 고구려의 수중에 들어온 백제의 성이 오십팔 개. 아신은 영원한 노객(奴客:복종하여 신하가 되겠다는 뜻으로 사용)이 되겠다 맹세하고 자신의 동생을 고구려에 볼모로 보내야 했다.

더 말할 것도 없는 담덕의 대승이었다. 고국원왕이 백제 근초고왕의 손에 죽은 이후 백제에 이를 갈았던 고구려 사람들은 만세를 부르며 태왕을 찬양했다.

하지만 직접 무릎을 꿇은 후에도 아신은 전쟁을 포기하지 않았다. 대패한 다음 해인 영락 7년에는 왜에 태자 전지(玲支)를 볼모로 보내화친을 도모했으며, 그로부터 일 년이 지난 영락 8년에는 쌍현성(雙

峴城)을 쌓으며 또 다른 전쟁을 준비했다.

그리고 올해가 영락 9년이었다. 내가 고구려를 떠나 신라에 자리를 잡은 지도 벌써 오 년 정도가 지난 것이다. 어느덧 나의 나이도 이십 대 중반을 넘어섰다.

이곳에서 나는 이리 부인의 말벗을 하며 부인과 집안 하녀들의 건강을 돌봐 주고 있었다. 이리 부인의 소개로 다른 집안 귀부인들의 병을 살펴 주는 일도 왕왕 있었다.

귀부인들이 알음알음 나를 찾는 이유는 간단했다. 남자 의원에게 밝히기 힘든 부인병 때문이었다.

조선 시대보다는 개방적이고 여성의 지위가 높은 사회라고는 하나, 은밀한 여성의 사정을 털어놓는 일은 이 시대에도 어려웠다. 부인병이 있어도 의원에게 제대로 설명을 하지 못하고 병을 키우는 경우가 많았다.

하지만 나는 같은 처지의 여자 의원이었다. 남자 의원들에게 증상을 설명하는 것보다 훨씬 솔직한 이야기를 털어놓을 수 있으니 조금 더 정확한 진단과 처방이 가능했다.

덕분에 왕경의 귀부인들 사이에 내 재주가 좋다는 소문이 돌아 최근에는 일주일에 한두 번씩 다른 집으로 왕진을 다녔다.

그토록 바라던 의원으로서의 삶이었다.

하지만 그것만이 전부는 아니었다. 이제 내게는 한 아이를 키우는 어머니로서의 삶 역시 중요했다.

"연아!"

나는 이른 아침부터 흔적도 없이 사라져 버린 연을 찾기 위해 분주했다. 저택 곳곳을 돌아다니며 연의 이름을 부르는 나를 보면서도 하녀들은 제 할 일에만 집중하고 있었다. 그만큼 이 풍경이 익숙하다는 뜻이었다.

이제 다섯 살이 된 연은 또래보다 건장하고 활기가 넘쳐 잠시만 정신을 놓고 있어도 어디론가 사라져 버리기 일쑤였다. 사람들은 연이 열 달을 다 채우지 못하고 태어난 아이라는 사실을 들을 때마다 놀라서 펄쩍 뛰었다.

산달을 다 채우지 못한 아이들은 대체로 몸이 약했다. 심각한 경우에는 태어난 지 얼마 지나지 않아 목숨을 잃는 경우도 있었다. 그에 비해 연은 건강함이 넘치다 못해 활기를 주체하기 힘들 정도였다. 벌써부터 동에 번쩍 서에 번쩍하며 나를 힘들게 하니, 이보다 더 자라면 어떻게 아이를 돌봐야 하나 앞날이 걱정이었다.

다행히도 오늘은 목격자가 있었다. 빨랫감이 수북이 담긴 통을 들고 가던 하녀가 저택의 끝을 가리키며 연의 행적을 알려 주었다.

"아마 정원에 있을 겁니다. 새에게 주겠다며 모이를 들고 가는 것을 보았거든요."

나는 하녀에게 고맙다는 말을 전한 뒤 빠르게 정원으로 걸음을 옮겼다.

"안녕, 새들아. 맛있게 먹어!"

정원에 들어서자마자 연의 목소리가 들렸다.

바닥에 모이를 뿌리고 쪼그려 앉은 연이 날아드는 새들을 흐뭇한 얼굴로 바라보고 있었다. 태평한 그 얼굴을 보고 있으니 열심히 연의 행방을 찾아다닌 내 모습이 허탈해져 절로 헛웃음이 흘러나왔다.

"어머니!"

내 웃음소리를 들었는지 연이 자리에서 벌떡 일어나 내게 달려왔다. 나는 품 안으로 파고드는 연을 꼭 껴안으며 머리에 꿀밤을 먹였다.

"아얏! 어머니!"

방심하고 있다가 기습을 당한 연이 억울하다는 듯 입을 비죽이며 나를 바라보았다. 눈물이 그렁그렁한 눈에 절로 마음이 약해졌지만 이 눈에 넘어가면 앞으로가 힘들었다.

"아무 말 없이 사라지지 말라고 했지? 그리 사라지면 내가 걱정한다고. 매일 이렇게 날 놀라게 해야 직성이 풀리나, 우리 아들은?"

나는 짐짓 엄한 척 눈에 힘을 주었다. 그러나 늘 그랬듯 연에게는 엄한 척이 통하지 않았다.

"하지만 그 새가 왔단 말이에요!"

"그 새?"

"네! 그 예쁜 새요!"

연이 말하는 예쁜 새라면 비로의 전령새였다. 임무의 특성상 눈에 띄지 않는 평범한 새들을 골라 훈련시키는데, 눈썰미가 좋은 연은 집에 자주 드나드는 전령새를 금세 구별해 냈다.

"조금 전에 모이를 잔뜩 먹고 돌아갔어요. 저기요."

연이 하늘을 가리켰다. 아이의 손끝을 따라 눈을 움직이니 점처럼 작아진 새가 멀리 날아가고 있었다.

이번에는 무슨 소식이 내려왔을까?

나는 불안한 마음으로 새가 사라지는 모습을 바라보았다. 최근 신라를 둘러싼 분위기가 좋지 않아 작은 소식 하나에도 마음이 불편했다.

올해 가을, 혹독한 전쟁 준비를 견디지 못한 백제 백성이 대거 신라로 도망쳐 왔다. 그렇지 않아도 고구려와 가까이 지내는 신라를 못마땅하게 여기던 백제였다. 이번 일로 아신이 이를 갈며 분노했다는 풍문이 공공연하게 나돌자, 새해를 앞두고서도 왕경은 분위기는 여러 모로 흉흉했다.

"어머니, 왜 그러세요?"

나의 걱정이 고스란히 느껴졌는지 연이 시무룩한 얼굴로 내 옷을 잡아끌었다. 괜히 아이를 불안하게 만든 것 같아 나는 일부러 활짝 웃으며 연의 머리를 쓰다듬었다.

"아무것도 아니다. 새에게 모이를 주었으니, 이제 네 배를 채울 차례지. 식사를 준비해 뒀어. 방으로 돌아가자."

❖ ❖ ❖

이른 시간부터 분주하게 움직인 탓인지 식사를 할 때부터 눈을 느리게 깜빡이던 연이 결국 낮잠에 빠졌다.

나는 침상에 누운 연의 몸에 이불을 덮어 주고 그대로 몸을 일으켰다. 운을 찾아가 오늘 날아온 전령새가 가져온 소식이 무엇인지 물을 참이었다. 하지만 운이 한 발 빨랐다.

똑. 똑똑똑. 똑똑. 똑똑. 똑똑똑똑.

시차를 두고 가볍게 문을 두드리는 소리가 났다. 비로의 대원들끼리 공유하는 신호였다. 나는 잠든 연을 힐끗 바라보며 조심스럽게 문을 열었다.

문 밖에는 예상했던 것처럼 운이 서 있었다. 그는 사람들의 눈에 띄기 전 재빨리 방 안으로 들어서며 문을 굳게 닫았다.

"연이는?"

"잠들었어요."

침상을 가리키며 대답하자 운이 다행이라는 듯 고개를 끄덕였다.

"잘됐네."

그렇게 말하면서도 전혀 잘됐다는 얼굴이 아니었다. 심각한 그의 표정에 나는 무엇인가 좋지 않은 일이 일어났음을 짐작했다.

"전령새가 가져온 소식이 좋지 않았어요?"

"전령새가 온 것은 어찌 알았어?"

"어찌 알았겠어요? 연이가 발견했죠."

"타고났군. 벌써부터 눈이 그리 좋아?"

운이 피식 웃음을 흘리며 어깨를 으쓱거렸다. 덕분에 잠시 그의 표정이 풀리는 듯했으나 그것도 잠깐이었다. 금세 심각한 얼굴로 돌아온 운이 목소리를 낮추며 내게 작은 서신을 건넸다.

"아무래도 상황이 심상치가 않다."

"역시 백제의 움직임이 이상한가요? 최근 분위기가 좋지 않았잖아요."

"백제뿐만이 아니야. 백제의 동맹인 가야와 왜까지 움직임이 심상치 않다. 침략의 전조가 보여."

전쟁이 날 수도 있다는 말이었다.

또다시 전쟁이라니. 고구려를 떠나 겨우 전쟁에서 멀어졌다고 생각했는데 이제는 신라에서까지 전쟁의 위험과 맞닥뜨리게 될 판이었다.

"……왕경을 떠나야 할까요?"

전쟁이 나면 가장 위험해질 것은 역시 여인과 아이였다. 어쩔 수 없이 마주했다면 몰라도 전쟁이 터질 것을 미리 안다면 피하는 것이 상책이었다.

하지만 내 말을 들은 운은 의외라는 듯 눈을 가늘게 떴다.

"의외로군."

"무엇이요?"

"여기 남아서 사람들을 돕겠다고 할 줄 알았거든. 전쟁터야말로 그대가 할 일이 가장 많은 곳이니까."

"아무리 저라도 일부러 그런 상황 속으로 뛰어들지는 않아요. 눈앞에 환자가 나타나면 그걸 외면할 수 없을 뿐이죠. 게다가 이제는……."

나는 눈을 돌려 잠든 연을 바라보았다. 혼자라면 어떤 위험을 무릅쓰든 의술을 배운 자로서의 사명을 다할 것이나, 이제 내게는 꼭 지켜야 할 존재가 생겼다. 지금은 이 아이가 무엇보다 우선이었다.

"역시 변했어. 무모함이 반 정도는 줄었다고나 할까."

운의 말은 칭찬인지 타박인지 애매했다. 하지만 나는 그의 말을 내가 듣기 좋은 쪽으로 해석하기로 했다.

"칭찬으로 들을게요."

"당연히 칭찬이지. 난 언제나 그대의 무모함이 염려스러웠거든."

운이 어깨를 으쓱거리며 웃다가 곧 진지한 얼굴로 조언을 건넸다.

"신라가 침략을 받는다면 가장 안전한 곳은 이곳 왕경이 될 거야. 수도가 함락된다는 건 곧 나라가 무너진다는 뜻이니 신라도 무슨 수를 써서든 적들을 막아 내겠지. 특히 이리 부인의 집은 왕경에서도 가장 안쪽, 궁에서 가장 가까운 곳이니 신라가 무너지지 않는 이상 안전할 거다."

"다행이네요. 이리 부인과 연리에게도 아무런 일이 없으면 좋겠는데……."

이방인인 나를 기꺼이 받아들여 준 사람들이었다. 나는 좋은 사람들에게 불행이 닥치지 않기를 진심으로 기도했다.

안타깝게도 불행은 생각보다 빠르고 심각하게 왕경을 잠식했다. 새해를 얼마 앞두지 않고 적군이 밀려들어 온 것이다.

가야와 왜가 주축이 된 침입이었다. 고구려와의 전쟁 준비로 신라까지 칠 여력이 없었던 백제가 동맹국들을 움직여 고구려의 우방을 무너뜨리려 한 듯했다.

표면적인 명분은 신라가 도망친 백제의 백성을 돌려보내지 않고 받아들였다는 것이었다. 하지만 누구도 그 말을 믿지 않았다. 백제의 속내야 뻔했다. 고구려의 우군인 신라를 먼저 침으로써 조금이라도 고구려를 흔들어 볼 심산이었을 것이다.

왜가 신라를 침입한 것은 이번이 처음이 아니었다. 내가 신라에 오기 일 년 전에도 왜군이 밀고 들어와 힘겹게 그들을 무찔렀다는 이야기를 이리 부인에게서 들은 적이 있었다.

하지만 이번의 침입은 그때와 완전히 달랐다. 백제의 든든한 지지를 받은 왜군은 거칠 것 없이 신라의 땅을 휘젓고 다니며 신라의 심장인 왕경에까지 공격을 감행했다.

거기에 가야까지 힘을 보탰다. 빠른 진격에 신라군은 제대로 손도 쓰지 못하고 왜군의 왕경 입성을 허락하고 말았다.

"설마 이렇게 빨리 밀릴 줄이야. 그 전에 여길 빠져나갔어야 했는데……."

비로로부터 정보를 받고 있던 운도 신라군이 단번에 왕경까지 밀려날 것이라고는 예상하지 못했다. 모두의 예상을 어이없이 부숴 버린, 강하고 체계적인 공격이었다.

그리하여 우리는 전란을 피할 때를 놓치고 신라군의 최종 방어선 안에 갇혀 버렸다.

운은 무척 곤란한 얼굴을 했지만 이미 일이 벌어진 이상 어쩔 수 없었다. 이제는 신라군을 도와 적을 물리칠 수 있도록 최선을 다해야 했다.

신라군은 궁성 인근에 최종 방어선을 치고 격렬히 저항했다. 하지만 갈수록 방어선이 뒤로 밀려나고 있었다. 신라의 명운은 바람 앞에 등불처럼 위태로웠다. 멸망의 위기에 놓인 신라가 믿을 구석은 단 하나, 우방인 고구려의 구원뿐이었다.

운은 전령새를 보내 신라의 상황을 상세히 전했다. 왜군이 왕경까지 들어와 신라를 짓밟고 있으며, 신라 자체의 병력만으로는 도저히 적들을 물리칠 수 없으니 원조가 필요하다는 내용이었다.

하지만 원조를 청하면서도 운은 원군의 파견을 확신하지 못했다. 올해 초부터 북쪽에서 후연의 움직임이 심상치 않았던 탓이었다. 신성(新城)과 남소성(南蘇城)이 후연에 의해 함락되고 그 인근 칠백 리 땅이 그들의 손에 넘어가 북쪽의 상황이 어려웠다. 이런 상황에서 신라를 위해 대규모의 병력을 움직이긴 힘들었다.

그 무렵 신라의 왕도 은밀하게 고구려로 사람을 보내 구원을 요청했다는 소문이 방어선 내의 사람들에게 전해졌다. 두려움에 떨던 이들은 곧 강력한 고구려의 군대가 자신들을 구하러 올 것이라는 희망을 품고 마지막 저항을 이어 갔다.

나 역시 그들에게 힘을 보탰다. 수곡성에서 그랬던 것처럼 진료소를 세우고 다친 병사와 백성을 치료했다. 이리 부인은 기꺼이 대문을 열어 저택을 진료소로 제공해 주었다.

하지만 상황은 좋지 않았다. 왜군에게 포위당해 고립된 속에서 약재와 물품은 항상 부족했고, 식량도 점점 줄어들었다.

어려운 싸움이 이어지는 가운데 우리는 정신없이 영락 10년을 맞이했다. 신라에서 보낸 그 어떤 날보다 우울하고 어두운 새해맞이였다.

나는 마당까지 가득 들어찬 환자들을 보며 작게 한숨을 내쉬었다. 날이 갈수록 환자는 늘어 가기만 할 뿐 줄어들 기미가 보이지 않았다. 며칠 전에는 그나마 남아 있던 약재마저 동이 나 침술과 외상 처치에만 집중하고 있었다.

이러다 왕경의 최종 방어선까지 무너지면…….

불리한 상황 탓에 좋지 않은 생각이 계속 들었지만, 어린 연은 상황의 심각함을 느끼지 못하는 것인지 밝은 모습을 잃지 않았다. 지금도 나를 돕겠다고 종종거리며 사람들을 줄 세우는 중이었다. 누가 시킨 것도 아닌데 스스로 제 할 일을 찾아 나선 것이다.

아직 어리기만 한 아이가 스스로 일을 자처한 것도 기특한데, 대처까지 똑 부려져 혼잡한 진료소를 정돈하는 데 제법 도움이 되기까지 했다.

"아저씨, 아저씨는 여기 말고 저기 뒤쪽으로 가세요."

연이 다리를 절뚝거리는 사내의 옷자락을 끌어당기며 말했다. 사내는 갑자기 나타난 꼬마를 시큰둥하게 바라보며 퉁명스럽게 대꾸했다.

"꼬마야. 네가 못 봤나 본데, 내가 이놈보다 먼저 왔다."

"그래도 뒤로 가셔야 해요. 우리 어머니가 줄은 온 순서대로 서는 게 아니라 많이 아픈 사람이 앞에 서는 거랬거든요. 아저씨는 많이 안 아프시죠? 그러니까 저기 뒤로 가셔야 해요."

"뭐? 네 어머니가 누군데 그래?"

"여기 사람들 치료해 주고 있는 저분이요."

나를 가리키는 연의 손가락에 귀찮은 얼굴로 손을 내젓던 남자의 입이 꾹 다물렸다.

진료소에서는 의원이 곧 하늘이었다. 나와 연의 얼굴을 번갈아 보던 남자가 어색하게 웃으며 연이 가리킨 곳으로 천천히 걸어가기 시작했다. 그 모습에 연이 턱을 치켜들며 뿌듯한 얼굴로 나를 보았다.

'잘했지요, 어머니?'

표정만 보아도 그렇게 말하는 연의 목소리가 들렸다. 나는 미소로 연을 칭찬하고는 환자에게로 다시 눈을 돌렸다.

누가 가르쳐 주지도 않았는데 어찌 알았을까?

연은 하녀들이 환자들을 분류하는 모습을 보고 홀로 규칙을 터득했다. 배움이 빠르고 사리에 밝은 아이였다. 일을 좋아하는 것도, 머리가 좋은 것도 다 제 아버지를 닮은 건가.

복잡한 심경으로 연의 뒤통수를 보고 있으니 대문 밖에서부터 하녀의 목소리가 쩌렁쩌렁 울렸다.

"마님! 왔습니다!"

기쁨에 들뜬 목소리였다. 뒷말을 듣지 않아도 좋은 소식이 들려왔음을 알 수 있을 정도였다.

대문 안으로 뛰어온 사람은 피 묻은 천을 세탁하러 나섰던 이리 부인의 하녀였다. 빨래터에 도착하기도 전에 소식을 들은 것인지 가지고 나갔던 빨랫감이 여전히 더러웠다.

일을 맡겼던 이리 부인은 눈빛으로 그녀를 질책하며 입을 열었다.

"아픈 사람들이 있는 곳에서 어찌 이리 소란스럽게 굴어? 도대체 무슨 일이기에 빨래도 하지 않고 그대로 가져온 게야?"

하지만 이리 부인의 질책에도 하녀의 들뜬 목소리는 가라앉지 않았다.

"마님, 원군이 왔습니다! 고구려에서 원군을 보냈대요! 지금 왜군과 싸우고 있는데 고구려군이 우세하답니다. 밖에서 진을 치고 있던 왜 놈들을 금방 몰아낼 수 있을 거예요!"

하녀의 말에 모여든 사람들이 술렁거렸다. 금방이라도 죽을 것처럼 어두운 표정을 짓고 있던 사람들의 얼굴에 점차 밝은 빛이 들어찼다.

그건 나 역시 마찬가지였다. 하지만 그들과 달리 마냥 기뻐하기에는 마음이 복잡했다.

고구려군이라. 누가 병력을 이끌고 왔을까?

평소라면 운을 통해 고구려군의 동향을 들을 수 있었겠지만, 왕경에 완전히 고립된 이후 국내성과 완전히 연락이 끊겨 운도 상황이 어찌 흘러가는지 몰랐다. 마지막으로 왕경의 위험을 알리는 연통이나마 보낼 수 있었던 것이 다행이라면 다행이었다.

정보가 없으니 모든 것을 추측에 맡길 수밖에 없었다. 나는 원군을 끌고 올 만한 사람들의 면면을 머릿속으로 떠올려 보았다.

신라의 왕이 직접 나서서 구원을 요청했다. 그간 쌓아 온 우호 관계를 고려하면 담덕의 측근 중 하나가 병력을 이끌고 왔을 것이다.

평소라면 담덕이 직접 출정했을 테지만 지금은 북쪽 전선이 위태로웠다. 우리 땅을 빼앗긴 입장이니 신라의 구원 요청보다는 그쪽이 먼저일 것이다.

누가 지원군으로 왔든 그와 마주칠 가능성은 거의 없었다. 고구려군이 왕경에서 왜군을 몰아내 준다면, 신라의 왕은 군대를 이끈 용사를 궁 안으로 들여 귀하게 대접할 것이다.

"무슨 생각을 하십니까?"

멍하니 대문 밖을 응시하는 내 뒤에서 운이 작게 속삭였다. 나는 주변 사람들의 눈치를 살피며 가볍게 고개를 저었다. 다행히 사람들은 하녀가 가져온 반가운 소식에 대해 떠드느라 나와 운에게는 관심이 없었다.

"아무 생각도 안 합니다."

"아니긴요. 고구려군 이야기를 듣고도 아무 생각이 없었을 리가 없는데."

정확한 추측이었다. 대답 없이 입을 꾹 다무는 나를 보고 운이 픽 웃었다.

"잠시 이야기 좀 하죠."

그렇게 말한 운이 인적이 드문 건물 뒤쪽으로 걸음을 옮겼다. 나는 치료하고 있던 환자에게 양해를 구하고 그의 뒤를 따랐다. 둘만 남는 상황이 되자 운이 평소처럼 말을 걸어왔다.

"어쩔 생각이야?"

무슨 소리인가 싶어 운을 보니 그가 미간을 찌푸리며 한숨을 내쉬었다.

"고구려군이 온다. 그들을 따라 돌아가는 게 어때? 이제 아이도 많이 컸으니, 함께 먼 길을 떠나는 것도 어렵지 않잖아."

"……제가 꼭 고구려로 돌아가야 한다는 듯한 말투네요."

"그럼 돌아가지 않을 생각이었어?"

운이 별 우스운 소리를 다 듣는다는 양 헛웃음을 흘렸다.

"넌 그렇게 생각했는지 몰라도 난 아니었어. 연이가 어느 정도 크면 널 고구려로 다시 데려갈 생각이었다. 그래서 계속 옆을 지키고 있었던 거고. 그런데 마침 일이 이렇게 되어 고구려군이 신라에 왔으니 그들과 함께 돌아가는 게 좋겠어."

"……왜 그래야 하는데요?"

"왜냐니. 연이는 태왕의 핏줄이야. 언제까지 이곳에 둘 수 없어. 왕경이 이처럼 외부의 공격에 쉽게 무너지는 위험한 곳이라는 것을 알게 된 이상 더더욱."

"태왕의 핏줄이기 때문에 돌아가서는 안 되는 거 아닌가요? 고구려에는 이미…… 태왕의 뒤를 이을 아드님이 있잖아요."

내 말에 운의 입이 꾹 다물렸다.

영락 6년. 담덕이 백제의 아신을 꿇어 앉혔다는 소식과 함께 고구려의 태왕이 아들을 얻었다는 이야기가 신라에까지 흘러들어 왔다. 내가 소문의 진위에 대해 묻자 운은 담담하게 그것이 진실임을 알려 주었다.

소문이 사실임을 확인하고 나는 안도함과 동시에 스스로가 우스워졌다. 내가 그간 쌓아 온 마음이 이리도 부질없었던가.

내 도박은 완전히 실패였다.

"……승평 님이 계시지만 폐하의 장남은 연이야. 그건 변하지 않는다."

"그래서 새로운 삶을 잘살고 있는 사람 앞에 나타나서 그걸 흔들라고요? 밖으로는 원수를 꿇어 앉히고, 안으로는 굳건한 후계를 세워 겨우 왕위가 안정됐어요. 전 그러길 바라서 고구려를 떠났으니 지금에 만족해요."

오래도록 서로가 변하지 않는다면 운명이 내 마음을 허락한 것이라 생각하겠다 했는데. 결국 이것이 하늘의 답이었다. 세상이 정한 담덕의 인연은 따로 있었고, 연 역시 장수왕이 될 아이가 아니었다.

"그쪽이 이곳에 머무르는 게 신라에서 세작으로서의 임무를 다하기 위해서가 아니라, 태왕의 핏줄을 지키기 위해서라면…… 그럴 필요 없어요. 전 연이와 이곳에서 조용히 살 거예요."

"그게 네 뜻만으로 되는 일은 아니잖아."

"그쪽만 아무 말 않으면 되잖아요. 그럼 달라질 건 아무것도 없어요. 어차피 그 사람은 연이의 존재도 모르니까……."

나의 말에도 운은 납득하는 얼굴이 아니었다. 운을 설득하지 못하면 고구려에 나의 위치와 상황이 흘러 들어간다. 그러니 어떻게든 운을 이해시켜야만 했다.

하지만 내가 무어라고 더 입을 열기도 전에 연리가 불쑥 나타났다.

"두 분, 여기서 뭐 하세요?"

어느새 아가씨가 된 연리가 묘한 미소를 지으며 나와 운을 보았다. 미소가 음흉한 것이 쓸데없는 상상을 하고 있는 것이 분명했다.

"두 분의 밀회야 언제든 환영이지만 지금은 좀 참으셔야겠습니다. 급한 소식이 있거든요."

연리가 히죽거리며 팔꿈치로 운의 옆구리를 쿡 찔렀다.

고구려 문제로 따로 이야기하는 모습을 자주 보인 탓인지 이리 부인의 가솔들은 우리가 연인으로 발전할 것이라 큰 기대를 하고 있었다. 당연히 나와 운은 말도 안 되는 소리라고 펄쩍 뛰었다. 하지만 아무리 아니라고 해도 누구 하나 우리의 말을 믿지 않았다. 결국 나와 운은 우리가 아무런 사이가 아니라는 것을 설명하길 포기했다. 어차피 당사자들만 아무 일 없으면 되는 일이었다.

"급한 소식이라니, 그게 뭔데?"

내 질문에 얄궂게 웃던 연리가 조금 진지해진 얼굴로 목소리를 가다듬었다.

"좋은 소식과 나쁜 소식이 있어요."

"좋은 소식과 나쁜 소식?"

"네. 좋은 소식은 원군으로 온 고구려군이 엄청나게 많아서 순식간에 왜군을 쓸어 버렸다는 거예요. 이렇게 쉽게 물리칠 수 있는 놈들과 싸우느라 지난 몇 개월 동안 힘들었다니…… 너무 허무한 거 있죠.”

연리가 진심으로 힘이 빠졌다는 듯 한숨을 푹 내쉬었다. 땅으로 꺼지는 숨을 따라 어깨도 아래로 축 처졌다.

“고구려 군대는 신라군에 비해 전쟁에 익숙하니까 어쩔 수 없지.”

“소진 언니, 지금 고구려 출신이라고 젠체하는 거죠?”

“젠체하는 것이 아니라 사실이 그렇잖니. 고구려는 늘 전쟁을 끼고 사니까……. 그나저나 군대가 많이 왔나 봐?”

“네, 같이 싸웠던 신라 병사들에게 물으니 원군으로 온 고구려 군대가 족히 몇 만은 될 거라고 하던데요.”

“몇 만이나?”

나와 운 모두 놀랐다. 북방 상황이 어려운 지금 고구려가 이렇게까지 많은 병력을 보낼 줄은 몰랐다.

“나쁜 소식도 그것과 관련 있어요. 몇 만이나 되는 사람들이 한바탕 전투를 치렀으니 어디 부상자가 한둘이겠어요? 지금 마당에 환자들이 엄청나게 몰려왔어요. 다들 소진 언니만 기다린다고요. 그러니 두 분, 밀회는 나중에 하세요!”

“밀회 아니라고 했지.”

운이 미간을 찌푸리며 연리의 이마에 꿀밤을 안겼다.

“아!”

연리는 한껏 억울한 표정으로 비명을 지르며 빨갛게 변한 이마를 문질렀다.

“이렇게 말하는 사람들이 꼭 나중에 손잡고 와서는 ‘저희 혼인합니다’ 하던길요, 뭐.”

"쓸데없는 소리."

운의 손이 한 번 더 연리의 이마에 꿀밤을 주었다. 조금 전보다 강한 꿀밤에 연리가 울상을 지었다.

"도림 선생님!"

"쓸데없는 소리 할 시간에 진료소로 돌아가기나 하자, 어서."

운이 원망 섞인 연리의 부름을 무시하며 그녀의 어깨를 밀었다.

❖ ❖ ❖

연리의 말처럼 진료소는 혼잡했다. 내가 자리를 비우기 전보다 환자가 두 배는 늘어난 것 같았다.

이거 감당할 수나 있을까? 머리가 지끈거렸다.

단순 외상은 이리 부인과 하녀들도 도와줄 수 있었지만 증상이 심각하면 나밖에 볼 사람이 없었다. 그런데 척 보기에도 늘어져 있는 사람들의 상태가 심각했다.

화살이 박힌 채 부축을 받고 온 사람, 화상을 입어 옷이 팔에 완전히 눌어붙은 사람, 흘러나온 피로 바닥을 흥건히 적신 사람, 다리가 괴이하게 꺾인 사람.

환자들의 면면을 살피던 나는 무엇인가 이상한 것을 깨닫고 걸음을 멈추었다. 부상당한 병사들이 입은 옷들이 꼭…… 고구려 군대의 차림새 같았다.

그리고 보니 곳곳에서 들려오는 말투 역시 고구려 억양이 섞여 있었다. 연리가 다친 병사들이 왔다기에 당연히 신라군이라고 생각했다. 하지만 새로이 온 환자의 대부분은 고구려 군대였다.

나는 당황해서 그대로 제자리에 굳어 버렸다. 나보다 먼저 연리와 함께 진료소로 향했던 운도 당황한 듯 제자리에 멈춰 섰다. 뒤통수만 보일 뿐인데도 그의 당황이 느껴질 정도였다.

"아저씨는 이쪽으로 오세요!"

당황스러운 내 맘을 알 리가 없는 연은 쏟아지는 환자들 사이를 오가며 바쁘게 움직였다. 아파서 끙끙대던 사람들은 명랑한 연의 목소리에 피식 웃기도 하고, 이름이 무어냐고 묻기도 했다.

진료소를 활보하는 꼬마라니. 당연히 눈에 띄겠지.

갑작스러운 상황에 머리가 딱딱해졌다.

어떻게 해야 하지? 지금이라도 연이를 불러서 방으로 돌려보내야 하나? 아니, 혹 병사 중에 날 알아보는 사람이 있지는 않을까?

쉽사리 나서지 못하고 있는 그 순간 믿을 수 없는 목소리가 들려왔다.

"여기인가, 그 진료소가?"

설마, 잘못 들은 거겠지? 고구려군이 왔다고 하니까 내가 괜히 착각한 거야. 그래. 그런 게 분명해.

나는 뻣뻣해진 고개를 억지로 돌려 익숙한 목소리가 들려온 쪽을 바라보았다. 두 눈 속에 들어온 사람의 얼굴을 확인하는 순간 복잡하게 돌아가던 마음의 소리가 뚝 끊겼다.

그곳에 담덕이 있었다.

얼굴을 확인하는 순간 나는 그대로 몸을 돌려 뒤돌아섰다. 당황스러움으로 심장이 거세게 뛰었다.

북쪽이, 북쪽 전선이 심각하다고 했는데. 그래서 태왕이 직접 올 리는 없다고……

머릿속으로 쏟아 내는 생각이 요란한 심장 소리에 묻혔다. 온몸이 심장이 된 것처럼 쿵쿵거리는 통에 숨이 제대로 쉬어지지 않을 정도였다.

"아저씨는 어디가 아파서 오셨어요?"

하지만 곧 들려온 연의 목소리에 나는 금세 현실로 돌아왔다.

연과 담덕이 마주쳤다.

어떡하지? 어떻게 해야 하지?

나는 입술을 질끈 깨물고 운을 힐끗 바라보았다. 그도 갑작스러운 상황에 당황했는지 난처한 얼굴로 나와 연을 번갈아 보고 있었다.

"많이 아픈 사람은 이쪽, 덜 아픈 사람은 저쪽, 안 아픈 사람은 장소가 협소하니 돌아가셔야 해요. 가족이나 친구가 있어도 나중에 보러 오시고요. 해가 지면 조금 한산해집니다."

"꼬마가 참으로 똘똘하구나. 네가 이 진료소의 대장이냐?"

웃음기 섞인 담덕의 목소리에 다른 병사들이 와하하 웃는 소리가 들려왔다.

"저는 그냥 연이고요, 대장은 제가 아니라 저희 어머니예요."

"……네 어머니? 이 진료소를 너희 어머니가 운영한다고?"

담덕이 의아하다는 듯 혼잣말을 하고는 곧 질문을 던졌다. 연이 아닌 뒤에 선 부하에게 묻는 것 같았다.

"이곳이 실성의 모친인 이리 부인의 저택이라고 하지 않았나? 그분이 전쟁 통에 저택을 개방해 진료소를 운영하신다고. 이리 부인에게 이처럼 어린아이가 있다는 말은 듣지 못했는데."

"맞습니다. 저도 그리 들었습니다."

이어진 목소리도 익숙했다. 태림이었다. 담덕이 있는 곳에 지설이나 태림이 있는 건 당연했으니 그리 놀랄 일도 아니었다.

익숙한 목소리들을 듣고 있자니 점점 그들이 이곳에 있다는 실감이 나기 시작했다. 바보처럼 당황하고 있을 때가 아니었다. 나는 슬쩍 고개를 돌려 담덕 일행을 힐끗거렸다. 무엇이 그리 심각한지 담덕과 태림은 서로 이야기를 나누느라 이쪽에는 관심이 없었다.

"와, 저분은 누구신지 참으로 잘생기셨습니다. 우리 도림 선생께서도 한 미모 하시지만, 저분은 또 다른 멋이……."

지금이다. 나는 재빨리 몸을 돌려 연리의 옷깃을 잡아챈 뒤 그녀를 건물 뒤로 끌었다.

"어어!"

멍하니 새로운 손님을 구경하던 연리가 소리를 지르며 내 손에 끌려왔다.

나는 연리의 입을 틀어막으며 소리를 죽인 뒤 고개를 빼 바깥 상황을 살폈다. 다행히 연리의 비명을 듣지 못했는지 그들은 내가 있는 곳에 눈길조차 주지 않았다.

안도의 한숨을 내쉬며 다시 건물 뒤로 몸을 숨기는 나를 연리가 황당한 얼굴로 바라보았다. 그녀가 제 입을 틀어막은 내 손을 밀어내며 눈을 깜빡였다.

"소진 언니, 무슨 일이에요?"

"연리야, 부탁이 있어."

진지한 내 목소리에 어리둥절하게 날 보던 연리의 얼굴이 굳어졌다.

"무슨 부탁인데요? 언니가 그렇게 진지하게 말하니까 저 조금 무서워요. 심각하고 안 좋은 일이에요?"

"무섭긴 뭐가 무서워? 심각한 건 아냐. 그냥 마당에 가서 연이 좀 데려올래? 다른 건 필요 없고, 방에 데려다 놓기만 하면 돼."

웃으며 말했지만 믿는 눈치가 아니었다. 하지만 내가 말없이 웃고만 있으니 결국 연리가 고개를 끄덕였다.

"정말 아무 일도 없는 거죠? 그냥 연이만 방에 데려가면 되는 거죠?"

"응, 정말 그거면 돼."

"……알았어요. 저 연이랑 언니 방에서 기다리고 있을게요. 거기로 와요."

"그래, 고마워."

웃으며 연리의 머리를 쓰다듬으니 그녀가 여전히 불안한 표정을 하면서도 진료소 쪽으로 걸음을 옮기기 시작했다. 나는 건물에 몸을 바짝 붙인 뒤 한쪽 눈만 내밀어 연리의 모습을 지켜보았다.

"연아, 아침부터 고생했으니 이제 그만 들어가자."

연리가 연을 향해 손을 내밀었다. 하지만 연은 고개를 갸웃거릴 뿐 그녀의 손을 잡지 않았다.

"어머니는요?"

"어, 음, 언니도 곧 올 거야. 연이가 먼저 방에 가서 기다리고 있으면 금방 와. 그러니까 누나랑 가자."

연리가 뻗은 손을 흔들며 연을 재촉했다. 연리의 손을 빤히 바라보던 연이 곧 고개를 끄덕이며 그녀의 손을 잡았다. 하지만 연리가 작게 안도의 한숨을 쉬는 것과 동시에 담덕이 입을 열었다.

"이리 부인 댁의 가솔이십니까? 잠시 말을 좀 물어도 될까요?"

"누구시죠?"

"아, 저는 고구려군의 지설이라 합니다. 태왕 폐하의 명을 받고 원군을 끌고 왔습니다."

담덕의 입에서 뻔뻔한 거짓말이 흘러나왔다. 태왕이 고구려 땅을 비웠다는 소리가 돌면 후연이 공격을 감행하려고 할 테니, 정체를 숨기고 남정(南征)에 나선 모양이었다.

뭐든 제 손으로 해야만 직성이 풀리는 완벽주의자가 다른 사람을 보낼 리가 없나. 여전히 담덕다운 결정에 헛웃음이 흘러나왔다.

"아, 고구려의."

고구려군을 끌고 온 장수라는 말에 경계심에 차 있던 연리의 표정이 조금 풀어졌다.

"신라의 어려움을 외면하지 않고 도와주셔서 감사합니다. 저는 이 집의 여식인 연리입니다."

"이 집의? 그렇다면 실성 님의 누이 되십니까?"

"오라버니를 아십니까?"

"고구려에서 인연이 있습니다."

"그러셨군요. 하면 이곳에는……."

"예, 실성 님의 부탁으로 이리 부인의 안부를 살피러 왔습니다."

웃으며 대답한 담덕이 진료소를 둘러보았다.

"게다가 도착하고 보니 이곳에 진료소를 여셨다기에…… 저희가 가져온 약재를 나눠 드리면 도움이 되지 않을까 생각했습니다."

"그렇지 않아도 약재가 부족해 곤란하던 참입니다. 소진 언니가 들으면 크게 기뻐할 거예요."

"……소진 언니라면?"

"아, 저희 집에서 어머니의 말벗을 해 주고 있는 분입니다. 의술에 재주가 있어서 사람들을 많이 도와주고 있지요. 이 진료소를 열자고 한 것도 소진 언니인걸요."

"그렇습니까. 그 언니라는 분이 혹……."

담덕의 곤란한 질문이 이어지려는 그때 조용히 숨죽이고 있던 운이 나섰다.

"연리야."

"선생님."

"어서 연이를 데려가야지. 손님들은 내가 부인께 모셔다드리마."

"아."

그제야 정신을 차린 연리가 담덕 일행을 향해 고개를 숙였다.

"그럼 저는 이만 가 보겠습니다. 먼 길을 와 주셔서 감사합니다."

연리가 연과 함께 담덕에게서 멀어지자 팽팽하던 긴장이 조금 풀어졌다. 저쪽의 상황은 이제 어떻게든 운이 정리를 해 줄 것이다.

그때 얼굴을 찌르는 듯한 시선이 느껴졌다. 반사적으로 그쪽으로 눈을 돌리니 담덕 뒤에 선 태림이 내가 있는 쪽을 빤히 보고 있었다.

눈이 마주쳤다.

분명히 그렇게 느낀 순간 태림의 눈이 조금 커졌다. 나는 서둘러 밖으로 빼고 있던 몸을 건물 뒤로 숨겼다. 조금 진정되었던 심장이 다시 거세게 뛰기 시작했다.

확실히 눈 마주쳤지. 아, 정말.

나는 벽에 기대어 쪼그려 앉은 뒤 두 무릎 사이에 얼굴을 묻었다.

❖　❖　❖

"이제 나와도 돼."

한참 뒤 운이 건물 뒤로 찾아왔다. 무릎 사이에 얼굴을 묻은 채 한참을 초조해하던 나는 반가운 마음에 고개를 번쩍 들었다.

"돌아갔습니까?"

"처음부터 이리 부인의 안부만 확인하러 오신 거니까. 이야기를 나누신 뒤 지금은 신라의 왕을 만나러 궁에 가셨다."

"그렇군요."

긴장이 풀려 다리에 힘이 빠졌다. 나는 그대로 자리에 주저앉으며 이마를 짚었다.

"태림과 눈이 마주쳤어요. 날 본 것 같아요."

"그래? 평소와 다른 것이 없던데. 혹 착각한 거 아닐까? 그대를 봤다면 이렇게 쉽게 돌아갈 리가 없는데."

내 말에 운이 고개를 갸웃거렸다. 하지만 직접 눈이 마주친 나는 확신했다. 태림은 나를 보았다.

"그냥 닮은 사람을 봤다고 생각했을지도 모르죠. 그랬으면 정말 좋겠는데."

나는 한숨을 내쉬며 몸을 일으켰다. 몰아친 사건에 아직도 다리가 후들거렸다. 운이 미간을 찌푸리며 비틀거리는 나를 붙잡아 주었다.

"그에게 뭐라고 설명했어요?"

"무엇을?"

"소진에 대해서요. 의술을 배운 여인이 흔치 않으니까 당연히 의심했을 것 같은데……."

"……묻지 않으셨어."

"네?"

"묻지 않으셨다고. 폐하께선 내게 소진이 누구인지 묻지 않으셨다. 요즘 신라 사정이 어떤지만 묻고 떠나셨어."

기분이 이상했다. 담덕이 '나로 추정되는 여인'에 대해 캐묻지 않았다면 안도감이 들어야 하는데. 이상하게 심장이 시큰거렸다.

"……하긴. 그렇네요. 굳이 물을 이유가 없지. 제가 괜히 걱정했어요."

나는 숨을 깊게 들이마시며 가슴을 폈다.

"사실 마주쳤어도 그냥 인사만 하고 돌아갔을 수도 있죠. 어, 안녕, 여기 있었네, 오랜만이다, 잘 지내. 그렇게요. 제가 괜히…… 걱정했어요. 굳이 이렇게 야단법석 피우면서 숨어 있을 필요도 없었는데. 빨리 환자들이나 치료하러 가야겠어요. 아까 보니까 다친 사람 많던데. 다들 저 기다리고 있겠네요."

잘된 일이다. 담덕이 아무런 관심도 가지지 않고 여길 떠났으니 잘된 거야.

나는 마음속으로 몇 번이나 그렇게 속삭이며 진료소로 향했다.

❖ ❖ ❖

그렇게 생각했던 것이 바로 어제인데.

"왜……."

담덕이 또 여기에 있는 건데!

나는 따뜻한 물을 가지고 와 진료소로 들어서려다 말고 뒷걸음질 쳤다. 진료소 그늘막 아래에 담덕이 느긋한 얼굴을 하고 앉아 있었다. 오늘은 부하들 없이 혼자였다. 대신 그 옆에 연이 있었다. 연은 한숨을 푹 내쉬며 담덕 앞에 쪼그려 앉았다.

"아저씨는 왜 또 오셨어요? 여긴 안 아픈 사람이 오는 곳 아닌데."

"나도 환자인데. 볼래?"

겉보기에 멀쩡한 담덕을 보며 연이 못 믿겠다는 듯 눈을 가늘게 뜨자, 그가 오른팔의 소매를 걷어 보였다. 겹겹이 감은 붕대에 피가 흥건하게 배어 있었다.

전쟁터에서 몸 사리지 않고 나서는 건 여전하지! 검을 쓰는 손인데 어쩌다 저리 다쳤나 몰라. 지혈은 제대로 한 거야?

어쩔 수 없이 의원으로서의 걱정이 튀어나왔다. 마음 같아서는 당장 붕대를 풀어 상처가 얼마나 깊은지 확인하고 싶었다.

"나 아픈 사람 맞지?"

"네, 아픈 사람 맞아요."

"그러니 돌아가지 않아도 되는 거고?"

"네."

담덕의 물음에 연이 고개를 주억거렸다. 그 모습에 담덕이 웃으며 연의 머리를 쓰다듬었다. 하지만 뒤이어 나온 말은 연을 향한 것이 아니었다.

"이 녀석이 그렇다니 난 계속 여기 있을 생각인데, 그만 나오지 그래?"

담덕이 고개를 돌려 정확히 나를 보았다.

서서히 나를 향하는 눈빛에는 현실감이 없었다. 나는 이것이 꿈인지 생시인지 몰라 멍하니 그를 보았다.

"연우희, 이미 들켰으니 그냥 나오라고. 안 잡아먹으니까. 아, 여기서는 소진이라고 하던가?"

담덕이 자리에서 일어나 내 앞으로 다가왔다.

가까이 서자 익숙한 향기가 코끝으로 밀려왔다. 그 체향을 맡는 순간 거짓말처럼 육 년의 시간이 무너져 내렸다.

손에 힘이 빠졌다. 들고 있던 대야가 낙하하며 발 위로 뜨거운 물이 쏟아졌지만 아무런 감각이 느껴지지 않았다. 나는 그저 멍하니 담덕의 얼굴을 보고 있었다.

"……여전하구나, 너는."

담덕의 시선이 아래로 떨어졌다. 내 발치를 한참이나 보던 담덕이 그대로 나를 안아 들었다.

"내려…… 내려 줘."

몸이 가볍게 떠올랐다. 담덕의 옷자락을 붙잡으며 내려 달라고 말했지만 그는 꿈쩍도 않고 걸음을 옮길 뿐이었다.

"내려 달라니까."

"가만히 있어. 다쳤잖아."

담덕이 턱 끝으로 내 발을 가리켰다. 그러자 기다렸다는 듯 뜨거운 물에 닿은 살이 화끈거리기 시작했다.

"너야말로 다쳤잖아. 네 팔이……."

"괜찮아, 너 정도는 가볍게 들어. 상처는 괜찮아."

그 말을 끝으로 어색한 침묵이 흘렀다. 담덕은 나를 안고 저택 밖으로 나섰다.

담덕의 얼굴이 너무 가까웠다. 오랜만에 마주한 그는 내가 기억하던 것보다 더 사내다운 어른이 되어 있어서, 나는 눈을 어디에 둘지 몰라 눈동자를 이리저리 굴릴 뿐이었다.

하지만 초조한 나와 달리 담덕은 침착해 보였다. 이리 부인의 저택을 나서면 얼마 걷지 않아 하녀들이 빨래하는 작은 개울이 나오는데, 담덕은 그곳에 다다라서야 나를 내려 주었다. 담덕은 나를 커다란 돌 위에 앉힌 뒤 내 발을 흐르는 물에 담갔다. 화끈했던 피부가 물의 차가움에 점차 진정되어 갔다.

나는 고개를 푹 숙인 채 흐르는 물만 바라보았다. 정수리에서 나를 보고 있는 담덕의 시선이 느껴져 차마 고개를 들 수가 없었다.

먼저 입을 뗀 사람은 담덕이었다.

"많이 부었네. 물이 많이 뜨거웠나 보다. 어디에 쓰려고 그리 물을 뜨겁게 끓였어?"

"……침구를 소독하려고."

"아, 네가 가지고 다니는 그 바늘 말이지."

"바늘이랑은 조금 달라."

"뭐, 비슷하게 생겼으니 상관없지 않나."

서로의 입에서 일상적인 대화가 흘러나왔다. 육 년 만에 나누는 대화라고 믿기 어려울 정도로 여상스러운 흐름이었다.

나는 길게 한숨을 내쉬며 겉돌기만 하는 대화를 중심으로 가져왔다.

"어떻게 알았어? 내가 여기 있는 건."

"어제 태림과 눈이 마주쳤다며."

역시 알아본 거구나. 그래, 모를 리가 없지. 닮은 사람으로 착각하길 바라는 건 무리한 바람이었어.

속으로 한탄하고 있으니 담덕이 말을 덧붙였다.

"게다가 이리 부인께 소진이 누구냐 물었더니 말해 주시던데. 육 년 전 겨울에 온 고구려 여인이라고. 의술이 뛰어나서 이번 전쟁에서도 큰 도움이 되었다 했어. 이름이 달라서 고민하긴 했지만 여태까지 종적을 감추고 산 사람이면 진짜 이름은 쓰지 않는 게 당연하지. 그리 생각하니 그 여인이 너라는 답밖에는 나오지 않더라고."

"그럼 어제는 왜 그냥 돌아갔어? 아는 체하지 않고."

"아는 체했으면? 밤에 짐을 싸서 도망가기라도 하려고?"

"도망가긴 내가 왜?"

"그걸 몰라서 물어? 여태까지 계속 내게서 도망쳤잖아. 비로의 대원까지 꾀어내서 장장 육 년 동안이나."

"……도망간 거 아닌데. 소원권 썼잖아. 멀리 떠나 조용한 곳에서 살고 싶다고."

"그 소원 어디에 '행방을 감춘다'는 말이 있지? 난 그런 거 허락한 적이 없는데."

혼잣말처럼 중얼거린 담덕이 곧 질문을 던졌다.

"아이가 있더라."

민감한 이야기에 푹 숙이고 있던 고개가 번쩍 들렸다.

하지만 고개를 들어 바라본 담덕의 얼굴은 내 예상과 전혀 달랐다. 그는 한 점의 동요도 없는 눈으로 나를 바라보고 있었다.

"그새 혼인을 했나? 아이까지 낳고?"

동요는커녕 미소가 걸린 얼굴이었다. 마치 정말 잘됐다고 축하라도 하는 듯이.

축하? 축하라고? 전혀 예상하지 못한 반응이었다.

혹시라도 담덕을 다시 만나면 그가 어떤 반응을 보일까 몇 번이나 생각했다.

화를 내거나 무시를 하지 않을까.

그렇게 생각했지만 내가 틀렸다. 담덕은 내게 화를 내지도 않았고, 나를 무시하지도 않았다.

"아이가 상당히 크던데. 올해 몇 살이야?"

태연하게 묻는 질문에 무엇인가가 가슴속에서 울컥 올라왔다. 형체도 없는 덩어리에서 묘하게 비린 맛이 느껴져 입안이 씁쓸했다.

눈을 아래로 내리까는 나를 앞에 두고 담덕의 말이 계속 이어졌다.

"여섯 살? 일곱 살? 보기에는 그쯤으로 보이던데. 벌써 그런 나이일 리는 없고. 또래에 비해 큰 편인가 봐?"

"……응. 어렸을 때부터 좀 컸어."

"그렇구나. 아이 아버지는? 내가 아는 사람인가?"

"……여기 신라 땅에 네가 아는 사람이 어딨겠어."

"왜? 한 명 있잖아, 내가 아는 사람."

담덕이 재미있다는 듯 픽 웃었다.

"이리 부인은 '소진'과 '도림'을 이어 줘야겠다고 벼르고 계시던데."

비단 부인만의 생각은 아니었다. 두 사람을 어서 혼인시켜야 한다고, 나와 운의 사이를 오해하고 있는 저택 사람들 모두가 우리를 볼 때마다 그런 소리를 했다.

하지만 담덕이 어떻게 그런 소리를 하지? 다른 사람도 아닌 담덕이. 내가 혼인을 했든, 아이를 낳았든 네게는 아무런 의미도 없구나, 이제.

그럴 법도 했다. 담덕은 이미 다른 인연을 찾아 그 사람과의 사이에서 아이를 낳았다. 후계자가 되어 줄 든든한 아들.

모질게 말하고 곁을 떠나 버린 육 년 전의 여자애는 더 이상 기억 속에 없겠지.

나는 돌 위에서 내려와 흐르는 물 위에 섰다. 치마 밑단이 축축하게 젖어 들었지만 신경 쓸 여력이 없었다.

"이제 괜찮아진 것 같아, 고마워. 오히려 의원이 환자의 도움을 받아 버렸네. 돌아가면 네 팔의 상처도 봐 줄게."

"팔? 아, 이거. 별거 아닌데."

저택을 향해 걸으니 담덕이 내 옆으로 따라붙으며 제 팔을 들어 보였다. 나를 안아 올린 탓인지 조금 전보다 붕대에 배어난 붉은빛이 더 커져 있었다.

"별거 아니긴, 아무래도 상처가 벌어진 것 같은데. 피의 양도 심상치 않고……. 잘못해서 상처가 곪게 되면 큰일이 날 거야. 제대로 살펴야 해."

"……오랜만이네, 그런 잔소리."

"잔소리는 네가 더 많이 했지."

예전처럼 잔소리를 늘어놓은 것이 민망해져 나는 헛기침을 하며 말을 돌렸다.

"고구려로는 언제 돌아가?"

"남쪽 원정이 완전히 끝나면. 태림을 시켜서 가야까지 밀어 버리라고 했거든. 내려온 참에 다 쓸어버려야 훗날이 편해. 다시는 이렇게 쳐들어오지 못하도록 경고를 하는 거지."

"그 전투는 네가 선봉에 서지 않아?"

직접 나선 전투에서는 항상 선봉에 서는 담덕이 이번에는 그러지 않았다니 이상했다. 의아해져 담덕을 보니 그가 다시 한번 팔을 들어 보였다.

"보다시피 팔을 다쳐서. 태림이 펄쩍 뛰면서 뒤에서 쉬라고 하잖아."

"……네가 태림의 말을 들을 때도 다 있어?"

"육 년이 지났잖아. 나도 이제 부하들의 조언을 잘 듣는 왕이거든."

"지설이 아주 좋아하겠네."

"아, 지설의 말은 아직도 잘 안 듣는다. 지설은 너무 안전한 것만 추구해서 재미가 없거든."

담덕의 이야기만 들었는데도 지설의 잔소리가 귓가를 울리는 것 같았다.

"지설도 여전한 모양이구나."

"그럼. 사람이 어디 쉽게 변하겠어? 태림이 사흘 후면 가야를 정리하고 돌아올 테니, 곧 고구려로 돌아가 그 얼굴을 보겠지."

"안부 전해 줘. 내가 소식을 궁금해하더라고."

"안부?"

내 말에 담덕이 별 우스운 소리를 다 듣는다는 듯 피식 웃었다.

"그건 네가 직접 가서 확인하지 그래?"

"뭐?"

"내가 널 보고도 그냥 두고 갈 거라 생각했어? 너도 함께 돌아가야지. 고구려로."

웃고 있던 담덕의 얼굴에는 어느새 미소가 지워져 있었다.

"그러니 무엇이든 네가 직접 해. 그러면 되겠네."

여유롭고 따뜻하다고 생각했던 목소리도 정신을 차리고 보니 서늘하게 느껴졌다.

돌아간다고? 국내성으로?

담덕은 나를 뗄치고 앞으로 나아갔을지 몰라도 나는 여전히 육 년 전 이별을 고하던 강변에 고여 있었다.

그런 내가 국내성에서 담덕의 다른 여인과 그녀가 낳은 아이, 그리고 그들을 귀하게 아껴 주는 담덕을 보며 아무렇지 않게 지낼 수 있을 리 없었다.

"나는…… 안 가."

나는 겨우 입을 움직여 내 의사를 표현했다. 하지만 담덕은 단호하게 고개를 저었다.

"아니, 닌 가야 해. 내가 여기 널 두지 않을 거니까."

"난 조용하게 살고 싶어. 이제 그래도 되잖아."

"그래. 조용하게 살아. 누가 그러지 말래? 더 이상 황후가 되어 달라고, 내 여인으로 남아 달라고 귀찮게 안 해. 네가 원하는 대로 조용하게 살아. 내가 그리 살게 해 줄 테니까."

담덕의 목소리가 한층 더 높아졌다.

"대신 내 눈에서 벗어나지 마. 뭘 해도 좋으니 내 눈앞에서 해. 다른 사내와 혼인을 하든, 아이를 낳든, 뭐든 내가 보는 앞에서 하라고. 죽었는지 살았는지도 모르게 숨어 지내며 사람 돌아 버리게 하지 말고."

도대체 담덕이 무슨 말을 하는지 알 수 없었다. 왜 이렇게 화를 내고 있는지, 왜 이렇게 싸늘한 얼굴을 하는지도 몰랐다.

나는 이제 상관없는 게 아니었나? 이미 다른 사람이 생겼으면서 왜 내게 이러는 거지?

"……담덕."

나는 얼떨떨해져 그의 이름을 불렀다. 하지만 담덕은 내 말을 듣지 않았다.

"이번에는 육 년 전처럼 사라지기 힘들걸. 네 아들에게 근위대원 하나를 붙여 놨거든. 아들을 두고 도망치진 못할 테니까. 자신 있으면 그 눈을 피해서 아들과 함께 도망가 봐. 아마 어렵겠지만."

나를 향하는 말에는 비웃음마저 담겨 있었다. 나는 급작스러운 담덕의 변화에 어쩔 줄을 몰랐다.

입을 쩍 벌리고 있는 나를 보며 담덕이 비죽 웃었다. 내가 무슨 생각을 하는지 뻔히 알겠다는 표정이었다.

"아, 이번에도 그에게 도움을 청할 건가? 해운, 그를 믿고 있어?"

하지만 담덕이 틀렸다. 나는 운은커녕 다른 어떤 사람의 얼굴도 떠올리지 못했다. 담덕이 이렇게 눈앞에서 영문 모를 말들을 쏟아 내는데, 어떻게 다른 사람의 얼굴을 떠올릴 수가 있단 말인가.

"그게…… 아니라…… 네가 갑자기……."

얼떨떨하게 말했지만 이번에도 담덕은 내 말을 듣지 않았다.

"그는 태림과 함께 가야에 갔어. 한동안 그곳에서 비로 대원으로서 임무를 행하겠지. 왕명을 내렸으니 절대 거절하지 못할 거다. 시간이 오래 걸리는 임무를 맡겼으니 한동안 이곳에 돌아올 수 없겠지. 여기에 널 도와줄 사람은 없다는 뜻이야."

그렇게 말한 담덕이 내 어깨를 단단히 붙잡았다. 힘이 들어간 손이 부들부들 떨리고 있었다. 나를 향하는 두 눈동자가 서늘하게 빛났다.

"그러니 포기하고 순순히 날 따라 고구려로 돌아가는 게 좋을 거야. 내가 또 돌아 버리면 이번엔 무슨 짓을 할지 모르겠으니까. 인의, 평화, 너 그런 거 좋아하잖아. 그러니 네가 협조해. 내가 돌아서 또 다른 나라로 쳐들어가기 전에."

이를 악물고 씹어 낸 담덕의 거친 말이 가슴에 날아와 꽂혔다.

그때 담덕의 등 뒤로 무엇인가가 날아왔다. 작은 돌멩이였다.

갑자기 웬 돌멩이지? 고개를 빼 담덕의 등 뒤를 살피니 언제 따라왔는지 연이 잔뜩 심통이 난 얼굴로 씩씩대고 있었다.

"우리 어머니 괴롭히지 마세요!"

예상하지 못한 경고에 담덕의 입이 살짝 벌어졌다. 하지만 그뿐이었다. 담덕은 물러서기는커녕 재미있다는 듯 슬쩍 웃으며 연을 보았다.

나름대로 비장한 경고를 날렸음에도 담덕이 꿈쩍도 하지 않자 또다시 돌멩이가 날아들었다.

두 개, 세 개, 네 개.

내 눈에도 전부 보일 정도로 느리게 날아왔으니 충분히 피할 수 있었을 텐데, 담덕은 여전히 내 어깨를 붙잡은 자세로 자리를 지켰다. 어린 꼬마와 기 싸움이라도 하는 모양새였다.

지켜보고 있다가는 끝이 없겠어. 나는 한숨을 내쉬며 두 사람을 중재하기 위해 나섰다.

"연아."

내가 이름을 부르자 멈추지 않을 것만 같던 돌팔매질이 그쳤다. 뒤이어 담덕에게 눈짓하니 그의 손도 내 어깨에서 떨어졌다.

연은 기다렸다는 듯 손에 쥐고 있던 돌을 바닥에 던져 버리고 나를 향해 달려왔다. 나는 불안한 얼굴로 내 품을 파고드는 연의 머리를 쓰다듬었다.

"괜찮다. 괴롭히는 거 아니야. 어머니 친구야."

"……정말요? 정말 친구예요?"

내 말에도 연은 미심쩍다는 듯 담덕의 얼굴을 쏘아보았다. 제대로 위협조차 되지 않는 어린아이의 살기등등한 눈빛에 담덕이 픽 하고 웃음을 흘렸다.

"아들을 잘 키웠군."

자신을 우습게 보는 담덕의 웃음에 기분이 상했는지 연이 입을 비죽였다.

"어머니, 저 아저씨 나쁜 아저씨죠? 못된 친구 맞죠?"

내 몸을 끌어당겨 속삭이는 연의 목소리에 담덕이 무릎을 굽혀 연과 눈을 맞추었다.

"다 들린다, 이 녀석아."

돌을 던진 보복인지 담덕이 연의 머리를 거칠게 쓰다듬었다. 마구

잡이로 머리를 헤집는 손길에 연은 몸을 가누지 못하고 이리저리 휘청거렸다.

"으어어, 그만하십시오!"

"착하구나. 어머니를 지키려고 한 것이지?"

발끈하려던 연이 이어지는 담덕의 칭찬에 입을 꾹 다물었다. 남아 있는 불만으로 입을 비죽이면서도 얼굴이 상기된 것을 보니 그의 칭찬이 제대로 먹힌 듯했다.

"⋯⋯네, 뭐. 아버지도 안 계시니까, 제가 어머니를 지켜야 한다고 했어요."

"누가?"

"도림 선생님이요."

"도림이라면⋯⋯."

흐뭇하게 연을 바라보던 담덕의 얼굴에 순간 금이 갔다. 떨떠름한 얼굴로 허리를 편 담덕이 내 얼굴을 힐끗 보며 연에게 물었다.

"네 아버지는?"

"제 아버지요?"

연이 담덕의 질문을 이해하지 못한 듯 눈을 깜빡였다. 담덕은 연을 위해 조금 더 자세하게 질문을 덧붙였다.

"아버지는 어디 가시고 너 혼자 어머니를 지키지? 잠시 왕경을 비운 건가. 아니면 세상을 떠났나?"

비로소 담덕의 질문을 이해한 연이 선선히 고개를 끄덕였다.

"아버지는 멀리 바다 건너 장사를 하러 떠나셨습니다. 그곳이 아주 멀어서 저희를 보러 오실 수가 없대요. 그렇지만 절 아주 많이 사랑하시는 분이랬어요."

아버지가 장사치라 멀리 떠났다는 건 어렸을 적 연이 아버지에 관해 묻기에 대충 둘러댄 말이었다.

살아 있는 사람을 차마 죽었다 할 수는 없어 만나기 힘든 먼 곳에 있다고, 떨어져 있어도 연이를 아주 사랑하는 사람이라고 그렇게 말했는데. 그 변명이 연의 입을 통해 담덕의 귀에 들어가게 될 줄이야.

"……아버지가 장사를 하러 멀리 떠나셨다고."

연의 말을 짧게 정리한 담덕의 눈이 나를 향했다. 따갑게 꽂히는 시선이 수많은 질문을 던지고 있었다. 하지만 오랜 침묵 끝에 그의 입에서 흘러나온 말은 결국 하나뿐이었다.

"……그럼 신라를 떠나는 건 문제없겠네. 이곳에 남은 인연도 없으니까. 떠날 채비를 해. 이리 부인에게는 내가 사정을 말해 두지."

"난 가지 않을 거라고……."

다급하게 담덕에게 내 의사를 전했지만 이번에도 그는 내 말을 듣지 않았다.

"네 친구 담덕이 아니라, 고구려 태왕의 명이라고 하면 듣겠어?"

다시 열리려던 입이 소리를 뱉지 못하고 굳게 닫혔다.

친구로서의 부탁이 아닌 어명이라니. 그 오랜 시간 동안 한 번도 왕이라는 지위로 나를 짓누른 적이 없는 담덕이 어명이라는 말을 꺼낼 정도로 지금의 뜻이 완고하다는 의미였다.

"여태껏 전부 네 뜻대로 했잖아. 지금부터는 내 차례야. 이제는 전부 내 뜻대로 해야겠어. 육 년이나 떠돌아다녔으면 충분해. 소원의 유효기간은 지났다, 연우희. 이제 그만 집으로 돌아가자. 도망가는 건 오늘로 끝이야."

그렇게 말한 담덕이 연을 번쩍 안아 올렸다. 덩치가 커진 뒤로는 힘에 부쳐 연을 단 한 번도 제대로 안아 주지 못했는데, 담덕은 그를 종 잇장이라도 되는 것처럼 가볍게 들었다.

담덕은 놀라서 눈을 동그랗게 뜬 연을 보며 씨익 웃었다.

"이봐 아들, 너도 함께 가는 거다."

"어디로요?"

"원래 너희가 있어야 할 곳으로. 가면 좋은 것들이 많을 거야. 그 곳에서는 먹고 싶은 거, 하고 싶은 거, 갖고 싶은 거 전부 네 뜻대로 할 수 있어."

"여기에서도 그건 마음대로인데요."

연이 눈을 깜빡이며 고개를 갸웃거렸다.

악의 없이 사실을 알리는 천진한 말에 담덕이 잠시 할 말을 잃었다 가 겨우 입을 뗐다.

"……그것보다 더 좋은 걸로 할 수 있어."

❖ ❖ ❖

전술에 뛰어난 광개토대왕답게 담덕은 내 약점이 연이라는 것을 빠르게 알아챘다. 그 이후 담덕은 내가 아닌 연을 회유하기 위해 애 썼다. 고구려로 돌아가면 할 수 있는 일들을 이것저것 늘어놓으며 연 을 꼬드기더니 기어이 아이의 입에서 고구려에 가고 싶다는 말이 나 오도록 만들었다.

혹 내가 몰래 떠날까 봐 근위대원이 종일 나와 연의 곁에 머무르 는 데다, 연까지 고구려에 가자 노래를 부르기 시작하니 나로서는 더 저항할 길이 없다.

그 무렵 태림이 이끄는 가야 원정대는 거칠 것 없이 적들을 베어 넘기고 있었다. 연일 들려오는 승전보는 곧 떠날 날이 가까워져 오고 있다는 뜻이었다.

나는 본격적으로 신라를 떠날 채비를 시작했다. 준비는 오래 걸리지 않았다. 처음부터 간소한 짐 한 보따리만 가지고 시작한 신라 생활이었으니, 떠날 짐을 꾸리는 것도 금방이었다.

대신 나는 그간 정을 쌓은 사람들과 작별 인사를 나누는 일에 많은 시간을 소요했다.

"그래, 돌아간다고?"

이리 부인은 돌아간다는 나의 말을 예상했다는 듯 담담하게 웃었다. 담덕으로부터 내가 곧 신라를 떠날 것이란 이야기를 미리 들은 것 같았다.

담덕이 어떤 말로 사정을 설명했는지는 알 수 없었지만 이리 부인이 납득했다면 충분했다. 나는 그간의 감사함을 담아 부인에게 깊이 고개를 숙였다.

"예, 그간 신세를 졌습니다. 이리 갑자기 떠나게 되어 죄송해요."

나의 사죄에 이리 부인이 무슨 소리를 하냐는 듯 눈을 크게 떴다.

"신세는. 자네가 머무는 동안 즐거움과 위안을 얻었으니 오히려 내가 신세를 졌지."

이리 부인의 말에 함께 보냈던 시간이 머릿속을 스쳐 지나갔다. 서로 마주 앉아 차를 마시며 이야기를 나누었던 매일.

돌이켜 보면 사소한 일상이었지만, 내게는 그 순간들이 무척이나 소중했다.

어머니가 살아 계셨다면 이런 느낌이 아니었을까? 종종 그런 생각이 들 정도로 신라에서 편안한 삶을 누릴 수 있었던 건 모두 이리 부인 덕분이었다.

생각에 잠긴 것은 이리 부인도 마찬가지였다. 그녀는 한참이나 말없이 내 얼굴을 바라보다 목소리를 낮추어 조심스럽게 물었다.

"그런데 이리 갑자기 떠나는 건…… 역시 그 사람이 연이의 아비인가?"

질문을 던진 이리 부인이 진료소 방향을 슬쩍 바라보았다. '그 사람'이란 지금도 그곳에 진을 치고 있을 담덕을 말하는 것이 분명했다.

"……어찌 한눈에 알아보셨어요?"

"늙은이의 연륜을 무시하지 말게. 이 나이쯤 되면 인연과 사연이 한눈에 보이는 법이지."

이리 부인이 복잡한 얼굴로 한숨을 내쉬었다.

"그치는 연이가 제 아들인 줄 모르는 눈치던데. 혹 자네가 곤란할까 싶어 연이에 대해서는 말을 아꼈어."

"신경 써 주셔서 감사합니다. 그 사람에게는 아이를 가졌다는 것도 알리지 않았어서…… 연이가 자기 아이라는 건 상상도 못 할 겁니다."

아이의 아버지에 관해 묻던 담덕의 모습을 떠올리며 나는 쓰게 웃었다. 다행인지 불행인지, 그는 연이 제 아이라고는 생각지도 못하고 있었다.

담덕도 한 번의 관계로 아이가 생겼다는 건 예상 못 했겠지. 아이를 가진 나조차도 한동안 임신했단 것을 모르지 않았던가.

"말하지 않을 생각인가?"

"예, 연이가 그 사람의 아들이라는 것이 알려지면 상황이 복잡해지거든요. 제가 복잡한 걸 싫어하는 거 아시잖아요."

무엇보다 연이가 위험해진다.

이미 후계자로 인정을 받은 승평보다 먼저 태어난 왕의 핏줄이었다. 승평을 지지하고 따르는 이들에게 연은 분란을 불러오는 장애물일 뿐이다.

그렇다면 이어질 일들은 분명했다. 오래전 내가 황후가 되는 것을 막기 위해 갖은 소문과 위협이 따랐던 것처럼 연에게도 똑같은 일들이 일어날 것이다.

그렇게 휘둘리는 건 나 하나로 족해. 내 아들은 그렇게 두지 않을 거야.

나는 내 아이를 지켜야 했다. 장수왕이 될 운명을 타고나지는 못했을지 몰라도 내게 연은 그보다 더 귀한 아이였다.

속으로 몇 번이고 다짐하는 나를 보며 이리 부인이 묘한 표정을 지었다.

"그 사람의 핏줄이면 상황이 복잡해진다니⋯⋯. 지금 보니 그치도 보통 사람은 아닌 모양이군그래. 어찌 그런 사람과 깊은 인연을 맺었는지⋯⋯."

그녀의 입에서 긴 한숨이 흘러나왔다.

"하지만 소진, 내가 언젠가 말했듯 핏줄은 결코 끊어지지 않는 인연이네. 자네가 숨긴다고 해서 숨겨지는 게 아니야. 후에 사실이 알려졌을 때 뒷감당을 어찌하려고? 아이와 아비, 둘 모두의 원망을 감당할 수 있겠나?"

담덕과 연 모두에게 죄를 짓고 있다는 걸 안다. 하지만 그럼으로써 모두가 안전하다면 나는 그 길을 택할 것이다. 원망이 무서웠다면 육 년 전 담덕의 곁을 떠날 결심도 하지 못했겠지.

"이미 육 년을 떠나 있었는걸요. 여기에 몇 년의 원망이 더해진다

한들 무엇이 달라질까요? 연이는 이 어미의 마음을 알아줄 겁니다. 그 사람은 이제 절 원망할 마음조차 남아 있지 않을 거고요. 이미 과거를 떨쳐 내고 새로운 인연을 얻었거든요. 축하할 일이지요."

내가 바랐던 일이다. 다른 여인을 황후로 맞고 훗날 위대한 왕이 될 후계를 얻으라고 했다.

그럼에도 서운한 마음이 드는 것은 어쩔 수 없었다. 그건 나의 마음이 여전히 그를 향하고 있기 때문이다.

평생 나를 떨쳐 내지 못할 것처럼 말했으면서. 겨우 몇 년 만에 마음이 변했어.

속이 쓰려 표정 관리가 되지 않았던지 이리 부인이 안쓰러운 눈빛으로 나를 보며 혀를 끌끌 찼다.

"딱한 사람. 무슨 사연이기에 이토록 복잡하게 살아, 응? 그렇게 많은 비밀을 속에 안고 살면 속병이 난다네. 하지만 이제는 염려도 내 몫은 아니겠지."

이리 부인이 손을 뻗어 내 두 손을 감싸 쥐었다.

"나는 자네가 복잡한 사연을 안고 왔을 때부터 이렇게 갑작스럽게 떠날 날이 올 줄 알았네. 하여 정을 주지 않으려고 애를 썼는데…… 사람 마음이 그리 쉽지 않더군. 짧다면 짧고 길다면 긴 시간 동안 자네를 딸처럼, 연이를 손자처럼 여기며 지냈어. 부디 멀리 떠나서도 이 늙은이와 나누었던 시간을 잊지 마시게."

"저 역시 부인을 어머니처럼 생각했습니다. 딸처럼 귀하게 여겨 주시고 보듬어 주셔서 감사했습니다. 이 은혜는 꼭 보답하겠습니다."

"보답이라니. 날 정말 어머니처럼 생각했다면 그런 말은 말아야지."

이리 부인이 웃으며 내 손을 놓아주었다.

"언젠가 또 인연이 닿겠지. 자네가 어느 날 갑자기 우리 저택에 나타났듯, 예상하지 못한 날 다시 만날 날이 또 올 것이야. 그날을 기약하겠네."

"예. 반드시 다시 뵐 날이 올 것입니다."

서로를 바라보는 우리의 입가에 고운 미소가 그려졌다.

第二十四章

다시 찾은 인연

영락 10년의 남정에서 고구려군은 완벽한 승리를 거머쥐었다. 신라 땅을 유린하던 왜군을 모조리 몰아내고, 더 남쪽으로 내려가 그들에게 힘을 보탰던 가야의 종발성(從拔城)까지 쳤다. 왜군이 빼앗았던 신라의 성들도 원래 주인의 품으로 되돌아갔다.

그 결과 한반도 남쪽의 정세가 완전히 달라졌다.

작은 영토지만 내실 있게 나라를 키워 가던 가야는 이번 전쟁으로 완전히 무너져 내렸다. 다시는 이런 일을 벌이지 못하도록 깨끗하게 싹을 잘라냈으니 한동안 재기가 힘들 것이라 했다.

신라는 고구려의 무력에 대한 의존도가 높아졌다. 담덕은 고구려로 돌아가며 일부 병력을 신라에 남겨 두었다. 백제와 왜의 움직임을 견제하기 위해서였다.

한 나라의 중심지에 타국의 군대가 주둔하는 일은 흔치 않았다. 스스로 나라를 지킬 힘이 없어 타국 군대의 힘을 빌렸으니 한동안 신라는 제 땅에서도 목소리를 내기 힘들 터였다.

가야와 왜를 끌어들인 대대적인 작전이 수포로 돌아간 백제 역시 앞으로 다른 마음을 먹기는 힘들 터. 이제 한반도의 북쪽과 같이 남쪽에도 고구려의 영향력이 높아진 것이다.

내가 기억하는 고구려의 전성기가 점점 가까워지고 있구나.

고구려의 기상을 남쪽 끝까지 알리고 돌아가는 터라 국내성으로 귀환하는 용사들의 발걸음은 가벼웠다. 오로지 나만이 무거운 마음을 안고 그 대열에 합류했다.

그런 내 옆을 태림이 자연스럽게 지켰다. 오래전처럼 이번에도 나를 지키라는 명을 받은 것 같았다. 하지만 이제 태림의 임무는 단순 호위가 아닐 것이다.

국내성으로 돌아가는 길. 잠시 휴식이 주어져 병사들 사이를 돌아다니며 아픈 이들에게 약재를 쥐여 주는 내 뒤로 태림이 졸졸 따라붙었다.

"담덕이 날 감시하래요? 어디 도망 못 가게?"

내가 어디를 가든 이 상태였다. 나는 내게서 떨어질 줄 모르는 태림을 보며 한숨을 내쉬었다.

그러자 그가 머쓱한 표정을 지으며 내게서 눈을 돌렸다.

"아닙니다. 그저 우희 님의 안전을 위해서……."

"태림, 그거 알아요? 여전히 거짓말을 참 못하는 거. 그동안 능청스러움을 배우지 않고 뭐 했어요?"

오랜만에 만났는데도 태림은 여전했다. 육 년이면 사람이 바뀔 법도 한데, 그는 여전히 뻣뻣하고 요령이 없었다.

"정말 거짓이 아닙니다. 폐하께서는 우희 님의 안전을 지키라고만……."

"태림, 거짓말인 거 다 보인다니까요."

"……그렇게 티가 납니까?"

"네, 아주 많이."

결국 태림이 한숨을 내쉬며 멋쩍게 웃었다. 세월이 지났는데도 달라지지 않은 사람을 만나니 무거운 마음이 조금 가벼워졌다.

"다른 사람들도 태림처럼 여전한가요?"

"글쎄요, 저는 잘 모르겠습니다. 늘 가까이에서 함께했으니 변화를 체감하기 힘들죠. 하지만 폐하께서는 확실히……."

태림이 말을 줄이며 담덕을 바라보았다.

"폐하께서는 그간 많이 변하셨습니다."

"담덕이요?"

외모는 확실히 달라졌다. 담덕은 내가 기억하는 이십 대 초반의 모습보다 더욱 무게감이 생겼다. 선은 더 굵어졌고 몸은 더 단단해 보였다.

하지만 성격이나 행동이 변했느냐 하면 확신할 수 없었다. 한 번씩 생각지 못한 모습을 보이긴 했지만 지금까지 담덕은 내가 기억하는 예전의 그와 크게 다르지 않았다.

의아함이 묻어난 내 반문에 태림이 무어라 말하기 애매한 표정을 지으며 눈을 내리깔았다.

"우희 님께서 사라지신 동안 폐하께서 어떠셨는지 전혀 모르시죠. 그러니 이런 반응이신 겁니다."

"도대체 담덕이 어땠는데 그래요?"

"……완전히 다른 분이셨습니다. 무언가에라도 쫓기는 사람처럼 조급하고 예민해지셨죠. 마음을 달래시려고 매일 밤 술을 드셨는데 취하지도 않으시더군요. 지설 님은 그걸 보고 '술도 통하지 않을 정도로 돌아 버린 상태'라고 했습니다. 과격하지만 저 역시 맞는 말이라고 생각했고요."

하지만 태림의 말을 들어도 예전과 다름없는 담덕을 보고 있자면 현실감이 없었다.

"믿을 수가 없네요. 예전이랑 똑같아 보이는데. 게다가…… 내가 없는 동안 꽤 잘 지낸 것 같던데요."

"잘 지내셨다니요?"

"이미 이야기 들었어요. 담덕의 아이, 승평이요. 신라에까지 고구려 소문이 흘러 들어오거든요. 운 도령을 통해서 듣는 것도 있었고."

"아."

나는 괜찮다는 듯 웃으며 태림을 보니 그가 난처한 얼굴로 입을 벌렸다.

"승평 님의 일은……."

하지만 태림의 말이 끝까지 마무리되기도 전에 공기를 가르는 날카로운 소리가 들려왔다.

소리가 들린 쪽으로 고개를 돌리니 그곳에 담덕과 연이 함께 있었다. 담덕은 잠시 주어진 휴식 시간을 연에게 궁술을 가르치며 보내고 있었다. 연이 병사들이 가지고 있는 활에 관심을 보이자 자신이 직접 활 쏘는 법을 알려 주겠다 나선 것이다.

담덕은 태왕인 동시에 고구려 용사들 중에서 제일가는 활잡이다. 그에게 궁술을 배우는 건 대단한 영광이었다.

태학에서 처음 담덕과 마주쳤을 때도 예쁘게 활을 쏘는 모습에 눈길이 갔었지.

문득 떠오른 옛 기억에 미소를 짓던 나는 담덕의 옆에 선 연을 보고 금세 입매를 굳혔다. 신라에 있을 때 나는 연에게 그런 것들을 전혀 가르치지 않았다. 말을 타고, 활을 쏘고, 검을 휘두르는, 고구려 용사들이 으레 배우는 모든 것에서 연을 멀리 두었다.

가르치지 않아도 그런 일들에 재능이 있으리라는 것은 알았다. 아버지가 누구인데, 가르치면 가르치는 대로 흡수할 것이 뻔했다. 나는 누군가가 연의 핏줄에 흐르는 비범함을 알아챌까 봐 두려웠다. 최대한 평범하고 조용하게 아이를 키우기로 했으니 눈에 띄는 일은 없어야 했다.

그런데 담덕이 연을 가르치고 있다니. 나는 혹시라도 담덕이 이상한 것을 알아챌지도 모른다는 불안함에 조용히 그들 곁으로 걸음을 옮겼다. 당연한 듯 태림도 내 뒤를 따랐다.

담덕은 연에게 열심히 자세에 대해 설명하고 있었다.

"가장 중요한 건 자세가 흔들리지 않는 것이다. 흔히 팔에만 힘을 주고 버티면 된다고 생각하는데, 더 중요한 건 하체야."

연이 이해가 되지 않는다는 듯 고개를 갸웃거렸다.

"활시위는 손으로 당기는데 왜 하체가 중요해요?"

"나무를 생각해 봐라. 아무리 가지가 튼튼하다고 한들 뿌리가 약하면 흔들리는 법이지. 활을 쏠 때의 자세도 마찬가지다. 뿌리가 되는 두 다리의 중심을 잡아야 해."

간단하게 설명한 담덕이 직접 화살 하나를 쏘아 시범을 보였다. 화살은 선명한 파공음을 내며 허공을 가로질러 여지없이 나무의 정중앙에 박혔다.

"우와."

연이 입을 벌리며 감탄했다. 아마 연의 마음속에서 담덕에 대한 평가가 '어머니를 괴롭히는 나쁜 아저씨'에서 '어머니를 괴롭히지만 활은 잘 쏘는 나쁜 아저씨' 정도로 수정되었을 것이다.

"자, 이제 너도 한번 해 봐."

담덕이 연에게 활을 내밀었다. 어른들이 쓰는 활이라 연이 감당하기에는 커 보였다. 하지만 어차피 처음부터 제대로 활을 쏘는 것을 바라지는 않을 터. 자세를 배우고 요령을 익히는 데는 문제가 없었다.

연은 들뜬 얼굴로 활을 받아 들었다. 신이 난 그의 얼굴에 담덕이 피식 웃었다.

"너희 어머니가 활 쏘는 것을 가르쳐 주지 않았어?"

"네, 어머니는 활을 잘 못 쏜다고 하셨어요."

"그건 옳은 말이다. 네 어머니 활 쏘는 솜씨는 형편없거든. 부디 네 솜씨가 너의 어머니보다는 나아야 할 것인데."

담덕이 웃으며 연의 자세를 잡아 주었다.

"자, 여기를 단단히 쥐고, 이 위에 화살을 받친 다음 살깃(화살의 뒤 끝에 붙인 새의 깃)과 함께 시위를 당겨."

담덕의 말을 따라 연이 자세를 잡았다. 반듯하고 단단한 자세. 마치 어릴 적 담덕의 모습을 보는 것 같았다.

"좋다. 이제 준비가 되었다 싶으면 시위를……"

담덕의 말이 끝나기도 전에 연이 활시위를 놓았다. 허공을 가르는 화살 소리는 경쾌했다. 결과는 보지 않아도 알 수 있었다. 화살을 쏘았을 때 자세가 흐트러지면 이처럼 좋은 소리는 나지 않는다.

예상대로였다. 연이 쏜 화살은 담덕이 시범을 보이며 쏘았던 화살들 바로 옆에 꽂혔다.

"……일부러 내 화살을 노리고 쏜 것이냐?"

담덕이 조금 놀란 얼굴로 연에게 물었다. 연은 영문을 모르겠다는 듯 얼떨떨한 얼굴로 고개를 끄덕였다.

"저기다 쏘라고 나무에 화살을 꽂아 두신 거 아닙니까? 다른 곳에 쏘있어야 했나요?"

"활을 처음 쏜다며?"

"네."

"······처음 활을 쏘는 놈에게 제대로 된 표적을 맞히라고 하는 사람은 없다. 나무 근처까지 화살이 날아간 것만으로도 성공인데······."

담덕이 화살이 꽂힌 나무로 시선을 돌렸다. 마치 한 사람이 쏜 것처럼 화살이 가지런히 박혀 있었다.

"단박에 내 화살 옆에다 화살을 쏴? 하, 거참."

담덕이 헛웃음을 흘리며 연의 머리를 쓰다듬었다.

"어머니와는 영 딴판이구나. 아무리 가르쳐도 솜씨가 늘지 않던 사람에게서 어찌 이런 신궁(神弓)이 나왔지?"

장난스러운 미소와 함께 담덕의 시선이 내게 닿았다. 농담임이 분명한 그의 말에 괜히 가슴이 철렁 내려앉았다.

나는 최대한 태연한 척 웃으며 턱을 치켜들었다.

"우리 절노부 핏줄을 무시하는 거야? 내가 특이할 뿐이지, 우리 집안사람들 모두 활을 잘 쏜단 말이야."

"하긴, 너 빼고 다른 절노부 사람들은 모두 활을 잘 쏘았지. 특히 제신은 나에 필적할 정도이고."

다행히 담덕이 나의 말에 납득했다.

"국내성에 돌아가면 좋은 활을 선물해 주마. 그걸 가지고 함께 사냥을 나서도 좋겠어. 내가 좋은 사냥터를 몇 군데 알고 있거든."

"사냥이요?"

연이 눈을 반짝이며 담덕을 보았다. 사냥이라니. 귀부인의 저택에 얹혀살았던 신라에서는 상상도 하지 못한 일이었다.

"사냥을 나가면 매를 잡을 수 있나요? 여우도요? 호랑이도요?"

"뭐, 호랑이? 이 녀석이 처음부터 꿈이 너무 큰데? 처음에는 토끼만 잡아도 감지덕지다!"

연의 포부에 담덕이 웃으며 그의 머리를 헤집었다. 제법 거친 손길이었음에도 연은 담덕의 손을 밀어내지 않고 기분 좋게 웃을 뿐이었다. 사냥이라는 당근이 잘 통한 것이다.

"토끼는 너무 작습니다. 저는 호랑이를 잡을 겁니다!"

"그래, 꿈은 큰 것이 좋지. 함께 사냥을 나갔을 때, 네가 무엇이든 한 마리만 잡으면 내가 상을 주마."

"상이요?"

"그래. 첫 사냥감을 잡으면 상으로 네가 갖고 싶어 하는 걸 하나 주지."

"……제가 원하는 건 아무거나 다 주실 수 있나요? 무엇이든지 다요?"

"그리 말하는 것을 보니 갖고 싶은 것이 있는 모양이지?"

담덕의 질문에 연이 머뭇거리며 고개를 끄덕였다.

"그렇다면 힘을 내야겠는데? 사냥감을 잡는 게 그리 쉽지는 않을 테니 활 쏘는 연습을 꾸준히 해야 할 거야."

"나중에 말 바꾸시면 안 됩니다."

"내 말은 상당히 무겁다. 빈말은 하지 않아. 하지만 그래도 못 미덥다면 여기 네 어머니를 증인으로 삼자. 그럼 됐지?"

담덕과 연이 나를 보며 씨익 웃었다.

나는 두 사람의 미소에 마주 웃어 주면서도 마음이 복잡했다.

◆ ◆ ◆

국내성으로 돌아오니 한바탕 난리가 났다. 내가 육 년 만에 나타난 것도 모자라서 커다란 아들을 하나 데리고 나타났으니 사람들이 놀라서 뒷목을 잡는 것도 무리는 아니었다.

"누, 누구야?"

개중에서도 제신의 충격이 대단했다. 충격이 얼마나 심했는가 하면, 오랜만에 만난 누이의 안부를 묻는 것보다 그 옆에 있는 아이의 정체를 묻는 것이 더 빨랐을 정도였다.

나는 당황해서 어쩔 줄을 모르는 제신의 눈치를 살피는 연에게 웃으며 인사를 시켰다.

"연아, 인사드려야지. 어머니의 오라비란다. 네게는 외숙이 돼."

"안녕하세요, 외숙부님. 저는 연이라고 합니다."

깍듯하게 허리를 숙이며 인사하는 연의 모습에 제신은 넋이 나가 고개를 주억거렸다.

"어, 그래, 반갑다. 나는 제신이야. 어, 그, 네 어머니의……."

횡설수설하던 제신이 비로소 정신을 차렸다

"어머니라고? 네가? 이 애의?"

경악에 찬 목소리에 나는 웃음으로 긍정했다. 상황을 파악하기 위해 나와 연의 얼굴을 번갈아 보던 제신의 입이 점점 크게 벌어지기 시작했다.

"뭐야, 무슨 일이 있었던 건데? 이게 도대체 무슨 일이냐고."

제신이 두 손으로 얼굴을 쓸어내리며 고개를 푹 숙였다. 나는 그의 모습에 불안해하는 연을 토닥여 먼저 집 안으로 들여보낸 뒤 제신에게 다가섰다.

"오라버니. 다 이야기할게."

얼굴을 가리고 있는 제신의 두 손을 잡아 아래로 끌어 내렸더니, 드러난 그의 얼굴이 눈물범벅이었다. 소리도 없이 끅끅거리며 울던 그가 입술을 질끈 깨물며 내 손을 마주 잡았다.

"그동안 어찌 살았어?"

"잘 지냈어. 좋은 사람들을 만나서."

"왜 내게도 알리지 않고 사라져? 나한테만은 알렸어야지. 다른 사람들에게는 알리지 않았어도 내게는 말했어야지. 아버지를 잃고 세상에 너와 나, 우리 남매만 남았는데. 어찌 네가 내게 이럴 수가 있어?"

원망의 말을 쏟아 내던 제신이 그대로 나를 품 안에 껴안았다. 익숙한 온기에 내 눈에서도 눈물이 터졌다.

"미안해 오라버니. 정말 미안해."

"아니, 아니다. 이제라도 왔으니 됐어. 전부 고맙다. 이제라도 나타나 줘서, 여전히 고운 모습으로 돌아와 줘서 고마워."

"아니야, 내가 다 미안해."

"아니야. 내가 다 고맙다."

나는 사과하고, 제신은 고마워하고. 그렇게 우리 남매는 하인들이 오가는 저택 한가운데서 한참이나 서로를 부둥켜안고 통곡했다.

❖ ❖ ❖

한바탕 눈물을 쏟고 난 뒤 제신과 나는 엉망이 된 얼굴로 서로를 마주했다. 감동의 재회를 할 때는 미처 몰랐지만 다 큰 남매가 부둥켜안고 울고불고한 것이 민망해 서로의 입에서 연신 헛기침이 흘러나왔다.

한참이 지나서야 민망함을 뚫고 겨우 이야기가 시작되었다. 나는 다로의 경고에 고구려를 떠난 시점부터 오늘에 이르기까지의 모든 이야기를 제신에게 털어놓았다.

가만히 내 이야기를 듣고 있던 제신이 짧게 질문을 던졌다.

"그래서 누구냐?"

"연이?"

"그 녀석 아버지."

한숨과 함께 흘러나온 말에 나는 입술을 질끈 깨물었다. 제신이 시작부터 가장 어려운 이야기를 꺼냈다.

하지만 매도 먼저 맞는 게 먼저라고 했지. 제일 처음 어려운 이야기를 꺼내면 오히려 그 뒤는 쉽게 풀릴 것이다. 나는 깊게 심호흡하고 입을 열었다.

"담덕의 아이야."

"……폐하의."

놀라운 이야기라고 생각했는데 제신의 반응은 생각보다 덤덤했다. 그 평온한 반응에 오히려 내가 놀라서 눈을 크게 떴다.

"안 놀라?"

"어느 정도 예상했으니까."

제신이 어깨를 으쓱거리며 한숨을 내쉬었다.

"폐하와 마음을 나누고 연인이 되는 것도 십 년이 걸렸는데. 떠나 있는 동안 다른 사람과 연인이 되고, 또 그의 아이를 가진다고? 내가 아는 연우희라면 절대로 불가능하지. 난 오히려 폐하께서 짐작하시지 못한 것이 더 놀라운데."

"아, 그건……."

담덕이 연을 제 아이라고 의심하지 못한 이유는 예상이 됐다. 하지만 제신 앞에서는 말하기 민망한 이유였다.

"그건 뭐?"

"그게…… 담덕이랑 나는…… 딱 한 번만 했거든."

"도대체 뭐가 딱 한 번이라는……."

내 말을 이해할 수 없다는 듯 미간을 찌푸리던 제신이 곧 의미를 깨닫고는 입을 쩍 벌렸다. 민망한 이야기를 들은 그의 표정이 참으로 미묘했다.

"어, 그, 그래. 그렇다면 폐하께서 짐작 못 하신 것도 이해가 되네. 한 번에 애가 생기다니, 굉장히 드문 일인데……. 폐하께서는 참으로 강한……."

"오라버니."

나는 제신을 불러 더 민망해지려는 대화를 저지했다. 횡설수설하면서 헛기침을 하던 제신의 귀가 새빨갰다.

"크흠, 그럼 폐하께는 언제 말씀드릴 생각이야? 크게 기뻐하실 것 같은데. 물론 태어나는 순간과 더 어렸던 시절을 함께하지 못한 건 아쉬워하시겠지만."

제신은 내가 연이 담덕의 아이라는 사실을 당연히 밝힐 것이라고 생각하고 있었다. 정치적인 상황에 누구보다 민감한 제신이 이런 식으로 말하는 것이 이해가 되지 않았다.

"난 말하지 않을 생각인데."

"뭐? 왜?"

"상황이 그렇잖아. 어차피 담덕의 아이가 있으니까. 아이가 있다는 건 그사이에 혼인했다는 소리고……. 태왕이라면 부인을 여러 명 두는 게 이상한 일은 아니겠지만 나는 그런 건 싫어. 연이가 후계 싸움으로 곤란해지는 것도 싫고."

　게다가 내가 떠난 사이 담덕이 얻은 승평이라는 아이가 장수왕일 가능성이 높다. 미래를 아는 내가 담덕의 삶에 개입하지 않았더라면 자연스럽게 그와 만났을 여인. 그리고 그녀와의 사이에서 태어난 아이. 비로소 제대로 흘러가는 역사의 흐름을 거스를 수는 없었다.

　"연우희."

　하지만 내 이야기를 들은 제신의 표정이 이상했다.

　"폐하는 혼인을 하지 않으셨다."

　단단한 것이 강하게 뒤통수를 내리치는 느낌이었다. 생각지도 못한 말에 머릿속이 멍해졌다. 나는 몇 번이나 입을 오물거리며 할 말을 골랐다.

　"……그게 무슨 말이야? 아이가 있잖아. 혼인도 하지 않고 어찌 아이를 낳는데?"

　"그러는 넌 어찌 혼인도 않고 폐하의 아이를 낳았는데?"

　"나와는 사정이 다르지. 게다가 내가 떠나 있던 것이 무려 육 년이야. 그동안 태왕이 혼인하지 않았는데, 아무런 압박도 없었다고?"

　혼란스러워 머리를 부여잡으니 제신이 깊은 한숨을 내쉬었다.

　"압박이야 당연히 있었지. 특히 소노부의 압력이 대단했다. 하지만 폐하께선 어떤 압박에도 굴복하지 않으셨어. 대신 국내성에 붙어 있지를 못하셨지."

　그간의 상황을 설명하는 제신의 얼굴이 어두워졌다.

　"늘 전쟁터를 전전하셨어. 국내성에 들어오지 않으면 귀족들을 만날 일이 없고, 그러면 혼인 이야기도 들을 일이 없으니까. 그래서 일 년 중 대부분을 밖에 계셨다. 그리고 모든 전쟁을 승리로 이끌기 위해 노력하셨지. 패배하는 순간 귀족들이 기다렸다는 듯 자신들의 뜻을 종용하려 들 테니까."

고구려의 왕이 직접 정복 전쟁에 나서는 건 흔한 일이었다. 하지만 담덕처럼 자주 국내성을 비우는 왕은 찾기 힘들었다. 그의 아버지인 고국양왕만 하더라도 재위 기간 중 대부분을 국내성에서 보냈다. 하지만 담덕은 그 반대였다.

나는 담덕의 완벽주의자적인 성향이 그를 전쟁터로 이끌었다고 믿었다. 무엇이든 제 손으로 하지 않으면 직성이 풀리지 않는 담덕의 성격을 잘 알고 있었기 때문이었다.

한데 그게 아니었다.

"굴복하지 않기 위해 누구보다 필사적으로 싸우셨어. 잠도 못 이루시고 전술을 고민하고 또 고민하고……. 그러다가 쓰러지신 적이 한두 번이 아냐."

누구보다 강하게만 보였던 담덕이 쓰러져?

놀라움으로 심장이 덜컥 내려앉았다. 답답하게 죄어 오는 기분에 나는 가슴을 부여잡았다.

"지금 그분은 누구보다 강한 태왕이시지. 귀족들도, 하물며 그 소노부조차도 폐하의 뜻을 함부로 거역할 수가 없다. 오늘의 왕권을 다지기 위해 그분이 지난 세월을 어찌 살았는지 넌 몰라. 넌 내 누이고, 내 생에서 누구보다 네가 소중하지만, 이 문제에서 난 폐하의 편이다."

그렇게 선언하는 제신의 표정은 단호했다. 어쩐지 그 얼굴에 질책마저 섞여 있는 듯해서 나는 입술을 질끈 깨물었다.

"운이와 함께 있었다 했잖아. 그 녀석에게 아무 말도 듣지 못했어?"

"······처음에는 소식을 물었는데, 아이를 얻었다는 이야기를 들은 후론 더 깊이 알려고 하지 않았어. 새로운 인연을 찾은 사람을 놓아 주고 싶어서."

"세상에, 승평 님의 소식 때문에 오해가 생긴 거로구나."

제신이 이마를 짚으며 앓는 소리를 냈다. 하지만 나는 이해가 되지 않았다. 담덕의 혼인 여부야 나의 오해라 하더라도 아이의 존재는 모두가 확인해 준 진실이었다. 농부가 씨를 뿌린 밭에서 아이가 솟아나지는 않았을 테니, 당연히 그 아이의 어머니가 있을 터.

"그럼 아이의 어머니는 누군데? 왜 그 여인과 혼인하지 않았는데?"

내 질문에 제신이 입을 꾹 다물었다.

"죽은 사람과 혼인할 수는 없잖느냐."

"······죽은 사람?"

"백제와의 전쟁이 한창일 때 휘말려 죽었다고 하더라. 그 이상은 누구도 몰라. 승평 님의 어머니가 누구인지, 언제 그 여인과 연을 맺었는지."

제신은 고구려의 모든 정보를 다루는 비로의 수장이었다. 그조차도 모르는 여인의 정체라니.

의문 가득한 나의 얼굴을 보았는지 제신이 한숨을 쉬며 고개를 저었다.

"그리 봐도 말해 줄 것이 더 없다. 어느 날 폐하께서 승평 님을 데려오셔서는 본인의 아들이라 선언하셨고, 귀족들의 추궁에도 승평 님을 낳은 여인에 대해 말을 아끼셨다. 덕분에 그분은 후계자이되 입지가 상당히 불안해. 출생이 불분명하니까."

전혀 생각지도 못한 내용이었다. 당연히 담덕이 황후를 맞아 아이를 얻은 것이라고 생각했는데.

머리가 복잡해졌다. 하지만 아무리 생각해도 결론은 똑같았다.

어쨌든 담덕의 아이였다. 그가 정체 모를 여인과 인연을 맺어 낳은 아이. 그렇다면 내가 그 사이에 끼어들어서는 안 된다.

"역시 말하지 않는 게 좋겠어. 혼인은 하지 않았어도 아드님이 있는 건 사실이잖아. 이미 날 떨쳐 낸 사람의 마음을 복잡하게 만들고 싶지 않아. 괜히 책임감을 건드려서 떠난 사람 발목 잡는 것도 싫고."

"널 떨쳐 내? 폐하께서? 그렇다면 널 다시 만났을 때 다시 고구려로 데려오지 않으셨겠지."

"오랜 친구로서의 결정이었겠지. 날 떨쳐 낸 것이 아니라면 아이의 존재가 설명되지 않잖아. 폐하께서 마음에 품은 여인을 두고 다른 사람과 동침할 그런 사람이야?"

내 질문에 제신이 입을 꾹 다물었다. 올곧은 담덕이 그런 일을 할 수 없다는 걸 나와 제신 모두가 알고 있었다. 누구보다 담덕을 잘 알기 때문에 아이가 생겼다는 소식을 듣고 비로소 그의 마음이 내게서 떠났음을 알았다.

"그러니 나는 조용히 살 거야. 담덕도 그렇게 살게 해 준다고 했고."

나의 미소에 제신의 얼굴이 외려 굳었다. 아마도 내 미소가 형편없이 못났기 때문이겠지.

"성문사에서 지내면 어떨까 싶어. 혼인도 하지 않은 내가 아이를 데리고 살면 이상한 소문이 돌 거고, 오라버니와 백부님께도 좋지 않을 거 아냐. 거긴 조용한 곳이니 소문을 피할 수 있겠지. 아픈 사람이 요양을 오면 진료도 도와주고 말이야."

줄줄이 이어지는 말을 가만히 듣고 있던 제신이 고개를 저었다.

"지난번 다로의 일이 있고 비로를 완전히 개편했다. 본부도 옮겼어. 국내성 외곽의 조용한 다원(茶園)인데, 거기서 지내. 넌 여전히 우리 비로의 대원이니까."

제신의 입에서 담담하게 다로의 이름이 흘러나왔다. 그녀와의 일을 묻고 싶었지만 제신은 그것을 허용하지 않겠다는 듯 먼저 자리에서 일어섰다.

"그럼 이제 나는 조카님과 친해져 봐야겠군. 육 년의 거리를 좁히려면 힘을 내야겠어."

❖　❖　❖

다시 찾은 비로는 완전히 달라져 있었다. 눈에 익은 사람도 여전히 많았지만, 처음 보는 얼굴도 상당했다. 내가 국내성을 비운 사이 새로이 대원이 된 자들이었다.

"모습이 보이지 않는 이들의 대부분은 소노부의 간자여서 처결한 자들입니다. 일부는 해씨의 도련님처럼 외부에 파견된 경우지만……
대부분이 전자라고 생각하시면 됩니다."

"간자가 꽤 많았군요. 어찌 그리도 많은 인원을 간자로 보낼 수 있었을까요?"

지설이 내가 내놓은 차를 마시며 깊은 한숨을 내쉬었다.

"서로가 서로를 감시하게 했습니다. 모두에게 정기적으로 보고를 받고, 누구 하나 말이 다르면 그자가 곧장 배신자임이 드러납니다. 벗어날 수 없는 덫을 친 거지요. 과연 권력의 정점에 있는 사람답게 머리를 잘 썼습니다."

내가 국내성에 돌아온 이후 담덕은 예전처럼 지설이나 태림, 둘 중 하나를 보내 나를 지키게 했다. 그때는 태왕과 혼약을 한 여인으로서 호위를 받아들였으나 이제는 상황이 달랐다. 하지만 몇 번이나 괜찮다고 사양해도 소용이 없었다. 다른 이도 아니고 태왕이 고집을 부리니 막을 사람은 아무도 없었다.

이제 담덕은 예전처럼 어설픈 태왕이 아니었다. 백제를 굴복시키고, 신라를 반(半)속국으로 만들어 남쪽을 완전히 평정한 강력한 태왕이었다. 그런 군주의 명을 거스를 수 있는 사람은 이제 고구려에 없었다.

피할 수 없다면 받아들이는 수밖에 없다. 나는 호위의 존재를 받아들이고 백번 이용하기로 했다. 내가 없던 지난 육 년간의 이야기를 전해 듣기로 한 것이다.

"하면 다로는요?"

궁금했지만 제신에게는 들을 수 없던 말이었다.

"다로는……."

나의 질문에 지설이 씁쓸한 얼굴을 했다.

다로는 비로에서도 핵심 인력으로 분류되었던 대원이었다. 태왕인 담덕과 수장인 제신이 그랬듯 지설 역시 그녀를 상당히 신뢰했다.

"다로가 태림처럼 전쟁터에서 거둬진 아이였다는 사실은 알고 계시지요?"

"네, 들었어요."

"그녀를 거둔 사람이 해사을이었다는 사실은요?"

해사을이라면 소노부의 사람이었다. 비로의 회의에서 경계해야 할 사람으로 몇 번이나 이름이 올랐던 사람이기도 했다.

내가 놀라서 눈을 크게 뜨니 지설이 이해한다는 듯 옅게 웃었다.

"목숨을 거둬 준 은인의 뜻에 따라 간자가 되었다더군요."

"……마냥 좋은 뜻으로 거둔 것이 아니었을 텐데요. 유녀로 키워 간자로 살게 한 것을 보면."

"예. 그래도 목숨을 살려 준 것은 사실이니 그 은혜를 저버릴 수가 없었답니다. 어차피 그가 아니었으면 죽었을 목숨, 지옥 같은 전쟁터에서 자신을 구해 준 해사을에게 주겠다 다짐했다고요. 하지만 아가씨와 우정을 나누고 수장님과는……."

지설이 내 눈치를 보며 말을 줄였다. 내가 제신과 다로의 사연을 알고 있는지 확인하는 눈빛이었다.

"알고 있어요. 오라버니와 다로가 어떤 사이였는지."

내 말에 지설이 조금 풀어진 얼굴로 고개를 끄덕였다.

"예. 그렇게 수장님과 아가씨에게 마음을 주는 바람에 딱 한 번 은인을 배신하고 말았다고, 그것이 아가씨를 도망가게 한 것이라고 하더군요. 소노부가 줄곧 아가씨를 노리고 있었답니다. 황후만 태왕의 후계를 낳을 수 있는 건 아니지 않습니까. 완전히 싹을 자르려고 했던 거지요."

다로는 분명하게 말했었다. 아이를 가졌다는 사실을 알게 되면 그들이 무슨 수를 써서라도 내 목숨을 가져갈 거라고.

이제 와 생각해 보면 이상한 일들이 종종 있었다. 외출한 사이 피 묻은 내 옷이 발견되어 담덕이 깜짝 놀라 성문사에 찾아왔던 일 같은. 그것 역시 소노부의 경고였을까?

등골이 서늘해졌다. '요희'를 조롱하는 소문이 퍼지던 그때 나의 배속에는 연이 있었다. 그 사실이 알려졌다면 소노부는 더욱 적극적으로 움직였을 것이다.

"끝까지 고민했던 것 같습니다. 목숨을 구해 준 은인과 마음을 나눈 친구 사이에서요. 아시다시피 결론은 아가씨의 목숨은 구하는 쪽으로 내렸지만요. 아가씨께서 궁을 나오시면 곧장 사람을 시켜 멀리 보낼 준비까지 하고 있었더군요."

"……하지만 내가 그보다 먼저 떠나 버렸죠."

"다로도 아가씨의 그런 무모함은 계산하지 못했던 것이지요."

"그 이야기, 다로가 전부 털어놓은 건가요?"

"예, 은밀한 장소에 감금한 채 수장님께서 직접 설득했습니다."

제신에 대해 말하며 복잡한 눈을 하던 다로를 기억한다. 제신이 직접 나섰다면 그녀로서도 마음이 크게 흔들렸을 것이다.

"모든 걸 털어놓고 '이쪽'으로 오라고 했습니다. 모든 걸 용서할 테니 제발 그리하라고. 그런데도 한동안 마음의 결정을 내리지 못했습니다. 그러다 겨우 이야기를 털어놓았는데 그날 자객이 들이닥쳤지요."

자객이 들이닥친 일이라면 신라에 있을 때 운을 통해 들었다. 다로의 죽음으로 끝났던 그날의 결말까지도 나는 알고 있었다.

어두워지는 내 얼굴을 보며 지설 역시 쓰게 웃었다.

"그날부터 대대적인 간자 색출을 시작해 오늘에 이른 겁니다. 완전히 달라진 비로를 보신 소감은 어떠십니까?"

지설이 창밖을 바라보며 물었다. 그를 따라 창밖으로 시선을 돌리니 경사진 언덕 아래로 넓게 펼쳐진 차밭이 눈에 들어왔다.

떠들썩한 주점에 차렸던 본부와 달리 국내성 외곽에 차린 다원은 고요하고 한적했다. 국내성 누구의 눈에도 띄지 않고 조용히 살기 좋은 환경이었다.

"난 좋아요. 저한테는 주점보다 다원이 어울리죠."

"진심이십니까? 아가씨의 술주정으로 태림이 크게 곤란했다는 이야기를 들었는데요."

지설이 눈을 가늘게 뜨며 나를 보았다. 부끄러운 옛 기억을 끄집어내는 지설의 말에 나는 헛기침을 하며 그의 눈을 피했다.

"그거야 옛일이고요. 이제 나도 진중한 한 아이의 어미라고요."

"아, 아이요."

묘하게 장난기가 섞여 있던 지설의 얼굴이 굳어졌다. 그의 시선이 차밭에서 일꾼으로 위장한 비로의 대원 뒤를 졸졸 쫓아다니는 연에게 꽂혀 있었다.

"저 아이는……."

"폐하는요?"

나는 연에 대해 물으려는 지설의 말을 질문으로 가로챘다.

"우리 폐하께서도 모든 사연을 알고 있나요? 다로가 누구인지, 소문의 진위는 뭐였는지, 내가 왜 떠났는지, 그런 것들이요."

"비로에서 중책을 맡은 자들은 모두 알고 있는 일입니다. 소노부 사람인 해씨 도령에게는 숨긴 것도 있지만…… 비로가 아는 일을 폐하께서 모르실 리 없지요. 그게 비로의 원칙입니다. 해씨 도령이 지금 가야에서 벌을 받고 있는 것도 자신이 첩자로서 본 것을 모두 보고하지 않았기 때문이고요."

나를 도와 운이 벌을 받았다. 그에게 고맙고 미안했다. 그가 다시 돌아오는 날에는 크게 보답을 해야겠지.

하지만 지금 당장은 다른 생각이 머릿속을 가득 채웠다.

"그럼…… 우리 폐하께서는 내가 떠난 사연을 모두 아시면서도 아들을 보셨군요."

내가 떠난 이유를 몰라서 나를 미워하고 잊은 거라면 이해할 수 있었다. 하지만 다로의 입에서 모든 말을 듣고서도 그는 내가 없는 사이 다른 여인을 품고 아들을 낳았다.

왕권을 제대로 잡기 위해선 후계자가 꼭 필요하다. 강력한 왕권, 그걸 위해서 혼인을 결심하기도 했고, 곁을 떠나기도 했으니 왕권이 안정된 지금의 이 상황을 기뻐해야 하는데. 마음이 썩 좋지만은 않았다.

변해 버린 마음이 이렇게 아플 줄 알았다면 다른 여인에게서 아들을 낳으라는 말 따위는 하지 않았을 것이다.

"……폐하와 이야기를 나누지 못하셨습니까?"

지설이 미묘한 얼굴로 내게 물었다.

"이야기요?"

"예, 혼인 문제나 승평 님에 대해서……."

"이야기를 나눌 시간이 없었어요. 국내성에 오자마자 후연 문제로 바빠졌잖아요."

후연에게 북부의 땅을 빼앗긴 문제로 궁 안의 모두가 비상이었다. 매일 외교 문제와 군사 작전을 논의하느라 이야기는커녕 얼굴 보기도 힘들었다.

예전처럼 내가 궁 안에 살았다면 잠깐 시간을 내어 얼굴을 보고 이야기를 나눌 수 있었겠지만 이제는 아니니까.

지금 나와 담덕의 거리는 상당히 멀었다. 단순히 물리적인 거리만을 뜻하지 않았다. 우리 사이에는 육 년이라는 시간이 만든 미묘한 어색함이 함께 흐르고 있었다.

"혼인 문제는 오라버니께 대충 들었어요. 영이와의 혼인을 피하기 위해서 전쟁터를 전전했다고요. 이제 태왕의 위상이 예전과 많이 달라졌으니 더 이상 소노부의 압력은 없는 건가요?"

"폐하의 위상이 달라진 것도 있지만, 그보다는 소노부가 음모를 꾸밀 원동력 자체를 잃었달까요."

"그게 무슨 말이에요? 영이가 있는 한 무슨 수를 써서라도 소노부의 고추가는 뜻을 이룰 거라 생각했는데요."

"그것이……."

어렵지 않은 질문이라고 생각했는데 의외로 지설이 멋쩍게 웃었다. 참으로 그답지 않은 모습이라 나는 어리둥절해져 눈을 껌뻑일 뿐이었다.

"뭐예요, 이 반응은?"

"뭐가 말입니까?"

"상당히 멋쩍어하고 있잖아요. 사씨 도련님께서 그런 표정도 지을 줄 아셨나 싶어서요."

"……제가 뭐, 무슨 표정을 지었다는 것인지."

말은 그렇게 하면서도 제 얼굴을 매만지는 것이, 지금 자신의 표정을 정확히 알고 있는 눈치였다. 순식간에 나의 눈이 가늘어졌다.

"빨리 말해 봐요. 무슨 일인지."

"……해씨의 아가씨께서 집을 나오셨습니다."

지설이 여전히 멋쩍은 얼굴로 입을 열었다. 그 표정을 보느라 나는 그의 입에서 흘러나온 말을 한 박자 늦게 이해했다.

"네? 영이가 집을 나왔…… 그러니까 가출을 했다고요? 내가 아는 영이라면 그런 대담한 일을 벌일 수 없을 것 같은데요."

귀한 집 아가씨의 표본처럼 보이던 영이었다. 여리고 약하던 그 아가씨가 어찌 이런 대담한 일을 벌였는지 이해가 되지 않았다.

놀라서 입을 떡 벌리고 있으니 지설이 고개를 한쪽으로 기울였다.

"가출이라기보다는 납치일까요."

"네?"

이어지는 말도 놀랍기는 마찬가지였다. 아니, 영이 가출했다는 것보다 이쪽이 더 놀라웠다.

"납치…… 납치를 당했다고요?"

"예. 후에 상황을 설명하고 이해를 구하기는 했습니다만, 시작은 확실히 납치였죠."

"누가 그런 일을……?"

"누구긴요. 우리 폐하시죠."

놀라움의 연속이었다. 하도 입을 벌린 나머지 턱이 빠질 것만 같았다.

"……담덕이요? 영이를 납치해요?"

멍청한 얼굴로 되묻는 나를 보며 지설이 어깨를 으쓱거렸다.

"그때가 그즈음입니다. 술도 안 통할 정도로 돌아 있을 때요. 그때 폐하께서 사람 여럿 피곤하게 하셨죠. 가장 큰 피해자는 저였고."

담덕이 영을 납치하고, 영은 그 상황을 이해했고, 그래서 지금은 아무 문제가 없다고?

머릿속이 복잡해졌다. 당장 담덕을 만나는 건 힘드니 영이라도 만나서 이야기를 나눠야 할 것 같았다.

"그래서 지금 영이는 어디 있어요?"

투덜거리는 지설을 향해 물었더니 그의 입이 꾹 다물렸다. 과거의 불만으로 찌푸려졌던 미간도 슬그머니 펴져, 조금 전 보았던 멋쩍은 얼굴이 되었다.

갑자기 표정이 또 왜 이래?

의심스러운 눈초리로 빤히 지설을 보고 있으니 그가 어색하게 입꼬리를 끌어 올렸다.

"제 거처에 있습니다."

"……지설의 거처요?"

"……예."

"어…… 영이 왜 거기에……?"

나의 질문을 끝으로 어색한 침묵이 우리를 감쌌다.

❖ ❖ ❖

지설과 영이 한집에 산다!

태자의 호위로 낙점된 이후 지설은 순노부 사씨의 저택에서 나와 집을 따로 구했다. 그러니 지금 지설의 집에는 그와 영, 몇 안 되는 몸종들만 있을 터.

도대체 어떻게 된 사연인지 물어도 지설은 묵묵부답이었다. 대신 어울리지도 않는 멋쩍은 표정을 지으며 침묵만 지킬 뿐이었다. 나는 그에게서 답을 얻을 수 없다는 걸 빠르게 깨달았다.

그렇다면 영에게 물어야겠구나.

나는 당장 지설과 그의 집을 방문하기로 했다. 두 사람의 사연을 묻는 것뿐만이 아니라 그녀와 나눌 이야기도 많았다.

하지만 연을 홀로 두고 다원을 비우는 것이 마음에 걸렸다. 다행히도 걱정하는 내게 제신이 해결책을 제시했다.

"걱정 말고 다녀와. 이 녀석은 내가 보고 있으면 되잖아. 뭐가 걱정이야?"

제신이 연을 안아 들며 웃었다. 담덕이며 제신이 연을 어찌나 가볍게 안아 올리는지, 끙끙대며 연을 안아 드는 내가 바보처럼 느껴질 정도였다.

"연아, 잠시 혼자 있어도 괜찮겠니?"

나는 제신의 품에 가볍게 안긴 연을 보며 물었다.

고구려에 온 뒤 장소와 사람이 낯설었는지, 연은 한동안 내 옆에만 붙어 다녔다. 연이 불안해한다면 영을 만나는 건 뒤로 미룰 생각이었다.

하지만 내 생각과 달리 연은 아무렇지 않은 얼굴로 고개를 주억거렸다.

"네, 외숙부께서 함께 계시니까 괜찮아요."

연이 제신의 옷자락을 꼭 잡으며 다부지게 대답하더니, 그의 품에 얼굴을 폭 묻었다. 그간 제법 경계를 하더니 이제는 제신이 많이 편해진 모양이었다.

그 모습이 뿌듯해 웃으며 보고 있으니, 자신에게 파고드는 연을 단단히 붙잡는 제신도 감격에 찬 얼굴을 했다.

"그래, 이 외숙부가 있는데!"

제신은 갖은 외면과 무시 끝에 얻어 낸 조카의 신뢰가 상당히 기쁜 모양이었다. 한없이 위로 올라간 입꼬리가 눈에 띄게 씰룩거리고 있었다.

"같이 말을 타러 갈까? 오늘은 전보다 더 큰 말을 가져왔어."

제신의 질문에 연이 그의 가슴에 묻었던 얼굴을 번쩍 들었다.

"말도 타고, 활도 쏠래요!"

"활?"

"네. 나중에 호랑이를 잡으려면 열심히 연습해야 한다고 했어요."

"네 어머니가?"

"아뇨, 폐하께서요."

연의 입에서 나온 말에 제신과 나, 지설이 모두 굳었다.

연은 담덕이 고구려의 '태왕'이라는 것을 알았지만, 그게 얼마나 대단한지는 아직 실감하지 못했다. 담덕이 연의 앞에서 늘 소탈한 모습을 유지했기 때문이다.

연에게 담덕은 자기한테 활 쏘는 걸 가르쳐 준 사람일 뿐인걸. 조금 더 쳐 줘도 '고구려 대장님' 정도인가.

"호랑이를 잡으려고?"

어색한 분위기 속에서 제신이 웃으며 연에게 물었다.

"네. 같이 사냥 가자고 하셨어요. 거기서 사냥감을 하나 잡으면 소원을 들어주신대요. 그래서 열심히 연습하려고요."

"그래, 뭐라도 잡으려면 열심히 훈련을 해야지."

"뭐라도가 아니라, 호랑이를 잡을 겁니다."

자신감 넘치는 대답에 제신이 픽 하고 헛웃음을 흘렸다.

"거참, 그 어머니에 그 아들인가? 피는 못 속이겠다. 어찌 호랑이를 홀로 잡을 생각을 해?"

"그 피, 오라버니에게도 흐르고 있거든!"

"생각해 보니 그렇잖아?"

제신이 낄낄 웃으며 내게로 시선을 돌렸다.

"뭘 그러고 서 있느냐? 어서 다녀오지 않고. 해 떨어지기 전에 돌아와야 한다."

꼭 대여섯 살 먹은 어린애에게 하는 당부 같았다.

"내 나이가 몇인데 그런 말을 해?"

"나이가 몇이든 내겐 나보다 어린 누이인걸. 조심해라. 지설이 있으니 걱정은 없지만……."

제신의 눈빛을 받은 지설이 한숨을 내쉬며 고개를 저었다.

"걱정 마십시오. 그렇지 않아도 잘 경계할 생각이었습니다. 아가씨에게 문제가 생기면 역정 내실 분이 궁에도 한 분 더 계셔서요. 전 다시 그 피곤한 시절로 돌아가고 싶지 않습니다."

❖ ❖ ❖

"영아!"

"우희야!"

지설의 집 마당에서 마주한 나와 영은 손을 붙잡고 서로의 얼굴을 바라보았다. 오랜만에 마주한 영의 얼굴은 여전히 아름다웠지만 나의 마지막 기억보다 여위어 있었다.

"여전히 몸이 좋지 않은 모양이구나."

"하루아침에 나을 병이었으면 진즉에 나았을 거야. 타고나기를 그렇게 태어났으니 평생 안고 갈 병이라 생각해야지."

"무슨 소리야? 내가 전에 맥을 짚었을 때는……."

"아가씨들."

지설이 마당에 덩그러니 서서 대화를 하는 나와 영에게 다가왔다.

"대화는 안에 들어가서 하시죠. 여기는 사방이 트여서 제가 불안하거든요."

혹시나 모를 상황이 발생하면 지키기에 좋지 않다는 뜻이다. 나와 영은 서로를 바라보며 눈빛을 교환한 뒤 고개를 끄덕였다.

"우희야, 이쪽으로."

영이 익숙하게 나를 안쪽으로 이끌었다. 집 안에서 자연스럽게 움직이는 모습을 보니 하루 이틀 이곳에 머무른 것이 아니라는 사실은 확실히 실감할 수 있었다.

"지설 님은 여기서 기다리세요. 여자들만의 대화가 필요해요."

나는 나와 영을 따라 들어오려는 지설을 저지하고 그대로 문을 닫았다. 닫히는 문 사이로 황당해하는 듯한 지설의 얼굴이 보였지만, 다행히 닫힌 문을 열어젖히거나 하진 않았다.

"여자들만의 대화라니, 무슨 이야기를 하려고?"

내 말에 영이 웃으며 자리에 앉았다. 나는 그 맞은편에 자리를 잡으며 작은 목소리로 그녀에게 속삭였다.

"당연히 지설 님과의 사연이지! 네가 어째서 여기 있는 거야?"

"어…… 그게…… 납치를 당했어."

"그건 들었어. 그런데 이게 어디 납치당한 사람 모습이야?"

전보다 여윈 모습이기는 하지만 영의 얼굴은 밝았다. 예전에는 지설과 눈만 마주치면 움츠리더니 이제는 그의 앞에서도 주눅 든 기색이 없었다.

제 모습을 훑는 나의 시선을 느꼈는지 영이 부드럽게 웃었다.

"시작은 납치였는데 끝은 거래로 결론 났어. 내가…… 소노부로 돌아가지 않겠다고 말했거든."

"어째서?"

"폐하께 아버지의 생각이 무엇인지 전해 들었으니까."

부드럽던 영의 미소가 서서히 흐려졌다.

"그분께서 욕심을 버리시기 전까진 돌아가지 않을 거야. 바로 그 욕심 때문에 오라버니와 틀어지셨는데, 그걸 계속 한탄하셨는데…… 어째서 내게도 그런 걸 원하시는지 모르겠어. 나와도 그리 틀어져도 괜찮다 여기셨던 걸까? 아니, 내가 어찌 황후가 돼? 내가 어찌 그 권력의 중심에 어울리겠어?"

자신을 향해 회의 섞인 질문을 던진 영이 이내 고개를 저었다.

"난 아버지가 그리 사시는 것도, 내가 그렇게 사는 것도 싫었어. 그래서 돌아가지 않고 납치되기로 한 거야. 폐하께선 기꺼이 내게 안전한 장소를 내주겠다 하셨고."

"소노부에선 네가 이곳에 있는 걸 알아?"

"아버지라면 모르실 리 없잖아. 그분이 어떤 분인데. 하지만 지설 님은 폐하의 최측근에다 상당히 강한 분이시고, 이 주위를 지키는 사람들도 있다고 했으니 쉽게 접근하지 못하는 게 아닐까 싶어. 그래도 잊을 만하면 담 너머로 시끄러운 소리가 들려오기는 하지만 말이야."

복잡한 사연을 설명하면서도 영은 담담했다. 흔들림 없이 말을 이어 가는 그녀를 보니 감회가 새로웠다.

"그간 많이 단단해졌구나."

"그럼. 언제까지 오라버니에게, 또 다른 사람에게 의지하며 살 수는 없잖아. 나도 어른인걸."

여리게만 보이던 귀한 아가씨가 이처럼 변한 까닭이 마냥 좋은 일은 아니라는 생각에 마음이 무거워졌다.

운과 영, 이 남매의 삶을 오늘 이 상황까지 끌어온 것은 그들의 자의가 아닌 주변의 욕심이었다.

"그래도 누군가를 의지하는 게 나쁜 건 아니잖아. 어른도 타인에게 의지할 수 있어. 넌 네 오라버니나 주변 사람들에게 의지해도 돼."

"그런 걸까?"

영이 살짝 상기된 얼굴로 문 쪽을 바라보았다. 아마도 문이 아닌 그 너머에 있을 지설을 바라보는 것이겠지.

"지설 님과는 언제 이런 사이가 된 거야?"

"이런 사이라니?"

"혼인만 하지 않았지 함께 살림을 차린 거나 마찬가지로 보이는데? 너와 지설 님의 모습을 보면 말이야."

"뭐?"

나의 말에 영이 고개를 휘휘 저으며 자리에서 벌떡 일어섰다.

"아, 아냐! 무슨 그런 소리를…… 그저 나만……."

"너만? 너만 지설 님을 마음에 두고 있……."

나야말로 한 번에 뜻이 와닿지 않아 되묻자마자 영이 기겁해 나의 입을 틀어막았다.

그녀의 갑작스러운 행동에 놀라 눈을 동그랗게 떴지만, 영은 문밖의 기척을 살피느라 나를 쳐다보지도 않았다.

"밖에 다 들리겠어!"

작게 속삭이는 영을 보고 있자니 금세 일이 어떻게 돌아가는지 알 것 같았다.

영은 지설을 좋아하지만 혼자만의 마음이라 생각해서 그에게 전하지 않았다. 하지만 내가 보기엔 지설도…….

나는 웃으며 내 입을 틀어막은 영의 손을 잡아 내렸다.

"그간 안 좋은 일만 있었던 건 아니구나. 다행이다."

나는 영문을 모르겠다는 얼굴로 나를 보는 영에게 내 옆의 의자를 가리켰다.

"별말 안 할 테니 우선 앉아 봐. 제대로 맥을 짚어 보고 싶어."

오늘 영을 찾아 지설의 집에 온 진짜 이유는 그녀의 건강을 살피기 위해서였다. 오래전부터 영을 제대로 진찰하고 싶었는데 이상하리만치 기회가 없었다.

게다가 이제껏 나 때문에 영의 오라비가 멀리 떠나 있었다. 운을 대신해 그녀를 살피는 게 조금이나마 보답이 되었으면 하는 마음도 있었다.

"여러 의원에게 보였지만 별다른 차도가 없었는걸. 아버지도 그랬고, 폐하께서도 태의까지 보내 주셨지만 하는 말은 늘 똑같았어."

자리에 앉으면서도 영은 크게 기대를 하는 눈치가 아니었다. 소매를 걷어 팔을 내 앞에 내미는 모습은 무척이나 자연스러워서, 그녀가 얼마나 많은 의원을 만났는지 알 것 같았다.

하지만 난 영이 만난 그 의원들과는 달라. 현대 한의학을 배운 사람이라고.

나는 숨을 깊게 들이마시고 영의 손목에 손을 얹었다. 결과는 오래전 내가 파악했던 것과 크게 다르지 않았다.

침세맥, 거기에 겉으로 보이는 영의 증상까지 종합하면 기허에서 온 천식이라고 생각할 수 있다.

대개 만성으로 진행되므로 다루기 까다롭다고는 해도 이토록 차도가 없다니. 소노부에서 부른 의원과 담덕이 보낸 태의 모두 제대로 고치지 못했다는 건 역시 이상해.

잠시 까닭을 고민하던 나는 영의 손목을 놓아주며 그녀에게 물었다.

"영, 혹 예전 의원들이 남긴 약방문(藥方文:처방전)이 있다면 볼 수 있을까?"

❖ ❖ ❖

나는 영으로부터 약방문을 한가득 받아 비로의 다원으로 돌아왔
다. 소노부에 있을 때의 약방문은 구할 수 없었지만, 다행히 지설의
집에 머무르기 시작한 이후의 것은 모두 보관 중이었다.

약방문에서 특별히 걸리는 구석은 없었다. 천식을 다스리는 평범한
처방. 처음의 것이 제대로 듣지 않자 후에는 조금씩 약재를 바꿔 가
며 영의 상태를 살핀 것 같았다.

그런데도 왜 이렇게 차도가 없었을까? 진단이 틀렸던 건가?

하지만 직접 진맥하고 증상을 살핀 결과를 종합하면 천식이 분명
했다.

그렇다는 것은 혹 내가 천식에 대해 놓치고 있는 부분이라도 있는
걸까?

소진으로 살아가며 오로지 한의학에만 매달렸다. 가족도, 연줄
도, 돈도 없는 내가 붙잡을 수 있는 줄이 그것뿐이라는 것을 알았기
때문이었다. 그래서 한의학 지식에는 상당히 통달하게 되었지만, 그
렇다고 내가 모든 지식을 달달 외우고 있는 것은 아니었다.

의서를 뒤져 봐야겠어.

그렇게 생각하며 방을 나서는 순간 멀리서 연의 웃음소리가 들려
왔다.

나는 그제야 다원으로 돌아온 후 연에게 인사를 하지 않았다는 것
을 떠올렸다.

약방문에 정신이 팔려 다른 생각은 아무것도 못 했네.

나는 서둘러 웃음소리가 들리는 곳으로 걸음을 옮겼다. 말을 타고 활을 쏠 거라더니, 제신과 함께 활쏘기 연습을 하고 있는 모양이었다.

"연아."

"어머니!"

나의 부름에 연이 웃으며 달려왔다. 하지만 연의 뒤를 따라 내게 다가오는 사람은 제신이 아니었다.

"왔어?"

"담덕."

마치 내가 손님이고, 자신이 주인인 듯한 자연스러운 맞이었다.

"요즘 바쁘다고 들었는데. 어떻게 온 거야?"

"아무리 바빠도 여기에 올 시간도 없을까. 이 녀석과 약속한 것도 있고 해서 잠시 들렀어."

"이제 날이 풀려서 사냥을 나갈 수 있을 거래요!"

담덕의 말에 연이 재빨리 설명을 덧붙였다.

그러고 보니 벌써 날이 풀려 이제 제법 봄기운이 느껴졌다. 하지만 날이 풀린 것과 담덕의 시간이 나는 것은 전혀 다른 문제였다.

"후연과의 일로 잠도 제대로 못 잔다며. 사냥이라니, 그렇게 시간을 내도 괜찮은 거야? 게다가 이런 시기에 사냥을 나가면 보는 눈들도 좋지 않을 거고……."

"괜찮으니 가겠다고 하는 거야. 이제 내가 좀 대단한 태왕이 되었거든. 이 정도는 마음먹은 대로 할 수 있어."

내 말을 끊고 들어온 담덕이 웃으며 물었다.

"너도 함께 갈 거지?"

"함께 가실 거죠?"

거기에 연까지 가세했다.

빤히 내 얼굴을 쳐다보는 두 쌍의 눈에 내가 이길 수 있는 방법은
없었다.

"어…… 그래야지. 연이만 보낼 수는 없으니까……."

얼떨떨하게 고개를 끄덕이자 담덕과 연이 마주 보며 활짝 웃었다.

第二十五章

연의 소원

얼마 후 우리는 사냥에 나섰다. 이번 사냥은 태왕의 공식적인 일정이 아니었기 때문에 꾸려진 인원도 무척이나 단출했다. 담덕과 태림, 나와 연이 전부였다.

물론 사냥터 외곽의 경계는 근위대들이 빈틈없이 지키고 있었다. 태왕의 개인 사냥터인 이곳은 평소에도 사람들의 출입이 제한되는 곳이지만, 오늘은 태왕이 직접 걸음을 한 만큼 지키는 인원이 더 늘어난 상태라고 했다.

사위가 긴장으로 가득 찬 것과 달리 사냥터 안쪽은 평화로웠다. 연은 사냥감을 잡겠다는 결심으로 과하게 진지했고, 담덕은 그런 연의 장단에 맞추어 주며 어린아이처럼 천진하게 웃고 있었다.

두 사람의 사냥은 마치 아이들의 소꿉장난 같았다. 사냥감이 보이면 풀숲에 후다닥 몸을 숨기며 숨을 죽였다가, 사냥감이 먹이에 정신이 팔린 틈을 노려 활을 쏘았다. 아직 움직이는 사냥감을 겨누는 일에 익숙하지 않은 연의 화살은 번번이 동물들을 빗겨 갔다. 그럴 때마다 연은 시무룩한 얼굴을 했고, 담덕은 그의 머리를 쓰다듬으며 위로의 말을 건넸다.

"갈수록 화살이 사냥감 가까이 가는구나. 다음엔 잡을 수 있겠는데?"

"네에……."

하지만 담덕의 위로도 연에게는 큰 힘이 되지 못했다. 움직이지 않는 과녁을 두고는 백발백중이었는데, 정작 사냥터에 나와서는 힘을 못 쓰고 있으니 기운이 빠진 것 같았다.

"네 화살이 왜 안 맞는 것 같으냐? 과녁은 잘만 맞혔는데 말이야."

시무룩한 연을 향해 담덕이 물었다. 그러자 연이 별 이상한 걸 다 묻는다는 듯 길게 한숨을 내쉬었다.

"폐하도 참. 제가 그걸 알면 왜 토끼 한 마리도 못 잡고 있겠습니까? 어찌 그리 당연한 걸 물으세요?"

"큭."

질책마저 섞인 듯한 연의 타박에 두 사람을 지켜보고 있던 태림의 입에서 억눌린 웃음이 흘러나왔다. 그는 예전부터 담덕이 태왕답지 못한 취급을 받을 때 이리 웃음을 흘리는 경향이 있었다.

"태림."

"흠흠."

담덕이 제 이름을 부르자 태림이 헛기침을 하며 딴청을 피웠다.

"폐하!"

그때 연이 또 다른 사냥감을 발견했는지 담덕의 팔을 잡아끌며 작게 속삭였다. 태림에게 한 소리를 하려던 담덕이 순식간에 연의 손에 끌려가 몸을 숙였다.

이번 사냥감은 작은 새였다. 나뭇가지에 앉아 여유롭게 지저귀고 있는 새를 보며 이번에는 담덕이 활을 꺼내 들었다.

"움직이는 놈을 잡으려면 예측을 해야 한다."

"예측이요?"

"그래. 과녁은 움직이지 않으니까 내가 쏠 화살의 궤적만 상상하면 되지만, 사냥감은 날아오는 화살을 피하니 움직임을 잘 관찰해서 이 놈이 어디로 도망갈 것인지 예측을 해야 한다. 그리고 그 예측한 방향으로 조금 틀어서 화살을 날려야지."

새를 겨누고 있던 담덕의 팔이 옆으로 조금 비껴갔다. 이대로 화살의 궤적을 그려 보면 새의 몸통에서 살짝 벗어난 허공에 닿는다.

"허공을 향해서 화살을 쏘라는 건가요?"

연이 이해할 수 없다는 듯 고개를 갸웃거렸다. 과녁을 두고 맞히는 훈련만 한 연에게는 아무것도 없는 허공에 화살을 쏜다는 것이 영 이상한 모양이었다.

"허공도 다 같은 허공이 아니다. 곧 채워질 허공, 그곳으로 화살을 날려야 해."

대답과 동시에 담덕이 화살을 잡은 손을 놓았다. 날아오는 화살에 놀라서 나뭇가지를 떠나려던 새의 배에 그대로 화살이 박혔다.

"와아!"

땅으로 툭 떨어지는 새를 보며 연이 감탄했다. 오늘 사냥을 시작하고 잡은 첫 사냥감이었다.

"내가 먼저 한 놈 잡았구나. 너도 서두르지 않으면 안 되겠는데?"

"전 오늘 처음 사냥을 시작하는 어린아이고, 폐하께서는 사냥을 몇 번이나 한 어른이시니 폐하께서 먼저 사냥감을 잡는 건 당연한 겁니다. 사냥터를 떠나기 전까지 한 마리만 잡아도 제가 폐하께 이기는 것이니 전 초조하지 않아요."

저를 놀리는 담덕의 목소리에 연이 차분하게 대꾸했다.

"……보아하니 내가 지금 이 녀석에게 설교를 들은 것 같은데.

그렇지?"

예상하지 못한 반응이었는지 담덕이 입을 벌리며 나와 태림을 보았다.

"네, 그러신 것 같습니다."

곧이곧대로 담덕의 질문을 받아들이고 진지하게 대답하는 태림의 모습에 그의 미간이 찌푸려졌다.

"태림, 내가 대답을 바라고 물은 것 같은가?"

"그게 아니라면 왜 질문을 하신 겁니까?"

"……자네가 아닌 지설을 데려오는 건데."

"지설 님은 오늘 폐하께서 사냥을 나오시느라 미뤄 둔 일들을 대신 처리하고 있습니다. 그래서 제가 따라온 것이고요."

"태림, 이것도 대답을 바라고 한 말이…… 하, 됐네. 자네에게 뭘 기대한 내가 잘못이지."

때아닌 만담을 나누는 두 사람을 멍하니 바라보던 나의 입에서 웃음이 터졌다. 곁에서 눈을 깜빡이던 연도 마찬가지였다. 웃음소리에 나뭇가지에 앉아 있던 새들이 멀리 날아가 버렸지만 누구도 신경을 쓰지 않았다.

오랜만의 여유로운 한때였다.

◆ ◆ ◆

멀리서 하늘이 울렸다. 천둥소리에 하늘을 보니 멀리서 먹구름이 밀려오고 있었다.

"비가 오려나?"

아쉽지만 오늘 사냥은 여기까지만 해야 할 것 같았다. 그 말을 하기 위해 담덕을 보니 어느새 그도 멀리서 밀려오는 먹구름을 보고 있었다.

"우희, 이만 돌아가야겠다."

"응."

아직 연이 사냥감을 잡지 못했다. 아쉬워서 떠나지 않으려 할 것이 분명하니 그를 달랠 일이 벌써부터 걱정이었다.

"연아, 비가 올 것 같아. 아쉽지만 오늘은 돌아가자."

그렇게 말하며 연이 있던 담덕의 옆으로 시선을 돌렸지만 그곳은 텅 비어 있었다.

"……연아?"

담덕의 주변을 돌며 그의 양옆, 앞뒤를 모두 살폈지만 연의 모습을 찾을 수가 없었다.

"이 녀석이 또!"

익숙한 순간이었다. 이리 부인의 저택에 있을 때도 연이 이런 식으로 사라진 일이 한두 번이 아니었다. 덕분에 나는 추적의 귀재가 되어 버렸다. 각종 단서를 조합해 아들을 찾는 데는 도가 텄다.

재빨리 땅을 보니 연이 걸어간 길을 따라 풀이 쓰러져 있었다. 방향이 좀 더 깊은 숲 쪽으로 향한 것을 보니 무엇인가 발견하고 뒤를 따른 모양이었다. 저쪽으로 사라진 게 분명해.

"우희."

담덕이 당장 그 길을 따라 움직이려는 나의 어깨를 붙잡았다. 그와 동시에 머리 위에서 비가 후드득 쏟아졌다. 두 손으로 머리를 가리고 하늘을 보니 생각보다 빠르게 몰려든 먹구름이 하늘을 뒤덮고 있었다.

하지만 곧 머리 위에 쏟아지는 비가 멈추고 하늘을 향한 시야가 가려졌다. 뒤를 돌아보니 어느새 담덕이 겉옷을 벗어 내게 떨어지는 비를 막아 주고 있었다.

"태림이 연을 따라갔어. 금방 데려올 거다."

태림이 연을 따라갔다면 안심이었다. 그는 나보다 더 추적에 능할 테니 이리 번쩍 저리 번쩍하는 연을 무사히 데려올 것이다.

"지금 움직이면 다 젖을 테니, 두 사람을 기다리며 잠시 비를 피하고 있자. 비가 쉽게 그칠 것 같지는 않으니까."

담덕이 나를 근처에 있는 커다란 나무 아래로 이끌었다. 무성하게 자란 잎이 비를 막아 주는 것인지 나무 아래는 빗방울 하나 없이 보송했다.

담덕은 내게 씌워 주었던 겉옷의 물기를 짜내며 나무 밖을 바라보았다.

"어찌 너와 나들이를 나서는 날은 항상 비가 오는 것 같다."

"내가 비를 몰고 온다는 거야?"

"말이 그렇게 되나?"

담덕이 피식 웃으며 젖은 옷을 나뭇가지에 대충 걸쳤다. 그 뒤로는 계속 침묵이었다.

고구려로 돌아온 후 담덕과 단둘이 서로를 마주한 적이 없었다. 덕분에 어색함이 가득해 손끝이 저릿할 정도였다. 늘 둘이서 시간을 보내고 웃었던 지난날을 생각하면 오늘날의 어색함이 우습기만 했다. 그나마 비가 내려 어색한 침묵을 가려 준 것이 다행이었다.

"네 아들은 기운이 넘치는구나. 총명하고 다부진 것이 나중에 큰 사람이 되겠다."

"큰 사람은 무슨. 그저 건강하게만 자라 주면 바랄 것이 없겠어."

체격이 크고 활력이 좋은 연이지만 나는 언제나 그의 건강이 염려스러웠다. 산달을 채우지 않고 태어난 아이들은 대개 잔병치레가 많다고 하는데, 반대로 연은 잔병치레가 없는 대신 꼭 일 년에 한두 번을 크게 앓았다. 그럴 때마다 나는 어머니이자 의원으로서 진땀을 빼며 연의 곁을 지켰다.

"건강? 지금 하는 것을 봐서는 건강 걱정은 안 해도 될 것 같은데."

잠시 놀아 주고서 진이 다 빠진 것인지 담덕이 질린 얼굴로 웃었다. 그 모습이 꼭 연과 한바탕 놀이를 하고 난 후의 내 모습 같아 나도 모르게 웃음이 흘러나왔다.

그때였다.

"아아악!"

빗소리를 뚫고 귓가에 도달한 비명에 웃음이 뚝 끊겼다.

"이건 연이 목소리……!"

그 사실을 인식하자마자 몸이 먼저 튀어 나갔다.

나는 나무를 벗어나 그대로 연의 목소리가 들려온 방향을 향해 달리기 시작했다. 그 뒤로 나를 따라붙는 담덕의 발걸음 소리가 들렸다. 비가 온몸을 세차게 때렸지만 아무것도 느껴지지 않았다. 귓가에 연의 비명이 윙윙 맴돌아 정신이 아득했다.

"연아!"

"우희 님! 폐하!"

연의 이름을 부르며 달린 지 오래 지나지 않아 태림이 나와 담덕을 불러 세웠다. 나는 그대로 태림에게 달려가 그를 붙잡았다.

"연이는요?"

"그것이……."

다급하게 물으니 태림이 곤란한 얼굴로 고개를 푹 숙였다.

"죄송합니다. 붙잡을 새도 없이 갑자기 튀어 나가는 바람에 놓쳤습니다."

그가 면목이 없다는 듯 절벽 아래를 가리켰다.

"설마 저 아래로 떨어졌다고요?"

"예, 하지만 그렇게 높은 절벽은 아닙니다. 아래에도 나무들이 있고……."

태림의 말을 듣고 마음을 가라앉힌 뒤 아래를 살피니 그의 말처럼 높은 절벽은 아니었다. 아래에는 나무도 울창하게 자라 떨어지면서 충격이 제법 완화되었을 것 같았다.

그렇다고 걱정이 씻은 듯 사라진 것은 아니었다. 머리만 이성적일 뿐, 연이 괜찮을 거라 생각하면서도 놀란 가슴이 진정되지 않아 몸이 덜덜 떨리고 심장이 쿵쾅거렸다.

"제가 내려가 살펴보겠습니다. 너무 걱정 마십시오."

태림이 떨리는 내 어깨를 토닥이며 나를 진정시켰다. 덕분에 떨림이 조금 잦아들어 심호흡하며 고개를 끄덕이는데 옆에서 큰 그림자가 움직였다.

나와 태림의 고개가 반사적으로 돌아갔다. 그림자의 정체를 확인한 우리는 놀라서 눈을 크게 떴다.

"담덕!"

"폐하!"

담덕이 망설임 없이 절벽 아래로 몸을 던진 것이다. 절벽의 경사면을 타고 아래로 미끄러져 가는 담덕을 보며 나와 태림은 경악에 찼다. 담덕의 모습이 금세 나무들 사이로 사라졌다.

말릴 새도 없이 일어난 일에 나와 태림 모두 절벽으로 달려갔다. 절벽 끝에 몸을 붙이고 아래를 내려다보니 마침 나무들 사이로 담덕의 목소리가 들려왔다.

"연이를 찾았어. 잠깐 정신을 잃은 것 같은데…… 숨은 고르니까 너무 걱정하지 마. 지금 데리고 올라갈게."

담덕은 연을 등에 업고 가파른 절벽을 잘도 기어 올라왔다. 바위틈 사이에 발을 디디고 절벽에 뿌리를 내린 나무를 붙잡아 한 걸음씩 전진하더니 금세 절벽 위에 안착했다.

"한번 살펴봐."

담덕이 나를 근처 나무 아래로 데려가 땅 위에 연을 내려놓았다.

서둘러 연의 상태를 살피니 그의 말처럼 잠시 정신을 잃었을 뿐 목숨에는 지장이 없는 것 같았다. 아래로 떨어지며 생긴 생채기들도 경미했다. 팔다리 어느 곳도 심각하게 부러진 곳 없이 긁힌 상처뿐이었다. 이마가 찢어져 피가 나기는 했지만 절벽에서 떨어지고 이 정도면 운이 아주 좋은 축이었다.

연이 무사하다는 걸 확인하자마자 나는 담덕에게로 고개를 돌렸다. 나의 날카로운 시선을 받은 담덕이 영문을 모르겠다는 듯 고개를 갸웃거렸다.

"왜?"

"왜라니? 갑자기 절벽 아래로 뛰어들면 어떡해! 태림이 내려간다고 했잖아. 가만히 기다리고 있으면 되지 왜 네가 뛰어들어? 다치면 어쩌려고!"

"다쳐? 내가? 고작 저 정도를 내려가는데?"

담덕이 어이없다는 듯 물었다. 내게는 가파르고 위험해 보이는 저

절벽이 담덕에게는 '고작 저 정도'일 뿐인 듯했다.

"그래도 조금이라도 위험하면 하지 말아야지."

나는 동의를 구하기 위해 재빨리 태림을 보았다. 이번에는 그도 내 편이었다.

"폐하, 부디 호위하는 제 입장도 생각해 주십시오."

"오늘은 잔소리꾼이 두 명이네."

담덕이 어깨를 으쓱거리며 얼굴에 쏟아지는 빗물을 닦아 냈다. 투덜거리면서도 정작 그의 기분은 나빠 보이지 않았다.

"으으……."

담덕을 향해 한 소리 더 하려는 그때, 잠시 정신을 잃었던 연이 끙끙대며 몸을 일으켰다.

"연아."

눈을 뜨자마자 엄한 얼굴로 저를 바라보는 내 모습과 마주한 연이 숨을 들이켜며 어깨를 움츠렸다.

"어머니이……."

꾸지람을 면하려는 듯 애교가 섞인 목소리였다. 여기에 넘어가면 앞으로가 고달프다는 것을 알고 있었기 때문에, 나는 흔들리지 않고 연의 어깨를 붙잡았다.

"어머니가 뭐라고 했지?"

"……말도 없이 사라지지 말라고요."

"또?"

"위험한 곳에서는 뛰지 말고 주변을 잘 살피라고도 하셨어요."

"그런데 오늘 약속을 두 가지나 어겼구나. 연이가 약속을 어길 때마다 이 어미의 마음이 참 아픈데."

나의 말에 연의 두 눈에 눈물이 핑 돌았다.

"……잘못했어요, 어머니. 연이 때문에 마음 아프시면 싫어요. 앞으로 약속 꼭 지킬게요."

나는 연의 마지막 다짐까지 받아 내고 나서야 미소를 짓고 연을 꼭 끌어안았다.

"어디 아프지는 않니? 이마는 쓰라리지 않고?"

"괜찮아요."

"많이 놀라서 지금은 아픈 줄도 모를 거야. 집에 돌아가서 다시 아픈 곳이 있는지 잘 살펴보자."

"네."

연이 울음을 삼키며 고개를 주억거렸다. 나는 기특한 마음을 담아 연의 등을 토닥였다.

"어찌 이리 위험한 짓을 했어? 조심하지 않고."

"하지만…… 토끼가 보여서…… 아!"

훌쩍이면서도 할 말을 하던 연이 갑자기 생각났다는 듯 내 품에서 빠져나오며 제 옷 속을 뒤적이기 시작했다. 연이 손을 몇 번 휘저은 끝에 그의 품속에서 작고 하얀 토끼 한 마리를 꺼냈다.

"이거 보십시오! 제가 잡았습니다! 그러니 폐하와의 내기는 제가 이긴 거예요!"

연이 뿌듯하게 손을 내밀었다. 토끼는 연의 두 손바닥을 합친 것보다 조금 컸다. 아직 어린 토끼였다.

토끼는 연의 손 위에서 얌전히 앉아 입을 오물거리고 있었다. '잡았다'고 하기에는 지나치게 상태가 멀쩡했다. 애초에 담덕와 연의 내기는 '활을 열심히 연습해서 사냥감을 잡는 것'이었다. 그런데 활을 쓰지 않고 사냥감을 잡았으니 상황이 애매했다.

"활을 쏴서 잡은 것은 아니지만…… 어쨌든 제가 제 손으로 잡았습니다!"

연이 그렇게 말하며 담덕의 눈치를 살폈다. 제 말에 어느 정도 억지가 섞여 있다는 것을 본인도 잘 아는 것 같았다.

"이걸 잡겠다고 절벽으로 몸을 던진 거냐?"

담덕이 쪼그려 앉아 연과 눈을 맞추었다. 연은 잠시 머뭇거리다 이내 고개를 저었다.

"아니요. 토끼를 잡으려고 쫓아갔는데, 저 때문에 도망치다가 절벽 아래로 떨어지기에…… 저도 모르게 손을 뻗었다가…….”

"잡으려던 것이 아니라, 구하려고 한 것이구나."

"……네."

연이 여전히 머뭇거리며 고개를 끄덕이자 담덕이 그의 이마에 꿀밤을 놓았다.

"아얏! 또 왜 때리십니까!"

"토끼를 살리겠다고 네 목숨을 던져? 경중을 따지면 어리석은 일이었어. 백번 혼이 나도 할 말이 없다."

"네에…….”

"그래도 착한 마음씨를 탓할 수는 없지. 오늘 내기는 네가 이긴 셈 치마. 어쨌든 사냥감을 하나 잡았으니 말이다. 호언장담하던 호랑이보다는 훨씬 작은 놈이지만."

"정말요? 그럼 제 소원을 들어주시는 겁니까?"

시무룩한 얼굴로 땅을 바라보던 연이 고개를 번쩍 들었다. 반짝이는 눈으로 그를 올려다보는 아이의 시선에 담덕이 피식 웃음을 흘렸다.

"그래, 들어주마."

연은 담덕과의 내기에서 이기기 위해 한동안 열심히 활쏘기 훈련을 했다. 담덕이 직접 그 모습을 보기까지 했으니, 그간의 노력을 참작해 갖고 싶어 하는 것을 하나 주기로 한 모양이었다.

"그러니 이제 말이나 들어 보자. 도대체 무엇을 갖고 싶어서 이리 열심이었느냐?"

담덕이 작은 단서라도 달라는 듯 나를 보았지만 나로서도 아는 바가 없었다. 나 역시 담덕과 같은 의문을 가지고 연에게 물었지만, 아이는 비밀이라며 입을 꾹 다물고 내게 아무것도 알려 주지 않았다.

내가 어깨를 으쓱거리며 고개를 젓자 담덕이 연을 보았다. 연은 잔뜩 긴장한 얼굴로 토끼를 품에 끌어안으며 나를 힐끗거렸다.

나를 왜? 영문을 몰라 고개를 갸웃거리니 연이 고개를 푹 숙였다.

"제가 갖고 싶은 것은……."

"그래, 네가 갖고 싶은 것은?"

"그것이……."

담덕은 끈기 있게 연의 말을 기다렸다. 고요하게 자신을 기다리는 그의 태도에 용기를 얻었는지 곧 연이 눈을 질끈 감으며 소리쳤다.

"제가 갖고 싶은 것은 아버지입니다!"

연의 외침에 모두가 얼어붙었다. 빗소리 사이로 '아버지입니다!' 하는 연의 외침만 메아리처럼 울리고 있었다.

"……뭐?"

가장 먼저 정신을 차린 사람은 연의 부탁에 귀를 기울이고 있던 담덕이었다.

"아버지…… 그러니까 아버지를 갖고 싶다고? 그, 어머니, 아버지할 때의 그 아버지?"

최대한 차분하게 대꾸하려고 한 듯했지만 담덕의 목소리에도 당황한 기색이 역력했다.

나처럼 담덕도 연이 말이나, 검, 활 정도를 요구할 거라고 생각하고 있었을 것이다. 그것이 아니라도 주고받을 수 있는 물건이라고 생각했겠지. 그런데 연이 뜬금없이 사람을, 그것도 아버지를 갖고 싶다고 했으니 당황스러운 것은 당연했다.

"네."

"하지만 넌 이미 아버지가 있잖아? 멀리 장사를 떠났다며?"

"그 아버지는 싫어요."

연이 고개를 도리도리 저었다.

"저를 찾아오지도 않고, 서신으로 안부도 안 전하는 아버지는 싫습니다. 연리 누나는 아버지 얼굴이라도 알았지……. 전 아버지 얼굴도 모른단 말이에요. 이런 애는 세상에 저 하나뿐일 거예요."

연의 이야기를 듣고 있는 내 입이 점점 벌어졌다. 내 앞에서 연은 단 한 번도 그런 이야기를 한 적이 없었다. 아버지를 보고 싶다거나, 그의 사랑을 원한다거나.

생각해 보면 말하지 않아도 아이가 아버지의 애정을 갈구하는 건 당연했다. 그럼에도 연이 아무 말 못 했던 것은 나 때문이었을 거다. 아버지 이야기만 하면 곤란해하는 어머니의 미묘한 분위기를 아이가 느낀 것이다. 오히려 아이라서, 더 예민하게 그런 것을 느꼈을지도 모르지.

"연아."

내가 입술을 질끈 깨물고 연을 불렀지만 아이는 내가 아닌 담덕만을 똑바로 바라보고 있었다.

"폐하께서는 뭐든 다 주실 수 있다고 했잖아요. 그러니까 제게 아버지를 주시면 안 되나요, 네?"

간절하게 자신을 바라보는 연의 눈빛에 담덕의 얼굴이 난처하게 일그러졌다. 그의 눈이 입술을 질끈 깨물고 있는 나를 향했다가 다시 연에게로 돌아갔다.

"음…… 그건 내가 어떻게 해 줄 수가 없는 건데."

담덕이 씁쓸하게 웃으며 연의 머리를 쓰다듬었다. 언제나 그랬던 것처럼 장난스럽게 머리를 헤집는 것이 아니라, 손끝마다 다정함이 서린 듯 부드러운 손길이었다. 담덕의 손길에 연의 고개가 아래로 푹 떨어졌다.

연은 아무런 대답도 하지 않았다. 그저 입을 꾹 다물고 침묵을 지켰다. 말 대신 눈물이 땅을 적셨다. 한 방울, 두 방울. 조금씩 떨어지던 눈물이 금세 비처럼 주르륵 흘러내렸다. 그런데도 연은 울음소리조차 내지 않았다. 소리도 없이 울고 있는 여섯 살 아이를 보고 있으니 가슴이 턱 막혀 왔다. 내가 저 아이를 저렇게 만들었구나. 울면서 소리조차 낼 수 없게. 그렇게 만들었어.

연을 바라보는 눈이 시큰거렸다. 하지만 나까지 이 자리에서 펑펑 울 수는 없었다.

"……연이가 쓸데없는 소리를 했어. 미안."

나는 그대로 연을 안아 들었다. 평소에는 버겁게 여겼던 무게가 전혀 느껴지지 않을 정도로 정신이 없었다.

"오늘 시간 내줘서 고마워. 이제 나랑 연이는 돌아갈게."

담덕은 서둘러 떠나려는 나를 막지 않았다. 다만 그 역시 무엇인가 생각에 빠진 듯 홀로 침묵을 지키고 있을 뿐이었다. 다행이었다.

나는 그대로 몸을 돌려 사냥터를 빠져나왔다.

◆ ◆ ◆

집에 돌아와 따뜻한 물로 씻고 젖은 옷을 갈아입은 뒤에도 연은 입을 열지 않았다. 새빨갛게 변한 눈으로 입을 꾹 다물고 슬픈 얼굴을 하고 있을 뿐이었다.

"연아."

나는 침상에 앉은 연의 옆에 다가가 아이의 어깨를 끌어안았다.

"아버지가 갖고 싶어?"

아버지라는 말에 여태껏 침묵을 지키던 연이 반응했다. 고개를 들어 물끄러미 나를 바라보던 연이 곧 짧게 대답했다.

"네."

"언제부터 갖고 싶었는데?"

"신라에 있을 때부터요."

"그런데 왜 어머니한테 말 안 했어?"

"……어머니가 슬퍼하실 것 같아서요."

연은 나이에 비해 어른스러운 면이 있었다. 연을 또래보다 성숙하게 만든 것이 어쩌면 아이가 겪을 필요가 없었던 상실일지도 모른다는 사실에 속이 쓰렸다.

"그랬구나. 우리 연이, 어머니 생각을 먼저 하고. 착한 아들이네."

나는 연의 머리카락을 매만지며 연에게 물었다.

"왜 아버지가 갖고 싶어?"

"다른 사람들은 다 있는데, 저만 없어서요. 다들 아버지 이야기를 할 때면요, 저는 할 말이 없어요. 그냥 멀뚱멀뚱 사람들이 하는 이야기를 들어요. 그럴 때면 사람들이 물어요. 연이 아버지는 어때? 그럼 전 대답하죠. 전 아버지가 없어요, 멀리 떠났어요. 그러면 사람들 눈빛이 변해요. 그 눈빛 하나에 전 세상에서 제일 불행한 아이가 된 것만 같아요. 사실은 전혀 그렇지 않은데도요."

"……그랬구나."

나는 내 눈을 바라보는 이 아이의 모든 생각을 알 수 없다는 것이 안타까웠다. 내가 낳았고, 나를 닮았고, 내가 누구보다 잘 안다고 생각한 아들이 짐작조차 못 했던 고민을 가지고 있었다. 그 사실이 뼈아팠다.

여태까지 난 너무 내 생각만 한 거야. 연이의 마음에 대해서는 미처 생각하지 못했어.

"연이는…… 어떤 아빠가 갖고 싶어?"

"……말하면 아버지를 만들어 주시나요?"

"들어 보고 내 마음에도 들면?"

긍정적인 대답에 연의 얼굴에 화색이 돌았다.

"그럼 전 도림 선생님 같은 아버지요!"

"도림 선생? 왜?"

"모르는 것이 없으시니까요. 전 똑똑한 아버지가 좋아요."

"그렇구나. 또 없어?"

"있어요! 외숙부님 같은 아버지도 좋아요."

"음, 네 외숙부는 왜?"

"저랑 잘 놀아 주세요. 매일매일 새로운 걸 가져오셔서 외숙부님과 있으면 시간 가는 줄 몰라요. 그리고……."

"그리고?"

"폐하 같은 분이요. 그런 분이 아버지였으면 좋겠어요."

연의 머리를 쓰다듬던 손이 굳었다.

"……처음에는 싫어했잖아."

"네. 매일 절 놀리고, 어머니도 괴롭혔고…… 그래서 싫었는데요, 이젠 좋아요."

"왜?"

"절 아주 좋아하시거든요. 또 어머니도요. 저희를 바라보는 눈이 정말 따뜻해요. 전 그게 정말 좋아요."

"……그렇구나. 그게 우리 연이 생각이구나."

나는 웃으며 연의 이마에 입을 맞추었다. 겉으로는 웃으면서도 마음속은 복잡했다. 하지만 복잡한 생각 끝에 내린 결론은 간단했다.

이기적인 일을 하나 해야겠어.

❖　❖　❖

연에게는 미안한 일이 많았다. 말을 타고 활을 쏘는 것에 관심이 많은 것을 알면서도 일부러 가르침을 피했고, 혹 신라를 찾은 고구려 사람들의 눈에 들까 싶어 대부분의 시간을 저택 안에서 보내게 했다.

하지만 가장 미안한 일을 꼽으라면 당연히 아버지의 부재였다. 자라나는 어린아이에게 아버지의 존재가 얼마나 절대적인지는 나 역시 알고 있었다. 게다가 연은 꿈과 호기심이 충만한 소년이었다. 나에게 차마 말하지는 못했지만 말을 함께 타고 활쏘기를 가르쳐 줄 아버지를 언제나 소망하고 있었던 것이 분명했다.

그간 나는 아버지의 빈자리를 부족함 없이 메우기 위해 부단히 노력했다. 하지만 연의 입에서 아버지가 갖고 싶다는 말이 나온 이상 지난 노력은 모두 실패로 돌아간 것이나 다름없었다.

그러나 그것이 허망하다며 연을 원망할 수는 없었다. 애초에 연은 그러한 상실조차 누릴 필요가 없던 아이였다. 원하는 모든 것을 누리고 행복하게 살 수도 있었다. 아버지의 사랑도 당연히 연이 누려야 할 것 중 하나였다.

그 당연한 권리를 빼앗은 사람이 나였다. 광개토대왕이라는 대단한 사람의 미래를 위해서라고, 역사의 중요한 줄기를 그려 내는 장수왕의 시대를 위해서라고. 미래를 알고 있기에 두려웠고, 두려워서 달아날 수밖에 없었던 나.

하지만 연에게까지 그 모든 것을 강요할 수는 없었다. 연은 이제 겨우 여섯 살인 아이였다. 역사도, 미래도 그 아이에게는 중요한 문제가 아니었다.

연은 이 시대에 태어나 이 시대를 살아가는 사람이다. 전생을 기억하고 미래를 보았던 나와 달리 그 아이에게는 지금의 이 삶만이 전부였다. 어째서 그 사실을 외면하고 있었을까.

연뿐만이 아니었다. 우희로 태어나 내가 인연을 맺은 모든 사람이 그랬다. 담덕. 아버지. 제신. 운. 태림. 지설. 영. 그들 역시 연과 다르지 않았다. 그들에게는 오로지 지금의 삶만이 의미가 있었다. 그런 이들과 인연을 맺으며 나는 지겹도록 소진으로서 역사와 미래를 생각했다.

소진으로 쌓았던 지식과 기억들이 우희에게 많은 도움을 주었음은 부정할 수 없었다. 많은 사람을 살린 이 의술로 담덕과 인연까지 맺었으니 전생의 기억을 완전히 끊어 내는 것은 불가능했다.

그래도 나는 우희였다. 고구려 여인, 절노부 연씨의 딸, 연의 어머니이자 한때는 한 남자의 연인이었던.

흘러갈 역사보다도 우희로서의 삶이 중요하다고 몇 번이고 다짐했건만 정작 중요한 갈림길에서 나는 언제나 소진으로서 생각하고 판단했다. 그래서 많은 사람들에게 상처를 주었지.

보통의 고구려인이 갖지 못하는 생각과 행동들이 매력적으로 여겨지는 순간이 있었던 반면, 이 시대의 사상으로는 결코 받아들여질 수 없던 순간도 있었다.

그런 장벽에 부딪힐 때마다 나는 미래를 알고 있는 사람으로서, 더 발전된 현대를 살아온 사람으로서 나의 판단이 당연히 더 옳은 것이라는 생각에 사로잡혔다. 어리석은 오만이었다.

연이에게는 아버지가 필요해. 정말 그 아이를 사랑해 줄, 진짜 아버지.

언제나 바르다 믿었던 나의 결정이 틀렸다고 처음으로 인정한 순간이었다.

이제 와 담덕에게 연의 존재를 알리는 것이 올바른 것일까? 당연한 고민이 따라붙었지만 연의 얼굴을 보며 이기적으로 굴자고 마음먹었다.

지금은 연이의 마음만 생각하자. 여태까지 그 아이가 응당 누려야 할 것을 잃게 만들었으니 이제라도 돌려줘야 해.

하지만 막상 그렇게 마음을 먹고 나니 걱정과 두려움이 밀려왔다. 이 이야기를 들으면 담덕은 무슨 반응을 보일까? 이런 비밀을 오래도록 간직하고 있었던 나를 원망할지도 모른다. 이제 와 쓸데없이 핏줄이 생겼다며 귀찮아할 수도, 외려 지금보다 연을 더 멀리할 수도 있었다.

"무슨 생각을 하기에 손이 놀아? 이 지루한 일을 내게만 떠맡기려는 건 아니지?"

복잡한 마음에 찻잎을 손질하던 손이 멈추었던지 맞은편에 앉아 있던 제신이 불만스럽게 투덜거렸다.

위장을 위해 차린 다원이지만, 찻잎을 재배하고 판매하는 것까지 진짜 다원과 다를 바 없이 운영하고 있었다. 오래전 국내성 중심부에서 비로의 본부로 주점을 운영할 때도 제대로 장사를 했었다. 그때와 비슷하게 비로의 대원들은 외부로 임무를 나가지 않는 날이면 다원에서 일했다. 임무를 나갈 때는 찻잎을 팔기 위해 길을 떠나는 것으로 위장했다.

하지만 절노부의 도련님으로 널리 알려진 제신은 일꾼으로 위장할수가 없었다. 그런 연유로 그는 차를 자주 사러 오는 단골손님으로 위장해 다원에 드나들었다. 지설과 태림도 마찬가지였다.

손님으로 위장을 한 만큼 제신은 다른 대원들처럼 다원의 일을 할 필요가 없었다. 하지만 내가 열심히 찻잎을 손질하는 모습을 보더니 꽤 흥미를 느꼈는지 순순히 내 일에 동참하겠다고 나섰다.

어차피 큰돈을 벌고자 다원을 운영하는 것은 아니었으므로 대원 대부분은 슬렁슬렁 일했다. 하지만 나는 이왕 기르기 시작한 찻잎을 제대로 활용하고 싶었다. 제대로 키운 찻잎은 맛이 좋을 뿐만 아니라, 종류에 따라 병을 다스리는 데도 큰 도움이 되었다.

그러나 그런 생각 없이 흥미로만 달려든 제신은 단순 작업이 반복되는 찻잎 다듬기에 금세 질려 버리고 말았다.

"아무것도 아냐."

나는 은근슬쩍 찻잎에서 손을 놓는 그를 보며 고개를 저었다. 하지만 오래 지나지 않아 담덕의 상황과 연의 정체를 모두 알고 있는 제신이라면 나의 고민에 좋은 상담 상대가 되어 줄 수 있을 거라는 생각이 들었다.

"오라버니, 나 고민이 있는데."

"응, 뭔데?"

나의 부름에 의미 없이 찻잎을 뒤적이던 제신이 반갑게 대답했다. 지루하기 짝이 없는 찻잎 손질보다는 내 고민을 함께 나누는 것이 훨씬 재미있을 거라는 생각이었을 것이다.

"연이 말이야, 아버지가 갖고 싶대."

하지만 이어지는 나의 말에 제신의 입에 걸렸던 미소가 서서히 흐려졌다. 나의 고민거리가 가볍게 떠들 만한 종류의 것이 아님을 깨달은 것이다.

"연이가 그런 소리를 했어?"

"응. 그것도 담덕 앞에서."

"뭐?"

"오라버니도 알지? 담덕과 연이가 한 사냥 내기. 거기서 연이가 이겼는데, 소원으로 아버지를 갖고 싶다고 하더라."

난감했던 당시의 내 기분을 지금 제신도 느끼는 것일까. 그의 얼굴이 미묘하게 일그러졌다.

"폐하께서는 뭐라고 하셨는데?"

"뭐라고 하겠어? 그건 자기가 아니라 나에게 달린 문제라 들어줄 수 없다고 했지."

"그렇구나."

그렇게 대답하고 잠시 침묵을 지키던 제신이 머뭇거리며 뒷말을 이었다.

"사실 네게 말하지 못한 것이 있어."

"말하지 못한 것?"

"그것이…… 이걸 들으면 넌 분명히 역정을 내겠지만……"

제신이 면목 없다는 듯 제 머리를 긁적이며 어설프게 웃었다.

"그게…… 네가 연이의 아버지에 대해서 말한 다음 날에 폐하께 전부 말하려고 했거든."

"뭐라고?"

나는 너무 놀라 자리에서 벌떡 일어섰다. 내가 필사적으로 감추려고 했던 사실이 가장 믿었던 사람의 입을 통해서, 이처럼 쉽게 담덕의 귀에 들어갔다는 사실을 믿을 수가 없었다.

"오라버니를 믿고 이야기한 건데!"

원망과 당황이 뒤섞인 눈으로 제신을 보고 있으니 그가 나보다 더 당황한 얼굴로 손을 휘휘 내저었다.

"아니, 아니. 중요한 사실은 말하지도 못했으니 너무 그렇게 보지 마라!"

"……그건 또 무슨 말이야?"

"그러니까, 나는 말하려고 했거든. 연이가 그분의 아들이라는 거. 내가 이 문제에서만큼은 폐하의 편이라는 건 이미 말했잖아."

"그래서 이 누이를 배신하고 담덕에게 모든 걸 말해 버렸다는 거야?"

"아니, 말했잖아. 그러려고 했는데 정작 중요한 사실은 말하지도 못했다고."

제신이 길게 한숨을 내쉬며 의자에 몸을 기대었다.

"폐하를 찾아가 말했어. 연이의 아버지가 누구인지 네게 직접 들었다고, 원하시면 누구인지 고하겠다고. 그런데 폐하께서 아무 말씀

없이 가만히 내 이야기를 들으시는 거야."

그때의 기억을 떠올리는 것인지 제신의 미간이 미묘하게 찌푸려졌다.

"그러더니 물으시더라. 우희 네가 지금 이 상황을 알고 있냐고. 내가 모른다고 대답했더니, 자기는 그 이야기를 들을 생각이 없다고 하시더군. 고민도 없이 그러시기에 나도 더 말 못 하고 돌아왔지."

신라에서 나를 발견했을 때도 비슷했다. 그때의 담덕은 내게 연의 아버지에 대해 은근슬쩍 묻긴 했지만, 적극적으로 진실을 밝혀내려고는 하지 않았다.

"넌 연이에게 어찌 아버지를 만들어 줄 생각이야?"

조용히 생각에 잠긴 나를 보며 제신이 물었다. 나는 연의 소원을 들은 이후 홀로 생각했던 마음을 그 앞에 털어놓았다.

"연이의 말을 듣고서 많이 생각해 봤어. 여태까지 내가 너무 내 욕심만 밀어붙인 게 아닌가 하고. 이제 내 욕심을 접고 연이만 생각해 보려고. 연이가 바라는 건 아버지의 역할을 할 사람이 아니라 진짜 아버지겠지. 그러니 진짜 연이의 아버지에게 연의 존재를 알릴 거야. 담덕의 반응은…… 그다음 일이지."

"폐하께서 내게 그러셨던 것처럼 아예 그 이야기를 듣고 싶지 않다고 자르시면?"

"……그럼 다른 방법으로 연이의 소원을 들어줘야겠지. 이곳 국내성에 애 딸린 여인을 받아 줄 사내가 있으려나?"

장난스럽게 말해 보았지만 제신은 전혀 웃지 않았다.

"만약 폐하께서 네게도 그리 나오신다면 난 그분께 크게 실망할 거야."

"언제는 담덕의 편이라더니."

웃음 섞인 나의 타박에 제신의 얼굴이 조금 풀어졌다.

"이제 난 네 편도, 폐하의 편도 아니야. 둘 사이에서 갈팡질팡하는 건 지쳤다. 오늘부터는 그냥 마음 편하게 연이의 편에 서야겠어."

"비로의 수장을 제 편으로 만든 아이라니. 벌써부터 뒷배가 든든하잖아?"

"내 조카인데 그 정도는 되어야지."

제신이 턱을 치켜들며 잔뜩 젠체하는 바람에 웃음이 터졌다. 그런 나를 따라 제신의 입에서도 밝은 웃음소리가 흘러나왔다. 하지만 오래 지나지 않아 그의 얼굴이 다시 진지하게 변했다.

"만약 폐하께서…… 정치적인 상황을 고려해 연이를 받아들이지 못하겠다고 하셔도 너무 상심하지 마라. 그분이 아니라도 너와 연이를 아끼는 사람은 많아. 나부터가 그래. 무슨 수를 써서라도 너와 연이가 행복할 수 있는 길을 찾아 줄 거다."

"알아, 오라버니의 마음이 어떤지."

"알긴 뭘 알아? 하나도 모르면서."

제신이 불만스럽게 투덜거렸다. 육 년 전 말 없이 국내성을 떠난 일을 염두에 두고 한 말이 분명했다. 나는 할 말을 잃고 입을 꾹 다물었다.

"우희 넌 어려서부터 무엇이든 척척 해내는 아이였다. 누구의 손도 빌리지 않고 홀로 모든 것을 해냈지. 총명하고 용감했어. 아버지는 그런 너를 자랑스러워하셨다. 하지만 그러면서도 불안과 걱정을 안고 계셨어. 세상은 너무 크고, 모든 것을 홀로 이뤄낼 수는 없으니 언젠가 네가 벽에 부딪힐 거라고, 혹 그런 날이 오면 가족에게 기대길 바라셨지."

우리 남매는 어릴 적 어머니를 잃고 전쟁에서 아버지까지 떠나보냈다. 피를 나눈 친척들은 많았으나 한 가족이라고 할 수 있는 사람은 이 세상에 단둘, 나와 제신뿐이었다.

"난 이미 소중한 이들을 많이 잃었어. 내게는 너와 연이가 마지막이야. 부디 그걸 잊지 마라."

어렸을 적 나는 소진으로서 제신을 보며 항상 그가 어리다는 생각을 했다. 하지만 이제는 아니었다.

"잊지 않을게, 오라버니."

나는 언제나 내 편이 되어 줄 든든한 오라버니를 향해 세상의 모든 고마움을 담아 웃었다.

그것을 본 그의 얼굴에도 비로소 웃음이 번졌다. 그 뒤로 진심인지 농담인지 모를 호언장담이 이어졌다.

"만약 폐하께서 연이를 외면하시거든 내가 좋은 사내 하나 찾아 주마! 좋은 아버지를 갖고 싶다는 조카님의 소원은 꼭 들어줄 테니 걱정 마라!"

❖ ❖ ❖

제신과의 대화 이후 마음이 한결 편해졌다. 덕분에 담덕에게 제대로 연의 이야기를 할 용기를 얻었지만 결심이 무색하게도 그의 얼굴을 보기가 힘들었다.

"한동안 궁 밖으로 나오긴 힘드실 겁니다."

고민도 없이 어깨를 으쓱거리는 지설의 말을 들으며 나는 묘한 기분에 휩싸였다. 마음만 먹으면 언제든 볼 수 있던 사람이 이제는 손이 닿지 않는 먼 곳의 존재가 되어 버린 것을 실감할 때마다 기분이 이상해지는 것은 어쩔 수 없었다.

그 미묘한 표성을 두고 담덕의 줄타가 어려운 이유를 묻는 것으로 생각했는지 지설이 설명을 덧붙였다.

"폐하께서 직접 처리하셔야 할 일이 한둘이 아닙니다. 신라에 주둔시켜 둔 병력 문제도 있고, 후연에게 빼앗긴 영토를 어찌 수복할 것인지에 대한 논의도 계속 이어지고 있어서요. 얼마 전 사냥을 나가신 것도 상당히 무리하신 겁니다. 덕분에 저를 비롯한 신하들이 얼마나 고생을 했는지……."

"그럼 한동안 만나기는 힘들겠네요."

"폐하께서 나오시기만을 기다린다면 그렇겠지요."

다른 방법이 있다는 투였다. 고개를 갸웃거리며 지설을 보니 그가 어렵지 않다는 듯 간단한 해결책을 제시했다.

"아가씨께서 궁으로 가시면 되잖습니까? 그럼 잠시 이야기를 나눌 시간 정도는 만들 수 있지요."

"네? 제가 궁에 간다고요? 어떻게 그래요?"

의외의 말에 나도 모르게 눈이 커졌다.

내가 직접 궁에 간다는 건 한 번도 생각해 본 적이 없었다. 육 년 전 스스로 나온 이후 그곳은 내가 결코 발을 들일 수 없는 곳이 되어 버렸다. 게다가 궁은 국내성에서 보는 눈이 가장 많은 곳 중 하나였다. 최대한 조용히 살겠다고 절노부의 저택을 떠나 다원에서 지내는 내가 갈 수 있는 곳이 아니었다.

그러나 지설은 이번에도 대수롭지 않게 어깨를 으쓱거리며 손쉬운 해결책을 제시했다.

"정문으로 당당히 들어가고자 한다면 볼 눈이며 떠들 입이 많아 걸리는 구석이 많지요. 하지만 꼭 그렇게 궁에 들어가라는 법은 없지 않습니까? 폐하께서도 늘 당당한 길로만 궁을 나오시는 건 아니시거든요."

당당하지 않은 길이라. 그러고 보니 담덕이 몰래 궁을 빠져나올 때 어떤 방법을 사용하는지는 생각해 본 적이 없었다. 모두의 눈을 피하겠다고 그 높은 궁궐의 담을 넘지는 않았을 테니 어딘가 은밀한 길이 있었을 것이다.

"폐하께서 은밀하게 사용하시는 쪽문이 있습니다. 주로 잠행을 나오실 때 쓰는 문인데…… 누구에게도 알려 줄 수 없는 문이지만, 아가씨께 문의 존재를 알렸다고 폐하께서 화를 내실 것 같지는 않군요. 어떻게 하시겠습니까? 궁으로 가 보시겠습니까?"

꼭 그렇지만은 않을 거라는 생각이 들었지만, 이어지는 지설의 질문에 나는 고개를 끄덕이고 말았다. 겨우 다잡은 용기가 흔들리기 전에 담덕과 만나 이야기가 하고 싶었다.

"그럼 가시죠."

내 답을 이미 예상했었다는 듯 지설이 웃으며 자리에서 일어섰다.

❖ ❖ ❖

지설을 따라 사람들의 눈에 띄지 않는 길로 은밀하게 움직이고 있자니 나쁜 일을 앞둔 아이처럼 심장이 두근거렸다.

아니지. 경계가 삼엄한 궁에 몰래 들어왔으니 벌써 나쁜 짓을 해 버린 셈이야.

하지만 잔뜩 긴장한 나와 달리 지설은 태연하게 걸음을 옮길 뿐이었다. 태평한 그를 보고 있으니 혼자만 긴장한 내 모습이 우습게 느껴졌다. 덕분에 긴장으로 산뜩 굳었던 나의 어깨에도 금세 힘이 빠졌다.

어깨에 힘이 빠지니 그제야 주변을 둘러볼 여유가 생겼다. 사람들의 눈을 피하느라 낯선 곳으로만 움직이고 있었으나 공간을 채운 정취는 익숙했다.

나는 이곳이, 이곳에서 쌓았던 추억들이, 함께 추억을 쌓은 사람들이 늘 그리웠다. 그럼에도 그리움을 억누르고 살았던 것은 또다시 이곳에 올 날이 영영 오지 않을 것이라 생각했기 때문이었다. 누군가는 평생에 한 번 발을 들이는 것조차 어려운 궁궐이다. 그곳을 제 발로 나온 사람에게 오늘과 같은 행운이 다시 오리라 생각하기는 힘들었다.

"지금은 아마 집무실에 계실 겁니다. 일에 집중하시는 동안은 시중도 일절 받지 않으시니 곁을 지키는 건 태림뿐이겠지요."

그건 나도 익히 알고 있었다.

일하는 동안 집중이 깨지는 것을 극도로 싫어하는 담덕은 집무실에 있는 동안에는 어떠한 시중도 받지 않았다. 덕분에 일에 열중하며 식사를 거르는 일이 다반사였다.

"그 습관은 여전하네요."

"앞으로도 여전할 것 같습니다. 특별한 계기가 없다면 습관을 바꾸긴 힘드니 말이지요. 덕분에 주변 사람들만 발을 동동 구릅니다. 제발 식사는 거르지 마시라 몇 번이나 말씀 올렸지만, 어디 우리 폐하께서 아랫사람들의 조언을 듣기나 하신답니까?"

"이제는 아랫사람들의 조언도 잘 듣는 왕이라 하던걸요."

"그 아랫사람에 저는 들어가지 않나 봅니다. 제 말은 죽어라 안 들으시니."

지설이 불만스럽게 투덜거리며 걸음을 멈추었다. 어느새 목적지에 다다른 것이다.

담덕이 아직도 일에 열중하고 있는 것인지 전각은 드나드는 사람도 없이 무인도인 양 고요했다. 지독한 고요함을 깨뜨리고 안으로 들어서자 홀로 공간을 지키고 있던 태림이 나를 발견하고는 놀라서 눈을 크게 떴다.

"우희 님? 어찌 이곳에……."

"폐하께서는?"

지설이 태림의 질문을 자르며 물었다. 태림은 잠시 혼란스러운 얼굴로 나와 지설을 보더니 고갯짓으로 집무실을 가리켰다.

"아직 그 상태 그대로십니다."

"내가 다원에 간 이후로 쭉?"

"예."

지설이 다원에 온 것이 이른 새벽이었다. 그때부터 해가 지고 있는 지금까지, 담덕은 쉬지도 않고 일을 하고 있는 것이다. 달라지지 않은 궁의 정취만큼이나 여전한 사내 아닌가.

참으로 애매한 뚝심이었다. 백성 입장에서는 고맙지만, 친구로서는 절로 고개를 젓게 된다. 나는 오랜만에 담덕이 잠시나마 업무에서 손을 떼도록 만들었던 친구 우희의 마음으로 긴 한숨을 내쉬었다.

"들어가 봐도 될까요?"

"우희 님이라면 문제없습니다."

조심스럽게 물었으나 태림은 아주 쉽게 대답하며 입구에서 비켜섰다.

"……이렇게 쉽게 비켜 줘도 괜찮은 거예요? 아무리 그래도 왕의 집무실인데."

"하지만 우희 님이신데요."

태림이 내 질문을 이해할 수 없다는 듯 고개를 한쪽으로 기울였다. 왜 이런 것을 묻는지 영문을 모르겠다는 얼굴이었다.

나와 담덕이 격의 없이 어울리던 것은 오래전의 일인데도 지설과 태림은 그 시절처럼 나를 대해 주었다. 어쩐지 민망했다. 하지만 들어가라는 허락을 받고도 멀뚱멀뚱 입구에 서 있을 수는 없었다. 나는 어색하게 헛기침을 흘리며 담덕의 집무실 안으로 들어섰다.

변함없던 궁의 정취처럼 집무실 안도 여전했다. 종이와 먹의 냄새, 고요한 분위기, 그 안에 흔들리지 않고 자리를 잡은 한 남자까지. 변화가 없는 공간에 들어서니 내 마음도 오래전처럼 과감해졌다.

나는 척척 안으로 걸어 들어가 담덕 앞에 섰다. 다시 국내성으로 돌아온 뒤 지금처럼 내가 먼저 그에게 다가간 것은 처음이었다.

하지만 담덕은 놀라지 않았다. 아니, 놀랄 수가 없었다.

"……잠들었나?"

담덕은 장계를 들고 의자에 반듯하게 기댄 채 눈을 감고 있었다. 흔들림 없는 자세를 보면 그가 잠들었다는 건 말도 안 되는 생각 같았다. 하지만 내가 주위에서 열심히 인기척을 내도 담덕은 미동조차 하지 않았다. 눈앞에 대고 손을 흔들고, 주위를 빙빙 돌아도 마찬가지였다.

"잠들었네."

잠도 제대로 못 잘 만큼 바쁘다고 들었는데 지금 그를 깨울 수는 없었다.

나는 그렇게 결론 내리고 옆에 있는 의자에 조심스럽게 앉았다. 작은 소리에도 담덕이 깰까 봐 걱정스러웠으나 다행히도 내가 자리에 앉을 때까지도 그는 움직임이 없었다.

의자에 앉아 자리를 잡은 뒤 나는 한 손으로 턱을 괴고 담덕의 얼굴을 빤히 바라보았다. 이렇게 마음 놓고 그의 얼굴을 볼 기회는 흔치 않았으니, 마음껏 그 기회를 누려 볼 참이었다.

　담덕의 얼굴은 익숙하면서도 낯설었다. 나는 허공에 손을 뻗어 그의 얼굴을 따라 손을 움직였다. 손을 스치고 가는 것은 텅 빈 공기였지만 어쩐지 그의 얼굴을 만지고 있는 것처럼 손끝이 간지러웠다.

　이마를 지나 코, 코를 지나 눈, 눈을 지나 뺨을 어루만지고 굳게 다문 입술까지 스쳐 지나가니 더 이상 손이 갈 곳이 없었다. 나는 그의 턱 끝에서 멈춰 버린 손에 힘을 주어 주먹을 쥐었다. 하지만 손에 잡히는 것은 아무것도 없었다.

　손이 힘없이 아래로 떨어졌다. 어떤 것에도 닿지 못한 손이 무척이나 허전했다.

　겨우 잠든 사람을 방해할 수는 없지. 이야기는 그냥 다음에 해야겠다.

　하지만 그렇게 생각하면서도 선뜻 자리에서 일어설 수가 없었다. 얼굴을 보는 것 정도는 조금 더 해도 되지 않을까 하는 마음 때문이었다.

　그래, 얼굴만 조금 더 보고 가자. 그건 크게 방해되지 않을 거야.

　말없이 흘러가는 시간과 멈춰 버린 듯 고요한 공간은 지나칠 정도로 안락했다. 따뜻하고 평화로운 분위기에 취한 탓인지 잠든 담덕의 얼굴을 빤히 바라보던 내 눈꺼풀도 덩달아 무거워지기 시작했다. 그걸 깨달은 시점이 너무 늦은 것이 문제였다.

　잠들면 안 되는데. 몇 번이나 눈꺼풀에 힘을 주며 눈을 부릅떴지만 보람도 없이 금세 힘이 풀렸다. 나는 저항할 수 없는 수마에 이끌려 눈을 굳게 감았다.

한없이 몸이 나른했다. 잠에 빠져 있기 딱 좋은 환경이었다. 소음 없이 고요한 분위기와 적당한 온도에 절로 입꼬리가 위로 올라갔다.

아, 좋다.

그렇게 생각함과 동시에 무엇인가 이상한 기분에 가슴이 철렁 내려앉았다.

어…… 내가 눈 감기 전에 마지막으로 본 것이…….

기억을 더듬을 것도 없이 눈을 감고 있는 담덕의 얼굴이 선명하게 떠올랐다.

아, 좋다가 아니잖아!

아무리 변함없는 풍경에 마음이 편해졌다지만, 이처럼 대책 없이 잠들어 버리다니. 자신의 태평함을 믿을 수가 없었다.

나는 제발 담덕이 계속 잠들어 있기를 바라며 눈을 번쩍 떴다. 그리고 다음 순간, 곧바로 눈을 뜨고 있는 담덕과 시선이 마주쳤다. 그는 아까의 나처럼 턱을 괴고 나를 빤히 바라보고 있었다. 나는 그대로 굳었다. 자연스럽게 무어라도 말해야 할 것 같았지만 너무 놀라 눈을 깜빡일 수조차 없었다.

몸이 굳어 있는 동안 머리는 빠르게 돌아갔다. 먼저 자연스럽게 인사를 하자. 이야기를 하러 왔다가 네가 잠들었기에 방해하고 싶지 않았다고 말하고…….

머릿속으로 할 말을 정리하는 사이 나처럼 침묵을 지키고 있던 담덕이 먼저 입을 열었다.

"조금만 더 가까이 와 주면 안 되나?"

뜻밖에도 담덕은 태연했다. 내가 어찌 궁에, 그것도 제 집무실에 들어와 있는지는 궁금하지도 않은 것 같았다.

"역시 안 되는 건가."

대답 없는 내게 실망한 것인지 담덕이 눈을 내리깔며 중얼거렸다. 하지만 아래를 향하던 그의 시선이 금세 위로 올라와 나의 두 눈을 똑바로 바라보았다.

"아니, 돼."

나른한 담덕의 눈과 마주치는 순간 나도 모르게 입이 움직였다.

"가까이 갈 수 있어."

나는 자리에서 일어서 천천히 담덕의 앞으로 걸음을 옮겼다. 그의 눈이 느릿하게 나의 움직임을 좇았다.

몇 걸음 만에 금세 손만 뻗으면 닿을 거리가 되었다. 담덕은 그렇게 되기를 기다렸다는 듯 내 손목을 붙잡아 제 앞으로 바짝 끌어당겼다.

"만질 수 있는 걸 보니 헛것은 아니었네."

의외라는 듯 담덕의 눈이 커졌다.

내 모습을 발견하고 헛것이라도 보고 있다고 생각했던 걸까? 그렇다면 뜬금없이 궁 안 집무실에 들이닥친 나를 보고서도 태연했던 그의 태도도 이해할 수 있었다.

나 홀로 담덕의 태도를 납득하는 사이 그의 입꼬리가 살짝 위로 올라갔다.

"다행이야. 내가 그렇게까지 돌아 버린 건 아니길 바랐거든. 아무리 그래도 한 나라의 왕이 미친놈이면 곤란하잖아."

내 손목을 잡은 건 단순히 확인을 위해서였는지 나를 붙잡고 있던 담덕의 손이 떨어졌다. 나는 그의 손이 닿았던 손목을 매만지며 픽 하고 웃음을 흘렸다.

"애초에 왜 날 헛것이라고 생각한 거야?"

"네가 이곳에 나타날 리 없다고 생각했으니까. 여긴 어찌 왔어?"

"할 이야기가 있어서. 지설에게 말했더니 네가 나오는 건 한동안 힘들 거라잖아. 그래서 내가 왔지."

"지설과 함께 온 거라면…… 역시 그 문을 이용했나?"

담덕이 고개를 갸웃거렸다. 지설은 괜찮을 거라고 말했지만 역시 마음에 걸리는 것일지도 모른다.

"응. 혹 내가 그 문을 알게 된 것이 마음에 걸린다면……."

"그럴 리가. 오히려 잘했다고 말하고 싶은데."

담덕이 재빨리 내 말을 가로채며 손을 저었다.

"그래서 할 이야기는 뭔데?"

"으음."

할 말이 있어 담덕을 찾았지만 그의 앞에 가득 쌓인 장계들을 보니 차마 말이 나오지 않았다. 그렇지 않아도 과중한 업무에 시달리는 사람에게 고민거리를 하나 더 얹어 준다는 게 미안했다.

그런 내 마음을 읽었는지 담덕이 의자에 기대며 웃었다.

"여기까지 직접 온 것을 보면 중요한 이야기 아닌가? 괜찮으니 해 봐. 언제 찾아오든 어차피 지금보다 장계가 줄어 있는 날은 없을 것 같거든."

담덕이 질린 얼굴로 쌓여 있는 장계들을 바라보았다. 그 얼굴을 보니 입을 열기가 더욱 어려워졌지만, 그의 말처럼 언제 찾아오든 상황은 비슷할 터. 하루라도 빨리 이야기를 전하는 게 좋을 것 같았다.

"연이의 소원 때문에 왔어."

"아, 그 소원. 아버지를 갖고 싶다고 했지."

나를 향한 담덕의 시선에 곤란한 기색이 스쳤다.

"그때도 말했지만 그건 내가 어떻게 해 줄 수 있는 일이 아니잖아. 내가 할 수 있는 일은 기꺼이 해 주겠지만 말이야. 언제든 원하는 것이 생길 때 소원을 말하라고 해."

직접 이야기를 꺼낸 이상 연은 결코 소원을 바꾸지 않을 것이다. 그만큼 간절하고 오랜 소망이었다.

"아무래도 네가 바라던 답은 아니었던 것 같네."

나의 침묵에 담덕이 고개를 갸웃거렸다.

"어떤 답이면 좋았을까?"

"어떤 답을 바란 건 아냐. 다만…… 난 연이의 소원을 이뤄 주고 싶어."

"어떻게 할 생각인데?"

"우선 연이의 진짜 아버지에게 부탁을 해 봐야지. 연이 곁에서 아버지로 살아 줄 수 있겠느냐고. 그게 먼저라고 생각해. 연이도 그걸 가장 바랄 테니까."

"그럼 멀리 떠나 버렸다는 연이의 친아버지를 찾을 생각인가? 그래서 도움을 청하려고 온 거고? 그렇다면 비로의 대원 하나를 보내 줄게. 부족하다면 그 이상도 보내 줄 수 있어."

정말 담덕은 연의 아버지가 자신이라고는 생각지도 않는 것일까? 아니면 연의 아버지를 궁금해할 이유가 없는 것일지도 모른다.

"얼마 전에 오라버니가 네게 그랬다며? 연이의 아버지에 대해 알려 주겠다고."

"그랬지. 하지만 듣지 않겠다고 했어. 네가 걱정할 만한 일은 없었다."

"······어째서 듣지 않았는데? 궁금하지 않았어?"

"궁금하지 않다면 거짓말이겠지. 하지만 제신은 그걸 이야기하는 게 네 뜻이 아니라고 했으니까."

"······겨우 그것 때문에?"

나의 질문에 담덕이 대수롭지 않게 어깨를 으쓱거렸다.

"네 뜻이 가장 중요한 거 아닌가? 별로 복잡한 생각은 하지 않았어. 네가 연이의 아버지가 누구인지 감추고 싶다면 거기에 따르겠다고 생각했을 뿐이야. 게다가 연이의 진짜 아버지가 누구인지는 내게 별로 중요한 문제가 아니니까."

"왜 중요하지 않아? 네가······ 연이의 아버지라는 생각은 해 보지 않았어?"

정말 단 한 번도 그런 생각을 해 보지 않았을까?

연의 정확한 나이를 말하지는 않았지만 외견을 보면 대충 아이가 몇 살인지는 가늠할 수 있었다. 그렇게 가늠한 나이를 셈해 보면 연이 제 아들일 수도 있다는 의심이 당연히 따라붙었을 텐데.

"왜, 연이가 내 아들이야?"

하지만 이번에도 담덕의 목소리는 평온했다. 그는 별로 중요하지 않은 이야기를 하는 것처럼 가볍게 질문을 던졌다.

"말해 봐, 연우희. 연이가 내 아들이야? 넌 내가 어떻게 알기를 바라는데?"

담덕이 자리에서 일어서 내게로 몸을 돌렸다. 위에서 나를 내려다 보는 시선은 가볍게 전해진 목소리와 달리 무척이나 무거웠다.

"연이의 진짜 아버지가 누구인지, 그게 왜 내게 중요하지 않냐고? 답은 간단해. 연이가 내 아들이든 아니든 난 네가 하라는 대로 할 거든. 내가 연이의 아버지가 되었으면 좋겠어? 아니면 다른 사람이 연이의 아버지가 되기를 바라나? 어떤 말이든 난 따를 준비가 되어 있어."

"어떤 말이든 내 뜻에 따르겠다고?"

"그래, 연우희."

믿을 수 없다는 듯 눈을 크게 뜨는 나를 보며 담덕이 픽 웃었다.

"넌 가끔 열여섯의 내가 네게 주었던 선물을 잊는 것 같아. 오래전 그날, 네 탄일 이후로 난 이미 너의 것 아니었나? 그런 내가 네 뜻에 따르는 건 너무나 당연한 일인데."

담덕이 희미하게 웃으며 내 머리카락을 매만졌다.

"네가 바라는 담덕은 어떤 사람이야? 내가 어떤 사람이 되었으면 좋겠어?"

그 질문을 따라 기억이 오래전 열여섯 살의 탄일로 돌아갔다.

수많은 등불이 하늘 위로 떠오르던 풍경 속에서 마주했던 담덕도 지금과 비슷한 말을 했었다.

"네가 하지 말라는 건 안 하고, 네가 하라는 건 무조건 할 거야. 왜냐하면 난 오늘 나를 네게 줬으니까. 나 고구려의 태자 담덕은 오늘부터 네 것이야. 그러니 무엇이든 네 뜻대로 해."

그때도, 지금도. 담덕은 나의 뜻을 가장 중요하게 생각해 주었다. 생각해 보면 단 하루도 그러지 않은 날이 없었다.

그것을 깨닫자 나를 망설이게 만들었던 모든 벽이 허물어졌다. 홀로 견고한 벽을 쌓으며 속에 담아 두었던 복잡한 감정들이 무너진 틈을 비집고 한 번에 쏟아져 내렸다. 기다렸나는 듯 눈이 시큰거렸다. 눈물의 징조였다. 나는 얼른 두 손으로 얼굴을 가렸다.

뭘 잘했다고 울어. 자신을 열심히 달래 보았지만 아무런 소용이 없었다. 한번 터져 버린 눈물은 멈출 줄을 몰랐다.

담덕이 가볍게 내 어깨를 끌어안아 등을 쓸어내렸다. 다정한 위로에 외려 더 많은 눈물이 쏟아졌다.

"연이는…… 연이는 네 아들이야. 그 아이의 아버지가 되어 줄래?"

나는 담덕의 가슴팍에 머리를 기댄 채 겨우 말을 끝맺었다. 울음 섞인 말이 제대로 전해졌는지 귓가에 담덕의 웃음소리가 들려왔다.

"다행이다. 연이가 내 아들이라고 말해주길 얼마나 기다렸는지 넌 모를 거야. 정말…… 내 인생에서 가장 오랜 기다림이었어. 연이에 대해서도, 너의 지난 육 년에 대해서도…… 하루에도 몇 번씩 묻고 싶었지만 꾹 참았어. 하지만 이제 됐어. 네가 결국 이렇게 내게 와줬으니까. 그냥…… 됐어."

한숨처럼 새어 나온 목소리에 지난 세월의 무게가 모두 담겨 있는 듯했다. 아득한 그 무게감이 마음에 내려앉았다. 참으로 이상했다. 고구려에 다시 발을 들인 것은 오래전의 일인데, 이제야 비로소 제자리에 돌아온 것 같은 기분이 들었다.

第二十六章

진정한 귀환

나와 연은 궁으로 초대받았다. 이번에는 비밀스러운 쪽문을 이용하지 않았다. 당당하게 정문을 이용해 공식적으로 궁을 찾았다.

이제 국내성 곳곳에 내가 돌아왔다는 소식이 퍼질 것이다. 정보에 밝은 사람들은 이미 내가 돌아온 것을 알고 있었겠지만, 이번 궁궐 방문으로 나의 귀환을 공식화했다는 것이 중요했다.

게다가 내 옆에 연이 있었다. 내게 씌워졌던 수많은 의혹 때문에 연에게도 좋지 않은 소문들이 따라붙을 것이다. 또 다른 파란의 시작이었으나 결국엔 이겨 내야 할 문제였다.

하지만 여섯 살 난 연은 그런 복잡한 사정은 알지 못했다. 그저 멀리서만 보던 궁궐이라는 곳에 방문하게 된 것에 잔뜩 들떠 있을 뿐이었다. 화려하지는 않지만 크고 위엄이 묻어나는 전각들, 기합이 잔뜩 들어간 근위병들과 분주하게 움직이는 시녀들. 처음 보는 모든 것들이 연을 들뜨게 했다.

그러나 무엇보다 연을 신나게 한 것은 함께 정원을 산책하던 담덕이 꺼낸 말 한마디였다.

"그때 네가 말했던 소원을 내가 들어줄 수 있을 것 같구나."

"네? 정말요?"

정원 위를 맴도는 매를 보며 손을 흔들고 있던 연이 담덕의 말에 기뻐서 펄쩍 뛰었다.

"제게 아버지를 주실 건가요?"

"그래, 네 어머니가 허락하셨거든."

"와! 감사합니다, 어머니!"

담덕의 말에 연이 내게 고개를 숙이며 인사했다. 여태까지 연에게서 아버지를 빼앗았던 장본인인 터라 아이의 인사를 받기가 민망했다.

하지만 연은 어색해서 웃고 있는 내게 큰 관심이 없었다. 연은 어느새 담덕을 바라보며 눈을 빛내고 있었다.

"제게 어떤 아버지를 주실 건가요, 폐하?"

"이미 정해 두었지. 부디 네 마음에 들었으면 좋겠는데 말이야."

담덕은 조금 긴장한 얼굴이었다. 최대한 부드러운 얼굴로 웃고 있었지만, 그를 잘 아는 내게는 긴장한 것이 뻔히 보였다.

내가 모든 사실을 밝히고 연의 아버지가 되어 달라고 말한 후, 담덕은 아주 심각한 고민에 빠졌다. 어떻게 하면 귀족들에게 연이 제대로 된 아들로 인정받을 수 있을까 하는 고민이 아니었다.

"연이가 날 마음에 안 들어 하면 어떡해?"

심각하게 묻던 담덕의 얼굴이 떠올랐다. 그는 혹여나 연이 저 말고 다른 사람을 아버지로 삼고 싶다 할까 봐 며칠 전부터 고민으로 끙끙 앓았다.

커다란 사내가 어린아이의 인정을 받기 위해 전전긍긍하는 모습이 세법 귀여웠다. 그래서 나는 연이 이미 담덕 같은 아버지를 갖고

싶다고 했다는 것을 말하지 않고 발을 동동거리는 그를 가만히 지켜
보기만 했다.

"혹 내가 네 아버지가 되면 어떻겠느냐?"

잔뜩 긴장한 담덕의 질문에 연이 딱딱하게 굳었다. 기쁨으로 만면
에 차올랐던 미소도 순식간에 사라져 버렸다.

"폐하께서요? 제 아버지요?"

아버지를 만들어 주겠다는 말에 방방 뛰었던 연의 목소리가 어느
새 한 단계 낮아져 있었다.

가라앉은 연의 기색에 담덕은 물론이고 나까지 당황했다. 담덕이
아버지가 되어 준다고 하면 당연히 좋아할 줄 알았는데.

나는 당황만 했을 뿐이지만 담덕은 완전히 돌처럼 굳어 버렸다. 누
군가가 손가락으로 쿡 찌르면 순식간에 가루가 되어 멀리 날아가 버
릴 것 같았다. 그러니 상황 수습은 내 몫이었다.

"연아, 폐하가 아버지면 싫어?"

나는 몸을 숙여 연과 눈을 맞추었다. 연은 입술을 질끈 깨물고는
금방이라도 울 것 같은 얼굴로 내 품에 뛰어들었다.

"어머니, 제가 꿈을 꾸고 있나 봐요. 어쩐지…… 너무 좋은 일이 계
속 생긴다 했어. 이게 다 꿈이라서 그런가 봐요."

연이 굳어 있는 담덕을 힐끗거리며 내게 속삭였다. 시무룩한 얼굴
에 실망이 가득했다.

그러니까 담덕이 아버지가 되는 것이 싫은 게 아니라, 담덕이 아버
지가 되는 것이 너무 좋아 꿈만 같다는 이야기지? 나는 비로소 긴장
을 풀고 웃음을 터트렸다.

"이게 꿈 같으니?"

"네. 그게 아니면 어떻게 모든 것이 이리 좋을 수가 있어요?"

이게 무슨 애늙은이 같은 말이람. 나는 더 크게 웃으며 연의 머리를 쓰다듬었다.

"연아, 현실도 그리 좋을 수가 있단다. 아마 앞으로는 계속 그리 좋을 거야."

제 머리를 헤집는 생생한 손길에 연의 눈이 점점 커졌다.

"어…… 그럼…… 이게 정말 꿈이 아닌가요……? 정말 폐하께서 제 아버지가 되어 주실 거예요?"

연이 혼란스러운 눈으로 나와 담덕을 바라보았다. 연의 말에서 긍정적인 신호를 읽어 낸 담덕의 입꼬리가 기쁨으로 움찔거렸다.

"그럼, 당연하지!"

담덕이 한 번에 연을 안아 올렸다. 순식간에 위로 떠오른 몸에 얼떨떨한 얼굴을 하던 연이 금세 손을 번쩍 들었다.

"와아! 와아!"

신이 나서 만세를 부르던 연이 위로 뻗어 올린 손을 그대로 내려 담덕의 목을 끌어안았다. 제 품 안으로 파고드는 아이의 체온에 담덕의 입꼬리가 한없이 위로 올라갔다.

누가 보아도 행복한 부자의 모습이었다. 하지만 그 모습을 보면서도 내 마음은 마냥 편하지 않았다.

승평. 아직 한 번도 얼굴을 보지 못한 담덕의 또 다른 아들 때문이었다.

◆　◆　◆

담덕은 내게 단 한 번도 승평에 대해 말한 적이 없었다. 내 앞이라 일부러 말을 조심하는 것일지도 모른다는 생각을 했지만, 늘 편안한 얼굴로 이야기하는 담덕을 보고 있자면 꼭 그런 것 같지도 않았다.

그 때문에 나는 신라에서부터 들은 소문과 담덕의 측근들의 이야기로만 승평을 알고 있었다. 그에 대해 내가 가진 정보는 많지 않았다. 영락 6년에 태어난 소년이라는 것, 외부 활동이 지극히 적다는 것, 어머니가 누구인지 알려지지 않았다는 것. 모두 시원치 못한 정보들뿐이었다.

지난번의 공식 방문 이후 자주 궁을 드나들게 되었지만, 그러는 동안에도 승평을 보지 못했다.

결국 나는 정면 돌파를 하기로 마음먹었다. 지난 육 년간의 내 이야기를 전부 털어놓은 마당에 나만 담덕의 이야기를 모른다니 불공평했다.

"담덕."

진지하게 자신을 부르는 내 목소리에 침상에 누운 연에게 서책을 읽어 주던 담덕이 눈만 돌려 나를 보았다.

"연이는 이미 잠들었어. 이제 내게 시간을 좀 써 주는 게 어때?"

조곤조곤한 담덕의 목소리에 연은 이미 잠에 빠진 뒤였다. 태왕의 침상을 당당히 차지한 것으로도 모자라 태평하게 잠까지 들다니.

하지만 제 침상을 내준 담덕은 외려 즐거운 표정으로 잠든 연을 바라보고 있었다.

"어떻게 이런 예쁜 녀석이 나왔지? 역시 내 아들이야."

나는 싱글벙글 웃으며 연의 머리를 정돈하는 담덕을 보며 입을 떡 벌렸다. 그는 내가 연이 제 핏줄이 맞다고 확인해 준 이후 줄곧 이런 상태였다.

"진짜 아들이 아니었어도 상관없다더니, 지금 이 모습은 뭐야?"

내 말에 담덕이 멋쩍은 표정을 지으며 헛기침을 했다.

"그땐 정말 그렇게 생각했어. 연이의 아버지가 누구든 어머니는 확실히 너니까, 네 아들이라면 당연히 받아들일 수 있었어. 내가 진짜이 녀석의 아버지이길 간절히 바란 것도 사실이지만……."

담덕이 씨익 웃으며 어깨를 으쓱거렸다. 타박할 테면 하라는 태도였다.

"날 닮은 아이가 있는 게 이렇게 좋은 건 줄은 몰랐지."

"연이는 날 닮았거든!"

"외면보단 내면이 더 중요하지 않아? 활 쏘는 걸 봐. 네가 아니라 날 빼다 박았다니까. 쏘는 족족 과녁을 벗어났던 너와는 천지 차이야."

"내가 언제 쏘는 족족 과녁을 벗어났다고 그래? 과녁 맞히는 것 정도는 나도 했어."

"그랬던가? 활 쏘는 네 모습을 떠올리면 바로 코앞에 화살을 내다 꽂던 것밖에 기억이 안 나서."

담덕이 장난스럽게 웃으며 바닥을 가리켰다.

과장된 말이었다면 거짓말이라고 반박이라도 했을 텐데, 명백한 사실이라 반박조차 할 수 없었다.

"……그건 정말 예전이라고."

나는 불만스럽게 투덜거리고 재빨리 화제를 돌렸다.

"그럼 네 다른 아들은 어때?"

"무슨 말이야?"

"내가 없는 동안 아들이 생겼던걸. 이름이 승평이라고 들었는데, 그 아이도 널 닮았어?"

"아."

승평의 이름이 나오는 순간 담덕이 미간을 찌푸렸다.

"네게 벌써 그 이야기가 들어갔어?"

"벌써라니. 신라에 있을 때부터 알았는걸."

"뭐? 신라에 있을 때부터?"

"네가 얼마나 유명 인사인데. 내가 네 소식을 못 들었을 거라고 생각한 거야?"

"여태까지 별다른 말이 없기에 모른다고 생각했어."

그렇게 말한 담덕이 잠시 생각하더니 곧 미간을 찌푸렸다.

"내가 연이에 대해 별로 궁금해하지 않았을 때 너도 이런 기분이었나?"

"지금 네 기분이 어떤데?"

"뭐라고 설명할 수는 없지만…… 굉장히 마음에 안 들어. 왜 진즉 승평에 관해 묻지 않았어? 궁금하지 않던가?"

얼마 전 우리의 모습에서 역할만 바꾼 것 같은 모습이었다. 그 사실이 우스워서 나는 웃으며 고개를 저었다.

"당연히 궁금했지. 하지만 내가 물어도 되는 일인지 확신할 수가 없었어. 그런데 이제 내 이야기는 모두 털어놓았으니, 네 이야기도 들을 수 있겠다 싶었지."

"승평의 이야기를 해 달라는 거구나."

담덕은 작게 한숨을 내쉬며 제 뒷목을 매만졌다.

"우선…… 승평의 어머니가 누구인지 궁금하겠지."

"이미 세상을 떠났다고 들었어."

"그래, 승평을 낳고 얼마 되지 않아 목숨을 잃었지. 불행한 일이었어. 하지만 그렇게 드문 일도 아니지."

그랬다. 내 어머니만 하더라도 나를 낳고 얼마 지나지 않아 세상을
떠났다.

이 시대에 아이를 낳는 건 상당히 위험한 일이었다. 의학이 발달한
현대에서도 출산 중 목숨을 잃는 사람이 제법 있었는데, 비교도 할
수 없을 만큼 의학 수준이 떨어지는 고대에야 말할 것도 없었다. 고대
의 여인들은 분만 중 일어날 수 있는 온갖 위험을 제대로 된 대책도
없이 맞닥뜨려야 했고, 겨우 출산을 마치고도 미흡한 처치에 의한 감
염 등 갖가지 이유로 세상을 떴다. 어미가 되려는 이들에게는 가혹한
환경이었다.

그럼에도 담덕의 말이 매정하게 느껴졌던 까닭은 그가 말하는 불
행한 일의 대상이 제 아이를 낳은 여인이기 때문이었다.

그는 마치 타인의 이야기를 하는 것처럼 무덤덤한 얼굴로 승평의
친모에 대해 말하고 있었다.

"백제 원정 때 남쪽으로 내려갔다가 만난 여인이었어. 지설과 정찰
을 나섰다가 보았지. 만삭의 몸으로 제발 도와 달라 청하기에 차마
외면할 수가 없었어."

담덕이라면 당연히 그랬을 것이다. 그는 전쟁 중에는 한없이 무서
운 태왕이지만, 그 외의 시간에는 병사들과 현지 백성 모두에게 친근
하고 따뜻한 모습을 보여 주었다.

"동행한 의원을 불러 상태를 살피게 했더니 얼마 지나지 않아 아이
를 낳았더군. 그게 승평이었어. 하지만 원래부터 몸이 약했는지 여인
은 아이를 낳고 얼마 지나지 않아 죽고 말았어. 제발 아이를 잘 부탁
한다는 말만 남기고."

슬픈 사연이었다. 하지만 이야기 속 거슬리는 말 한마디가 나의 슬픔을 짓누르고 있었다.

"……여인이 만삭일 때 만났다고?"

"그래."

"그럼 승평은……."

"내 핏줄이 아니지."

담덕은 무척이나 충격적인 사실을 지극히도 담백하게 털어놓았다.

고구려 사람들 모두가 그의 아들이라 믿는 승평이, 사실은 그와 피 한 방울 섞이지 않은 아이라니.

하지만 나를 경악하게 만든 것은 고구려 사람들이 자신들의 태왕에게 속았다는 사실이 아니었다.

승평이 담덕의 핏줄이 아니라면…… 자연히 연이 담덕의 유일한 핏줄이 된다. 담덕의 아들은 훗날 장수왕이 될 대단한 인재인데, 지금 시점에서 담덕의 피를 이어받은 것은 연 하나뿐이었다.

세상에, 연이가 장수왕이 될 아이야?

나는 손으로 내 입을 틀어막았다. 그러지 않았다면 놀란 나머지 비명을 질렀을 것이 분명했다.

속으로 겨우 비명을 삼킨 나는 담덕에게 어째서 이처럼 이해할 수 없는 상황이 만들어진 것인지 물었다.

"그런데 왜 그 아이를 아들이라며 거둔 거야?"

"이유를 들으면 넌 실망할 거야. 네 신념과는 아주 먼 이유거든."

담덕이 조금 걱정스러운 얼굴로 내 눈치를 살폈다.

"난 네가 돌아올 자리를 만들고 싶었어. 물론 네가 돌아올지, 돌아와도 내 곁에 머무르고 싶어 할지는 알 수 없었지만, 혹시라도 네가 돌아오고 싶어 할 때를 위해 자리를 비워 두고 싶었어."

담덕이 말하는 '내 자리'란 아마 황후의 자리일 것이다. 국내성을 떠나기 전까지는 분명히 나의 자리였던 그곳.

"제가 회의에서 늘 혼인하시라고, 황후를 들여 안정을 도모하시라고 했던 이유는 모두 후계 때문이었다. 거꾸로 말하면, 후계가 확실할 경우 내게 굳이 혼인을 종용할 필요가 없다는 거지. 그래서 만들었어, 후계자를. 마침 적당한 아이도 있었으니까."

지설과 은밀히 정찰을 나섰다가 만난 여인이 낳은 아들. 사람들을 속이는 건 어렵지 않았을 것이다.

여인을 진료한 의원에게도 적당히 말을 꾸며 일러두면 될 일이었다. 담덕이 지난해 원정에서 취한 여인이라 하면 그도 크게 의문을 가지지 않았을 것이다.

왕이 친정에 나서면, 이를 기회로 여긴 성주들이 앞다퉈 시중들 여인을 왕의 방으로 밀어 넣곤 했다. 그러니 영락 6년의 일도 말만 잘 꾸며 내면 충분히 진실로 만들 수 있었다.

담덕은 보기 좋게 성공했다. 하긴 그에게는 별로 어렵지도 않은 일이었을 테지.

담덕의 말에 따라 생각지도 못한 지난 사연의 앞뒤를 정리하는 사이 그가 쓸쓸하게 웃었다.

"서두가 길었지만…… 간단하게 말하면 그 아이를 이용한 거야. 내가 원하는 걸 지키기 위해서. 역시 네 신념에는 맞지 않지?"

당연히 내 신념에는 맞지 않는다. 하지만 지금은 그보다도 그런 일까지 벌인 담덕의 결심이 더 크게 느껴졌다.

"어떻게 피 한 방울 섞이지 않은 아이를 거뒀어? 그것도 후계로 삼을 아이라 동네방네 떠들면서. 너를 마지막으로 계루부의 시대가 끝나도 상관없었어?"

"정말 승평이 왕위에 올라야 하는 상황이 오면 계루부 고씨의 피를 이어받은 여자아이 중 하나를 골라 혼인시키면 되겠다고 생각했어. 그럼 계루부의 시대는 계속 이어지는 것이니 선왕께도 죄스럽지만은 않겠다 싶었지."

"선왕께서 잘도 그렇게 생각하시겠다!"

나는 담덕의 등을 내려치며 소리 질렀다.

아무리 추후의 혼인까지 염두에 뒀다고는 하지만, 가짜 아들을 후계로 세우고, 만약의 경우 정말 왕위를 물려줄 생각까지 했다니. 너무나 대담한 발상이었다.

무덤에 계신 선왕께서 벌떡 일어나 호통을 치지 않으신 것이 이상할 정도인걸.

"내 자리가 뭐라고. 그게 뭔데 이렇게까지 했어."

"널 위해서만은 아니었어. 나의 자기만족이 가장 큰 부분이었지. 사실 난 아직도 네가 진정으로 황후의 자리를 원하는지 모르겠어."

담덕이 미간을 찌푸리며 내 얼굴을 바라보았다.

"넌 그 자리에 앉겠다고 결심했기 때문에 소노부의 표적이 되고, 목숨을 위협받고, 고향을 떠나야만 했어. 지금은 그때보다 상황이 훨씬 나아졌지만 그래도 그 자리는 위험하지. 언제나 그래. 네가 모든 위험을 감수해야 하고, 단지 내 곁에 있다는 것 말고는 아무런 이득도 없는 그 자리에 앉고 싶어 할까…… 줄곧 그런 생각을 했어."

"그러면서도 그 자리를 지키고 있었고 말이지."

"……말했잖아. 자기만족이었다고. 물론 거기에 그치지 않았으면 좋겠다는 생각도 했지."

진지하던 말이 마지막에는 장난스럽게 마무리되었다. 한없이 무거워지는 분위기를 어떻게든 벗어나려는 것 같았다.

하지만 나는 제대로 이야기를 마무리 짓기 전에는 도망칠 생각이 없었다.

"넌 여전히 내가 너의 황후가 되길 바라니?"

"아니."

내 질문에 담덕은 고민할 것도 없다는 듯 고개를 저었다.

"내가 바라는 건 황후가 아니야. 난 그저 나의 아내를 원해. 내 마음속의 여인이 고구려 태왕의 황후가 아니라, 담덕의 아내가 되어 주길 바라."

담덕이 곧 고구려의 태왕이었다. 그러니 지금 그의 말은 모순투성이였다. 하지만 나는 그 말이 마음에 들었다. 고구려의 태왕이 아닌 '담덕'의 아내.

"열여섯에는 네가 먼저 내게 청혼했지. 이왕 혼인할 거라면 너랑 하자고. 그 말, 이번에는 내가 하면 어떨까?"

담덕이 청혼이라 말하기에도 민망한 과거의 이야기를 꺼내며 내게 물었다.

"평생 혼자 살 것이 아니라면, 그래서 누군가와 혼인을 할 거라면, 그렇다면…… 그거 그냥 나랑 하면 안 될까? 고구려의 태왕이 아니라, 너와 오래 마음을 나누었던 담덕과 혼인한다고 생각하고 그리해 줄 수 있어?"

오래전 그런 생각을 했었다. 다시 만나는 날까지도 서로의 마음이 변하지 않는다면 그것을 하늘의 뜻으로 알고 나의 마음이 가는 대로 하겠다고. 그리고 나는 오늘 비로소 하늘의 대답을 얻었다.

"아니…… 뭐…… 그건 이미 끝난 이야기 아닌가?"

담덕의 입매가 굳어졌다.

"끝난 이야기?"

나는 금방이라도 일그러질 것 같은 그의 얼굴을 보기가 민망해 고개를 푹 숙였다.

"난 네게 이미 연의 아버지가 되어 달라고 했어. 하지만 순서가 그렇잖아. 연이의 아버지가 되려면 내 남편이 되어야 하고, 내 남편이 되려면 나와 혼인을 해야 하는걸. 그러니까 이번 청혼도 내가 먼저 한 거야."

❖ ❖ ❖

둘 사이의 이야기가 정리되자 그 이후는 쉬웠다. 빠르게 국혼 날짜가 정해지고 궁 안이 태왕의 혼인 준비로 분주해졌다.

일사천리로 진행되는 일을 보며 나는 어리둥절해졌다.

이게 이렇게 쉽게 될 일인가?

빠르게 돌아가는 상황에 정신을 차리지 못하는 나를 보며 태림이 어깨를 으쓱거렸다.

"이제는 시간이 많이 흘렀으니까요. 폐하께서는 예전의 폐하가 아니시고, 제가 회의도 예전의 제가 회의가 아니지요."

즉위 초기 어린 왕의 기세를 누르기 위해 이리저리 뻗대었던 제가 회의는 담덕이 백제의 아신을 꿇어앉힌 이후 발언권이 크게 줄어들었다.

주도권을 잡은 담덕은 이후에도 꾸준히 외부 세력들과의 전쟁을 통해 왕권을 강화했다.

일련의 상황들은 멀리 내가 있던 신라에까지 전해졌다. 도는 말에 의하면 국내성에서 태왕의 위세가 심상치 않다고 했었다.

하지만 직접 궁에 와 현실을 보니 상상 이상으로 담덕의 권위가 대단해졌음이 느껴졌다.

궁을 제집처럼 활보하는 연을 보면서도 누구 하나 쑥덕거리는 사람이 없었다. 궁인들은 우리를 극진히 대했고, 말하지 않아도 필요한 것을 먼저 챙겨 주었다. 담덕이 미리 언질해 둔 것 같았다.

물론 반발이 전혀 없었던 것은 아니었다. 반발의 진원지는 역시 소노부였다.

나는 백부를 비롯한 주변 사람들의 입을 통해 제가 회의의 분위기를 엿들을 수 있었다.

소노부와 관노부는 내가 과거에 백제의 왕과 사통했다는 소문을 다시 꺼내 들고 혼인 불가론을 내세웠다. 이미 아이가 있는 것도 문제인데, 아이의 피에 백제인의 것이 섞였으면 어쩔 것이냐는 모욕적인 말도 흘러나왔다.

과거에도 다소 중립적인 입장에 섰던 순노부 역시 이 부분을 우려했다. 그리하여 혼인은 진행하되 아이는 입적하지 않는 것으로 의견을 올렸다.

하지만 담덕은 연이 나와 자신 사이에 태어난 아이라는 사실을 증명할 근거를 찾아 제가 회의에 제시함으로써 문제를 해결했다.

현대라면 유전자 검사를 통해 쉽게 친자임을 확인할 수 있지만, 이 시대에는 사람들의 증언과 당사자의 확신이 전부였다.

당사자인 담덕의 확신이 워낙 완강한 데다, 마침 멀리 신라에서 이리 부인이 보낸 서신이 도착하며 제가 회의의 반발을 틀어막았다.

이리 부인의 서신이 큰 힘이 될 수 있었던 까닭은 지금 신라의 상황과 연관이 있었다.

왜군과 치열한 전쟁을 치른 후 얼마 지나지 않아 신라 왕의 건강이 크게 나빠졌다는 소식이 들려왔다. 안색이 좋지 않고, 금세 지치며, 매사에 의욕이 없어 침상에 누워 있는 시간이 많다고 했다. 길어 봐야 한두 해, 현왕의 시대가 오래가지 않으리라는 예상이 곳곳에서 흘러나왔다.

그러자 사람들은 자연스레 다음 왕에 대해 떠들기 시작했다. 수많은 예측이 오갔지만 내놓는 결론은 비슷했다.

지금 신라 왕에게는 아들이 있었다. 하지만 한두 해 안에 왕위를 잇기에는 나이가 너무 어렸고, 다른 후보가 필요했다. 여러 상황을 고려했을 때 가장 유력한 주자로 떠오른 것은 지금 고구려에 볼모로 와 있는 왕의 조카 실성이었다.

그러니 이리 부인은 단순한 신라의 귀족이 아니라, 곧 왕이 될지도 모르는 사람의 어머니가 되는 셈이었다. 순식간에 그녀의 말이 가지는 위상과 무게가 달라졌다.

게다가 제가 회의는 이미 출신이 불분명한 승평을 태왕의 후계자로 인정한 전력이 있었다. 담덕이 그때의 결정을 언급하자 그들도 더할 말이 없었다.

제가 회의가 승평을 후계로 인정한 속셈이야 뻔했다. 아이의 출신이 불분명하니, 꼭두각시처럼 세워 두고 조종하기 좋을 것이라는 계산이 있었을 것이다. 어떻게든 밀어붙여 제 집안의 여식을 황후로 세우면 권력을 잡는 건 쉽다. 그런 속셈이 지금에 와서 발목을 잡을 거라고는 누구도 생각지 못했겠지.

하지만…….

"왜 그러십니까?"

문득 드는 생각에 미간을 찌푸리는 나를 보며 태림이 물었다.

"그냥 갑자기 궁금한 게 생겨서요."

"제가 아는 것이라면 대답해 드리겠습니다."

"태림이라면 알 거예요. 담덕의 최측근이니까."

"폐하에 관한 것이었습니까……."

태림이 조금 곤란한 얼굴을 했다. 아는 것이라면 대답하겠다고는 했지만, 그 주제가 담덕이라면 부하인 그로서는 곤란할 수밖에 없었다.

나는 그가 말을 바꾸기 전에 재빨리 입을 열었다.

"담덕은 어디까지 생각하고 승평을 거둔 걸까요?"

"그 말씀은……?"

"그렇잖아요. 승평을 거두면서 많은 문제가 해결됐어요. 제가 회의에서 혼인을 재촉하는 일도 줄었고, 후계가 생기니 왕권도 안정되었고, 이번에 나와 연이를 받아들이는 일까지……. 앞의 두 가지야 누구나 예상 가능한 일이었지만 마지막은 다르잖아요. 담덕이 어디까지 포석을 깔아 두었던 걸까, 그게 궁금해져서요."

"그에 대한 답이 중요합니까?"

태림이 이해할 수 없다는 듯 고개를 갸웃거렸다. 덕분에 일이 잘 풀렸는데 뭐가 문제인지 모르겠다는 얼굴이었다.

나는 이 미묘한 기분을 뭐라고 설명해야 하나 고민스러워졌다.

"담덕과 고구려의 태왕, 그 둘은 너무 달라요. 난 담덕으로서의 그 사람은 잘 아는데, 태왕으로서의 그 사람은 잘 모르거든요. 그래서 태왕으로서의 그 사람을 볼 때마다 어떻게 해야 할지 모르겠어요."

내 말에도 태림은 여전히 어리둥절한 표정이었다.

"어차피 한 사람 아닙니까? 우희 님께서도 그걸 잘 알고 계시고요. 그저 다른 사람보다 우희 님께 더 너그러우실 뿐이잖습니까."

"태림의 결론은 언제나 간단하고 명확하네요."

과연 태림다운 결론에 웃음이 터졌다.

"하지만 '모두에게는 차갑지만 나에게만은 따뜻한 내 남자' 정도로 이해하기에는 그 간극이 너무 크단 말이에요. 태왕으로서의 담덕은 내가 상상하는 것 이상으로 대단할 때가 많아서요."

"그렇습니까. 저는 태왕으로서의 폐하밖에 겪어 보지 못했으니 우희 님의 입장을 이해하기 힘들 겁니다. 오히려 우희 님의 눈에 보인다는 평범한 청년으로서의 모습을 상상하는 게 더 힘들죠. 물론 우희 님을 대하는 모습은 많이 보았지만, 제게 그러시지는 않으니까요."

그렇게 말하는 태림의 얼굴이 미묘해졌다. 머릿속으로 담덕이 '평범한 청년'으로서 자신을 대하는 것을 상상해 보는 것이 틀림없었다.

얼마 지나지 않아 태림이 질린 얼굴로 고개를 저었다.

"……역시 상상이 안 됩니다. 폐하는 폐하시니까 말이죠."

"태림에게는 그렇겠죠."

"그렇다면 우희 님 역시 마찬가지인 거 아니겠습니까?"

"저도요?"

"예. 제게 그분이 '폐하는 뭘 해도 폐하'인 것처럼, 우희 님께 그분도 '담덕은 뭘 해도 담덕'인 거 아닐까 하고……."

이번에도 태림의 정리는 간단했다. 나는 망설임 없이 복잡한 문제를 정리해 버린 그를 빤히 바라보았다.

"왜 그러십니까?"

"태림은 가끔 묵직하게 사람을 찔러요."

"제가요?"

"네. 게다가 성실하고 친절하죠. 지설에게 똑같은 말을 했다면, 아마 '별 쓸데없는 생각을 다 하시는군요'라는 소리를 들었을걸요."

지설의 말투와 목소리를 흉내 내는 내 모습에 태림이 드물게 소리 내어 웃었다.

"확실히 지설 님이라면 그랬겠죠."

"잘 아시니 다행입니다. 정말 별 쓸데없는 생각을 다 하시는군요."

태림의 말과 동시에 뒤에서 불쑥 지설의 목소리가 들려왔다.

"으앗!"

놀라서 소리를 지르며 뒤를 보니 지설이 뚱한 얼굴로 우리를 바라보고 있었다.

"제 뒷이야기로 의기투합하고 계셨습니까?"

"아니에요!"

나는 재빨리 반박했다. 일종의 뒷말을 하기는 했지만, 그 대상은 지설이 아닌 담덕이었다.

당당한 나의 대답에 지설의 눈이 가늘어졌다.

"그럼 폐하의 뒷말이라도 하셨다든가?"

거짓말 못 하기로 소문난 태림과 찔리는 구석이 많은 나. 두 사람 모두 꿀 먹은 벙어리가 되어 눈만 깜빡이자 지설이 픽 하고 웃었다.

"이 국내성에서, 아니, 이 고구려 땅에서 폐하의 뒷이야기를 당당히할 수 있는 사람은 아마 아가씨뿐일 겁니다."

"왜 태림은 빼는 거예요?"

"태림이야 아가씨에게 휩쓸렸을 뿐일 테니까요."

지설은 툴툴거리는 나를 향해 생각할 가치도 없다는 듯 짧게 대답하더니, 금세 제 할 말을 꺼냈다.

"아무튼 아가씨께서 해 주셔야 하는 일이 있습니다."

"제가 할 일이요?"

궁에 드나들고는 있지만, 정식으로 혼례를 올리기 전까지는 손님에 불과한 내가 해야 할 일은 많지 않았다. 필시 연이의 문제일 것이다.

"연이가 무슨 사고라도 쳤어요?"

놀라서 물었더니 지설이 길게 한숨을 내쉬었다.

"그랬다면 제가 여기까지 달려오지도 않았겠죠. 도련님이 친 사고는 수습할 사람이 많으니까요. 하지만 사고를 친 사람이 폐하시거든요. 아니, 다행히 아직 사고는 치기 전인데…… 그냥 두면 곧 사고를 치실 테니, 사고를 친 것이나 마찬가지기도 하고……."

횡설수설 이어지는 말에 입이 떡 벌어졌다.

"지설, 지금 무슨 말을 하는 거예요?"

황당함이 고스란히 담긴 내 목소리에 지설이 제 머리를 헤집으며 다시 한번 한숨을 내쉬었다.

"아무튼 폐하를 좀 말려 주십시오. 폐하께서 고집을 부리실 때 그 뜻을 꺾을 수 있는 사람은 아가씨 한 분뿐이거든요."

❖ ❖ ❖

도대체 무슨 일인가 했더니.

나는 불만스러운 얼굴로 의자에 기대어 앉은 담덕을 보며 한숨을 내쉬었다.

"……정말로 이걸 하겠다고? 장난이 아니라?"

"장난이라니. 지설도 이 정도 선에서 납득한 줄 알았는데, 갑자기 널 데려오다니……."

담덕이 내 옆에서 승자의 미소를 짓고 있는 지설을 노려보며 말했다.

나는 손에 든 종이에 적힌 글씨를 다시 읽어 보았다. 몇 번을 들여다 보아도 믿을 수가 없었다.

종이에는 나와 담덕이 국혼을 올리기 위해 준비해야 할 품목들이 가득 적혀 있었다. 품목은 일반적이었지만 요구하는 품질이나 수량이 전례의 몇 배에 달했다.

"……혼례를 이렇게 요란하게 올릴 생각이었다고?"

"그러면 안 되나?"

담덕이 그게 무슨 문제냐는 듯 되물었다. 그 말에 지설의 눈썹이 꿈틀거렸다.

고구려의 혼례 문화를 한마디로 표현하자면 검소(儉素)였다. 사치 없이 수수한 혼례가 정착되어 남녀가 서로 마음이 통하면 서로 주고받는 것 없이 혼인하여 부부가 되었다.

으레 생각하는 혼납금(婚納金)도 없었다. 딸을 시집보내며 돈을 받는 것은 딸을 그 집의 종으로 파는 것이나 다름없는 행위라고 생각했기 때문이다. 남자 쪽에서 준비하는 술과 돼지고기로 한바탕 잔치를 벌이기는 했으나 그뿐이었다.

평민들뿐만 아니라 명문 귀족가도 이런 풍속을 따랐다.

왕가의 혼례도 마찬가지였다. 태왕의 위엄을 세우고자 보통 혼례보다 잔치를 조금 더 크게 열었다는 점만이 달랐다.

하지만 담덕의 계획은 '조금 더 큰' 정도가 아니었다.

"이렇게 요란하게 혼례를 올렸다가는 백성에게 손가락질을 받을걸."

"요란하다고, 이것이? 사실 난 그것도 마음에 차지 않아. 지설의 잔소리 때문에 줄이고 줄인 결과라고."

"뭐? 줄이고 줄여서 이 정도라고? 도대체 처음 목록은 얼마나 요란했던 거야?"

내가 기겁하자 지설이 옆에서 푹 한숨을 내쉬었다.

"제가 처음으로 폐하의 판단력을 의심한 순간이었죠."

"내 판단력은 멀쩡해. 나라도 안정되었고, 올해 수확량도 안정적이고, 큰 잔치를 열기에는 제격이지."

담덕이 부루퉁한 얼굴로 반박했다. 꼭 떼를 쓰는 어린아이 같은 얼굴이었다.

조금 전 태림과 함께 '너무 대단한 광개토대왕'을 어떻게 대해야 하나 고민했었는데, 태림과 나누었던 대화가 무색해지는 순간이었다. 입에서 피식 웃음이 흘러나왔다.

하지만 두 사람은 내가 웃는 것도 모르고 여전히 심각한 얼굴로 말을 주고받는 중이었다.

"아직 후연과의 문제가 남아 있습니다. 백제의 아신도 계속 왜와 교류하며 기회를 엿보고 있고요. 아직 마음을 놓으실 때는 아닙니다. 게다가 제가 회의를 겨우 달래서 하는 혼례이니 최대한 조용하게……."

"그럼 나는 언제 마음을 놓지? 백제 왕의 무릎을 꿇리고, 왜군을 몰아내고, 가야를 깨부수고, 신라를 발아래 두었다. 지난 몇 년간 한시도 마음을 놓은 적 없이 달려왔어. 그런데 아직도 부족한가?"

담덕의 서늘한 목소리에 지설이 입을 꾹 다물었다. 덩달아 내 입가에서도 미소가 사라졌다.

"후연을 물리치면 그 뒤에는 마음을 놓을 수 있나? 그때는 또 어떤 불안이 나를 가로막지? 나는 도저히 모르겠군. 그러니 지설, 자네가 말해 봐. 나는 언제 마음을 놓을 수 있나?"

무거운 침묵이 흘렀다. 어울리지 않게 할 말을 잃은 지설이 몇 번이나 입술을 달싹이다 나를 보았다. 아무래도 자신이 수습할 수 없는 부분이라고 생각한 것 같았다.

내가 고개를 끄덕이자 지설이 고개 숙여 인사하고 조용히 집무실을 나섰다.

나와 담덕 둘만 남은 공간.

"지설은 할 일을 한 거야. 계속 경각심을 일깨워 주는 거. 그게 지설의 일이잖아. 그러니 나도 지금부터 내 할 일을 해야겠어."

나는 여전히 무거운 공기를 밀어내기 위해 미소를 지으며 담덕의 얼굴을 살폈다.

"지쳤어? 마음 놓고 쉬고 싶은 거야?"

내 질문에 담덕이 나를 빤히 바라봤다. 그는 상당히 얼떨떨한 얼굴을 하고 있었다.

"……아마 그랬었나 봐. 나도 지금 말을 내뱉고서야 알았다. 그래, 난 지쳐 있었던 거야. 아주 오랫동안."

담덕이 중요한 사실을 깨달았다는 듯 제 두 손을 내려다보았다.

"그걸 느낄 새도 없었지. 생각할 틈도 없이 무작정 달려오기만 했으니까. 그런데 네가 왔어. 내 유일한 쉴 곳, 내 모든 것을 보여 줄 수 있는 네가. 오래도록 잃었던 쉼터를 다시 찾은 거야."

한참 제 손을 바라보던 담덕이 다시 고개를 들어 나를 보았다.

"그러니 오래도록 눌러 온 피로가 몰려온 거지. 난 지금, 아마도 투정을 부리고 싶은 것 같아."

"투정?"

"그래. 내가 여태까지 이렇게 힘들었다고, 누구에게도 이런 걸 말하지 못했다고, 그러니 유일한 사람인 네가 나를 좀 안아 달라고, 그런 투정."

"뭐, 어렵지 않네."

나는 담덕의 무릎 위에 앉아 그를 꼭 끌어안았다. 등을 토닥이는 느린 손길에 화답하듯 담덕이 나를 마주 안았다. 분명 먼저 껴안은 사람은 나인데, 체격 차이 때문인지 내가 담덕에게 안겨 파묻힌 모양새가 되었다. 담덕의 손길이 느리게 내 등을 쓸어내렸다.

"좋다, 네 체온, 네 향기. 이걸 느끼고 있으면 어깨의 힘이 풀려. 이렇게 네가 날 안아 주는 것도 참으로 오랜만이다."

담덕이 웃으며 어깨에 얼굴을 파묻었다. 그가 입술을 움직여 말을 꺼낼 때마다 목덜미가 간지러웠다.

"이젠 언제든 원하는 만큼 이럴 수 있잖아. 그간 부족했던 만큼 다 해."

"정말?"

"정말."

"흐음, 그래?"

내 대답에 담덕이 묘한 웃음을 흘렸다.

"후회할 텐데. 내가 지난 육 년 동안 참으로 많이 참았거든."

담덕이 그렇게 말하며 내 목덜미를 깨물었다. 여린 살이 예기치 못한 자극에 파르르 떨리고 얼굴이 화끈거렸다.

나는 당황해서 담덕을 밀어냈다. 그래 봤자 담덕의 무릎 위라 가까운 거리는 여전했지만, 내 목덜미에서 그를 떼어 낸 것만으로도 충분했다.

"이, 이, 이런 건 혼인한 뒤에 해! 내가 말한 건 껴안는 정도였단 말이야!"

"새삼스럽긴. 혼인 전에 애까지 낳은 사이인데 이제 와 내외하겠다는 거야? 상당히 의미 없는 짓이라는 생각이 드는데."

"이미 사고를 쳤으니 지금부터라도 제대로 절차를 밟으셔야죠, 폐하."

일부러 정중하게 예를 갖추는 내 말투에 담덕이 미간을 찌푸렸다.

"우희, 넌 네가 얼마나 가혹한지 모르지?"

"하지만 얼마 남지도 않았는데."

"한 달이나 남았는데, 그게 얼마 남은 게 아냐?"

길일을 택해 준 제관(祭官)이 들었다면 펄쩍 뛸 이야기였다. 담덕의 재촉에 몇 번이나 길일을 당겨 잡느라 제관들이 진땀을 뺐다는 사실을 모르는 사람이 없었다.

이 시대에는 '하늘'의 뜻이 중요했다. 우리가 하늘로부터 선택받았다는 믿음, 올해도 하늘이 우리를 지켜 줄 거라는 희망. 신에 대한 백성의 믿음은 대단했다. 그러니 아무리 태왕이라도 하늘의 뜻을 대놓고 거스를 수는 없었다. 매년 동맹제를 열고 제를 올리는 이유도 결국은 그런 문제였다.

하늘의 뜻은 제를 주관하는 제관들의 입을 통해 전해졌다. 때로는 제관들의 말이 태왕과 제가 회의의 발언보다 강했다. 그중 하나가 택일(擇日)이었다.

국가의 대소사는 전부 제관을 거쳐 정해졌다. 제관이 달과 별의 움직임으로 하늘의 뜻을 읽어 적합한 날짜를 올리면 태왕이 이를 받아들여 일이 진행된다.

보통은 큰 문제 없이 한 번에 일이 진행되는데, 담덕은 세 번이나 제관이 올린 길일을 반려했다.

"내 길일이 이렇게 늦을 리 없다. 혹 제관들이 하늘을 잘못 읽은 것은 아닌가?"

좀 더 날짜를 당겨 잡으라는 압박이었다. 제관들은 눈치 빠르게 '제가 별을 하나 놓쳐서', '이제 보니 달의 위치가 달라서', '생각해 보니 이 해석이 더 좋아서' 더 좋은 날짜를 찾아야겠다며 다시 날을 올렸고, 그런 과정을 거친 끝에야 한 달 뒤로 국혼일이 정해졌다.

그간 제관들과 좋은 관계를 유지해 그들이 적당히 장단을 맞춰 주었기에 가능한 일이었다. 그렇지 않았다면 감히 하늘의 뜻을 거스른다고 소란이 일었을 것이다.

"하루라도 빨리 혼인을 올리고 싶어. 일이 틀어질까 봐 불안하다."

"제가 회의의 승인도 이미 떨어졌는걸. 혼인 이후야말로 많은 문제가 있겠지만, 일단 혼인 자체가 틀어질 일은 없을 거야."

제법 어른스럽게 담덕을 위로했다고 생각했는데 그의 표정이 이상했다.

"연우희. 내가 불안해하는 건 너야."

"어, 나?"

내가 왜? 어리둥절해져 눈을 껌뻑이니 담덕이 두 손으로 내 머리를 붙잡았다.

"이 조그만 머리로 또 쓸데없는 생각을 하다 내게서 도망치면 어떡

하나, 난 그게 걱정인 거라고."

"안 그래."

"이미 전적이 있잖아."

"바보가 아닌 이상 같은 짓을 두 번 저지르진 않아. 내가 바보는 아니잖아?"

당연히 '그렇지'라는 대답이 돌아와야 하는데 담덕은 아무 말이 없었다. 복잡 미묘한 표정으로 깊은 침묵을 지킬 뿐이었다.

"왜 대답이 없어? 내가 바보라는 거야?"

발끈하는 나를 보며 담덕이 픽 웃더니 손을 아래로 떨어뜨렸다.

"그게 아니라……."

"그게 아니면 왜 대답을 못 해?"

"넌 가끔 내 예상을 뛰어넘어 버린다고. 스스로 독을 먹질 않나, 맨몸으로 호랑이를 때려잡질 않나, 그러더니 훌쩍 떠나 육 년이나 나타나지 않았지."

"그건……."

"알아, 사정이 있었지. 하지만 난 널 볼 때마다 이런 생각을 해. 네가 정말 이곳에 뿌리내리고 있는 걸까?"

담덕이 내 눈을 똑바로 바라보고 던진 질문에 가슴이 덜컥 내려앉았다. 그는 내가 온전히 '우희'로 살지 못했다는 것을 모두 보았구나.

뭐라고 대답해야 할까?

정처 없는 말이 입안을 맴돌았지만, 애초에 대답을 바란 것이 아니었는지 담덕의 말이 이어졌다.

"우희 넌 너무 달라. 그런 너라서 마음을 주었지만, 한편으로는 환상처럼 네가 사라질 거라는 불안을 안고 살았는지도 몰라. 그래서 조금 더 확실히 널 이 땅에 묶어 두고 싶은 거고."

담덕이 손을 뻗어 내 옷소매를 매만졌다.

"마음 같아서는 지금이라도 당장 너와 혼례를 올리고 이 땅 모든 이에게 인정받고 싶어. 크고 화려하게. 그래서 그걸 본 사람 모두가 너와 나의 인연을 알 수 있도록. 내 불안한 마음을 타인을 통해 붙들어 보려는 건 역시 이기적인가?"

담덕은 조심스러워 보였다. 내 눈을 보지도 못하고, 내 손을 잡지도 못하고 옷소매 끝자락만 매만지는 그를 보고 있으니 나도 모르게 입이 움직였다.

"그럼 해 버릴까?"

의미 없어 보이는 중얼거림이 확신으로 자리 잡는 건 금방이었다.

"하자, 담덕."

좀 더 명확해진 내 말에 담덕이 고개를 갸웃거렸다.

"뭘?"

"혼례 말이야. 오늘 하면 되잖아."

"……오늘?"

"태왕과 황후로서 국혼을 치르기 전에 먼저 담덕과 우희의 혼례를 치르자. 필요한 건 별로 없어. 민가의 연인들은 그렇게 하잖아. 서로 마음이 통하면 하늘에 평생의 인연을 맹세하고 술 한 잔을 나눈 뒤에 부부가 되지. 우리도 그리하면 되잖아."

이어지는 내 말을 들으며 담덕의 입이 점점 벌어졌다.

"담덕, 나로 인한 불안을 타인을 통해 없애려 하지 마. 그냥 나에게 요구해. 널 불안하게 하지 말라고 당당히 말해 줘. 넌 내 것이라며? 그러니 너의 불안을 없애는 건 널 가진 내가 할 일이지."

마침내 내 말이 끝났을 때.

"여전하다, 연우희. 지금 또 내 예상을 뛰어넘어 버렸어."

뭐라 형용할 수 없는 표정으로 나를 멍하니 보던 담덕이 결국 웃음을 터트렸다.

"그래, 그리하자. 꼭 국혼만 혼례가 아닌걸. 너와 나의 혼례가 더 중요하지."

◆ ◆ ◆

국혼이 치러지는 장소는 정해져 있다. 하지만 나와 담덕의 개인적인 혼례라면 어디든 우리가 원하는 곳에서 올릴 수 있다. 그렇다면 우리에게 큰 의미가 있는 곳에서 하고 싶었다. 담덕의 생각도 비슷했다.

그렇게 뜻을 모으자 나와 담덕은 오래 고민할 것도 없이 같은 장소를 떠올렸다. 함께 물놀이를 하고, 하루를 보내고, 헤어짐을 맞이하기도 했던 호수였다.

우리는 말을 타고 호수에 도착했다. 오래전에는 담덕과 다시는 보지 못할 결심을 하고 이곳에 왔는데, 오늘은 혼례를 하겠다고 찾아왔다.

그러고 보니 풍경도 비슷했다. 무엇인가 달라질 미래를 암시하기라도 하는 것처럼 그날과 같은 노을이 지고 있었다. 주홍빛이 서서히 하늘을 물들였다.

"그런데, 넌 알아?"

나와 나란히 서서 하늘을 바라보던 담덕이 내게 물었다.

"뭘?"

"혼례 말이야. 민가에서는 보통 어떻게 혼례를 치르지? 대충 어떻게 한다는 이야기는 들었지만 직접 본 적은 없어서.”

“어……”

그건 나도 마찬가지였다. 주변에 혼례를 치른 사람이 없다 보니 직접 눈으로 볼 기회가 없었다. 여기저기서 들은 이야기야 많았지만 혼례가 정확히 어떻게 진행되는지는 몰랐다.

“나도 모르는데.”

“뭐? 자신 있게 먼저 혼례를 치르자고 하더니 어떻게 치르는지도 모른다고?”

“네가 당연히 알고 있을 줄 알았어. 선선히 그러자고 하기에.”

“그건 네가 워낙 당당하게 말하니까 네가 잘 알고 있을 거라고……”

“그럼 어떡하지?”

내 질문을 끝으로 침묵이 흘렀다. 한참이나 답을 찾지 못하고 멍하니 담덕을 바라보고 있자니 어이가 없어 웃음이 흘러나왔다.

그건 담덕도 마찬가지였다. 결국 우리는 서로를 바라보며 배를 잡고 웃었다.

“도대체 이게 뭐야? 꼭 중요한 순간에 이렇게 어설프다니까.”

웃다가 지쳐 땅에 주저앉으니 얼마나 대책 없이 이곳까지 왔는지 실감이 났다.

“그럼 이제 어떡하지? 다른 사람에게 물어보고 와야 하나? 그것도 우스운데.”

담덕이 가져온 술병을 흔들며 말했다. 그 와중에 어디서 들은 건 있어 술은 챙겨 온 것이 우스웠다.

“그래도 술은 가져왔네.”

다시 웃음이 터진 나를 보며 담덕이 미간을 찌푸렸다.

"이것마저 없었으면 정말 아무것도 못 한다고."

담덕이 먼저 술을 한 모금 마시고 내게 병을 내밀었다. 나는 그가 내미는 술을 받아 마시며 순순히 수긍했다.

"그건 그렇지만."

"그러는 넌 뭘 가져온 건데?"

담덕이 내 옆에 앉으며 작은 보따리를 가리켰다. 그와 궁을 나서기 전 급히 사람을 시켜 다원에서 가져오라 부탁한 것이었다.

담덕의 뒷배가 되어 주기 위해 혼인을 결심했을 때는 준비할 생각도 하지 않은 물건이었다.

하지만 담덕과 하루를 보내고 진심으로 마음이 닿은 후 조용히 준비해 두었다. 그 모습을 보며 달래는 왕실의 혼례에서는 준비하지 않는 물건이라 말해 주었지만, 그래도 나는 담덕에게 이것을 주고 싶었다. 나는 태왕이 아닌 담덕과 혼인하려고 마음먹은 거니까.

"마음에 둔 사내와 혼인하는 날 여인이 유일하게 준비하는 것이래."

나는 보따리를 풀어 담덕 앞에 내가 준비한 것을 내밀었다. 보따리를 풀자 드러나는 새하얀 옷을 보며 담덕의 얼굴이 차분하게 가라앉았다.

"수의(壽衣)구나."

고구려는 전쟁이 잦은 나라였다. 그리고 전쟁에는 당연히 죽음이 따른다. 수많은 적들의 목숨을 거두지만, 아군의 희생도 만만치 않았다.

고구려인들은 삶과 함께 늘 죽음을 생각했다. 아버지가 당당하게 전쟁터에 나서 목숨을 바쳤던 것도 그가 어쩔 수 없는 고구려인이어서였다.

백제나 신라에 비해 척박한 땅. 살아남기 위해서는 밖으로 눈을 놀려야만 한다. 전쟁을 통해 발전할 수밖에 없는 나라의 특성이 이들을 누구보다 호전적인 민족으로, 죽음에 초연한 민족으로 만들었다.

고구려 사람들에게 죽음은 끝이 아니었다. 죽음이란 또 다른 시작에 불과할 뿐. 어떤 측면에서는 불교의 윤회 사상과도 통하는 면이 있었다.

그리하여 혼인이라는 새로운 시작의 날에 죽음을 맞이한 순간 입을 수의를 준비한다. 이 모순은 고구려 사람들에게 삶과 죽음이 어떤 의미인지 가장 잘 알려 주는 일례였다.

"처음 이 이야기를 들었을 때 그런 생각을 했어. 혼인을 하며 남편이 입을 수의와 내가 입을 수의를 함께 준비하는 건, 이번 생에서뿐 아니라 죽어서 다음 생에까지 인연을 맺겠다는 맹세가 아닐까 하고. 그렇게 생각하니 너에게 꼭 주고 싶었어. 태왕에게 수의를 선물하는 건 불경하게 느껴지기도 하지만……."

아마 왕실에서 이러한 풍속을 따르지 않는 건 감히 태왕에게 죽음을 떠올리게 하는 수의를 건넬 수 없기 때문인지도 모른다.

담덕은 아무 말 없이 내가 내민 수의를 바라보았다. 수의를 응시하는 눈은 생각이 깊어 보였다.

역시 받기 힘든 걸까? 태왕이 수의를 받는다는 건 여러모로 힘들 것이다. 그가 받지 않을 수도 있다는 건 예상했으므로 나는 담담하게 수의를 다시 챙기려 했다.

"받지 않아도……."

"받지 않을 리가 없잖아."

내 손이 닿기도 전에 담덕이 수의를 집어 들었다. 신성한 것을 받아 드는 듯 조심스러운 손길이었다.

"수의라……. 네가 내게 이런 걸 줄 거라고는 생각도 못 했어. 민간에 이런 풍속이 있다는 건 알았지만……."

담덕이 말끝을 흐리며 천천히 수의를 살폈다.

"네가 직접 만든 거야?"

곳곳에서 서툰 흔적을 발견한 것인지 담덕이 물었다. 어설픈 솜씨를 들킨 것이 부끄러워 얼굴이 달아올랐다.

지금도 바느질은 완벽하지 않았지만, 저 수의를 만들 때의 실력은 더 형편없었다. 어떻게든 수의의 모양을 잡긴 했지만 한 나라의 태왕이 입기에는 지나치게 초라한 수의였다.

"응. 원래 부인이 직접 만드는 거래서……."

"언제 만든 건데?"

"그…… 너랑 그, 음, 하루를 보내고 난 뒤에……."

그날의 일을 언급하는 것도, 그날이 지난 후 수의를 만들었다는 것도 전부 부끄러웠다. 부끄러운 마음 때문인지 그렇지 않아도 어설픈 수의가 더 엉망으로 보였다.

"흐음, 그랬구나."

담덕이 묘한 눈으로 수의를 보았다. 그 눈길에 나는 더욱 민망해졌다.

"어설퍼서 마음에 들지 않으면 다시 만들게."

허둥지둥 손을 뻗었지만 담덕이 나를 피해 수의를 제 뒤로 감췄다.

"무슨 소리. 난 이게 좋아."

"하지만……."

"난 이게 좋아, 우희야."

담덕이 웃으며 내 머리를 쓰다듬었다. 장난기 없이 오롯하게 진심이 담긴 얼굴이었다.

"지금 네가 건넨 이 수의가 내게 얼마나 큰 확신을 주는지 모를 거야. 무척이나 안심이 돼. 수십, 수백 사람의 확인보다 더 소중한 확인이야."

어쩐지 담덕은 감격에 찬 것 같았다. 어설프게 지은 수의 하나에 어린아이처럼 기뻐하는 그를 보니 미안한 마음이 들었다.

내가 마음을 표현하는 것만으로도 이렇게 기뻐하는 사람인데. 나는 여태까지 그저 하나조차 해 주지 못했구나.

나는 싱글벙글 웃으며 수의에서 눈을 떼지 못하는 담덕의 뺨에 손을 얹었다. 닿아 온 손길에 담덕이 고개를 들어 나를 보았다.

"함께 술을 나눠 마시고 수의도 주었으니 다음은 맹세지."

다른 사람들이 어떻게 맹세를 하는 것인지는 알지 못한다. 나는 그저 마음에 맴도는 말을 하기로 했다.

"난 혼인이 뭔지 잘 모르겠어. 하지만 생각해 보면 서로에게 서로를 주는 게 부부가 아닐까 싶어. 하지만 오래전 넌 이미 내게 너를 주었으니, 오늘은 내가 너에게 날 줄게. 오늘부터 나 연우희는 네 것이야."

내 말에 담덕이 미묘한 얼굴을 했다. 웃는지 우는지 모를 이상한 얼굴이었다.

"이상하네. 오늘은 내 탄일도 아닌데."

"탄일이 아니라 혼례일이지. 그러니까 마지막 맹세."

나는 담덕에게 다가가 그의 입술에 가볍게 입을 맞추었다.

입술이 닿았다 떨어질 때까지도 담덕은 미동조차 없었다. 조금 커진 눈으로 나의 움직임을 쫓고 있을 뿐이었다.

말도 안 되는 짓을 하는 것처럼 나를 보는 담덕의 눈빛에 나는 순식간에 얼굴이 달아올랐다.

너, 너무 분위기에 취했나? 나 방금 뭐 한 거지!

다시 만난 이후 입을 맞추는 건 처음이었다. 고작해야 껴안는 것이 전부였는데, 뜬금없이 입을 맞추었으니 담덕의 입장에서는 놀랍기도 할 것이다.

한참 나를 보던 담덕이 제 입술을 매만지며 물었다.

"……이게 맹세?"

"어, 음, 이게 그, 맹세의 입맞춤이라고……"

"처음 듣는데."

"먼 나라에 있어. 산 넘고 바다 건너가면……."

"산 넘고 바다 건너면 있는 나라의 풍습이라."

아닌가? 이 시대에는 서양에도 이런 풍습이 없나?

머리가 혼란스러워졌다. 날 빤히 보는 담덕의 시선에 머릿속이 빙빙 돌았다.

혼란스러워 눈을 이리저리 굴리는 내게 곧 담덕의 목소리가 들려왔다.

"그 나라, 어디인지 모르겠지만 참 좋은 나라네."

"어?"

"좋은 나라라고. 그런 훌륭한 풍습을 가졌다니 말이야. 그런 좋은 건 빠르게 배워야지. 난 배움이 빠른 편이거든."

이번에는 담덕이 씨익 웃으며 내게 입을 맞추었다. 잠깐 닿았다 떨어진 나와 달리 그의 입맞춤은 조금 더 길었다. 점점 더 가까워지는 담덕의 무게에 몸이 뒤로 밀려났다. 그가 허리를 단단히 붙잡아 주지 않았다면 힘없이 뒤로 넘어갔을 것이다.

한참이나 집요하게 내게 붙어 있던 담덕은 숨이 턱 끝까지 닿을 때쯤에서야 나를 놓아주었다.

"어때?"

"뭐가?"

"내가 그 나라의 풍습을 제대로 배웠나?"

너무 잘 배워서 문제야!

차마 입 밖으로 나오지 않는 말을 속으로 삼키며 입을 떡 벌리니 담덕이 웃었다.

"고마워, 우희. 널 내게 줘서. 오늘이 내 인생에서 가장 소중한 순간이 될 거야."

❖　❖　❖

국혼은 간소하게 치러졌다. 담덕과 이미 둘만의 혼례를 치른 후였기 때문에 정작 우리에게 국혼은 큰 의미를 갖지 못했다.

순식간에 마음을 돌린 담덕을 보며 지설은 의아해했다. 내게 담덕을 설득해 달라고는 했지만, 그가 끝까지 뜻을 바꾸지 않을 거로 생각한 것 같았다. 그럴 거면 왜 내게 도움을 청한 것이냐 물으니 지설은 담백하게 대답했다.

"제 뜻을 꺾고 벌인 일이니 제발 마음이라도 불편해하시라고요. 제 반대에는 코웃음도 안 치시겠지만, 아가씨의 반대에는 속앓이를 꽤 하실 거 아닙니까."

참으로 담덕을 잘 파악하고 있는 사람이었다. 그러니 담덕의 측근으로 오래도록 곁을 지키고 있는 거겠지.

국혼을 치르고 나의 거처는 당연히 궁으로 바뀌었다. 오래전에도 궁에서 지낸 적이 있었지만 황후의 거처는 그때 지내던 곳과 차원이 달랐다.

연 역시 정식으로 담덕의 자식으로 입적되어 궁으로 왔다. 담덕은 당장 연을 태자로 세우고 싶은 눈치였으나, 이번에는 차례대로 하나씩 해결하자는 지설의 조언을 받아들였다. 전적으로 연을 위한 결정이었다. 어설프게 밀어붙여 태자로 책봉한다면 귀족들의 온전한 지지를 얻을 수 없었다.

궁에 들어온 뒤 연은 서서히 자신을 둘러싼 일들을 이해하기 시작했다. 어렸을 적 담덕이 그랬던 것처럼 태학을 다니기 시작했고, 왕실의 관례에 따라 혼자만의 처소를 얻었다.

태학에는 다양한 귀족가의 자제들이 있었다. 그 안에서 연이 마주하게 될 세계가 어떨지 걱정스러웠지만 나는 아이를 믿기로 했다. 물론 그 전에 확실히 해 둘 부분도 있었다.

"연아."

"네, 어머니."

연이 태학에 나가는 첫날. 나는 아침 일찍 내게 인사를 온 연을 붙잡고 아이가 받아들이기에는 복잡할 거라며 미뤄 왔던 이야기를 시작했다.

"오래전에 신라에서 네 아버지에 대해서 이야기한 적이 있지?"

"네."

"뭐라고 했는지 기억해?"

"그럼요. 연이는 전부 기억해요."

연이 뿌듯하게 웃고는 손가락을 하나씩 접어 가며 입을 열었다.

"아버지는 바다를 건너며 장사를 하는 분이고, 너무 멀리 계셔서 절 보러 올 수 없고, 절 아주 많이 사랑하신다고요."

"그래, 잘 기억하고 있구나. 그 아버지 말이야……."

"다시 만나게 되어서 참으로 다행이죠? 이제 장사도 안 가시고, 한집에서 살고! 저는 정말 좋아요!"

연이 기쁘게 웃으며 고개를 주억거렸다. 하지만 나는 도대체 연의 입에서 나오는 말이 무슨 뜻인지 알 수가 없었다.

"다시 만나게 되어서 참으로 다행이라니? 한집에서 살게 되어 좋다는 건 또 무슨 소리야?"

신라에서 지내던 시절 연에게 말했던 아버지 이야기는 전부 거짓이었다. 거짓으로 꾸며 낸 사람이니 존재하지도 않는 허상. 연이 결코 만날 수 없는 사람이었다.

내가 어리둥절한 얼굴로 저를 빤히 보고 있으니 연의 얼굴에도 의아해하는 기색이 떠올랐다.

"왜 그러세요, 어머니? 다시 아버지를 만났잖아요? 좋은 일이 아닌가요?"

"뭐? 지금 무슨 말을……."

미간을 찌푸리며 머리를 짚자마자 머릿속을 스쳐 가는 생각이 있었다.

"……연아."

"네, 어머니."

"혹 신라에서 내가 말해 주었던 아버지가 누구인지 아니?"

"그럼요."

연은 내가 왜 그런 걸 묻는지 모르겠다는 듯 고개를 갸웃거렸다.

"그게 바로 폐하시잖아요?"

맞는 말이다. 맞는 말이지만, 연이 어떻게 이걸 알고 있지?

"그걸 네가 어떻게……?"

점점 벌어지는 내 입을 보며 연이 어깨를 으쓱거렸다.

"폐하께서 제게 아버지가 되어 주마 하신 뒤에 그분께 물어보았어요. '폐하, 혹시 폐하께서 저희 어머니가 말하셨던 그 장사꾼이세요?' 하고요. 그러니까 폐하께서 웃으시며 '그래. 내가 장사를 아주 크게 한다니까' 하셨어요. 그래서 알았지요."

"아주 크게 장사를……."

그래, 틀린 말은 아니다. 국가 간의 외교를 장사로 친다면 담덕만 한 거상도 없을 테니까.

"어째서 폐하께 그런 걸 물을 생각을 한 거니?"

"그거야……."

연이 고개를 갸웃거리며 옛 기억을 더듬었다.

"폐하께서 고구려로 돌아오는 길에 제게 활 쏘는 걸 가르쳐 주시면서 이것저것 물으셨어요. 언제 신라에 왔는지, 나이는 몇인지, 탄일은 언제인지, 아버지에 대해서 아는지……. 물으시는 것에 다 대답했더니 또 물으시더라고요. 자기가 뭘 하는 사람 같으냐고요."

"그래서?"

"활을 잘 다루시니 장군님 같다고 했죠. 그랬더니 아니라고, 자긴 장사꾼이래요. 그러면서 지금 한 말 꼭 기억하라고…… 아무리 봐도 장사꾼 같지 않으신데 왜 그러시나 했는데…… 어느 날 제게 아버지가 되어 주겠다고 하시니 제가 어찌 눈치채지 못하겠어요? 연이는 어리시만, 바보는 아니라고요!"

연이 자신 있게 외치며 턱을 치켜들었다.

그러니까, 그때부터 담덕은 이미 모든 걸 다 짐작하고…… 연이도 벌써 모든 걸 다 알고…….

"그래, 연이는 바보가 아니었네."

이 어미가 바보였지.

화가 나기보단 웃음이 먼저 흘러나왔다. 혼자 고민했던 시간들이 허무해져 웃고 있는 나를 보며 연이 금세 주변의 눈치를 살피더니 작게 속삭였다.

"그러니 어머니께서 꼭 비밀로 해 주셔야 해요. 제가 도림 선생님 같은 아버지나 외숙부 같은 아버지도 좋다고 했던 거요! 꼭이요!"

고작 그런 걸로 담덕이 서운해할까 싶었지만 나는 알겠다며 고개를 끄덕였다.

확답을 받은 연의 얼굴에 미소가 활짝 피어났다. 걱정 한 점 없는 밝은 미소에 내 마음까지 환해지는 듯했다.

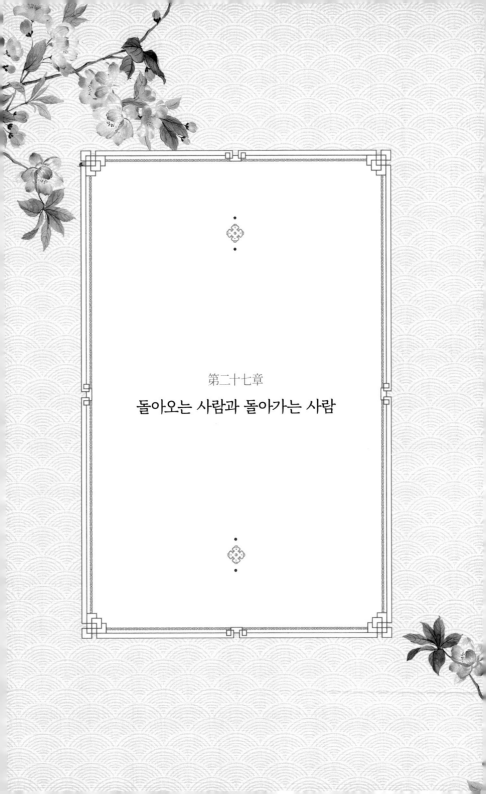

第二十七章

돌아오는 사람과 돌아가는 사람

길고 길었던 영락 10년이 저물고 영락 11년이 다가왔다. 그간 신라 왕의 건강은 꾸준히 나빠져, 결국 신라에서 볼모로 보냈던 실성을 데려가고 싶다는 뜻을 전해 왔다.

볼모로 타국에 보냈던 왕의 조카를 다시 데려간다.

이는 곧 신라 왕이 죽고 실성이 왕위에 오를 거라고 선언하는 것이나 다름없었다. 신라의 왕위에 대해서는 크게 관심이 없었지만, 그 자리에 오를 사람이 실성이라면 감회가 남달랐다.

이리 부인께서 기뻐하시겠어.

아들이 돌아오는 것만으로도 기쁜데 그가 왕위에 오른다. 그녀로서는 경사가 겹친 셈이었다.

나는 신라로 돌아가는 실성의 손에 이리 부인에게 보낼 서신을 부탁했다. 부인과는 그간 몇 번 서신을 주고받았으나 실성이 직접 가져가는 서신은 의미가 남다를 터였다.

담덕은 신라로 떠나는 실성을 끝까지 환대했다. 백제가 여전히 희망의 끈을 놓지 않고, 북쪽의 후연이 우리를 압박하고 있으니 신라와의 관계를 긍정적으로 끌고 나갈 필요가 있었다.

실성이 돌아가고 얼마 지나지 않아 그 빈자리를 채우듯 멀리 남쪽으로 떠났던 사람이 돌아왔다. 담덕의 명으로 가야에 머물렀던 운이었다.

나는 누구보다 그의 귀환이 기뻤다. 운은 나를 돕겠다고 태왕에게 정보를 숨겼고, 그 잘못을 이유로 길고 긴 징계를 받았다. 꼬박 일 년을 가야 땅에서 홀로 지냈으니 대단한 벌이었다.

"그간 잘 지내셨습니까?"

가장 먼저 담덕에게 복귀를 보고한 운은 그 뒤에 나의 처소를 방문했다. 소식을 듣고 나와 함께 운을 기다리고 있던 연이 반가워서 펄쩍 뛰었다.

"도림 선생님!"

"오랜만이네요, 그 이름."

깍듯하게 높임말을 쓰는 운을 보며 연이 눈을 크게 떴다.

"왜 그러세요?"

"이제 대고구려의 왕자가 되셨으니 응당 존대를 받으셔야지요."

"하지만…… 도림 선생께서 그러시면 이상한데요……."

연은 잘못을 저지르는 자신을 향해 '연이 너 이 녀석!' 하고 호통을 치던 운이 깍듯하게 변한 것이 영 어색한 것 같았다. 운은 크게 웃으며 어색해서 어쩔 줄 모르는 연의 머리를 쓰다듬었다.

"금방 익숙해지실 겁니다. 한 번씩 제 호통이 그리워지시면 그건 해 드릴 수도 있고요."

"아뇨, 그건 안 그리워집니다."

연이 단호하게 고개를 저었다. 고민도 없이 흘러나온 대답에 운의 입에서 다시 한번 큰 웃음이 터졌다.

"역시 그러실 줄 알았습니다."

나는 웃음을 멈출 줄 모르는 운에게 자리를 권하고 차를 내주었다. 연을 돌려보내는 것도 잊지 않았다.

"연아, 너는 이제 태학으로 돌아가야지. 선생을 보겠다고 잠시 나온 거니까."

"예. 하지만 나중에 또 찾아뵐 거예요."

"이제 자주 만날 수 있을 겁니다. 또 바둑이나 두지요."

"바둑…… 연습을 많이 해 두겠습니다."

연이 어색하게 웃으며 서둘러 처소를 나섰다. 매번 지기만 하는 바둑을 또 두는 건 내키지 않는 모양이었다.

"어지간히도 지는 걸 싫어해요, 연이가."

"이미 알고 있습니다. 왕자님의 승부욕은."

우리는 사라지는 연이를 보고 웃다가 비로소 지난 이야기들을 풀어놓기 시작했다.

"가야에선 뭘 하고 지내셨어요?"

"신라에서 늘 하던 일이죠. 이상한 일이 없는지 살피고, 중요한 일이 있으면 보고하고. 흔한 세작 노릇입니다."

연을 대하는 말투만이 아니라 나를 대하는 말투 역시 달라졌다. 어색함에 나도 모르게 말문이 막혔더니 그가 씨익 웃었다.

"어찌 아드님과 똑같으십니다. 황후 자리에 오른 것도 제법 되었는데, 여태 존대가 어색하십니까?"

"다른 사람들이 그러는 건 괜찮아요. 태림은 물론이고 지설도 말투는 원래부터 깍듯하게 했었고…… 하지만 운 도령은 아니잖습니까."

"차차 익숙해지실 겁니다. 마마도, 저도."

"마마……. 운 도령이 그리 말하니 왜 이리 소름이 돋죠?"

"말하는 저도 마냥 편한 건 아닙니다만."

운이 그렇게 대꾸하며 제 팔을 걷어 보였다. 과연 그의 팔에도 오소소 닭살이 돋아 있었다.

말투만 높임말로 변했을 뿐이지 태도는 여전하군.

운의 속이 여전하다는 것을 깨닫고 나니 한결 마음이 가벼워졌다.

내가 국혼을 올린 후 태도를 완전히 뒤바꾼 사람이 많았다. 스스럼없이 나를 대하던 비로의 대원들 중에도 나를 어려워하는 사람이 생겼다.

황후라는 자리가 원래 그런 것이겠지만 순식간에 '우희'가 아닌 '황후'로 받아들여지는 건 느낌이 이상했다. 아마 담덕은 늘 이런 기분을 느끼고 살았을 것이다.

"멀리 가야에서도 소식은 들었습니다. 승평 님과도 잘 지내신다면서요?"

"그러지 않을 이유가 없으니까요."

"⋯⋯대단하시네요. 그새 마음 정리를 잘하셨군요."

결론적으로 내가 돌아올 자리를 만들어 준 아이였다. 미워할 일은 커녕 고마워할 일들뿐이니 받아들이지 못할 이유가 없었다. 나는 기꺼이 그 아이를 나의 또 다른 아들로 키웠다. 연도 동생이 생겼다며 크게 기뻐했다.

승평의 진짜 정체를 모르는 사람들은 지금의 운처럼 나의 관대함을 칭찬했다. 과연 나라의 어머니다운 배포라고 말이다.

속사정을 전부 아는 나는 그런 소리를 들을 때마다 민망해서 귀가 화끈거렸다. 승평이 정말 다른 여인과 그 사이에서 태어난 자식이라면, 지금처럼 순수하게 애정을 줄 자신이 없다. 그러니 나를 향한 칭송은 모두 허상이었다.

"가야에서 힘들지 않았어요? 전부 나 때문에 일어난 일이에요. 어떻게 사죄를 해야 할지 모르겠어요."

"늘 말씀드렸지만 제가 원해서 한 일입니다. 마마께서 미안한 마음을 가지실 이유는 없지요. 그래도 영 마음에 걸리시거든 좋은 보답이나 해 주시면 되지요."

"좋은 보답이요?"

"지설 님을 통해 들었습니다. 영이의 병을 돌봐 주고 계시다고요."

"아."

영을 다시 만난 후 나는 그녀의 병을 꾸준히 살피고 있었다. 안타깝게도 한 번에 답을 찾지는 못했다. 나는 현대의 한의학을 모두 기억하지 못하고, 이 시대의 의서는 부족한 부분이 많았다. 결국 시간을 들여 답을 찾는 수밖에 없었다.

지금은 약방문을 살피며 조금씩 약재를 바꿔 보는 중이었다. 약재를 바꿀 때마다 호전되는 증상과 악화되는 증상을 정리하며 각 증상에 대처하는 것이 내가 할 수 있는 전부였다.

"시원한 성과가 있었다면 자신 있게 말할 수 있을 텐데…… 그렇지 않아서 그게 보답이라고 할 수 있을지 모르겠어요. 게다가 난 운 도령에게 진 빚이 아니었더라도 영이의 병환을 살폈을 거예요. 그러니 그거 말고 다른 보답을 생각해 줘요. 내가 들어줄 수 있는 거라면 꼭 들어줄 테니까."

"……기억하지요."

운이 묘하게 웃으며 고개를 끄덕였다.

"그런데 영이는 어찌 만나십니까? 영이의 상황을 생각하면 그 아이가 궁에 들지는 못할 것이고……."

"답은 하나뿐이지요! 매번 변장을 하고 궁 밖으로 나가십니다!"

어느새 비어 버린 찻잔을 다시 채워 주기 위해 다가온 달래가 기다 렸다는 듯 소리쳤다.

달래는 내가 신라에 숨어 지내는 동안 절노부의 영토로 돌아가 있 었다. 절노부로 돌아간 뒤 제가 아가씨를 잘 지키지 못해 이 사달이 난 거라며 자책을 많이 했다고 한다.

그래서 국혼을 치른 뒤 다시 달래를 부르려고 했을 때도 그녀는 아 가씨를 모실 자격이 없다며 극구 사양했다. 몇 번이나 어르고 설득 해 시녀로 들였더니, 몇 달 만에 예전처럼 내게 할 말을 다 하는 몸 종 달래로 돌아왔다.

"어찌 그러시는지 모르겠다니까요. 밖에 위험한 것이 얼마나 많 습니까? 혹시나 마마를 알아보고 해코지하는 자가 있으면 또 어째 요? 폐하께서도 마마의 비밀스러운 나들이를 전부 아시는데, 어찌 눈감아 주고 계신지 모르겠다니까요."

오랜만에 아는 얼굴을 만났다고 달래는 신나게 내 뒷말을 늘어놓 았다. 아니, 내 앞에서 늘어놓으니 뒷말은 아닌가?

쓸데없는 고민을 하고 있으니 운이 픽 웃음을 흘렸다.

"오래전에도 느꼈지만 참으로 좋은 시녀구나. 하지만 너무 걱정할 것 없다. 폐하께서 그냥 두시는 건 다 이유가 있어서니까. 보이지는 않 아도 주변에서 마마를 지키는 눈들이 많을 거다."

실제로 내가 밖에 나설 때마다 호위가 두엇 따라붙는다. 눈에 띄 는 태림이나 지설이 아니라, 위장 호위를 정식으로 훈련받은 근위대 원들이었다.

개중에는 형오도 있었다. 오래전 도압성으로 떠나던 길에 동행했던 병사였다. 어느새 그가 훈련을 받고 정식 근위대원이 되었다고 했다. 밖으로 나설 때마다 나를 따라오는 호위가 있다는 것도, 익숙한 그의 얼굴을 발견하고서야 깨달았다.

반가운 마음에 말을 걸었더니 내가 제 얼굴을 아직까지 기억할 줄은 몰랐던지 형오가 감격에 찬 얼굴을 했었다.

"어찌 저를 다 기억하십니까?"

"내가 한번 살렸던 사람이잖아? 그런 사람들의 얼굴은 절대 잊어버릴 수가 없지."

형오, 그 말에 더 감격한 것 같았지.

나는 그때의 기억을 떠올리며 운의 말에 동조했다.

"그래. 너도 이제 알잖니. 매번 익숙한 얼굴들이 우리를 따라온다고."

"마마께서는 언제 어디로 튈지 모르는 분이시니 그 정도 사람들로는 턱도 없습니다."

"보셨죠? 제 시녀가 이리도 저를 못 믿습니다."

운을 바라보며 신세를 한탄했으나 그도 내 편은 아니었다.

"전적이 있으시니 말이지요."

전과자에게도 갱생의 기회는 주는 법이거늘, 이곳 사람들은 내가 훌쩍 떠났던 날의 기억을 잊어 줄 생각이 없었다.

"다른 사람들이 그러는 건 이해하지만 공범께서 그러시면 곤란하지요."

"주범은 마마십니다."

"그리 말하면 또 제가 할 말이……."

아무튼 말로는 지는 법이 없는 사내였다.

"그렇지 않아도 오늘 영이의 상태를 살피러 가는 날입니다. 함께 가시겠습니까?"

"예. 폐하께 이미 들었습니다. 마침 마마께서 나서는 날이시니 함께 가 보는 게 어떻겠느냐고요."

"……아무리 그래도 비밀 나들이인데. 너무 공공연하게 떠들고 다니시네요, 우리 폐하께서."

"제가 마마의 일에 대해 입이 얼마나 무거운지는 그분께서 가장 잘 아시니까요."

운이 웃으며 자리에서 일어섰다.

"그러니 오늘은 제가 모시지요."

"지설의 집은 알아요?"

"……네? 지설 님의 집이요? 그분은 순노부 사씨의 저택에서 나와 홀로 지내지 않습니까?"

오래전 비로에서 함께 임무를 수행한 적이 있어 지설의 사정은 그도 잘 알고 있었다. 여유롭게 웃던 운의 얼굴에 처음으로 금이 갔다. 나는 설마 하는 심정으로 그에게 물었다.

"영이가 지금 지설의 집에 있잖아요. 그리 지낸 것이 한두 해가 아닌데요."

"……한두 해가 아닙니까, 심지어?"

"폐하께서 말 안 하셨어요?"

"그저 믿을 만한 곳에서 보호하고 있다고만 하셨습니다. 전 감사하다고 인사를 올렸고요. 장소는 마마께서 아신다고만……."

멍하니 말을 잇던 운이 미간을 찌푸렸다.

"역시 이건 폐하의 소심한 복수일까요?"

"아주 소심한 복수죠, 그거."

오래전 지설의 집에 영이 있다는 것을 듣고 얼빠졌던 내 얼굴과 지금 운의 얼굴이 완전히 똑같을 것 같았다.

"이래서야 안내는 힘들겠어요. 오늘은 내가 운 도령을 모시죠."

나는 웃으며 자리에서 일어서서 달래를 바라보았다.

"달래야, 나들이 준비하자."

❖ ❖ ❖

나는 평범한 여인들처럼 소박한 옷차림을 하고 궁을 나섰다. 오늘은 비로의 본부까지 가 볼 생각이었으므로 달래는 궁에 남겨 두었다.

담덕이 잠행을 할 때 사용하는 문을 통해 익숙하게 궁을 빠져나가는 내 모습에 운이 고개를 저었다.

"궁을 나서는 게 아주 자연스러우십니다?"

은근한 질책이 담긴 목소리였다.

"뭐, 그렇죠."

나는 일부러 운의 질책을 모른 척하며 앞으로 걸었다. 황후가 되었으니 얌전히 궁에 붙어 지내야 한다는 건 알고 있지만, 내가 견뎌 내기에 궁 안은 너무 평화로웠다.

그만큼 담덕이 궁 안을 잘 장악하고 있다는 뜻이지만.

이런 평화를 지켜 내느라 담덕은 정무에 많은 시간을 쏟았다. 늦은 밤에나 처소로 돌아와 얼굴을 마주할 수 있었으니 해가 떠 있는 동안 나는 혼자서 고요함을 견디는 수밖에 없었다.

얼굴 보기 힘든 것은 연도 마찬가지였다. 태학에서 공부하며 친구 사귀는 일에 재미를 붙이더니 이제는 이 어미를 찾지도 않았다. 일곱 살이 되었으니 이제 그럴 때가 되긴 했지.

서운한 마음을 애써 누르며 나도 내가 할 일을 찾아 나섰다. 궁의 살림을 살피고, 유력한 귀족가 부인들과 친분을 쌓으며 황후로서 할 일을 했다.

하지만 우희로서 할 일도 포기할 수 없었다. 국내성으로 돌아와 다원에서 키우기 시작한 차나무가 이제 겨우 쓸 만해졌고, 다친 대원들의 건강도 걱정되었다.

비로는 담덕의 가장 중요한 창과 방패였다. 다른 사람에게 맡길 수도 있었지만 그들을 돌보는 것만큼은 내 손으로 하고 싶었다.

다행히 제신을 비롯한 비로의 대원들도 나의 마음을 이해해 주어 이렇게 비밀스러운 나들이를 나서는 날이면 한 번씩 비로에 들러 차나무와 대원들을 살폈다.

"한번 비로는 영원히 비로지요! 어떻게 의리가 변합니까?"

그렇게 말해 주던 고마운 얼굴을 떠올리면 웃음부터 나왔다. 이제 위치가 달라져 버린 나를 부담스러워하는 대원들도 있었지만 그런 시선에도 익숙해지는 수밖에 없었다. 이제 나는 우희면서 황후니까.

하지만 오늘은 지설의 집이 먼저였다. 운이라면 비로의 새로운 본부보다 여동생의 얼굴을 먼저 보고 싶을 것이다.

나는 조심스레 운의 얼굴을 힐끗거렸다. 좋은 집안의 도련님으로 태어나 팔자에도 없는 떠돌이 생활을 하고 있는 이 남자의 외로움에 내가 크게 한몫을 하고 있다는 사실에 마음이 무거웠다.

운과의 인연이 여기까지 흘러올 거라고 누가 생각했을까? 머리에 꽂는 비녀 하나 갖겠다고 실랑이를 벌였던 때에는 상상도 못 한 일이었다. 하지만 운이 자원해 도압성으로 출병한 이후 많은 것이 달라졌다.

"뭘 그렇게 보십니까?"

힐끗거리는 시선을 기어이 느꼈는지 운이 미간을 찌푸리며 물었다. 힐끗거리는 시선에 그다지 좋은 생각이 담겨 있지 않다는 걸 느낀 것 같았다.

"아뇨. 그냥 참 신기하다 싶어서요. 처음 만났을 때는 비녀 하나를 두고 싸웠는데, 이제는 든든한 동지처럼 나란히 걷고 있잖아요."

말하지 않아도 느껴지는 유대감이 있다. 강하고 두터운 신뢰. 그런 것이 나와 운 사이에 생기다니.

"저라고 생각했겠습니까."

피식 웃음을 흘린 운이 곧 눈을 내리깔았다.

"그랬죠. 한때는 비녀 하나를 두고 다투던 앙숙이었는데 말입니다. 어쩌다 보니 이렇게 되었군요."

먼 옛날을 회상하는 그의 눈빛이 흐렸다. 어쩐지 분위기가 무거워진 것도 같았다.

운이 말하는 '이렇게 되었다'는 어떤 의미일까?

흐려진 그의 얼굴을 보니 선뜻 질문이 나오지 않아서, 나는 금세 다른 쪽으로 화제를 돌렸다.

"그러고 보니 그때 그 비녀는 어찌 됐어요?"

"비녀요?"

"그때도 궁금했거든요. 도대체 왜 그렇게 기를 쓰고 비녀를 가져가

나 하고요. 여인의 것이니 본인이 쓸 수 있는 것도 아닌데요."

"아."

의아함을 가득 담은 나의 물음에 흐렸던 운의 얼굴에 다시 미소가 걸렸다.

"딱히 쓸모가 있어서 가져간 건 아닙니다."

"……네?"

담백한 대답에 어이가 없어졌다. 그렇게 기를 쓰고 빼앗아 갔으면서 딱히 쓸모가 있었던 건 아니라니!

떡 벌어진 내 입을 보며 운의 미소가 더 짙어졌다.

"처음엔 그냥 도와줄 생각이었습니다."

"……세상에. 시비를 걸어 사람을 돕는 법도 있나요?"

"아니, 시비를 걸겠다고 나선 것이 아니라……."

운이 멋쩍은 얼굴로 고개를 기울였다.

"그 장사치는 시장에서 유명한 자입니다. 어수룩한 귀족 아가씨들한테는 곱절이나 돈을 올려 받지요. 그날도 그런 아가씨가 하나 걸려들었기에 도와줘야겠다고 생각했는데 말이죠."

"……그 어수룩한 귀족 아가씨가 나였던 거군요. 그리 좋은 생각을 했으면 도와주기만 할 것이지 왜 비녀는 가져갔어요?"

"처음에는 그러려고 했죠. 그런데 발끈하면서 뭐라고 종알거리기 시작하는데, 말 한마디도 지지 않고 받아치는 그 모습이……."

부드럽게 웃으며 그날의 일을 이야기하던 운이 곧 말끝을 흐렸다. 이어질 말을 기다리며 그를 바라보니 그가 미묘하게 미간을 찌푸리며 깊게 숨을 들이켰다.

"……그 모습이 아주 얄미워서 순순히 비녀 주기가 싫더군요."

"뭐라고요!"

발끈하는 나를 보며 운이 픽 하고 웃었다.

"아. 지금처럼 발끈하셨죠, 그때도."

"지금이라도 내게 줄 생각은 없어요? 설마 아직까지 내가 얄미운 건 아닐 거 아녜요?"

"……그러고 싶습니다만, 이제 없습니다."

"잃어버린 거예요?"

"……네, 아주 오래전에."

그렇게 말한 운이 다시 한번 숨을 깊이 들이마셨다.

"그러니 드리고 싶어도 드릴 수가 없습니다, 이제는요."

"그러게 왜 가져갔어요? 처음부터 필요한 사람에게 줬으면 아깝게 잃어버릴 일도 없잖아요."

"그러게 말입니다. 처음부터 가지지 말았어야 했는데……."

운이 묘하게 기운 빠진 말투로 중얼거릴 즈음 우리는 지설의 집에 도착했다.

영이 머무르기 시작한 이후 비로의 대원들이 저택 근처를 지키고 있었으므로, 접근하는 사람을 발견한 대원 하나가 먼저 우리에게 다가왔다.

"오셨습니까."

눈에 익은 대원이라 반갑게 인사를 하려는데 그의 얼굴이 심상치 않았다.

"왜 그래요? 얼굴이 안 좋은데."

"저…… 오늘은 먼저 온 손님이 있습니다. 아무래도 돌아가시는 것이 좋을 듯합니다."

대원이 나와 운을 쳐다보며 난처한 듯 말했다. 하지만 나는 그 말을 이해할 수 없었다.

"지설이 손님을 만나는 동안 난 영이를 보면 되죠. 늘 그렇게 하잖아요?"

어차피 나의 목적은 영이었다. 지설이 손님맞이를 하고 있다는 이유로 내가 돌아갈 까닭이 없었다.

하지만 내 말을 듣고서도 대원은 물러서지 않았다.

"그것이…… 오늘 손님은 지설 님이 아니라…… 아가씨를 찾아오신 분이라……."

머뭇거리며 흘러나온 말에 나의 눈이 커졌다.

"영이를 찾아온 손님이라고요?"

영이 이곳에 있다는 사실을 아는 사람은 몇 없었다. 그 몇 안 되는 사람 중에 영을 만나겠다고 찾아올 자는 손에 꼽을 정도였고, 그 손에 꼽을 사람 중에 지설이 순순히 집 안으로 들여보낼 사람은…… 그런 사람이 있기나 한가?

머릿속을 떠도는 의문에 눈만 껌뻑이는 내게 대원이 모래를 씹은 사람처럼 불편한 얼굴로 고개를 숙였다.

"소노부의 고추가께서 찾아오셨습니다."

예상하지 못한 이름에 나와 운의 눈이 커졌다.

◆　◆　◆

초상집보다 못한 분위기였다. 지설은 딱딱하게 굳은 얼굴로 서 있고, 영은 눈물만 뚝뚝 흘리고, 고추가는 귀신처럼 매서운 얼굴로 두 사람을 바라보고 있었다.

소노부의 수장. 고추가 해서천.

멀리서 본 적은 많았지만 이처럼 가까이에서 그를 마주하는 것은 처음이었다. 멀리서 볼 때도 그랬지만 가까이서 마주하니 기세가 더 대단했다. 돌아가신 선대왕이 조용히 때를 기다리는 신중한 맹수였다면, 이쪽은 이빨을 세우고 으르렁거리는 예민한 맹수였다.

"대단한 손님이 오셨군요."

방 안으로 들이닥친 나를 보며 해서천이 코웃음을 쳤다. 뒤이어 그의 시선이 나와 함께 온 운에게 닿았다.

"거기에다 뒤에는 죽었는지 살았는지도 몰랐던 놈까지 달고 계시고."

싸늘한 비웃음에 뒤에 있던 운의 몸이 뻣뻣하게 굳는 것이 느껴졌다. 내게는 원수 중의 원수지만, 운에게는 아버지였다. 오랜만에 보는 아버지를 앞에 두고 그의 마음도 복잡할 터였다.

"이곳엔 어찌 오셨습니까?"

내 물음에 해서천이 픽 웃었다.

"제가 못 올 곳에 왔습니까? 딸아이를 만나러 온 아비에게 어찌 그런 것을 물으시는지. 당연히 귀한 딸을 만나러 왔지요."

"지난 몇 년간 발길을 않으셨다 들어서요. 그런 분인 줄 제가 미처 몰랐습니다."

차분하게 대답하는 나를 보며 해서천이 팔짱을 끼며 의자에 몸을 기댔다. 황후를 앞에 두고 어울리지 않는 행동이었다.

"얼굴이 아주 좋아지신 걸 보니 황후 자리가 좋기는 한 모양입니다. 부디 그 자리를 잘 지키셔야 할 텐데요."

"아버지."

"해운, 그 입 다물어라. 네가 날 아버지로 생각하기는 하더냐? 집안을 내팽개치고 떠돌아다닌 주제에 태연하게도 나를 부르는구나."

"아버지 뜻을 따르지 않으면 자식이 아닙니까? 피는 진해서 거스를 수 없다고 하셨잖습니까."

"그래, 그리 말했지. 그런데……"

해서천의 눈이 운과 영을 훑었다. 그의 시선에 영이 움찔거리며 고개를 푹 숙였다.

"집안 꼴이 아주 개판입니다. 누구 덕분인지, 이것 참."

해서천이 이번에는 웃으며 나를 보았다. 오래전에 그를 보았을 때와는 느낌이 완전히 달랐다.

그때 해서천은 전형적인 귀족이었다. 야심으로 속이 새카맣기는 했으나, 겉으로는 반듯하게 예의를 지키던 사람이었다. 하지만 지금의 해서천은 아니었다. 반듯하던 자세는 흐트러졌고, 야심으로 빛나던 눈은 악에 받쳐 있었다.

왕으로 세우고자 했던 아들도, 황후로 만들고자 했던 딸도 그를 따르지 않고 떠났다. 모든 계획이 틀어져 버린 그는 예민하고 날카로워져 오랫동안 굶주린 맹수처럼 위험해 보였다.

"내 딸을 데려가겠다."

해서천이 지설을 바라보며 선언했다.

"불가합니다."

"내가 내 딸을 데려가겠다는데 사씨의 꼬마가 무슨 권리로?"

다 큰 어른을 꼬마라 부르며 해서천이 웃었다. 일부러 지설의 신경을 긁겠다고 한 말이 분명했다.

"내 딸을 내주지 않을 생각이었다면 처음부터 문을 열어 주지 말

앉아야지. 끝까지 여기엔 없다며 눈 가리고 아웅이라도 했어야 할 거 아닌가."

"그건……."

지설이 곤란한 얼굴로 미간을 찌푸렸다. 고개를 푹 숙이고 있던 영이 고개를 저으며 자리에서 일어섰다.

"제가 열어 달라고 했어요. 아버지와 대화 정도는 하고 싶다고요."

"저 자식보다는 네가 조금 더 낫구나. 이 아비를 완전히 버리지 못했어. 그래, 넌 어려서부터 그랬지. 이 아비를 살뜰하게 챙겼어."

영의 말에 해서천이 운을 힐끗 바라보며 그녀의 앞에 다가갔다.

"영아, 가출은 여기서 끝이다. 이제 네가 있어야 할 자리로 돌아가야지."

"말씀드렸잖아요. 아버지께서 욕심을 버리시면 그때……."

"욕심!"

해서천이 헛웃음을 흘리며 영의 두 손을 잡았다.

"이제 와 내가 무슨 욕심을 부리겠느냐? 폐하를 칭송하는 목소리가 온 땅에 울려 퍼지고, 아드님을 두신 황후까지 계신데…… 이제 와 내가 무슨 욕심을 부려? 난 그저 내 딸을 되찾고 싶을 뿐이다."

영을 향한 해서천의 목소리는 다정했다. 따뜻한 목소리에 영의 두 눈이 흔들렸다.

"참말이세요? 참말로 그리 생각하시는 건가요?"

"그럼. 내 나이가 몇이냐. 이제 살날이 얼마 남지 않았어. 그 아까운 시간을 소중한 딸아이와 함께 보내고 싶구나."

"아버지!"

영이 감격한 목소리로 해서천을 끌어안았다. 그런 영을 마주 안는 해서천의 얼굴에는 은은한 미소가 가득했다.

따뜻한 아버지의 미소.

하지만 그 미소가 꺼림칙하게 느껴지는 사람은 나뿐일까?

◆ ◆ ◆

결국 영은 해서천과 함께 떠났다. 지설은 한달음에 궁으로 돌아가 담덕에게 그 사실을 고하며 고개를 숙였다.

"제 불찰입니다, 폐하. 무슨 일이 있어도 문을 열어 주지 말았어야 했는데…… 그러지 못했습니다."

"지금까지 해영을 우리 쪽에 둘 수 있었던 건, 그녀의 협조가 있었기 때문이야. 그녀가 마음을 돌렸으니 어쩔 수 없다."

담덕은 생각보다 담담하게 상황을 받아들였다.

"해운은?"

"그도 함께 갔습니다. 아가씨만 혼자 그 저택으로 보낼 수는 없다 면서요."

"그래, 그랬겠지."

담덕이 미간을 찌푸리며 의자에 몸을 기댔다.

"마침 해운이 돌아온 때에 맞춰 이 일을 벌였다. 둘 모두를 집안으로 데려가기 위한 수였겠지. 이빨이 빠져도 호랑이는 호랑이. 과연 만만치 않은 상대다."

"그럼 폐하께서는 욕심을 버렸다는 해서천의 말을……."

"당연히 믿지 않는다. 새빨간 거짓이겠지. 그리 쉽게 버릴 수 있는 욕심이었다면 진즉에 버렸어. 소노부 쪽 감시를 더 강화해야겠다."

"예, 폐하."

"우희와 연의 호위도 더 늘리고."

지설에게 지시를 내린 담덕이 이번에는 내게 당부했다.

"당분간 궁을 나서지 않는 게 좋겠다. 답답하겠지만 고추가의 속셈을 알아내기 전까지만 참아 줘."

"나도 보고 들은 것이 있어. 네가 말하지 않아도 당연히 그렇게 할 거야."

내 대답에 담덕이 의외라는 듯 물끄러미 나를 보았다.

"왜 그렇게 봐? 내가 그렇게까지 신뢰가 없었어?"

여태까지 내가 그렇게 날뛰었던가? 내가 과거의 행적을 반성하는 사이 담덕의 눈이 반달처럼 휘어졌다.

"착하네, 우리 우희."

담덕이 칭찬과 함께 손을 뻗어 내 머리를 쓰다듬었다. 애정이 가득 담긴 손길이 나쁘지는 않았으나 옆에서 지켜보고 있는 사람이 신경 쓰였다.

담덕의 손을 밀어내며 지설의 눈치를 보니 그가 못 말리겠다는 듯 어깨를 으쓱거렸다.

"전 이만 물러나겠습니다. 편하게 이야기 나누십시오."

무어라 대답하기도 전에 지설이 재빨리 공간을 떠났다. 담덕과 함께 덩그러니 남겨진 나는 더욱 민망해졌다.

"갑자기 왜 어린애 취급이야?"

"글쎄. 이 차림을 보니 옛날 생각이 나서 그런가. 이런 모습은 또 오랜만이네."

담덕의 눈이 내 모습을 살폈다. 갑자기 일어난 일로 급히 돌아오느라 머리며 옷차림이 나설 때 그대로였다. 눈에 띄지 않고 수수한 차림을 하느라 화장도 하지 않았다. 지금 이 모습을 궁인들이 보면 곤란하겠다.

그런 결론에 이르자 옷부터 갈아입어야겠다는 생각이 들었다.

"급하게 오느라 옷 갈아입을 생각을 못 했어. 갈아입고 올게."

하지만 담덕이 자리에서 일어서는 내 팔을 부드럽게 잡아끌었다. 앞으로 나서려던 몸이 그대로 뒤를 향해 끌려가 담덕의 무릎 위에 안착했다.

한 손으로 내 허리를 단단히 끌어안은 담덕이 다른 손으로 길게 풀어 내린 머리카락을 매만졌다.

"밖에 다닐 땐 항상 이렇게 머리를 내려?"

담덕은 내 머리카락이 장난감이라도 된 것처럼 만지작거리며 질문을 던졌다. 궁에 있을 때는 늘 머리를 올리고 다니니 풀어 내린 머리로 그를 만나는 건 오랜만이었다.

"응, 나들이를 하러 갈 때는 늘 이 모습이야. 오랜만이지?"

웃으며 물었더니 담덕의 미간이 찌푸려졌다.

"유부녀가……."

무언가 이야기하려던 담덕이 중간에 말을 멈추고 입을 꾹 다물었다. 왜 그러나 싶어 고개를 갸웃거리니 담덕이 고개를 저었다.

"아니다. 이건 너무 유치한 말이지."

"왜? 무슨 말을 하려고? 유부녀가 뭐? 말해 봐. 유치하다고 안 할게."

내 말에 잠시 망설이던 담덕이 조금 불만스러운 얼굴로 입을 열었다.

"유부녀가 왜 처녀 행세를 하고 다니는데?"

혼인한 여자들은 머리를 올린다. 그게 맞긴 하지만.

담덕을 바라보는 내 눈이 가늘어졌다.

"……유치해."

"유치하다는 말은 안 한다며?"

"들어 보니 너무 유치해서 유치하다는 말을 안 할 수가 없었어. 유치한 태왕 폐하."

"도대체 몇 번이나 말하는 거야?"

불만스럽게 투덜거리는 모습에 웃음이 터졌다.

"머리 올리는 건 불편해서 그래. 움직이다 보면 흐트러지는데, 올림머리는 혼자 손질할 수가 없단 말이야."

다원에서 차나무를 돌보며 분주하게 움직이다 보면 머리가 금세 흐트러진다. 풀어 내린 머리야 혼자 만질 수 있지만, 올림머리는 손이 많이 가서 비밀스러운 나들이에는 적합하지 않았다.

하지만 나의 설명에도 담덕은 불만스러운 기색을 감추지 않았다.

"그래도 마음에 안 들어. 네가 임자가 있는 것도 모르고 온갖 놈팡이들이 꼬일 거 아냐."

"네가 붙여 준 근위대원들이 가까이 다가오려는 사내들은 다 차단하던걸, 뭐."

"그러니까…… 다가오려던 사내들이 있기는 했다?"

"뭐. 아주 없지는 않지. 내가 좀 곱게 생기긴 하였잖아?"

한 나라를 뒤흔들 미모는 못 되어도 못난 얼굴은 아니었다. 턱을 치켜들며 일부러 젠체하자 담덕의 얼굴이 더 일그러졌다.

"앞으로는 얼굴 가리고 다녀. 삿갓 큰 거, 그런 거 쓰면 되잖아."

얼굴을 가리라고 말하면서도 밖으로 나가지 말라는 말은 않는 것이 담덕다웠다.

속에서부터 마음이 따뜻해졌지만 손으로 삿갓 크기를 가늠하는 담덕의 얼굴이 진지했다. 자칫하면 앞으로 외출을 할 때마다 정말 불편한 삿갓을 쓰고 다녀야 할 판이었다.

"차라리 이마에 유부녀라고 써 붙이고 다니라고 하지, 왜?"

타박하겠다고 던진 말에 담덕의 얼굴이 묘해졌다.

"그거…… 참으로 좋은 생각인데?"

"뭐라고?"

"남편이 있는 여인은 이마에 유부녀라는 글을 쓰고 다녀야 한다는 법을 만들어야겠어."

담덕의 손가락이 글을 쓰는 듯 내 이마 위에서 가볍게 움직였다.

"농담을 진담으로 받으면 곤란하거든요, 폐하?"

나는 담덕의 손을 잡아끌어 내리며 불만을 토로했다.

"그리고, 왜 여인만 그래야 해? 여인에게 그리하라고 할 거면 부인이 있는 사내들도 유부남이라고 이마에 새겨 넣어야지."

"그거 좋네. 내 이마에 적어 줄래? 유부남이라고."

말도 안 된다며 펄쩍 뛸 줄 알았던 담덕은 외려 눈을 감으며 제 이마를 내 앞에 내밀었다.

"내가 못 할 줄 알고?"

나는 손가락으로 담덕의 이마에 글씨를 새겼다. 유부남, 바보, 고집쟁이, 일 중독자……. 멈출 줄 모르는 내 손가락에 담덕의 미간이 찌푸려졌다.

"도대체 뭘 그렇게 쓰는 거야?"

"모르겠어?"

"음, 다시 천천히 써 봐."

담덕이 자세를 고쳐 잡았다. 나는 한결 진지해진 그를 빤히 내려다보며 천천히 손가락을 움직였다.

고담덕은 연우희의 남편이다.

"뭐라고 썼는지 알겠어?"

"내가 네 남편이라고."

대답하는 담덕의 입꼬리가 살짝 올라가 있었다. 기분 좋게 올라간 예쁜 입꼬리를 보니 몸이 절로 움직였다.

나는 담덕의 어깨에 두 손을 올리고 그의 입술에 살짝 입을 맞추었다. 닿았다 떨어지는 감촉에 굳게 닫혀 있던 담덕의 눈이 번쩍 뜨였다.

"……글을 쓰랬더니 뭘 하는 거야?"

그렇게 묻는 담덕의 얼굴이 살짝 상기되어 있었다.

이게 무슨 사춘기 청소년 같은 반응이람. 순진한 아가씨를 희롱한 아저씨가 된 기분이었다.

아니, 내가 내 남편한테 입을 맞추는 게 뭐가 문제라고?

나는 일부러 더 뻔뻔하고 태연하게 눈을 깜빡이며 담덕을 보았다.

"뭐 하긴, 입 맞췄지."

"태왕의 집무실에서 참으로 대담하시네요, 황후."

"매번 그 집무실에서 제 입술을 물고 빠는 분이 하실 말씀은 아닌 듯합니다, 폐하."

"많이 하고서 그런 소리를 들으면 억울하지나 않지."

"억울하면 많이 하시든지요."

"그래도 되나?"

"되지. 그런 게 되니까 부부지."

"부부."

부부, 남편, 아내. 담덕이 좋아하는 몇 안 되는 말 중 하나였다.

"그러네. 그런 게 되니까 부부구나."

시원하게 씨익 웃어 보인 담덕이 나를 향해 고개를 숙이며 내 뒤통수를 단단히 붙잡았다.

"그럼 사양 않고."

뒤이어 닿아 온 입술은 따뜻했다. 저항하지 않고 열린 입술 사이로 들어온 말캉한 살덩이가 입안의 여린 부분을 문질렀다. 따뜻하고 다정했다. 온몸이 바짝 긴장했다. 담덕의 어깨를 잡은 손에도 힘이 들어갔다.

그건 담덕도 마찬가지였다. 맞닿은 몸에 딱딱하게 힘이 들어가는 것이 느껴졌다. 그가 내 뒤통수를 자신의 가까이로 끌어당기자 입맞춤이 더 깊어졌다.

여기서 입맞춤이 더 깊어지면 곤란했다. 아직은 날이 밝았고, 밖에는 귀가 좋은 태림이 자리를 지키고 있었다.

그만하라는 뜻을 담아 뺨을 쓸어내렸는데, 어째서인지 잠시 멈칫했던 담덕이 강하게 내 입술을 깨물었다. 아파서 미간을 찌푸리자 그걸 달래기라도 하듯 그가 입술을 할짝거렸다.

"병 주고 약 주는 거야?"

내가 황당해져서 물으니 담덕이 불만스럽게 투덜거리며 내 목덜미에 얼굴을 묻었다.

"그러는 너야말로 왜 날 자극해? 참기 힘들단 말이야."

"역사는 밤에 쓰셔야죠, 폐하."

"이제 곧 해가 떨어질 텐데? 그리고 역사를 왜 꼭 밤에 써야 해? 그런 편견은 버려, 우희."

담덕이 내 목덜미에 입을 맞추고 고개를 들었다. 웃고 있는 얼굴이 어쩐지 야릇하게 느껴져서 얼굴이 벌겋게 달아올랐다.

"유혹은 네가 먼저 해 놓고 왜 그렇게 얼굴이 빨개져?"

"내가 뭘 유혹했다고?"

"먼저 입 맞추신 게 어디의 누구였더라?"

담덕이 눈을 가늘게 뜨며 물었다. 할 말이 없어져 담덕의 시선을 피하며 괜히 딴청을 부리니 그가 픽 웃으며 손으로 내 머리를 헤집었다.

"네가 좀 덜 고왔으면 좋겠다. 다른 사내들이 널 안 보게."

"덜 고왔으면 너도 날 안 좋아했을지도 몰라."

"아니, 난 좋아했을 거야. 네가 어떤 모습이든…… 난 좋아했을 거야."

어느새 나를 바라보는 담덕의 얼굴에는 웃음기가 사라졌다. 진지한 얼굴에 담긴 진심에 그렇지 않아도 빨간 얼굴이 더 뜨거워졌다.

나는 또다시 이상하게 달아오르려는 분위기를 가라앉히려 일부러 헛기침을 하며 장난스럽게 웃었다.

"난 지금 네 얼굴이 좋은데."

"뭐?"

"그러니까 꼭 이 얼굴이어야 돼. 난 잘생긴 게 좋거든. 보기 좋은 떡이 맛도 좋다잖아?"

"흐음."

저를 떡에 비유하는 나의 말에 담덕이 묘한 침음을 흘렸다.

"그러니까 네 말은, 내가 보기 좋은 떡이다?"

"응."

"그래서? 맛은 좋았나?"

"음……."

나는 담덕의 얼굴을 찬찬히 살피며 씨익 웃었다.

"그건 더 먹어 보고 말해 줄게."

담덕의 입술에 재빨리 입을 맞추고 후다닥 도망가는데, 얼마 가지 않아 그에게 붙잡히고 말았다.

"연우희."

내 이름을 부르는 담덕의 목소리가 심상치 않았다.

장난이 너무 심해서 화가 났나?

걱정스럽게 돌아보니 담덕이 나를 보며 씨익 웃었다.

"난 두 번은 못 참는데."

"뭘 두 번은 못 참는다……."

다 묻기도 전에 스스로 답을 깨달았다. 깨달음으로 점점 벌어지는 내 입을 보며 담덕의 미소가 짙어졌다.

"그렇게 사람을 너무 자극하면 쓰나."

담덕이 나를 확 끌어당겼다. 단단한 품에 갇혀 오도 가도 못 하는 상황이 되자 여러모로 머리가 복잡했다.

"바, 밖에 사람 있는데?"

"태림."

그게 무슨 문제냐는 듯 담덕이 밖을 향해 외쳤다. 짧은 부름에 잠시 인기척이 느껴지더니 곧 바깥이 조용해졌다.

"자, 이제 밖에 사람 없어."

그렇게 말하며 담덕이 뿌듯하게 웃었다.

❖ · ❖ · ❖

담덕과 하루를 꼬박 보내고 난 다음 날은 늘 녹초가 된다. 나는 침상에 늘어져 무거운 눈꺼풀을 느리게 깜빡이며 마음속으로 불만을 토로했다.

말로는 뭐든 네 뜻대로 하겠다, 천천히 할게 그러면서, 정작 중요한 순간에는 자기 속도로 밀어붙인다고, 이 남자는.

눈을 굳게 감고 있는 담덕의 머리통을 불만스럽게 노려보았다. 어제 일을 생각하면 아주 얄미워 죽겠다. 아니, 따지고 보면 어제뿐만이 아니지.

태왕 폐하의 그 잘난 이성이 뚝 끊어지고 난 이후에는 아무리 애원해도 들어주는 법이 없다. 그때부터는 감당하기 힘든 그의 속도에 맞춰 이리저리 흔들릴 뿐이다. 그리고 다음 날이 되면 항상 이 상태였다.

손 하나 움직이기 싫은 나른함에 몸을 늘어뜨리고 있으니 담덕이 내 품으로 파고들었다.

"우희, 일어나기 싫어."

"그건 내가 하고 싶은 말이야. 힘들어 죽겠어."

"많이 힘들어?"

"당연하지. 사람을 그리 몰아붙이는데 안 힘들어?"

"그럼 내가……."

한껏 입술을 내밀고 투덜거리자 담덕이 미안한 얼굴로 내 뺨을 쓸어내렸다.

"보약이라도 지어 줄까?"

"……이럴 땐 다음엔 안 힘들게 할게, 하고 말하는 게 평범하지 않아?"

"난 지키지 못할 약속은 하지 않는 편이라서."

"결국 앞으로도 네 맘대로 하겠다는 거야?"

"그래서 싫어?"

담덕이 입술로 내 목덜미를 지분거리며 천진한 척 물었다. 이 수법에 마음이 약해져 다음에 땅을 치고 후회한 것이 한두 번이 아니었다.

그런데, 그걸 뻔히 아는데, 그래도 싫다는 말이 나오지 않았다.

"그거야…… 뭐……."

할 말이 없어 우물거리자 담덕이 마지막으로 뺨에 입을 맞추고 몸을 일으켰다. 한참 전에 잠에서 깨 내가 일어나기를 기다렸던 건지 침상을 벗어나는 움직임에 망설임이 없었다.

"꼭 기다리지 않아도 되는데."

홀로 옷을 챙겨 입는 담덕을 보며 작게 중얼거리니 그가 내 쪽을 바라보았다.

"뭘 기다려?"

"항상 내가 일어날 때까지 기다리잖아. 아무것도 안 하고 그냥 누워서."

"일어났을 때 혼자면 쓸쓸하지 않나? 난 그렇던데."

담덕이 고개를 갸웃거리며 말했다.

"게다가 잠들어 있는 네 얼굴 보는 게 좋아. 나만 볼 수 있는 모습이라고 생각하면 별로 놓치고 싶지가 않은데."

"잠에서 막 깨서 통통 부은 얼굴이 뭐가 좋다고?"

"예쁜데. 세상에서 제일."

이야기를 하는 동안 옷을 모두 다 챙겨 입은 담덕이 내 입술에 입을 맞추고 흐트러진 머리카락을 정돈해 주었다.

그 기회를 틈타 나는 하고 싶었던 말을 꺼냈다.

"후연과의 전쟁에 직접 나설 거야?"

"전쟁이 다가오고 있는 건 어찌 알았어?"

"나도 귀가 있는걸."

궁에 머무르면 자연스레 들리는 이야기들이 있었다. 궁인들은 후연과의 전쟁이 가까워지고 있다며 조심스럽게 속삭였다. 비로의 대원들도 비슷한 이야기를 했다.

담덕은 전쟁에서 조금이라도 손해를 보는 것을 무척이나 싫어했다. 확실한 기회를 노려 상대를 치는 편을 선호하는 성격 때문에 적군에게는 악명이 높았다. 지난번 후연에게 영토와 백성을 크게 잃은 후, 곧장 반격에 나서지 않고 기회를 엿보고 있었던 것도 담덕의 그런 성격 때문이었다.

그런 기다림이 헛되지 않았는지 최근 후연의 정세가 심상치 않다는 소식이 들려왔다. 후연의 왕, 모용성을 향한 불만이 곳곳에서 쏟아져 나온다는 이야기였다.

모용성은 패도(霸道)의 길을 걷는 왕이었다. 그간 나라가 혼란스러웠던 까닭이 선왕 모용보의 무른 통치 때문이었다고 믿는 것 같았다.

왕위에 오른 후 그는 왕의 권위를 강화하고 엄격한 법과 형벌을 내세웠다. 혼란스러운 정국에 효과가 좋은 방법이었다. 그 덕분에 모용성은 나라의 혼란을 빠르게 잠재우고 강한 군사력을 확보할 수 있었다.

하지만 혼란을 다잡은 뒤에도 같은 태도를 고수한 것이 문제였다. 어느 정도 혼란이 사라지면 사람들은 인의(仁義)와 덕(德)을 찾는다. 그러나 모용성은 혼란을 수습한 뒤에도 패도를 버리지 않았다.

엄격한 법치에 조정은 공포에 떨었다. 자그마한 실수에도 목이 달아나니, 공포를 비집고 더는 이렇게 살 수 없다는 불만이 생기는 건 당연했다.

결국 반란이 일어났다. 좌장군(左將軍) 모용국, 전상장군(殿上將

軍) 진여, 단찬이 힘을 모아 모용성을 몰아내려 했으나 일이 실패로 돌아가 외려 본인들이 목숨을 잃었다.

하지만 닷새 만에 다시 반란이 일어났다. 이번 반란은 성공이었다. 모용성은 검을 들고 직접 반란 진압에 나섰지만 결국 실패하고 큰 부상을 입었다. 그리고 그것이 악화되어 모용성은 세상을 떠났다. 후연의 조정을 공포에 떨게 만든 왕의 죽음이었다.

그 뒤를 이은 자는 모용성의 숙부 모용희였다. 선왕의 아들 모용정이 살아 있는 상황에서 숙부가 뒤를 이었으니 뒷말이 나오지 않을 수 없었다.

가혹한 법치와 그에 따른 반란, 깔끔하지 못한 왕위 계승까지. 지금의 후연은 말 그대로 수라장이었다. 후연에 이를 갈고 있던 고구려로서는 제대로 된 기회를 포착한 셈이었다.

"내가 직접 갈 가능성이 높아. 후연과의 일전은 중요하니까."

담덕의 말 그대로였다.

고구려에 있어 후연은 백제 못지않은 원수였다. 건국 이후 조금씩 고구려의 영토를 침범하거나, 백성을 붙잡아 가는 일을 반복하더니 영락 10년에는 칠백 리 땅을 빼앗아 가기까지 했다.

계속해서 일진일퇴를 반복하며 고구려의 신경을 건드린 과거를 생각하지 않더라도 후연과의 전쟁은 중요했다. 후연이 차지한 땅, 요동(遼東) 지역 때문이었다.

요동은 오래전부터 전략적 요충지로 손꼽혔다. 요수(遼水)가 흘러 방어에 용이했기 때문에, 그곳을 차지하면 중원의 강한 나라들로부터 우리 땅을 지키기 좋았다.

때문에 돌아가신 선대왕 역시 요동 장악을 욕심냈다. 하지만 요동을 장악하려면 먼저 남쪽 상황을 정리하는 것이 중요했다. 북을 노리는 동안 백제가 뒤를 친다면 고구려는 큰 손실을 피할 수 없다. 신라를 구원하는 동안 후연이 우리 뒤를 친 것처럼 피해가 따를 것이다.

담덕이 그간 신라와의 관계 구축과 백제의 섬멸에 힘을 쏟은 것도 결국은 요동을 확보하기 위해서였다. 그러니 운명처럼 찾아온 이번 기회를 놓칠 리가 없었다.

나는 다가오는 전쟁의 예감에 마음이 불안해졌다. 담덕이 늘 승리만 누렸던 왕이라는 건 알지만, 그의 수명이 길지 않았다는 사실 역시 알고 있었다.

혹시라도 다가오는 전쟁이 담덕의 마지막일까 봐. 나는 늘 그 생각으로 머리가 복잡했다.

"웬만하면…… 직접 나서지 않았으면 좋겠어."

철없는 소리라는 걸 안다.

담덕이 직접 나서는 전투와 그렇지 않은 전투는 완전히 다르다. 그가 전쟁터에 나서는 것만으로도 병사들의 사기가 몇 배나 올라가고, 태왕의 친정을 알리는 깃발이 세워지면 상대는 싸우기도 전에 놀라서 꽁무니를 뺐다.

그럼에도 나는 담덕이 직접 나서는 전투가 많이 없었으면 했다.

"정말 중요한 전투라면 나설 수밖에 없겠지만…… 그래도 웬만하면 국내성에 있어 줘. 안전한 곳, 나와 연이의 곁에."

담덕은 내 말을 가만히 듣고 있었다. 얼굴을 빤히 보는 시선에 민망함을 감출 수 없었다.

"미안, 역시 너무 철없는 소리였지."

내 사과에 담덕의 표정이 더욱 묘해졌다.

"내가 직접 전쟁터에 나갈 거냐고 묻기에 그럴 거면 너도 데려가라는 말을 할 줄 알았는데. 안전한 곳에서 가만히 기다리기만 하는 황후는 되기 싫다고 했었잖아."

"부탁하면 그렇게 해 줄 거야? 아니잖아."

고구려 땅에서 가장 안전한 국내성에 있으면서도 나의 안전을 염려하는 담덕이었다. 그런 그가 나를 전쟁터에 데려갈 리 없다는 건 명백했다.

"그걸 아니까 다른 부탁을 하는 거야. 내가 따라갈 수 없다면 네가 이곳에 있어 달라고."

상대가 보여야 안심할 수 있는데 따라갈 수는 없으니 눈에 보이는 곳에 눌러 앉히는 수밖에 없다.

"그래?"

나로서는 당연한 결론이었는데, 그 이야기를 듣는 담덕의 표정이 이상했다.

"도대체 그 얼굴은 뭐야?"

연신 히죽거리며 나를 보는 게 수상하기 짝이 없었다.

"내가 전쟁터에 나가지 않기를 바라는 사람은 이 고구려에서 너 하나뿐일걸."

"크게 다칠까 봐 걱정되는데 어쩌란 말이야?"

"크게 다칠까 걱정을 해 주는 사람도 너 하나뿐이고."

승리를 부르는 무신(武神). 고구려 사람들이 그의 출정을 간절히 바라는 것은 당연했다.

하지만 나에게 담덕은 태왕이기 전에, 무신이기 전에, 평생을 약속한 연인이었다. 둘만의 혼례를 올리며 우희와 담덕으로서 연을 맺지 않았나.

"이 세상에 그런 사람이 있어, 담덕. 그러니 부디 몸을 아껴 줘. 날 과부로 만들 생각이 아니라면 말이야."

"우스운 걱정."

담덕이 가볍게 웃으며 내 턱 밑까지 이불을 끌어 올렸다.

"천천히 일어나. 난 그만 일하러 갈게."

아마 후연과의 전쟁을 논의하러 가는 거겠지. 굳게 닫히는 문과 함께 심장이 아릿해졌다.

나는 왜 한의학을 배웠을까? 한국사를 전공했으면 지금 더 많은 도움이 되었을 텐데. 아니, 군사학을 배웠어야 했나? 그랬으면 전쟁에서 이기는 법을 알고 있었을 거 아냐?

이어지는 생각은 모두 지난 후회라 시간 낭비일 뿐이었다. 나는 부정적으로 흐르는 생각을 흩어 버리며 침상에서 몸을 일으켰다.

"할 수 있는 일을 하자. 할 수 있는 일."

❖ ❖ ❖

나는 그날부터 약을 만들기 시작했다. 전쟁에서 필요한 약이란 뻔했다. 지혈을 돕는 약이나 진통제가 가장 많이 필요했다.

약재만 구한다면 약을 만드는 건 일도 아니었다. 혼자서 감당하기에는 필요한 양이 많았기에 태의들의 힘을 빌렸다.

비로의 다원에서는 차를 더 많이 만들었다. 전쟁 중에 차를 끓여 마시는 건 사치겠지만, 수통 안에 잎을 띄워 두고 우려내기만 해도 효과가 있었다.

나는 피로 해소를 돕는 찻잎들을 말려 작은 주머니에 나눠 담았다. 아직 병력의 규모가 정해지지는 않았으나 적어도 수천은 될 것이다. 다원의 창고는 금세 찻잎을 넣은 주머니로 가득 찼다.

그러는 사이 착실하게 시간이 흘렀다. 병력의 규모와 공격 시기가 정해졌고, 공략 방향과 출전할 장수도 확정되었다.

영락 12년 여름. 전쟁은 여름에 하지 않는다는 편견을 깨고 태왕의 군대가 후연의 숙군성(宿軍城)을 향해 출정했다.

짧은 평화가 끝나고 다시 전쟁의 시작이었다.

第二十八章

부훈영(符訓英)

나의 걱정에도 담덕은 직접 전쟁터에 나섰다. 후연에게 많은 땅을 빼앗기고 난 뒤의 전투였다. 중요성이 큰 만큼 태왕의 친정은 나의 염려나 담덕의 뜻에 상관없이 처음부터 정해진 일이었다.

이번 후연과의 전쟁이 상당히 길어질 것은 모두가 예상하고 있었다. 최종 목표를 숙군성으로 잡은 것은 그들을 완전히 무너뜨리겠다는 의지의 표현이었다.

숙군성은 요수의 서쪽, 흔히 요서(遼西)라 불리는 지역에 세워진 성으로 후연의 중심지나 다름없었다. 숙군성을 향해 가려면 요동을 거쳐야 한다. 먼저 요동 지역의 현도성(玄菟城)과 요동성(遼東城)을 장악한 뒤 그대로 요서를 치겠다는 계획이었다.

수년이 예상되는 전쟁.

나와 담덕 모두 헤어짐과 기다림에는 익숙했다. 떨어져 있는 사이 상대의 마음이 흔들리지 않으리라는 믿음이 있었기에 불안한 것은 서로의 안위뿐이었다.

나는 중심을 잡으려고 애썼다. 전쟁으로 국내성은 긴장에 가득 차 있었지만, 나만은 태연하게 일상을 보내야 했다. 우리의 왕이 당연히 승리와 함께 돌아오리라는 믿음. 그것을 보여 주는 것이 황후의 일이었다. 매일 밤 불안에 뒤척이면서도 사람들 앞에서는 여유롭게 웃으며 매일을 견뎠다.

하지만 아직 어린 연과 승평에게까지 그런 모습을 강요하는 건 무리였다. 벌써부터 아버지는 언제 돌아오시느냐고 묻는 아이들을 달래고 처소로 돌아오니 멀리서 새 한 마리가 날아들었다.

비로의 전령새였다. 혼인한 이후 내게 직접 전령새가 날아온 것은 처음이었다. 하늘을 맴돌던 전령새가 유유히 창틀에 내려앉았다. 발목을 보니 돌돌 말린 작은 서신이 묶여 있었다.

혹 전쟁터에서 좋지 않은 소식이라도 있는 걸까?

보낸 지 오래된 것 같진 않았지만 출발 직후 문제가 생기는 경우도 많았다.

불안한 마음에 재빨리 서신을 펼쳤으나, 깨알같이 작은 글씨로 적힌 서신의 내용은 내가 전혀 예상하지 못한 것이었다.

「요동 경계 상. 숙군성을 먼저 치고 돌아가는 길에 요동을 노릴 것.」

지시인지 정보인지 애매한 글귀. 그 아래에는 요동의 성들을 거치지 않고 숙군성으로 들어갈 수 있는 길이 상세하게 설명되어 있었다.

도대체 이게 뭐지? 내게 와서는 안 될 정보였다.

게다가…… 서신에 적힌 글씨가 너무 익숙했다. 곱게 웃던 한 여인의 모습이 머릿속을 스쳐 갔다.

말도 안 되는 생각이야. 그저 필체가 비슷한 것뿐이겠지.

나는 고개를 저어 생각을 흩어 버리고는 서신의 마지막에 적힌 글귀를 바라보았다.

「숲에 까마귀가 있다.」

아군 내에 배신자가 있다는 것을 뜻하는 비로의 은어였다.

나 혼자서는 감당할 수 없는 내용이야.

나는 서신을 품 안에 갈무리하고 달래를 불렀다.

"달래야, 근위대장님을 만나야겠다."

❖　❖　❖

담덕은 근위대장인 지설을 국내성에 남겨 두고 태림만을 데려갔다. 혹 예상하지 못한 일이 생겼을 때, 내가 지설과 논의하는 것이 더 나으리라 판단했기 때문이었다.

내가 내미는 서신을 보며 지설의 얼굴이 순식간에 굳어졌다. 서신은 짧았으나 그 내용이 범상치 않았다.

"비로의 전령새가 주고 간 서신이라고요?"

"네. 혹 후연에 심어 둔 세작의 보고인가요? 그게 왜 나에게 왔는지 모르겠지만……."

나의 대답에 지설의 얼굴이 더 심각해졌다.

"후연에 심어 둔 세작이 있기는 합니다. 하지만 그들의 필체는 제가 전부 압니다. 그중에 이런 필체는 없습니다."

지설이 심각한 얼굴로 서신을 빤히 보았다. 턱을 매만지던 그가 곧 무엇을 떠올렸는지 미간을 찌푸렸다.

"한데 필체가 꼭……."

꺼내던 말이 금세 지설의 입속으로 돌아갔다. 그 역시 나와 비슷한 생각을 했을 것이다. 먼저 한 사람의 얼굴을 떠올리고, 금세 말이 안 된다고 생각했겠지.

"다로의 필체와 비슷하죠?"

내 말에 지설이 흠칫했다. 자신만 그리 느낀 것이 아니라는 사실을 확인하자 심경이 더 복잡해졌는지 얼굴에 근심이 가득했다.

"죽은 자의 필체를 떠올리시다니요."

"하지만 지설도 같은 생각을 했잖아요."

"그렇긴 합니다만……."

지설이 머리를 벅벅 긁으며 한숨을 내쉬었다.

"지금은 그보다 이 내용이 사실인지가 더 중요합니다. 군대가 출발한 지 오래 지나지 않아 아직 요동에 닿기 전입니다. 서신의 정보가 사실이라면 현도성과 요동성을 칠 때 큰 피해를 감수해야 할 터. 둘러 가 숙군성을 치는 것이 현명하지요."

"이 서신의 내용이 사실이라면 말이죠."

문제는 이 서신을 완전히 신뢰할 수 없다는 것이다. 오히려 숙군성의 방비를 든든하게 해 놓은 후연의 계략일지도 모른다. 오히려 그쪽의 가능성이 높았다.

그럼에도 마음이 흔들리는 까닭은 익숙한 필체 때문인가, 아니면 비로 대원들의 부름에만 날아오는 전령새를 통해 서신이 전해졌기 때문인가.

"다른 정보들이야 꾸며 냈다 치더라도 마지막 말이 마음에 걸려요. 정확히 비로의 은어를 썼어요. 대원들이 아니면 모르는 말인데……."

나의 말에 지설이 고개를 끄덕였다.

"우선 제가 서신을 가지고 비로에 가 보겠습니다. 혹 제가 모르는 사이 수장께서 세작을 심어 두셨을 수도 있으니까요."

"그럴 수도 있겠네요. 부탁할게요."

"당연히 제가 할 일입니다."

지설이 별 우스운 말을 다 들었다는 듯 웃으며 자리에서 일어섰다.

"너무 걱정하지는 마십시오. 어떤 일이든 폐하께서 잘 대처하실 겁니다."

"의외네요. 지설이 격려도 할 줄 알아요?"

"……저를 도대체 어떤 놈으로 보신 건지 모르겠군요."

투덜거리는 지설을 보며 웃음이 터졌다가 금세 미소가 잦아들었다.

"지설은 괜찮아요?"

"괜찮냐니, 어떤 것이 말입니까?"

"영이요. 그날 고추가께서 소노부로 데려간 이후 한 번도 보지 못했잖아요."

"아, 뭐."

이 시점에 그런 이야기를 들을 줄은 몰랐다는 듯 지설이 살짝 입을 벌렸다.

"언젠가는 일어날 일이라고 생각했습니다."

"그래서 일부러 오랫동안 영이의 마음을 모른 척한 거고요?"

"그럴 수밖에 없잖습니까. 받아 줄 수도 없는 노릇이고."

"그런 생각이었다면 대놓고 거절을 했어야죠. 그 애는 지설이 은근히 밀어내고 있었다는 것도 평생 모를걸요."

내 말에 지설이 픽 하고 웃었다.

"그렇죠, 그 아가씨는 아주 순진한 구석이 있으시니까요. 해서천의 딸이라고 믿기 힘들 만큼."

"그걸 알면서도 대놓고 거절하기는 싫었다는 거군요?"

정곡을 찌른 것인지 지설의 입에 걸려 있던 미소가 서서히 사라졌다.

"이렇게 정면에서 사람을 찌르시다니요."

"지설이 답답하게 구니까요. 내가 담덕과 지지부진할 때 지설도 이런 심정이었을까 싶을 정도라고요."

"설마요. 제가 그리 답답하지는 않을 텐데."

지설이 혼잣말 같은 중얼거림과 함께 긴 한숨을 내쉬었다.

"그런데 갑자기 그 아가씨 이야기는 왜 꺼내시는 겁니까?"

"귀부인들에게 들은 이야기가 좀 있어서요."

유력한 귀족 가문의 여인들과 이야기를 나누다 보면 자연스레 들려오는 말들이 있다. 누군가의 혼담도 마찬가지였다.

"소노부의 고추가께서 영이의 혼처를 찾고 계신 것 같았어요."

"……그렇습니까."

한 박자 느리게 돌아온 대답은 얼핏 평온해 보였다. 하지만 나는 그가 손에 쥐고 있던 서신이 볼품없이 구겨진 것을 놓치지 않았다.

"그 서신 중요한 건데."

"아."

내 지적을 듣고서야 제가 주먹을 꽉 쥐었다는 것을 깨달은 모양이었다. 지설은 답지 않은 멍청한 표정을 지으며 서신을 다시 폈다.

"고집부리지 말고 그냥 인정해요. 뭣하면 예전처럼 보쌈이라도 하든가요."

"예전처럼이라뇨. 제가 여인을 아무렇게나 납치하는 시정잡배인 줄 아십니까? 그때는 폐하의 명에 따라서……."

"마음 밀고 다른 명분이 있어야만 움직일 수 있어요? 그럼 내가 명령을 내려 줄게요. 영이가 혼인하기 전에 데려와서 마음을 털어놓으세요, 지설."

내 말에 지설이 입을 꾹 다물었다. 한참이나 침묵을 지키고 있던 지설이 마침내 헛웃음을 흘렸다.

"그 명령은 평생 못 잊을 겁니다."

"감동적이어서요?"

"아뇨, 너무 바보 같은 명령이라서요."

나의 배려를 가차 없이 구겨 버린 지설이 손에 들고 있던 서신을 흔들며 인사했다.

"아무튼 배려는 감사합니다. 과연 마마다운 우스운 배려였지만 말입니다. 서신은 제가 잘 해결하겠습니다."

❖ ❖ ❖

제신은 담덕에게 서신을 보내기로 결정했다. 서신의 내용을 믿느냐고 물었더니, 애매한 표정으로 어깨를 으쓱거릴 뿐이었다.

"판단은 폐하께서 하실 거다. 나는 들어오는 모든 정보를 모두 그분께 전할 뿐이야."

제신은 다로의 것과 상당히 유사한 필체로 적힌 서신을 보면서도 별다른 동요가 없었다. 그것이 다로를 모두 떨쳐 냈기 때문인지, 다른 사람이 알지 못하는 뒷이야기를 알고 있기 때문인지는 알 수 없었다.

어쨌든 담덕에게 내가 받은 의문의 서신이 전해졌다. 담덕은 그 서신의 내용을 따르기로 했다. 배신자가 있다는 말까지도 신뢰하여, 요동 초입에 진을 치고 전쟁을 준비하던 대군 중 일부만 떼어 내 은밀하게 요서로 향했다.

담덕은 개마 기병을 중심으로 한 태왕군의 정예만을 이끌고 숙군성을 공격했다. 결과는 대성공이었다. 요동에 모든 병력을 결집해 두었던 후연은 힘 한번 쓰지 못하고 밀려났다. 성을 지키고 있던 숙군성주 모용귀는 갑작스러운 공격에 깜짝 놀라 성을 버리고 도망쳤다.

요동을 지키고 있던 병력들이 서둘러 요서로 귀환했지만 이미 고구려의 정예병들이 숙군성을 차지한 뒤였다. 설상가상으로 숙군성을 향해 병력이 빠져나간 사이 요동에서 대기하고 있던 나머지 고구려군이 현도성과 요동성을 쳤다.

이 시대의 전쟁에서는 수성(守城)이 절대적으로 유리했다. 연쇄적으로 주요한 성 세 곳을 모두 잃은 후연은 제대로 된 반격조차 하지 못한 채 뒤로 물러났다. 또다시 태왕의 승리였다.

승전 소식에 국내성이 떠들썩해졌다. 태왕을 칭송하는 소리와 고구려의 영광을 노래하는 가락이 끊이지 않았다. 하지만 나는 온전히 기뻐할 수가 없었다.

서신의 내용이 진실이었어. 그렇다면 아군 안에 후연과 결탁하는 자들이 있다는 것도 진실이라는 뜻인데…….

아직 후연은 무너지지 않았다. 앞으로 다시 벌어질 전쟁에서도 승리하기 위해서는 숲에 숨어든 까마귀가 누구인지 찾아내야 했다.

그리고 내게 서신을 보내온 사람이 누구인지도 찾아내야겠지.

하지만 지금은 즐겁게 담덕을 맞이할 때였다. 한 차례 큰 승리를 거둔 태왕군이 선열을 정비하기 위해 국내성으로 돌아오고 있었다.

나는 오래전 담덕의 귀환을 기다리던 순간을 떠올리며 목욕물을 준비했다.

이젠 예전처럼 당황하진 않으려나? 당황하는 모습 보고 싶은데.

나는 담덕의 반응을 예상해 보며 오랜만에 웃음을 흘렸다.

❖ ❖ ❖

"오십니다!"

달래가 다급하게 방 안으로 들이닥치며 내게 속삭였다. 하지만 나는 기다리는 사람이 도착했다는 기쁜 소식에도 마냥 반가워할 수가 없었다.

해가 한참 전에 떨어졌다. 전령은 담덕 일행이 오늘 낮에 국내성에 도착할 테니 맞을 준비를 하라 전했었다.

예상보다 귀환이 늦어진 건 이번이 처음이었다. 무소식이 희소식이라고, 이후 별다른 기별이 없다는 사실을 위안 삼아 마음을 달래 보았지만, 중간에 무슨 일이라도 벌어진 건 아닌지 안 좋은 생각이 떠오르는 것을 막을 수는 없었다.

"별다른 이야기는 없었어?"

"별다른 이야기요?"

"오는 길에 무슨 일이 있었다거나 그런 이야기."

"저도 그것까진 듣지 못했습니다. 일행이 막 성문을 지났다는 이야기만 듣고 바로 달려온걸요."

"궐에는 어느 문으로 들어온대?"

"그거야 당연히 정문으로……."

나는 대답을 다 듣지도 않고 방으로 뛰어든 달래만큼이나 다급한 걸음으로 궐문을 향해 걸었다.

"궐문까지 마중 나가시려고요?"

놀란 달래가 재빨리 내 옆으로 따라붙었고, 그 뒤를 다른 시녀들도 줄줄이 따랐다. 꼬리에 꼬리를 물고 이어지는 행렬에 궁인들의 시선이 꽂혀 들었다.

정문으로 가까워지면 가까워질수록 대규모의 인원이 만들어 내는 소란스러운 기척이 선명해졌다. 조금 더 걸음을 옮기자 마침내 때늦은 소란을 몰고 온 사람들의 모습이 눈에 들어왔다.

많은 사람들 중에서 담덕을 찾아내는 건 어렵지 않았다. 건장한 고구려 사내들 사이에서도 담덕은 특히나 더 건장했다. 그의 옆을 지키고 선 태림도 마찬가지였다. 커다란 두 사람이 나란히 서 있으니 저절로 시선이 갔다.

그들을 부르려는 찰나, 병사들을 둘러보며 무어라 지시를 내리던 태림이 나를 먼저 발견했다.

"황후마마?"

태림의 중얼거림에 옆에 있던 담덕이 그의 시선을 따라 고개를 돌렸다. 눈이 마주치는 순간 담덕의 눈이 커졌다.

나는 한달음으로 담덕 앞까지 다가갔다. 병사들이 그의 주변을 둘러싸고 있었지만, 내가 지나가자 모두가 약속이라도 한 듯 자연스럽게 길을 터 주었다. 그들의 얼굴에도 담덕처럼 놀라움이 가득했다.

나는 담덕 앞에 서자마자 눈으로 그의 전신을 훑었다. 우선 갑옷은 멀쩡하고…….

"다친 곳은?"

"없어."

담덕이 간단하게 대답했지만 직접 확인하기 전까지는 믿을 수 없었다.

"여기까지 왜 나왔어? 난 깨끗하게 씻은 뒤에 만나러 가려고 했……."

나는 이어지는 담덕의 말을 무시한 채 손을 뻗어 그의 몸을 더듬었다. 몸에 손이 닿자마자 담덕의 말이 뚝 끊겼다.

갑옷이 미처 가리지 못한 팔다리를 더듬거리며 상태를 확인하는 손길에 침묵을 지키던 담덕이 곧 당황한 목소리로 나를 불렀다.

"저…… 우희?"

고개를 들어 담덕의 얼굴을 보니 그가 당황한 얼굴로 주변을 힐끗거리고 있었다. 그를 따라 주변을 둘러보자 병사들이 입을 떡 벌린 채 우리를 보고 있었다. 말로 표현하기 힘든 그들의 눈빛에 정신이 번쩍 들었다.

"어, 그, 옷에 흙이, 그래, 흙이 참 많이 묻었네…… 그렇네……."

나는 담덕의 몸을 더듬던 손을 슬그머니 움직여 그의 옷에 묻은 흙을 털었다. 처음부터 흙을 털어 내는 것이 목적이었다는 양 태연한 척을 해 보았지만, 신나게 담덕의 몸을 더듬던 모습을 모두 본 병사들이 그리 생각해 줄 리가 없었다.

멍하니 선 병사들의 입꼬리가 파르르 떨렸다. 누군가는 고개를 푹 숙이며 제 입을 손으로 틀어막았다. 금방이라도 터지려는 웃음을 애써 참고 있는 것이 분명했다.

민망하다. 정말 민망하다!

마음속으로 몇 번이나 이불을 차는 나를 알아챈 것인지 태림이 헛기침을 하며 담덕에게 제안했다.

"폐하, 정리는 제가 하겠습니다. 먼저 처소로 돌아가시는 것이 어떨까요."

담덕은 태림의 제안을 거절하지 않았다.

"그래, 다들 고생이 많았다. 어주(御酒:임금이 신하에게 내리는 술)를 준비하라 하지. 오늘은 긴장을 잊고 마음 편히 마시고 즐겨라."

담덕의 말에 병사들의 얼굴이 대번에 밝아졌다.

"감사합니다, 폐하!"

여기저기서 쏟아지는 인사를 들으며 담덕이 무리 사이를 빠져나갔다. 나도 재빨리 그 뒤를 따랐다.

병사들 무리에서 조금 멀어지자 담덕이 말없이 손을 내밀었다.

뭘 달라는 거야?

어리둥절해져 손을 빤히 보고 있으니 담덕이 답답하다는 듯 한숨을 내쉬며 내 손을 잡았다.

"내 부인께서는 어찌 이리도 눈치가 없을까."

"이렇게 보는 사람이 많은데 손을 잡고 싶어 할 줄은 몰라서 그랬지."

나는 우리에게서 조금 떨어진 채 뒤를 따르는 시녀들을 힐끗대며 작게 속삭였다.

태왕과 황후의 사이가 좋은 것은 환영할 만한 일이었다. 누구도 뭐라고 할 사람은 없었지만, 지켜보는 사람이 많은 곳에서 공공연한 애정 행각을 벌이는 건 역시 민망했다.

하지만 담덕은 사람들의 눈치를 살피는 내가 우습다는 듯 웃음을 흘리며 고개를 저었다.

"보는 눈을 그리 신경 쓰는 사람이었나? 조금 전에는 아주 대담하게 내 몸을 더듬었으면서."

"왜 내 순수한 행동을 음흉하게 받아들이는 거야? 다친 곳이 없는지 확인하려고 했을 뿐인데."

"다친 곳? 무사히 국내성으로 들어가는 중이라고 전령을 보냈잖아.

걱정하지 말라고 미리 사람을 보낸 거였는데, 혹 듣지 못했어?"

담덕이 걱정스럽게 물었다. 나는 재빨리 고개를 저어 그의 오해를 풀어 주었다.

"아니, 전령은 제대로 도착했어. 하지만 예상했던 시간보다 훨씬 늦게 도착했잖아. 혹여나 오는 길에 안 좋은 일이라도 생긴 건 아닐까 걱정했어."

"아, 확실히 예상보다는 늦어졌지."

담덕이 미간을 찌푸리며 한숨을 내쉬었다.

"병사들이 소란을 일으키는 바람에 그걸 수습하느라."

"소란?"

"잠시 휴식을 취하고 있었는데 소노부 병사 하나가 대열을 이탈했어. 태림이 눈치채고 따라붙었더니 수상쩍은 태도를 보였다는군. 그래서 심문을 하려고 했는데……."

"쉽지 않았겠지. 소노부 병사니까."

나의 말에 담덕이 고개를 끄덕이며 씁쓸하게 웃었다.

이번 원정에는 중앙 태왕군 외에도 각 부족에서 보내온 병사들이 함께했다. 고구려군이 대규모의 병력을 꾸릴 수 있었던 것도 사부의 협력이 있었기 때문이었다.

후연 정벌이라는 대승적인 목표에 거스를 수 없었던 소노부 역시 순순히 병력을 보냈다. 그 규모가 상당해 사부 중 절노부 다음가는 수였다.

하지만 소노부가 많은 병력을 보냈다고 마냥 좋아할 일은 아니었다.

각 부에서 보내진 병사들은 태왕이 아닌 부족의 명령을 따른다. 전쟁을 치르는 동안 그들을 이끌고 온 부족의 장군이 담덕의 명에 따라 움직이니, 결론적으로는 태왕의 명에 따라 군대가 움직이는 것처럼 보일 뿐이다.

이렇다 보니 당연하게도 이끌고 온 병력이 많으면 많을수록 부족의 발언권도 강해진다. 이번 후연과의 전쟁에 소노부가 많은 병력을 보낸 것도 단순히 대승적인 목표를 이루기 위해서가 아닐 터.

담덕은 출병 전부터 소노부의 대규모 병력에 신경을 곤두세우고 있었다. 소노부의 병력을 이끌고 온 장수가 하필 해사을이라는 점이 더욱 그의 신경을 건드렸다.

"해사을이 나섰어. 소노부의 병사니 자기가 직접 심문하겠다면서. 명분이 없어 병사를 보내 주었지만 영 마음에 걸려. 비로를 통해 무슨 꿍꿍이가 있는 건지 알아봐야겠어."

"해사을이 직접 나서서 감쌀 정도면 뭔가 중요한 일이 엮여 있을 것 같아. 하지만 왜 하필 돌아오는 길이지? 이미 전쟁에서 다 이겼는데. 뭔가 일을 벌일 거라면 개전 전에 움직였어야 하는 거 아닌가?"

대승을 거두고 돌아오는 길이었다. 작당을 벌이기에는 너무 늦은 시점이었다.

"생각은 거기까지만 하는 게 어때?"

담덕이 계속 질문을 던지는 내 이마를 툭 건드렸다.

"이미 비로에 명령을 내렸으니 곧 답이 나올 거야. 너와 난 다른 일에 집중해야지."

"다른 일?"

"오랜만에 만난 부부가 무슨 일을 하겠어?"

담덕이 사르르 웃으며 내 손을 끌어당겼다.

"이번에도 눈치 없이 굴 건 아니지?"

담덕이 고개를 숙여 내 귓가에 작게 속삭였다. 귓가를 간질이는 목소리에 어깨가 딱딱하게 굳었다.

"무슨 뜻인지는 알지만, 여기는 사람도 많고, 넌 씻기도 전이고……."

얼굴이 벌게져 횡설수설하는 나를 보며 담덕이 픽하고 웃었다.

"무슨 뜻인지 안다니 다행이고, 사람은 물리면 그만이고, 씻는 건……."

담덕이 말을 하다 말고 나를 빤히 보았다. 나를 보고 있는 얼굴에 미소가 점점 더 짙어졌다.

나 알고 있어. 담덕이 어떨 때 이런 얼굴을 하는지. 나를 살살 꾀어 낼 때 짓는 표정이다.

"같이할까?"

"응?"

"목욕, 같이할까?"

이거 분명 내가 담덕에게 하려고 했던 말인데.

그걸 듣고 당황하는 담덕의 얼굴이 보고 싶었다. 그런데 담덕을 당황시키기는커녕 그 말을 입에 올리지도 못했다. 심지어 담덕에게 하려던 말을 빼앗겼다.

"같이하자. 돌아온다는 소식을 들었으니 목욕 준비는 다 해 뒀을 거 아냐?"

사근사근하게 웃는 얼굴이 여우 같았다.

❖ ❖ ❖

나는 욕탕에 앉아 입을 부루퉁하게 내밀었다. 맞은편에 앉은 담덕의 얼굴이 사뭇 여유롭게 보인 탓이었다. 그를 바라보던 내 눈이 가늘어졌다.

"변했어."

따뜻한 물에 나른하게 늘어져 있던 담덕이 나를 보며 고개를 한쪽으로 기울였다.

"내가?"

"그래. 예전엔 같이 목욕하자는 말에 펄쩍 뛰었으면서. 이젠 먼저 나서서 같이하자고 하질 않나, 욕탕 안에서도 여유만만이고. 변했어, 아주 많이."

"이봐요, 부인."

나의 투덜거림에 담덕이 웃음을 흘렸다. 작은 웃음소리가 공간을 울려 기분이 이상했다.

목소리의 궤적을 따라 고개를 돌리는데 바로 앞에서 찰박거리는 소리와 함께 물살이 일었다. 고개를 내리니 어느새 담덕이 내 앞에 다가와 있었다. 그는 한 손으로 내가 기댄 벽을 짚으며 고개를 숙였다.

"나랑 이런 거 저런 거 다 해 놓고, 이제 와 목욕 하나에 펄쩍 뛰길 바라는 건 너무하지 않나? 아니면, 너무 오래 떨어져 있어서 우리가 했던 일들을 부인께서 다 잊으셨나?"

벽을 짚지 않은 손이 뺨을 쓸어내렸다. 서로의 몸을 적신 물기 때문인지 그의 손길이 끈적하게 느껴졌다.

"그걸 어떻게 잊는다고."

묘한 공기에 차마 담덕을 볼 수가 없어 눈을 내리깔았다. 뺨을 쓸어내리던 손이 천천히 아래로 내려가 목을 지나쳤다. 그 아래는 얇은 옷이었다. 담덕의 손이 물에 젖어 몸에 붙은 옷깃을 만지작거렸다.

"아쉽네."

"뭐가?"

"잊었다고 하면 다시 생각나게 해 줄까 싶었거든."

말은 그렇게 하면서도 담덕은 내 옷깃에서 손을 뗄 줄 몰랐다. 나는 이 은근한 손길이 무엇을 바라는지 잘 알고 있었다.

"꼭 핑계가 있어야만 그런 걸 하나, 뭐⋯⋯."

고개 숙인 채 작게 중얼거리니 옷깃을 만지작거리던 담덕의 손길이 멈추었다. 그것을 깨달음과 동시에 그가 내 턱을 잡아 자신을 보게 했다.

고개를 들자마자 순식간에 얼굴이 가까워졌다. 입술이 맞부딪히고 부드러운 혀가 입안으로 밀려들어 왔다.

오랜만이었다. 국혼을 치른 이후 매일같이 당연한 듯 나누었던 온기. 나 역시 담덕만큼이나 그 온기를 그리워했다.

정신없이 입을 맞추는 동안 담덕의 손이 푹 젖은 옷을 비집고 안으로 파고들었다. 평소엔 없던 남자의 조급함에 나까지 휩쓸려 애가 달았다. 나는 손을 뻗어 담덕의 목에 팔을 둘렀다. 그러자 더 이상 가까워질 수 없을 것만 같았던 서로의 몸이 빈틈없이 맞물렸다.

그 순간 맞닿은 입술에서 담덕이 앓는 듯한 소리를 냈다.

"아, 젠장."

그 뒤로도 욕설 비슷한 것들이 더 쏟아졌다. 답지 않은 거친 소리에 눈을 동그랗게 뜨니 내 목덜미에 얼굴을 묻었다.

"너도 변했어."

"내가?"

"그래. 예전엔 도망치기 바쁘더니 어느새 사내를 부추길 줄도 알게 되었잖아."

담덕의 입에서 새어 나온 깊은 한숨이 목덜미를 간질여 몸이 파르르 떨렸다. 그 순간 담덕이 두 손으로 번쩍 나를 일으켜 세웠다.

비틀거리며 중심을 잡으니 담덕이 내 귓가에 속삭였다.

"사내를 부추기면 어떻게 되는지 알아?"

그런 걸 알 리가 없다. 애초에 담덕을 부추기려고 한 행동이 아니었다. 그저 본능적으로 손을 뻗었을 뿐인데.

"부추길 생각은 전혀 없었어."

"안 들려."

"들리면서."

"안 들린다니까."

눈에 뻔히 보이는 거짓말을 하며 담덕이 다시 입을 맞추었다.

◆　◆　◆

고작 한 번 손을 뻗었을 뿐인데 후폭풍이 대단했다. 하룻밤에 몇 번이나 아득하게 정신을 잃었는지.

그렇게 사람을 괴롭혔으면 만족했을 법도 한데, 담덕은 나를 놓아줄 생각이 전혀 없어 보였다. 덕분에 어스름하게 동이 트고 있는 지금 순간에도 나는 그에게서 벗어나지 못하고 침상 위에 갇혀 있는 처지였다.

전쟁에서 막 돌아왔으면서 피곤하지도 않나.

나는 다른 인종을 보는 기분으로 담덕을 힐끗거렸다. 밤새 크고 단단한 몸에 괴롭힘을 당하고 나면 그와 내가 같은 인종이라는 걸 도저히 믿을 수 없어진다.

"또 부추기는 거야? 그런 거면 난 좋은데."

눈을 감고 있었는데도 내 시선을 느낀 것인지 담덕이 한쪽 입꼬리를 올리며 물었다. 그 말에 얼굴의 핏기가 싹 가셨다. 여기서 더 하면 앓아누울지도 몰라. 나는 서둘러 돌아누우며 반박했다.

"아니, 안 그랬어. 안 부추겼어!"

강한 부정에 작게 웃음을 터트린 담덕이 뒤에서 나를 끌어안으며 등에 입을 맞추었다. 벌거벗은 몸이 맞닿자 어젯밤의 기억이 떠올라 얼굴이 화끈하게 달아올랐다.

"우희, 아무리 나라도 그렇게 격렬하게 거부하면 상처받아."

"어제 네가 한 짓을 생각해. 사람을 그리 몰아붙여 놓고는 칭찬이라도 받을 줄 알았어?"

"흐음, 좋아하는 줄 알았는데?"

담덕이 묘한 웃음을 흘리며 손을 움직이기 시작했다. 허리를 끌어안았던 손이 점점 위로 올라왔다. 설마 또 하려고?

"담덕!"

내가 경악에 찬 목소리로 담덕을 부르자 그가 웃으며 허리를 세웠다. 침상에 기대어 앉은 그가 흐트러진 내 머리를 정돈해 주었다.

"장난이야. 어제 내가 너무 힘들게 했지? 더 안 괴롭힐 테니까 편하게 있어."

자각은 하고 있었다니 다행일까. 나는 한숨을 내쉬며 그를 올려다보았다.

"조금 있으면 연이와 승평이 올 거야. 옷 입어야 해."

"연이와 승평?"

"어제부터 기다리고 있었거든. 아버지를 볼 생각에 얼마나 즐거워했다고. 그런데 도착도 늦어졌고, 오자마자 네가 그러는 바람에……."

그러니 해가 뜨면 곧장 담덕을 만나러 올 것이다.

"그럼 서둘러 준비해야겠네."

담덕이 침상에서 내려가 옷을 꿰입었다.

나도 일어나야 하는데. 그런 생각을 했지만 녹초가 된 몸은 움직일 줄을 몰랐다. 기운이 빠져 손가락 하나도 까딱하기 싫었다.

"쉬고 있어. 아이들은 침소에 들여보내지 않을 테니까."

그런 내 마음을 읽은 것인지 담덕이 웃으며 말했다.

듣던 중 반가운 소리였다. 웃으며 고개를 끄덕이니 어느새 옷을 다 차려입은 담덕이 내 이마에 입술을 살짝 맞대 왔다.

다정한 입맞춤에 마음이 편안해진 탓인지 순식간에 졸음이 밀려왔다. 나는 그대로 눈을 감았다. 아득해지는 정신 사이로 멀리 새의 날갯짓 소리가 들려왔다.

무슨 소리지? 전령새가 왔나? 소리의 정체를 확인하고 싶었지만 수마가 더 강했다. 나는 의문과 함께 그대로 잠에 빠져들었다.

❖ ❖ ❖

오랜만에 궁에 활기가 돌았다.

역시 궁에는 주인이 있어야지.

내가 아무리 빈자리를 채워 보려고 해도 감당할 수 없는 부분이 분명 있었다. 담덕의 존재감은 누구도 대신할 수 없는 그만의 것이었다.

"얼굴이 좋아지셨습니다."

나를 빤히 보던 소하 부인이 의미심장한 미소를 지었다. 그녀는 본래 관노부 진씨의 사람으로, 순노부에 시집가 지설을 낳았다.

지설은 담덕의 측근 중의 측근이니 그의 어머니와 내가 가까이 지내는 것은 자연스러운 일이었다. 다른 유력가의 부인들과도 종종 차를 함께 나눴지만 소하 부인만큼 편한 사람은 드물었다. 내가 아는 귀족

가문의 은밀한 속사정도 모두 그녀를 통해 들어온 이야기들이었다.

"역시 폐하께서 계시니 좋으시지요?"

"그거야 그렇지만…… 폐하께서 계실 때와 아니 계실 때 제 얼굴이 그리 다릅니까?"

"아무렴요. 폐하께서 전쟁터에 나가 계실 때에는 늘 긴장한 얼굴이 셨는데 지금은 아주 편해 보이십니다."

"그런가요?"

담덕이 없는 동안 긴장을 놓지 못한 것은 사실이었다. 밖에 나간 그가 다칠까, 그가 없는 궁에서 혹 문제가 생기진 않을까 전전긍긍했다.

하지만 그게 전부 얼굴에 드러났다니 상당히 민망했다. 불안함을 잘 숨기고 있다고 생각했는데, 그것이 완벽하지 못했다.

민망함에 어색하게 웃는 나를 보며 소하 부인이 배려심을 발휘해 다른 이야기를 시작했다.

"참, 일전에 제게 물으셨던 이야기 말입니다."

내가 최근 소하 부인에게 물었던 이야기는 단 하나, 영의 혼담에 관한 일뿐이었다.

"소노부 해씨 아가씨의 혼담 말이지요?"

"예. 그 이야기 말인데, 조금 이상합니다."

"이상하다니요?"

"소노부의 해씨, 그것도 고추가의 따님 아닙니까. 그런 아가씨라면 혼처도 손에 꼽을 정도지요. 집안이며 나이를 모두 따지면 신랑감이 몇 명 되지 않습니다. 그런데 누구도 제안을 받은 사람이 없다지 뭡니까?"

소하 부인이 손가락을 접으며 신랑감으로 적합한 사내들의 이름을 꼽았다. 그중에 지설의 이름은 없었다.

"왜 아드님의 이름은 빼십니까?"

"우리 지설이요?"

소하 부인의 눈이 동그래졌다가 금세 평소처럼 돌아왔다.

"지설은 폐하의 측근이 아닙니까. 소노부의 고추가께서 그런 이에게 귀한 딸을 보낼 리 없지요."

소노부와 태왕의 대립은 공공연한 사실이니 소하 부인이 그리 생각하는 것도 당연했다. 하지만 그게 전부는 아니었다.

"게다가…… 전 그 녀석을 포기했습니다. 어미인 제가 봐도 성격이…… 매번 툴툴거리는 모난 성격을 좋다고 할 아가씨가 있겠습니까."

제법 신랄한 평가였다. 하지만 틀린 말도 아니어서 나는 속으로 웃음을 흘리고 말았다.

소하 부인은 지설과 영의 관계를 전혀 알지 못했다. 애초에 영이 지설의 집에 있다는 것 자체가 극비였다. 영이 그곳에 오랫동안 머물렀다는 건 비로와 해서천 일당만이 아는 사실이었다.

"혹 모르잖습니까. 그런 걸 좋아할 아가씨가 있을지도요."

"만약 그런 아가씨가 있다면 제가 무슨 수를 써서라도 잡아야지요."

소하 부인이 고개를 내저었다. 말은 그렇게 했지만 절대 그런 일이 일어나지 않을 거라는 듯한 얼굴이었다.

나는 잠시 고민했다. 영과 지설의 인연을 털어놓으면 소하 부인은 분명 도움을 줄 것이다. 하지만 소노부와 담덕의 알력 싸움이 엮인 일을 나의 독단으로 발설할 수는 없었다.

내가 고민하는 사이 부인의 이야기가 이어졌다.

"아무튼 그쪽이 수상합니다. 저희 집안에 제안이 오지 않은 것은 그렇다 치더라도, 다른 집안에까지 소식이 없으니……."

"애초에 딸의 혼처를 찾고 있다는 것 자체가 잘못된 소문이 아니었을까요?"

"그럴 수도 있지요. 하지만 그 집에서 사들인 물품들이 꼭 혼례를 준비하는 모양새라……."

소하 부인이 말끝을 흐렸다. 운이야 반쯤 내버려 둔 자식이니, 해서천이 신경 써서 혼례를 준비할 만한 자식은 영뿐이었다.

소문이 오해가 아니라면 영의 상대는 누구일까?

지설의 집에서 마지막으로 보았던 영의 얼굴과 꺼림칙하게 느껴졌던 해서천의 얼굴이 동시에 떠올랐다.

분명 준비하고 있는 것이 평범한 혼례는 아닐 거야.

운과 이야기를 나눠 봐야 할 것 같았다.

❖ ❖ ❖

운은 국내성에 돌아온 후 정기적으로 궁을 방문했었다. 연에게 바둑을 가르친다는 명목이었다.

하지만 운이 후연 원정에 함께 오르는 바람에 얼굴을 본 것도 오래전이었다.

운이 후연 원정에 합류한 것은 해서천의 의지가 아니었다. 해사을이 소노부 병사들을 지휘하자 소노부 내의 감시자가 필요해졌는데, 그 역할을 할 수 있는 사람은 비로 안에 운 하나뿐이었다.

"사실 제가 아는 것도 많지 않습니다."

소하 부인을 통해 들은 항간의 소문과 나의 의문을 모두 들은 운이 제 턱을 매만지며 짧은 침음을 흘렸다.

"아시다시피 저는 지금 소노부에서 배신자로 낙인찍혔습니다. 그런 놈에게 내밀한 사정을 알리진 않지요. 하지만 저도 손을 놓고 있지는 않았으니 대략적인 상황은 파악했습니다."

"정말 소노부에서 영이의 혼례를 준비하고 있는 건가요?"

"……예, 사실입니다."

운이 심각한 얼굴로 고개를 끄덕였다.

"이야기가 나오기 시작한 건 후연과의 전쟁이 가까워졌을 무렵입니다. 그 후 저는 해사을과 곧장 후연으로 떠났지요."

"상대는 누구인데요? 오부의 어느 집안도 해씨의 혼담을 받은 적이 없다고 하던걸요."

"당연한 일입니다. 아버지께서 염두에 두신 혼처는 고구려에 없으니까요."

이상한 말이었다. 나는 이해할 수 없어 고개를 갸웃거렸다.

"그게 무슨 말이에요? 혼처가 고구려에 없다니."

이 시대에 국제결혼이라도 하겠다는 말인가? 흔치 않은, 아니, 한 번도 본 적 없는 일이었다. 굳건한 동맹을 위해 각 나라의 왕족끼리 혼인하는 경우는 있어도, 민간에서는 사례가 없었다.

혼란스러워져 손으로 머리를 짚으니 운이 내 생각을 이해한다는 듯 미소를 지었다.

"저희 아버지의 야심을 아시잖습니까. 그분은 영이를 황후로 세우고자 하셨습니다. 이제 와 그 생각이 달라지셨겠습니까? 그 아이를 평범한 사내에게 보내실 리 없지요."

더 정확히 말하자면, 영을 황후로 만들고 싶었던 게 아니라 자신이 태왕의 장인이 되어 권력을 휘두르고 싶었던 거겠지. 그런 유의 야심은 쉽게 접을 수 있는 게 아니었다.

"고구려가 아니라도 좋다. 그 아이를 왕의 반려자로 만들겠다. 그리 생각하게 된 것도 놀랍지 않지요."

"……하지만 그게 가능한가요?"

소노부의 위세가 아무리 대단하다고 한들 왕족은 아니었다. 한 나라의 왕이 무엇이 아쉬워 왕족이 아닌 타국의 여인과 혼인을 한단 말인가.

"저 역시 그리 생각했습니다. 너무 허무맹랑한 이야기라 생각해 따로 보고도 하지 않았고요. 하지만 제 생각보다 아버지의 수완이 좋았던 건지……."

운이 말끝을 흐렸다. 그의 얼굴도 나만큼이나 찌푸려져 있었다.

"일이 잘 진행되었단 말인가요?"

"돌아와 보니 생각보다 일이 상당히 긍정적으로 흘러가고 있는 듯했습니다."

그에 맞는 후보라면 한 사람밖에 떠오르지 않았다. 신라의 실성이었다.

올해 봄, 선왕이 세상을 뜨자 많은 사람이 예견했던 것처럼 실성이 그 뒤를 이었다. 고구려와 우호적인 관계를 유지하고 있는 신라의 젊은 왕. 참으로 좋은 상대였다.

다른 사람이라면 몰라도 볼모로 오랫동안 국내성에 머물렀던 실성이라면 고구려에서 소노부 해씨의 위상이 얼마나 대단한지는 잘 알고 있을 터였다.

소노부 해씨는 한때 왕을 배출했던 집안. 여전히 제가 회의를 좌지우지하는 발언권을 가지고 있었다. 제가 회의는 태왕마저도 무시할 수 없는 강한 귀족 집단이었다.

그러니 소노부 고추가의 딸이라면 왕족이 아니라도 나쁘지 않다는 계산을 했을지도 모르지. 하지만 단순히 그것뿐이었을까?

따져 보면 완전히 불가능한 이야기는 아니었다. 그럼에도 이상하게 마음 한구석이 찜찜했다.

어두운 내 얼굴을 보며 운이 작게 한숨을 내쉬었다. 아마 나보다 그의 심정이 더 복잡할 것이다.

"폐하께 이야기를 올리겠습니다. 그분께서 판단해 주시겠지요."

기시감이 느껴지는 말에 상황을 잊고 헛웃음이 흘러나왔다. 전령새를 통해 정체 모를 서신을 받았을 때, 지설도 지금의 운처럼 말했다. 담덕이 판단해 줄 거라고.

"재미있네요. 조금만 복잡한 일이 생기면 다들 담덕을 찾아요. 그가 다 판단하고 해결해 줄 거라고요."

내 말에 운이 당연하다는 듯 어깨를 으쓱거렸다.

"그분은 태왕이시니까요. 모든 것을 판단하고 결정할 수 있는 분이시죠. 이 고구려 땅에서 유일하게요."

그는 얼마나 많은 일을 판단하고 또 결정하고 있을까? 제 판단과 결정으로 인해 요동치는 미래가 두렵지는 않을까?

작은 일 하나를 판단하고 결정하는 일도 두려워 늘 망설임이 많았던 나로서는 상상도 할 수 없는 삶.

담덕은 그런 삶을 살고 있었다.

❖ ❖ ❖

영락 13년은 기분 좋게 시작되었다. 후연과의 첫 공방전을 승리로 이끈 기세가 새해에도 계속 이어진 것이다.

하지만 마냥 마음을 놓고 있을 때는 아니었다. 요동을 장악하고 요수를 안정적으로 확보했으나 숙군성을 제외한 요서는 여전히 후연의 영향력 아래에 있었다.

패배한 후연에 비하면 적은 수였지만 고구려 병력도 피해를 입었다. 게다가 허를 찌르기 위해 여름에 출정을 결정한 탓에 식량도 빠듯하게 끌어 써야 했다.

이 모든 걸 회복하려면 우리 고구려에도 시간이 필요했다. 다행히 후연은 곧장 반격을 도모하지 않았다.

모용희는 반격 대신 토목 공사에 열을 올리고 있었다. 전쟁을 위한 방책을 쌓거나 성을 보수하는 공사가 아니었다. 그는 여가를 보내기 위한 놀이터를 짓고 있었다. 이름도 거창한 용등원(龍騰苑)이었다.

이 용등원이 얼마나 크고 화려한지, 그 안에 가짜 산을 만들고 인공 수로를 건설해 강물을 끌어온다고 했다. 전각이며 정자도 셀 수 없이 많아 후연 백성 모두가 그 공사에 동원되었다더라 하는 이야기가 들려왔다.

전쟁에서 크게 패한 상황에서 무리한 토목 공사를 진행하니 내부에서도 반발이 심했으나, 모용희는 공사를 멈추지 않았다. 아름답다고 소문이 난 자신의 두 부인을 위해서였다.

모용희는 왕위에 오르며 전진(前秦:중국 오호 십육국의 하나로 '진'이라고도 부른다)의 황족 부모(苻謨)의 딸 융아(娥娥)와 훈영(訓英)을 부인으로 맞이했다. 친자매인 두 사람을 모두 부인으로 삼은 것이다. 나의 상식으로는 전혀 이해되지 않는 일이었지만 그곳에서는 꽤 자연스럽게 통용되는 일인 것 같았다.

모용희는 두 사람에게 각각 귀인(貴人)과 귀빈(貴嬪)의 지위를 내리고 가까이 두었다. 특히 부훈영을 아껴 그녀의 부탁이라면 무엇이든 들어준다고 했다.

전쟁에서 패한 마당에 한가로이 별장이나 짓고 있었던 것도 부씨 자매의 청 때문이었다. 주변에서 아무리 말려도 그는 꿋꿋하게 용등원을 짓고 부씨 자매와 여가를 즐겼다. 경국지색이라는 말을 이럴 때 쓰는 것일까?

모용희의 눈을 가린 부씨 자매 덕분에 고구려는 수월하게 다음 공방전을 준비할 수 있었다. 우리로서는 고마운 일이었지만 한편으로는 의문이 들었다.

"도대체 얼마나 예쁘면 왕이 나라도 잊고 별장을 지어 바치지?"

"갑자기 그건 또 무슨 소리야?"

서신을 쓰다 말고 중얼거리는 나를 보며 담덕이 물었다. 그는 제 집무실을 두고 굳이 내 처소에 장계를 가져와 업무를 보는 중이었다.

"아, 그냥 혼잣말이었어. 연리에게 재미있는 이야기를 해 주고 있었거든."

나는 쓰던 서신을 가볍게 흔들며 어깨를 으쓱거렸다. 담덕에게 말한 것처럼 신라에 있는 연리에게 쓰는 서신이었다.

내가 처음부터 연리에게 서신을 보낼 생각을 한 건 아니었다. 새해가 밝기 전 신라로 보낸 서신의 수신인은 연리가 아닌 이리 부인이었다. 나는 이리 부인에게 영과 실성의 혼담에 관해 물었다. 하지만 속 시원한 답변 대신 연리에게서 답신이 돌아왔다. 부인의 건강이 악화되어 그녀가 앓아누웠다는 슬픈 소식이었다.

그 이후 나는 연리와 꾸준하게 서신을 주고받았다. 상심한 그녀를 위로할 겸 종종 재미있는 이야기를 서신에 담았는데, 지리적 특성상 중원 소식에 어두운 그녀에게 후연 이야기를 전하다 보니 모용희를 흔들리게 만든 경국지색의 사연까지 떠올리게 되었다.

나는 재빨리 서신을 마무리하고 창가로 다가가 전령새를 불렀다. 비로의 전령새를 통해 신라의 세작에게 서신을 보내면, 그가 다시 연리에게 서신을 전해 준다. 이렇게 하면 인편으로 보내는 것보다 훨씬 시간을 단축할 수 있었다.

그렇게 서신을 보내고 돌아서니 문득 떠오르는 일이 있었다. 담덕이 후연과의 전쟁에서 막 돌아왔을 무렵의 일이었다.

"담덕."

"응."

담덕이 장계에 시선을 고정한 채 대답했다. 내 말에 집중하고 있는 것인지 의심스러웠지만 그다지 중요한 이야기는 아니었으므로 나는 선선히 말을 꺼냈다.

"후연과 싸우고 돌아온 날, 우리 방에 전령새가 왔었어?"

가벼운 질문이라고 생각했는데 장계를 보고 있던 담덕의 시선이 나를 향했다. 표정도 썩 진지했다.

"알고 있었어?"

"음…… 잠결에 새 소리를 들었어."

"잠결에 들은 새 소리를 아직까지 신경 쓰고 있었던 거야?"

"응, 마음에 걸렸으니까. 후연과 한참 전쟁 중일 때 내게 날아온 그 이상한 서신도 그렇고."

"그래, 그 서신을 네가 직접 읽었다고 했지."

담덕이 혼잣말처럼 중얼거리며 장계를 손에서 내려놓았다. 이 이야기가 길어질 것이라는 뜻이었다.

"내가 물으면 안 되는 일이었어?"

"네가 물으면 안 되는 이야기는 없어. 난 네 사람이니까."

"그리고 나 역시 네 사람이고."

재빨리 응수하는 나를 보며 담덕이 픽 하고 웃음을 흘렸다.

"그래. 그러니 궁금한 것을 물어봐, 대답해 줄 테니까."

가장 궁금한 건 역시 서신을 쓴 사람에 대해서였다. 그 사람의 필체가 어째서 누군가를 떠올리게 하는지도 궁금했다. 무슨 질문부터 해야 할지 머릿속이 복잡했다. 하지만 고민 끝에 흘러나온 질문은 아주 간단했다.

"다로야?"

"음."

많은 것을 함축한 질문이었다. 내가 이렇게까지 직접적으로 다로의 이름을 입에 올릴 줄은 몰랐던지 담덕이 잠시 얼빠진 얼굴을 했다가 곧 웃음을 터트렸다.

"너무 한 번에 핵심을 찌르는 거 아냐?"

답을 바라고 한 질문은 아니었는지 담덕이 쉬지 않고 말을 이었다. 어느새 그의 입가에 걸려 있던 미소가 사라졌다.

"후연에 간자를 심어 두었어. 정공법만으로 상대할 수도 있겠지만, 피해를 줄일 수 있는 다른 수가 있는데 무식하게 정면 돌파를 할 이유는 없지. 네가 받은 서신 역시 그 간자가 보낸 거다."

"지설은 모르는 사람이라고 했어."

"그랬겠지. 그 간자의 존재는 나와 제신만 알고 있으니까."

"그럼 그 간자의 이름이……."

다로야?

질문이 채 완성되기도 전에 담덕이 내 말을 가로챘다.

"부훈영."

담덕의 입에서 흘러나온 이름은 전혀 생각지도 못한 것이었다. 순식간에 머리가 새하얗게 물들었다.

"부훈영?"

멍하니 그 이름을 되새기고 나서야 조금씩 정신이 돌아왔다.

"모용희의 부인, 그 부훈영 말이야?"

"그래, 그 부훈영."

"다로가 아니라?"

내 질문에 담덕이 픽 웃었다.

"다로기도 하지."

대수롭지 않다는 듯 흘러나온 말에 또다시 머리가 멍해졌다.

어째서 고구려의 다로가 모용희의 부인, 전진의 황족 부모의 딸 부훈영이 된 것일까?

하지만 그 의문보다도 먼저 다로가 살아 있다는 사실에 기분이 묘해졌다.

"죽은 게 아니었구나."

"겨우 살렸지. 제신이 애를 많이 썼어."

나는 신라에서 고구려로 돌아왔던 날 마주했던 제신의 얼굴을 떠올렸다. 그날, 다로의 이야기를 생각보다 덤덤한 얼굴로 피하던 그의 모습이 이제야 조금 이해가 되었다. 하지만.

"살려 냈으면서 왜 곁에 두지 않은 거야?"

담덕이 아닌 제신을 향한 질문이었다. 하지만 그는 지금 이 자리에 없었으므로, 나의 질문에 대답을 해 줄 수가 없었다.

"다로는 해사을에게 목숨을 구원받아 그를 위한 간자가 되었다지. 하지만 그에게 버림받아 죽음의 문턱에 이르렀다. 그걸 제신이 구해 줬고. 그럼 이다음에 다로는 무슨 생각을 했을까?"

순간 머릿속을 스쳐 가는 답이 있었다. 하지만 너무 멍청하고 슬픈 답이었다. 나는 설마 하는 마음으로 미간을 찌푸리며 입을 열었다.

"……이번엔 오라버니의 간자가 되기로 한 거야? 어차피 죽을 목숨을 오라버니가 살려 줬으니까?"

담덕은 아무 말이 없었다. 내 말이 정답이라는 뜻이었다.

◆ ◆ ◆

부훈영. 그녀의 정체를 제대로 알고 나니 여태까지 흥미롭게 들었던 이야기들이 모두 비극으로 변모했다.

모용희의 총애, 막대한 부와 권력, 지상낙원 같은 용등원, 사람들의 시기와 질투 혹은 비난까지도. 다로는 그 어떤 것도 바라지 않았을 것이다.

나는 제신이 상황이 이렇게 흘러가도록 내버려 두었다는 것을 믿을 수 없었다. 제신은 다로를 사랑했다. 애틋한 그 마음을 내가 직접 보았는데, 그녀가 간자를 자처하며 모용희의 부인이 되는 꼴을 지켜보기만 했다. 도대체 왜?

"어찌 그런 표정이야?"

씩씩거리며 다원에 나타난 나를 보며 제신이 눈을 껌뻑였다. 찻잎을 정돈하며 나를 훑어보는 눈빛에 억눌렸던 답답함이 한 번에 목구멍 밖으로 튀어나왔다.

"도대체 무슨 생각이야?"

"뭐가?"

"다로 말이야!"

씩씩대는 나를 이상하게 보던 제신의 얼굴이 순식간에 굳었다.

"어찌 알았어?"

"후연에서 온 밀서를 받은 사람이 나라는 걸 잊었어? 나도 다로의 필체 정도는 알아."

"그땐 아무 말 없었잖느냐."

"다로 이야기를 꺼내면 오라버니가 괜히 신경 쓸까 봐 일부러 묻지 않은 거야. 그런데 어제 담덕에게 물었더니……."

"진실을 전부 말씀해 주셨어?"

"그래."

내 말에 제신이 한숨을 내쉬며 멈췄던 손을 다시 움직이기 시작했다. 내가 혼인을 하기 전까지만 해도 찻잎 손질에 서툴렀는데, 어느새 제신은 능숙하게 찻잎을 다루고 있었다.

"다 들었다니 이야기가 쉽겠구나. 일이 그리되었어."

"일이 그리되었다고? 그리 쉽게 정리될 일이야?"

황당해져 제신을 보았지만 그의 시선은 찻잎에만 꽂혀 있었다.

"그리 말하지 않으면? 내가 어떻게 할 수 있는데?"

"좋아하잖아. 살아 있잖아. 그럼 곁에 둬야지 어찌 다시 간자로 만들어 후연에 보내?"

"곁에 두라고? 다로를?"

제신이 의자에 기대며 헛웃음을 흘렸다.

"내 아버지를 죽게 하고 내 누이까지 죽이려 한 소노부. 그들의 간자였던 다로를 곁에 두라고? 너는 지금 그리 말하는 거냐? 그자들 때문에 오랫동안 외로웠던 네가?"

제신의 손에 들려 있던 찻잎이 그의 손아귀에서 뭉개졌다.

"그래, 한때 나는 그 사람을 마음에 품었다. 하지만 그 사람에겐 내가 미처 모르는 어둠이 있었어. 하여 나는 배신당했고, 소중한 것을 잃었고, 그 사람이 미워졌어."

"정말 미워진 거라면 왜 살려 주었어?"

"그리 쉽게 죽지 않기를 바랐으니까. 내게 미안하다고 말한 채로, 그렇게 편안하게 눈감는 건 용납할 수 없었어."

제신의 눈동자가 어둡게 가라앉았다. 그의 목소리는 차가웠지만, 나는 그의 누이로 누구보다 그의 성정을 잘 알았다.

"거짓말."

단호한 말에 제신이 나를 힐끗 보았다.

"오라버니는 거짓말 진짜 못해."

나의 타박에 제신이 픽 하고 웃음을 흘렸다.

차라리 찡그릴 것이지. 속없이 웃는 모습에 마음이 더 무거워졌다.

제신은 여전히 다로를 연모하고 있었다. 연모해서 신뢰하고, 신뢰하기에 그녀의 서신을 담덕에게 전했다. 그리고 그의 믿음에 화답하듯 다로의 서신은 모두 진실이었다.

나는 두 사람의 꼬여 버린 인연이 안타까워 치맛자락을 꽉 쥐었다.

〈낙화유수〉 4권에서 계속